我终于读完了卡拉马佐夫兄弟

苗炜 著

湖南文艺出版社

目 录

001 **前　言　尘世之爱不能永存**

到我这个年纪，发觉自己花了三四十年读小说，也会有点儿茫然，好像在虚构的世界里停留得太久了。阅读如同一场游荡，我想留下点儿记录。

011 **第一讲　同理心的文学测试**

世上受伤的女人是什么样子的？女人是更擅于"表演"痛苦吗？被表演的痛苦是不是也是痛苦呢？身为女人就是一种痛苦吗？为什么女人的痛苦让这些女人变成小猫咪、小兔子、夕阳，一片血红或者是一具枯骨？

这一讲聊《十一种心碎》和《钟形罩》。

023 **第二讲　一张脸的自传**

我们也总有评判他人的冲动，我们说露西"自怜"，或者说安是在"蹭热点"，都是在评判他人。"不论断他人，免得自己被人论断"，说起来容易，做起来很难。

这一讲聊《一张脸的自传》和《真与美：一段友谊》。

039 **第三讲　女性痛苦的共通性**

有些同理心，建立在身体的感受上。等我知道什么叫腰间盘突出，认识到脊柱稳定性的重要，看弗里达的画，才会有不同的感受，那是一种身体性的领悟过程。我们总是从自己的经验出发去理解别人。

正因为如此，男女之间有一条同理心的鸿沟。

这一讲聊《我身体里的人造星星》和弗里达。

051　**第四讲　你不加点儿个人体悟吗？**

我们处在一个社交媒体发达的时代，每一个传播者都带有一点儿表演者的特质，哪怕你发一段小红书，发一条朋友圈，你都要斟酌自己的形象，斟酌自己的语调。

聊《成长教育》。

065　**第五讲　乱七八糟的二手情绪**

我们年轻时读名人传记，总免不了把它当成一个励志故事，想从中学会怎么处理一些人生难题。但后来我们会发现，人生漫长，小时候有小时候的恐惧与焦虑，老了之后有年老的恐惧和焦虑。

聊《情绪心智化》《魔灯》和《鸨舅舅》。

077　**第六讲　情绪与书写**

我觉得要磨砺自己的"情绪颗粒度"，阅读的作用跟书写差不多。如果能读两段《追忆似水年华》，我们就能找到我们时髦外表下的僻静所在，就能体会自己的呼吸与言语，就能体会到静默，体会到我们以前未曾感知的东西。

聊《情感学习》和《书写的疗愈力量》。

089　**第七讲　歇斯底里的姐姐**

这理论易懂、易掌握，谁跟谁有矛盾，就是谁潜意识中想睡谁但又被压抑了，分析文学作品中的人物，就是分析他们互相睡的可能性，不管是同性异性道德伦常物种界限，大胆发挥你的想象：肖洞秋爱采莲，伍迪·艾伦爱绵羊。对性饥渴的文学院学生来说，这是一件利器。

聊小说家弗洛伊德和拉康。

111　第八讲　都是俗世的牧师

不论你是刑法教授还是治西方思想史的学者，你站到综艺舞台上才有更大的影响力，你被当成人生导师才会被更广泛地传播。你必须成为"俗世的牧师"，人们才会经由你的布道，听到玄妙的人生指南。

聊《拯救现代灵魂》和心理学作为产业。

129　第九讲　天空一无所有，为何给我安慰

也许几年以后，你听音乐家演奏一段音乐时，回忆又回来了，音乐的潮汐效应显现。以至于你坐在黑暗的大厅里，不让两边的人看到你的眼泪。音乐让你解脱了，安慰的工作终于开始了。

聊《论安慰》《沈从文的后半生》和《切今之事》。

147　第十讲　什么叫诗性的

我想说的是，很多时候我们没看懂一个小说，是因为我们不太相信自己的想象力和感受力，我们太依赖于逻辑和推理。作者写一个小说，最怕读者问的问题就是，你这个小说什么意思？他的意思都在这个小说里。

聊两个短篇小说《光学》和《溺亡的巨人》。

165　　**第十一讲　飞越疯人院**

精神病院是一个由门、锁和笼子组成的迷宫般的监狱。那些让病人平静的音乐，也是一种阴险的统治手段。病人打牌嬉戏，但无法逃脱监禁之感。他们按时吃药，按时进行团体治疗，稍有反抗就会被戴上约束带，被电击治疗。

聊《飞越疯人院》小说原著和电影。

179　　**第十二讲　精神病电影列表**

文学青年有一个偏见：如果你的诗写得不够好，就是因为你还不够疯狂。我一直是怯懦的人，害怕自己疯掉，也害怕遇到疯子。等上了年纪再看《飞越疯人院》，我有了另外一点好奇：精神病医生怎么看待这个电影？写过影评吗？

聊福柯和"反精神病学"运动。

195　　**第十三讲　《肖申克的救赎》和《善的脆弱性》**

日常生活总会给我们一种囚徒之感，每天上班下班打卡加班，如果碰巧再被隔离十四天，囚徒之感就会更强烈。如果你不喜欢你的工作，处在烦人的婚姻中，你就会有囚徒之感。

聊到的作品如题。

211　　**第十四讲　《肖申克的救赎》与野蛮**

监狱长的意思非常清楚，对安迪的惩罚是再把你贬抑为女性，把你所珍视的文化全部烧掉，野蛮人不喜欢文化也贬抑女性。请记住，野蛮人是厌女的。

继续细读《肖申克的救赎》。

229　　**第十五讲　我的人性只够怜悯我自己**

卡波特不遵循新闻采访的原则,而是要遵循艺术的原则,他认为,艺术都由选定的细节组成,细节要么是虚构的,要么像《冷血》中那样,是对现实的蒸馏。

聊《冷血》和《草竖琴》。

255　　**第十六讲　被烧得那么彻底**

但从常理上来说,记者和采访对象时常会有一个心照不宣的契约,记者想从采访对象那里拿到材料,采访对象想通过记者表达一下自己的看法,塑造一下自己的形象,这是两者之间的默契。以前有一句蠢话,说记者要跟采访对象交朋友,后来这句话没人说了。老实说,记者和采访对象之间很多时候是互相利用的关系。

聊《冷血》背后的卡波特。

279　　**第十七讲　我终于读完了《卡拉马佐夫兄弟》**

我这一讲是在讨论趣味问题,趣味问题或者是品位问题,从来也不会有什么结论,但认真琢磨也很有意思。

聊《卡拉马佐夫兄弟》《娜塔莎之舞》和《庆祝无意义》。

295　　**第十八讲　伟大作家不是让你亲近的**

托翁和陀爷在不停讲述俄国的乡村、农民、信仰和青年道路,后面发生的真实历史却有一种张力,让他们的所有文字都离散,都受到轻微的震荡。这种怪异的感受,好像只有在读俄罗斯小说时才出现。

聊《卡拉马佐夫兄弟》和《战争与和平》。

311　　**第十九讲　你真的要读《尤利西斯》吗**

他在战乱时躲在瑞士安心写书，似乎也在鼓励我：不管外面多乱，安心地读这本小说，是一种获得安宁的修炼办法。
聊《尤利西斯》，中英文对读。

331　　**第二十讲　我们还需要鸡蛋**

我们都经历过一两次无疾而终的爱情，持续那么一两年，起初甜蜜，然后分开，"就像牙齿掉了，留下一个洞，总忍不住要去舔舔"，舔那么一阵儿，又会开始一段新的关系。
聊《安妮·霍尔》和《死亡否认》。

349　　**第二十一讲　空间的诗学**

家里最宝贵的是梦想，家宅庇护着梦想，让我们安详做梦。家有一种巨大的融合力量，把人的思想、回忆和梦融合在一起。在人的一生中，家宅总是排除偶然性，增加连续性，家在自然的风暴和人生的风暴中保卫着人。有了家，我们的很多回忆就安顿下来了。
聊《空间的诗学》。

363　　**第二十二讲　被摧毁的阿卡迪亚**

"我想在我幸福生活过的每一个地方埋一件宝贵的东西，等我变得又老又丑又不幸的时候，我就可以回去把它挖出来，回忆往事。"但愿我们在幸福生活过的地方，还有宝贵的东西。
聊《故园风雨后》(《旧地重游》)和张爱玲。

383　**第二十三讲　和家人相处时间的长短最能体现一个人的忍耐力**

家中的矛盾,家中的不痛快,本来就很难说出口,都是日常琐碎的感受,日积月累,也就不知从何说起了。如果我们稍稍有些生活的经验,就会明白这一点。

聊《回归故里》和《纠正》。

399　**第二十四讲　最平常的恐怖故事**

日常生活中让人安心的帷幕撤去,所有的努力都是徒然。你会老的,你会死的,这就是最平常的恐怖故事。

聊《论老年》和《垂死的肉身》。

415　**第二十五讲　阅读是一件很私人的事**

小说是交际阅读的对立面,小说把人拉回卧室去读,而不是大家坐在客厅里或书房里读。小说把读书变成了一种独处的形式,让你长时间专注于一个文本,让你内省,让你自我审视。

聊《邻人之妻》和《傲慢与偏见》。

431　**第二十六讲　你当向往辽阔之地**

一般来说,我们要放空自己,去高山,去森林,去草原,都是很自然的选择。但进入沙漠,就有点儿禁欲主义的色彩了。很多宗教人士,会到沙漠中苦修,对他们来说,城镇就像是牢笼,周围太多人了,有太多的生命,也就太庸俗了。

聊《在乌苏里的莽林中》《浪漫地理学》和《深时之旅》。

445　　**第二十七讲　德累斯顿二三人**

战后,有一种声音说,针对德累斯顿平民的轰炸是盟军的战争罪行。这是不是战争罪行呢?看你怎么想了。丘吉尔说过,打完一场战争还不算,你要赶紧动笔写,写完了,战争才结束。战争是用枪打的,战争的正义性是用笔塑造的。

聊《五号屠场》和《第三帝国的到来》。

457　　**第二十八讲　集中营简史**

正是机器般理性的官僚制,实现了大屠杀这个暴行。官僚制是一套系统,每个人只是一个零件,人在其中,就会丧失责任感和道德感。对铁路经营者来说,大屠杀对他们的工作来说是吨、公里等计量单位,而不是处置人。

聊《现代性与大屠杀》《纳粹集中营史》和《辛德勒的名单》。

473　　**第二十九讲　诗性正义**

如果大家都没有人味儿,那社会就变得冷漠和迟钝。为什么没有人味儿呢?玛莎说,功利主义者没有"畅想"(fancy)的能力,而畅想是很重要的:它赋予感知到事物的丰富和复杂意义的能力;它对所见事物的宽容理解,它对想象完美方案的偏好;它有趣和令人惊奇的活动,因其自身而感到喜悦;它的温柔,它的情欲,它对人必将死亡这一事实的敬畏。这种想象是对一个国家中平等和自由的公民进行良好管理的必要基础。

聊《诗性正义》和《艰难时世》。

487　第三十讲　让本雅明这样的人活下去

我喜欢他身上那种忧郁、犹疑的气质，喜欢他那些敏感的小散文，希望世上所有敏感的人都能有一条活路。但是，只有他的前妻才有资格说，如果这个世界能让他这样敏感的人活下来，就终究不是一个坏的世界。

聊《启迪》和《本雅明传》。

507　附录　本书各讲提及图书和电影版本

前 言
尘世之爱不能永存

这篇前言，我想说三个意思，但我不知道该怎么起承转合，索性硬生生地分成三段吧。

想象一下，一八九九年二月三日，这一天是农历的腊月二十三，小年夜，北京城里应该有了过年的气氛，或许有零星的爆竹声响起。在西城的小羊圈胡同，也就是现在的新街口南大街小杨家胡同，有一位四十一岁的产妇生下了她的第八个孩子，取名庆春。这一家是旗人，汉姓是舒，舒庆春就是老舍的本名。六十多年过去。一九六六年八月二十四日，北京新街口豁口西北边的太平湖公园，现在的北京地铁太平湖车辆段，当时是有两片水面的小公园，老舍走到这里，在水边一直坐到入夜。第二天早上，晨练的市民发现水面上漂浮着一具尸体。这就是老舍的结局。

从一八九九年二月三日傍晚出生，到一九六六年八月二十四日夜辞世，老舍活了六十七岁。出生的地点和死亡的地点，相距只有几里地，出租车起步价之内就能到。这两个地方都在北京的西北角。扩大一点儿范围，从阜成门到西四，到西安门大街，到景山、鼓楼、德胜门、西直门，再回到阜成门，这就是北京老城的西北部分，老舍作品中的北京地名大多集中在这片区域。这片区域也正是清末正红旗和镶黄旗的驻地，老舍的爸爸就是正红旗下的一个士兵。

再想象一下，一八九九年四月二十三日，黎明时分的圣彼得堡。涅瓦河上的冰开始破裂，春天来了，但这个早上的气温还是在零度以下。沿涅瓦河向南，经过枢密院广场，能看到彼得大帝的铜像，再往前走就是大海街，大海街四十七号是两层楼，佛罗伦萨式的殿宇风格，二楼有一个房间亮着灯，这是个大户人家，姓纳博科夫，几代人都在朝中做官。在一八九九年四月二十三日，这家人的媳妇叶莲娜产下一名健康的婴儿，取名叫弗拉基米尔。

老舍和纳博科夫，这两人的生日差了几十天。这两人有什么关系吗？一点儿关系也没有。老舍出身贫寒，靠人接济才上了小学。纳博科夫生在富贵人家，家里的图书馆藏书上万册。老舍到二十岁当了小学教师，开始写作。纳博科夫一家遇到了"十月革命"，流亡海外，他去了德国，去了英国，后来去了美国。老舍也在英国待过一段时间，写了《二马》，后来回国，在大学教书，在青岛写出一本小说叫《骆驼祥子》。纳博科夫先写诗，后来写小说，他的作品只在俄罗斯流亡者中有点儿影响。不过他在五十六岁那年写出的《洛丽塔》大获成功。

这两个人的生活轨迹没有交集。这两个人只在我这个读者心中有交集。

我最早接触老舍的小说是听董行佶播讲的《骆驼祥子》，每天守在收音机前，听祥子丢了车，牵回了骆驼，祥子攒钱想买一辆自己的车。后来我在电视上看到了《龙须沟》，看到了《四世同堂》，在剧场里看到《茶馆》，看老舍写文章说，他闭上眼，北京的一切就能在他脑海中浮现，活生生的人就出现，就在他身边说话。老舍所构建的北京对我来说是一个诗性的世界。

有一年，我去瑞士蒙特勒，在皇宫酒店的顶层逗留了几个小时，纳博科夫最后十来年就生活在这个酒店里。从顶层望出去，能看见湖水和雪山。他在《说吧，记忆》中有这样一段话："每当我开始想起我对一个人的爱，我总是习惯性地立刻从我的爱——从我的心、一个人的温柔的核心——开始，到宇宙极其遥远的点之间画一根半径。我必须要让所有的空间和所有的时间都加入到我的感情中，加入到我的尘世之爱中，为的是减弱它的不能永存。"尘世之爱不能永存，所以要扩大自己的感受。这是纳博科夫的写作手法。

再重复一遍，这两个作家没什么关系。但如果我们把这个世界视为潜在的小说来观察，这两个出生日期只差两个月的作家，却像是一个故事中的两个角色：一个坚守在自己的语言中，用最常见的两三千个汉字写作，另一个掌握多种语言，是伟大的文体家；一个不自觉地要靠近权力，另一个相信文人最好处于流亡之中。他们的交会之处是在我这个读者心里，我生在北京，却对北京有一种古怪的乡愁。这乡愁有一点儿是老舍给的，也有一点儿来自纳博科夫，我们的爱总会延展出去，画一个很大很大的半径，激发出无限的情感与思绪。文学世界总有东西会漫出我们的现实存在。

以上是第一段。

这两三年，我总会看到一首布莱希特的诗，你可能也看到过——

这是人们会说起的一年，

这是人们说起就沉默的一年。

老人看着年轻人死去。
傻瓜看着聪明人死去。

大地不再生产,它吞噬。
天空不下雨,只下铁。

我在二〇二〇年看到有人读这首诗,我在二〇二一年看到有人读这首诗,我在二〇二二年看到有人读这首诗。后来我翻布莱希特的诗集《致后代》,看到他的另一首诗。

总之,他们愈是受苦,他们的受苦似乎就愈自然。谁会去阻止海里的鱼受潮湿?

而受苦人自己也用这种漠不关心对待他们自己,缺乏用善良对待他们自己。

多可怕,人类如此容易忍受现状,不仅忍受陌生人受苦,而且忍受他们自己受苦。

所有那些思考世风如此败坏的人都拒绝呼吁一群人同情另一群人。但是被压迫者对被压迫者的同情是不可或缺的。

那是世界唯一的希望。

这首诗太平实了，然而在某些特殊的时刻，却很有力量。

我还看到许多人感叹过去的美好时代的消逝，他们引述茨威格的《昨日的世界》，似乎我们曾经走在一条笔直的通向美好世界的道路上。说实话我对此并不确信，我们在大街上看不到马勒，也不像维也纳人那样喜欢歌剧，我倒是常常想起茨威格的另一本书《良知对抗暴力》，他在书中说——

> 不管我们如何称呼这样一种始终紧张对立的两极：称呼为宽容与不宽容，或者称呼为自由与管束，人性与狂热，个性与划一，良知与暴力——其实都无所谓。所有这些称呼无非是要表达一种最内心、最个性化的最后抉择：在每个人的心目中是人道宽厚跟更为重要呢还是政治性的事情更重要，是通情达理更为重要呢还是拘泥于刻板的条条框框更重要，是自己的人格更为重要呢还是趋炎附势更重要。

格雷厄姆·格林在他某一本小说的扉页上有一句题词，

大意是说，人的心灵有些地方并不存在，痛苦进入这些地方，使之存在。我以前觉得，文学有一个作用是锻炼人们对痛苦的耐受力，现在也相信这一点。但现实中的痛苦还是更厉害。阿兰·德波顿有一句话说："一切人生都是艰难的；而其中有些得以实现完美，是对痛苦的态度使然。每一次痛苦都是一个本能的信号，说明有些事不对头，而其孕育的结果是好是坏全赖承受者的智慧和力量。"这句话太像"人生鸡汤"了。

文辞有强烈的欺骗性，有时候我们需要一点儿鸡汤，是为了缓解痛苦。这两三年，我们感知到的痛苦比较多，我也不知道文学是否让我们对痛苦有了更强的耐受力。

以上是第二段。

二〇二〇年的春节，我写下《文学体验三十讲》的第一篇，是谈《纽约兄弟》的草稿，顺手贴出来，有一位读者留言说，她读完《纽约兄弟》之后正好去纽约，她去了中央公园，盯着西面那一排房子和树，用自己近视的右眼体会小说开头那种即将失明的感觉。看到这条留言，我很高兴。詹姆斯·伍德说，有些评论不是分析性的，而是一种充满激情的重新表述，评论家实际上期望的是"视野一致"，"努力让你如我一般看待文本"。我的这些稿子是"聊天",但也期望某种程度上的"视野一致"。

我写《文学体验三十讲》,有一个副标题是"陪你度过这时代的晚上",当时就有做音频课的打算,所以写得也比较口语化。到第二本,题目变成"苗师傅文学人生课",俗世牧师那个味儿更重了。

这几年,心理按摩有很大的市场,我在一本畅销书上看到一个比喻,说生鸡蛋,摔在地上就碎了,蛋黄蛋清一起飞溅,煮熟的鸡蛋摔在地上不会碎,成熟的东西有弹性。这句话把不太成熟的心智比喻为生鸡蛋,把成熟的心智比喻为熟鸡蛋。如果我对自己的文学品位还有一点儿自信,那就是告诫自己,千万别写出这样句子来,千万别做人生导师。这倒不是因为我的这些文章对他人的生活全无益处,而是我从根儿上认定,如果我们只关注自己的情绪和心理稳定,不对公共事务发言,也不在更广的人文精神的领域去思考,我们的情绪就总是糟糕,心智也总是不成熟的。这第三本书,我花了很大篇幅去讨论这个问题。

二〇二一年是陀爷两百周年诞辰纪念,我想起看了好多次都没能看下去的《卡拉马佐夫兄弟》,我用了一年的时间读了这本书,还做了许多延伸阅读。从个人趣味上来说,我不喜欢陀爷。我想把我那种"不喜欢"说清楚。二〇二二年是《尤利西斯》出版一百周年,我想看一遍英文版。大多数时候，我们通过译本来读外国小说，但语言的束缚比我们想象的要紧密得多。这两次阅读都不容易，我把阅读中的感受记录下来，当然有分享的愿望，读书的乐趣和心得应该分享，读书的困惑也值得分享。

我还有一个自私的打算，我是怕有一天我忘了。要是我不把我读过的这些书记下来，不把自己的感受记录下来，就会有点儿茫然。在午后，打开一本书，阳光变得柔和，像撒下一层金粉，将你笼罩在其中，等回过神来，已经到了傍晚，这时你会有点儿茫然。到秋天，树叶落了，树冠上孤零零挂着几个柿子，你抬头看，发觉这一年又快过去了，你会有点儿茫然。到我这个年纪，发觉自己花了三四十年读小说，也会有点儿茫然，好像在虚构的世界里停留得太久了。阅读如同一场游荡，我想留下点儿记录。

我记得有一本很薄的小说，《彼得·卡门青》，黑塞的作品，其中有一段，主人公早上去爬山，摘了一朵花，要送给女友。我读那本小说的时候，大概十六岁，后来没再读过，情节未必记得准确了，但当时阅读的心绪激荡，似乎还能记起来。那是一九八〇年代，喜欢外国文艺，是一种风气。萨特啊加缪啊都是非常时髦的名字，我懵懵懂懂地看，知道了几个奇怪的词语——恶心，荒诞，他人即地狱。

我们有几个要好的同学，总聚在一起看录像。某天晚上，我们看了《铁皮鼓》，很久以后我才知道法兰克福有一个"德国电影博物馆"，博物馆里有很多拉洋片的机器，展厅中央有一个柜子，其中的展品是电影《铁皮鼓》的道具，奥斯卡敲的那个红白相间的铁皮鼓。我看到那张鼓的时候，感觉它在我心里敲敲打打，从未停息。

最开始的三十讲，我写得挺快，跟人开玩笑说，干脆写到一百篇吧。那时并不觉得有那么多话要说，但感觉记忆丰沛，有很多题目会让我去读去写。二〇二二年秋天的时候，真的写完了九十篇。还差十篇就到一百了，我想暂时停在这里吧。

以上是第三段。

好了，就先说到这儿。

第一讲 同理心的文学测试

美国有一个女文青,她叫莱斯莉·贾米森,写过一篇文章叫《同理心测试》。她当过一阵"医学演员",扮演病人,按小时收费,每小时收入是13.5美元。所谓"医学演员",正式称呼是"标准病人",即按照给定的病例标准来表演所患的疾病,比如让你表演哮喘、阑尾炎,你就要演出相应的症状。医学院给出的剧本有十页左右,指导你按照什么样的方式来表演病痛,剧本很细致,深入角色的生活细节:父母的病史,你爱人的工作状况,你的生活习惯——喝多少酒,是不是在减肥——等等。表演是给医学院的学生做测试用的,学生到考试的时候,要诊断三四个演员演的各种病例。十五分钟"诊断"结束,学生离开诊室,"医学演员"会给学生的表现打分。首先是客观地核对清单,学生得到了哪些关键信息,漏掉了哪些。其次是主观感受,很重要的一项是"他/她对我的境遇,是否怀有同理心",学生要想拿到这个分数,不能只是出于礼貌的同情，而必须表现出一定的"同理心"。

和莱斯莉·贾米森一起工作的人，有退休老者，有戏剧专业的学生，他们演出人间百态：韧带撕裂的运动员，染上了毒瘾的职业经理人，患有性病的老太太，等等。学生跟他们接触时，总是要建立"目光接触"，看着病人，才能表现出"我们在关心病人"，他们会提问，问出来的关键信息越多，得分就越多。在"同理心"这部分，学生要做到这两条：一、在多大程度上能想象病人的过往经历；二、提出恰当的问题，揭示暗藏的困顿之处。简单来说，就是想象和询问。二者相辅相成，你想象出一些东西，才会提出适当的问题，你得到了相应的答案，才能更好地提问。贾米森是学文学的，写过很多非虚构作品。她在文章中说，就同理心而言，询问和想象一样重要。同理心要求你始终意识到你所能了解的东西永远只是一个人经历中的一小部分。

贾米森扮演"标准病人"的时候二十五岁，她演的是一位患有癫痫的女子，可在真实生活中，她马上要做两个手术。第一个是堕胎手术——她交了一个男朋友，没采用避孕措施，两人决定把孩子打掉。第二个是心脏手术——她心率过快，要用一根导管消融心肌处的一个结节。贾米森感到孤独和恐惧，她的身体在发生变化，她腹中有一个胎儿，她很伤心，又欲哭无泪，她很想跟男朋友聊聊她的感受，可她给男友发了一条短信，却迟迟得不到回复。她知道，怀孕、堕胎，男人和女人对这些事的感受是截然不同的，像是两条永远不会相交的渐近线，但她希望男友能跨越这种隔阂。"感同身受"，这四个字非常之难。感受，一个人心里的感受有多少是来自身体的？如果一个女人来了月经，她说"我很难受"，她的男朋友恐怕很难做到"感同身受"。如果一个女人怀孕了，要把这个胎儿打掉，她的男友一定会知道女友非常难受，但他还是无法感受到，那到底是怎样的一种难受。

莱斯莉·贾米森是个文艺女青年，她的各种感受是复杂的、细腻的，她的一位前男友说她，"猜测你的感受，就像用一根笛子去逗一条眼镜蛇"。现在这位男友，这位让她怀孕的男友，面对贾米森表现出来的痛苦与怨气，也说了一句话："我觉得你都是装的。"说出这句话，是很需要勇气的，也是很诚实的——不就是打个胎吗？咱们都是成年人，已经商量好了要去做个小手术，你哪里来的这么大的怨气呢？你为什么一定要让我感到内疚？你是不是在夸大你的感受？你是不是对我很不满，要趁机发泄？你是不是在营造一种自怜的情绪？你为什么变得歇斯底里呢？男人要是跟女朋友说出这样的话，也是很诚实的表现。

贾米森承认，"我的痛苦既有真实部分也有营造部分"，但是，"我的表述方式也是我感受的一部分"。她说，以前扮演"标准病人"，要把痛苦直接表现出来，让那些症状确定无疑，考生才不会遗漏，但堕胎感受到的那种悲伤，不仅仅是一阵痉挛，它更加隐秘，无以名状。她是这样写的："做完手术三天后，我觉得自己马上就要释然了，却突然间感到痛苦不已。这种痛苦到了夜里会变成一阵阵的抽搐，比白天更严重。虽然这样的痛苦很难描述，可我至少知道自己有什么样的感觉。"请注意贾米森的这句话——"我的表述方式也是我感受的一部分"。

贾米森做完堕胎手术之后，还要做一个心脏手术，她的主治医生是个女人，简称为 M 医生，说话非常简洁，没有什么人情味儿。贾米森打电话给 M 医生，要告诉她，我刚做完堕胎手术，M 医生听她把这个事情说完，很冰冷地问了一句："那你想从我这儿知道点什么呢？"贾米森听她这样说，一下子就掉眼泪了，她意识到自己想从医生那里听到的是很简单的一句话，"我很同情你的遭遇"。从医学的专业角度来说，这两个手术之间没什么关系，做堕胎手术的医生不需要知道躺在病床上的病人心律异常，做心脏手术的医生也不需要知道手术台上的病人前不久做了一次堕胎手术。但病人想从医生那里得到安慰，她在这两个手术之间，是没有安全感的。每一次贾米森去医院，M医生总会问一些日常生活的问题："你最近忙什么呢？"M医生知道，贾米森是耶鲁大学英语系的研究生，正在写一本散文集，知道她毕业论文的题目是成瘾症。等到下一次见面的时候，M医生还会问，你那本散文集写得怎么样了？这种医患关系，让贾米森很不舒服，她说，这是一套假装亲密的流程，询问、记录、重复，医生就像木偶一样，说的话缺乏情境，也毫无善意可言。我们伪装成两个熟人，还不如承认我们并不熟悉这个事实。

其实，在我看来，M医生做得已经不错了，医生知道你是干什么的，医生还关心你的论文题目，想知道你在工作上有何进展，这已经很难得了。医学院的学生有同理心测试，要对病人有共情，可这种职业素养很怪异——一个医学院的学生，到了医院开始接触生老病死，如果同理心泛滥，谁死了都非常难过，想着死者家属该是多么痛苦，斥责自己的无能，斥责医学的局限性，那这个工作就没法干下去了。

英国作家毛姆原来就是学医的，十八岁进入圣托马斯医学院学习。圣托马斯医院是伦敦一所很有名的教学性医院，毛姆有很多和病人打交道的机会，他要出入伦敦的贫民窟，也要面对医院里的疾病与死亡。毛姆说，学医五年，自己对人类的本质有了全面的认识。他在一九〇二年的一则笔记中说："人类平庸无奇，我认为他们不合适永生这样伟大的事。人类仅有些许热情、些许善良和些许邪恶，只适合世俗世界，对于这些井底之蛙来说，'不朽'这个概念实在是太宏大了。我不止一次目睹人的死亡，有的平静，有的悲惨，但在他们的临终时刻，我从没看到过有什么可以预示他们的灵魂将会永存。他们的死和一条狗的死没什么两样。"

贾米森这篇《同理心测试》收在同名文集中，翻译成中文后，书名叫《十一种心碎》。书中十一篇文章，写的都是同理心问题。其中有一篇讲她在南美洲旅行时，被人在脸上打了一拳，要做整形手术。这一拳莫名其妙，但贾米森知道，这一拳来自南美洲人民对美国游客的愤怒。游客要知道，"当地人是很讨厌我们的"。知道自己被讨厌，也是一种共情能力。

文集中最后一篇文章叫《关于女性痛苦的共通性理论》，题目有点儿生硬，实际上讨论的问题很有意思——曾经有一项研究说，当一个男人因某种病痛就医时，会得到比女人更好的医疗服务。研究认为，女性在生理上对疼痛更为敏感，但女性在向医生说明自己的感受时，相较于男性患者，往往得到较少的积极回应。女性的疼痛会被错认为源自"情绪"或者"精神"的问题。贾米森提问，世上受伤的女人是什么样子的？女人是更擅于"表演"痛苦吗？被表演的痛苦是不是也是痛苦呢？身为女人就是一种痛苦吗？为什么女人的痛苦让这些女人变成小猫咪、小兔子、夕阳，一片血红或者是一具枯骨？为什么伤怀会成为女性人物雅致和敏感的一种标识？为什么许多女诗人的形象就是柔弱无力、极端痛苦的？这篇文章谈论诗歌和文学中的一些女性形象，读者看到这里，肯定会想到：男性是不是很难理解女性表达痛苦的方式？男性是不是缺乏针对女人的同理心？

我有一位女性朋友，跟我说过两句她生孩子时的感受。她说，她躺在产床上，得知自己生下来的是女儿，忽然想到以后她的女儿也要经历生产的痛苦，就哭了。她当然不是重男轻女，她的意思也不是"身为女人就是一种痛苦"，她的感受肯定是非常复杂的。我觉得自己是一个有同理心的人，但还不至于自大到认为我能理解她的感受。

我是个直男，喜欢看一些女性用讽世、冷漠的方式来处理自己的痛苦，她们受到了伤害，会有自己的言说方式，会嘲笑顾影自怜的东西。我其实不是很能欣赏那些直接表述女性痛苦的东西。比如西尔维娅·普拉斯，我最早知道普拉斯的诗，是那句"我吞食男人如呼吸空气"，我觉得这是很摇滚的一句诗，多酷。后来我才知道，普拉斯年幼丧父，她嫁给了英国诗人特德·休斯，然后发现丈夫出轨，她生养了两个孩子，还经历了两次流产，她在早上四点起床写诗，活到三十一岁时开煤气自杀。她自杀之后，特德·休斯就被永远地打上了"渣男"的烙印。

西尔维娅·普拉斯有一首诗叫《三个女人》，写的是妇产科病房的三个女人，第一个女人说生产过程是一个残酷的奇迹："我是一次暴行的中心。/我养育的，是怎样的痛苦与忧伤？"第二个女人失去了她的孩子，她觉得世界被白雪覆盖："我被放血白如蜡，我没有依恋。/我是扁平的，如处女，这意味着什么也没发生，/没有什么不能被抹去，撕开，拆毁，重新开始。"她要让丈夫继续爱她，她要带着一种赎罪的心情回到家尽妻子的本分。第三个女人生下一个女婴，其哭声像钩子，嘴张着，发出黑暗的声音。这个女人还年轻，还在上学，不想要这个孩子，她问自己："我孤独如草叶。我错失了什么？/不管错失什么，我能找到它吗？/……我永远年轻，我错失了什么？"

普拉斯的诗有很多都是在写女性的痛苦，我不太能明白她诗歌中那些破碎的身体意象。后来我对女性的共情能力稍稍提高了一些,才能更好地读懂她的诗。比如她有一首诗叫《死产》——一个诗人怎么看待自己的作品?她写出的诗歌是一场死产吗?

我们来读一下冯冬翻译的《死产》——

> 这些诗无法存活:一个悲哀的诊断。
> 它们的脚趾和手指长得不错,
> 它们小小的前额凸出,聚精会神。
> 如果它们没能像人一样四处走动
> 那不是因为缺少母爱。
>
> 哦,我不明白它们到底怎么了!
> 它们的形状、数目以及每部分都正确。
> 它们乖乖地坐在酸液里!
> 它们笑啊,笑啊,笑啊,对着我笑。
> 肺部就是无法吸气,心脏无法跳动。
>
> 它们不是猪,甚至连鱼也不是,
> 尽管它们有猪和鱼的模样——

> 它们是活的就好了,它们理应活着。
> 但它们却死了,它们的母亲因精神错乱也快了,
> 它们傻盯着,不谈论她。

一个诗人很爱自己写出的诗句,但这些诗句能活下去吗?这些诗句没有活力吗?写出这些诗句的女人精神错乱了吗?这个女人也要死了吗?我不敢说自己能理解普拉斯所写的女性痛苦,但我相信,女人有时体会到的痛苦很深远。普拉斯的《钟形罩》里,写女主人公要割腕自杀:"我想,这容易,躺在浴缸里,瞧着从我手腕里开出的鲜红的花朵,一朵又一朵,绽放在清澈的水中,直到我没入水中,沉沉睡去,水面荡漾着绚丽夺目的罂粟般的花朵。但是,正当我要动手时,手腕上的皮肤看起来煞白煞白、柔弱无助,我怎么都下不了手。我想切断的东西似乎并不在那皮肤里,也不在那根在我大拇指下扑扑跳动的纤细的蓝色血管里,而是在其他什么地方,埋得更深、更秘密的什么地方,实在是难以企及。"

对男人来说,女人的一些痛苦是在更深邃、更神秘的地方,非常难以想象。接下来的两讲,我们继续讨论这个问题。

第二讲　一张脸的自传

在《十一种心碎》这本书中,莱斯莉·贾米森提到了一本书叫《一张脸的自传》(*Autobiography of a Face*),而后,我在另一位女作家的书中,又看到作者提及《一张脸的自传》。这本书的书名很有意思,出于好奇,我很快就找来《一张脸的自传》。这本书一九九四年首次出版,作者叫露西·格雷利,她一九六三年出生,九岁确诊患有骨癌,经过手术及放疗,她治好了癌症,但因此毁容。她说:"正是这种痛苦——感觉丑陋——是我一生中的巨大悲剧。相比之下,我患癌症一事似乎无足轻重。"她一生经历了三十八次手术,其中的五次是对付癌症的,剩下的三十三次都是对付她的脸。这本书还没有中文版,所以我要复述一下露西的故事。

露西上四年级的时候,有一天在学校玩躲避球受伤了,她到医院照X光,医生说她口腔中有一个囊胞,麻醉一下，切除就好。这是露西经历的第一个手术。此后她经历了好几次复查，她觉得自己的颌骨上有一个小小的凸起，牙科医生总跟她的妈妈说，这是长骨头呢，没什么好担心的。牙科医生总带着微笑，但露西觉得，每次回答问题，他的微笑都有一种优越感："你不懂，我是专家。"六个月后，露西的脸肿得非常厉害，妈妈带她到纽约哥伦比亚长老会教士医院，她在这里经历了很多次验血。小姑娘不懂事，每次抽血都盯着看，终于有一次抽完血，她跟妈妈说："我怎么觉得晕眩呢？"这是她晕血了。妈妈跟她说，不要再盯着血看了。她被确诊患上了尤因肉瘤，一种恶性肿瘤，这种病的生存概率只有约5%，露西还不懂什么叫"恶性肿瘤"，只觉得这个词的音节有意思，malignancy。等她做完手术，想说话的时候才发觉自己说不出话来。她做了气管切开术，留在ICU（重症监护病房）中。

露西一家是爱尔兰移民。爸爸在电视台工作，露西有好几个哥哥姐姐。爸爸来医院看望她时总有点儿局促不安。有一次，露西听到爸爸来了，就假装睡着。她听见爸爸掏出纸笔，写了张纸条，然后就离开了病房。她睁开眼看那张字条，上面写着："露西，我来看你了，你睡着了，我不想叫醒你。爱你，爸爸。"露西说，这对两个人来说，都是一种解脱。这是小姑娘露西展示出的同理心。手术之后是为期两年半的放疗,露西那时候不懂"放疗"这个词意味着什么,只觉得这是手术后要吃的一种药。露西也不喜欢放射科的大夫,但放射科那里有一个清洁工大妈,有时候露西会在清洁工大妈的小屋里等妈妈来接她,大妈会给她一杯茶,盯着她看。露西脸上有疤,别人盯着她看会让她很不舒服,但大妈盯着她看,她有一种同志般的感受,好像她们两个都是那些冷酷医生的牺牲品——大妈的生活跟小姑娘露西的生活一样艰难,她们之间有一条沉默的纽带。

露西的妈妈总鼓励女儿要坚强,坚强当然是没错的,但这压制了女儿表达自己的情绪。妈妈和女儿总是心意相通的吗?有一次,妈妈带露西去一个假发商店,老板拿出很多假发让露西试戴。假发很贵,露西家里并不宽裕。两人从店里出来,坐到车上,妈妈问她:"你要一个假发吗?这东西很贵,不过你要想买,我就买一个。"回到家里,露西听到妈妈给朋友打电话,说好久没看到女儿笑了,在假发商店她笑了。露西觉得很奇怪,她不喜欢假发,她觉得假发很难看,但为什么妈妈好像不理解她的心思。再回学校去的时候,妈妈给她买了很多件短袖高领毛衣,露西问,为什么要在春天穿高领毛衣?妈妈说,要盖住脖子,那会让伤疤变得不那么明显。

有一天早上，露西走进浴室，在镜子中打量自己。她秃头，牙齿很难看，下巴少了三分之一，她的脸可不只是有伤疤这么简单，实际上她后来很难把嘴闭上，总是半张着嘴。她关上灯，走到客厅，家里的猫和狗总是和她很亲，大概只有猫和狗并不在意她是不是变得难看。

露西进入青春期之后，总在学校里受到嘲笑。有一次在楼梯上，她遇见一群男孩，那些男孩中的一个叫杰瑞，那群男孩对着杰瑞喊："嘿，杰瑞，你的女朋友来了，快跟你的女朋友约会去。"杰瑞就恼羞成怒，跟同伴撕扯。露西盯着地板看，她说："我为那个叫杰瑞的男孩感到难过。那帮男孩不仅在羞辱我，也在羞辱杰瑞。"女孩子之间会不会好一些呢？露西的确有几个女同学还算来往亲密，这群女同学中，有一个女孩喜欢上了一个叫西恩的男生。有一次，这个女孩问同伴："嘿，如果西恩约你出去，你会怎么办？"女孩们就挨个儿回答"我会怎样，我会怎样"。问到露西，露西不知道怎么回答，有一个姑娘站到她身边，替她回答了："西恩为什么会约她出去呢？"这句话好像是替露西解围了，这句话好像也不是要伤害她，这句话就是一个很直接的反应——西恩是一个很有人缘的男生，他可能会和在场的每一个女生约会，但他就是不可能约露西出去。这个问答环节很像是一个同理心测试，如果你跟一个男孩约会，你会想什么，你会做什么。替露西回答的那个女生，对西恩有共情能力，一个有魅力的男孩子，跟谁约会都可能，但他不会选露西这么丑的女生，所以她很直接地说，西恩为什么会约露西出去呢？在那种情况下，她很难再绕一个弯儿，站在露西的角度考虑问题。她没有意识到自己脱口而出的这句话，会给露西造成什么样的伤害。

露西很喜欢过万圣节，万圣节大家都戴上面具，都穿奇装异服，露西就和周围人没什么不同了。但万圣节每年只有一次。露西要做整形手术。她见整形医生的时候，医生劝她，别为自己的脸焦虑，"你看我都四五十岁了，脸上还有痤疮呢，跟青春期的男孩子似的"。露西很生气，这又是一个医生与病人的同理心问题，露西想："我的脸跟你的痤疮根本不是一回事。"她在一本画册上见过面部整形的照片，她说："那是我第一次想死。"得癌症、做手术、放射疗法，都没有让露西想死，但永远有一张丑脸，让她第一次想到死。重复一下，露西一生经历了三十八次手术，其中五次是针对癌症的，剩下的都是针对她的脸。

她做的整形手术，往往是一系列手术，先从腹部或者臀部取一块组织，填充到下巴上，待这块组织能在下巴上长好，再处理颌骨和牙齿的问题。因为放疗，她的牙齿掉了很多，很长时间里她只能吃流食，别人吃的牛排，她嚼不动,她的食物还常常进入气管和肺部,造成窒息。每做一次整形手术,露西的脸都会发生一些变化,亲朋好友看到,都会觉得她的脸不一样了,但从来没有变得好起来。露西决定做第一次整形手术的时候,是满怀期待的,她说:"现在我这张脸只是暂时的,以后我会有一张真正的漂亮的脸。"她说,她一直在等待生命的开始,直到她的脸被修复,生命才能开始。

上了高中的露西,变得更复杂了一点儿。她开始看大厚本的俄国小说——《安娜·卡列尼娜》《卡拉马佐夫兄弟》《死魂灵》《日瓦戈医生》等,看大厚本的俄国小说会显得更酷。她觉得,丑,就无法被爱,不过,没有爱情也没什么大不了的。很多人会盯着她看,或者偷偷打量她,但很少有人问她经历了什么、有什么感受。有一章露西写到切开身体的过程涉及的触觉,被医生和护士围着,被仔细照料的感觉让她感觉不那么孤独:"从手术中得到这种情感上的慰藉,我不无羞愧之情。毕竟,做手术是件坏事。我在如此细致的照顾中感到舒适,我是不是有什么毛病?"

高中毕业后,露西就读于莎拉·劳伦斯大学,在那里她学习写诗。大学里的氛围更开放包容,她有了一些"gay蜜",有了一些异装癖的朋友,这些朋友不会评判她的相貌，她似乎找到了一些平静，但她还是在想办法筹钱做手术，她仍然没有安全感。她说："我尽自己的努力把这个世界看作是开放的、没有偏见的、尽可能诚实的，但我无法感觉自己是这个世界的一部分。"

露西说她曾经想上医学院，但大学毕业后，她去了爱荷华大学的写作研修班。她说："写作也许能带给我治愈。"她在爱荷华有了第一个情人。她后来在美国，在柏林，都当过老师。有一段时间她住在苏格兰的阿伯丁，因为那里有一个医生，可以做一种新的整形手术。《一张脸的自传》一九九四年出版的时候，露西三十一岁。这本书非常成功，畅销了一阵子，在一个签售会上，有读者问露西："你怎么能把小时候的事记得那么清楚？"这也是我读这本书的疑问，书中细节很丰富，九岁的孩子或十一二岁的孩子，有那么强的记忆力和感受力吗？露西在签售会上回答说："我不记得，我只是写出来，我是一个作家，我只管刻画。"

只看《一张脸的自传》，露西的故事是不完整的。几句话把它补充完整：二〇〇二年，她接受了最后的整形手术，她对 OxyContin 上瘾了，就是电视剧《成瘾剂量》中的奥施康定。她在这一年冬天死于海洛因过量，三十九岁。从九岁时确诊癌症，到三十九岁去世。

亚马逊网站上，对这本书的负面评价大多是说作者太自怜了。其中一个男人这样说："我读过很多书，但从没碰到过和这本书一样的，里面那么多糟糕的哀号、抽泣，说到底都是自怜而已。这本书有二百四十页厚，但我用几个字就能概括：我好命苦啊。除了哭得一塌糊涂，这个作者似乎想不出其他任何可以说的东西。她先是说自己不想让任何人觉得难过，然后就鄙视别人竟然没有对她表示同情。"这只是一个男人的看法。我们再看一个女生的评论。她说："我第一次读到这本书是在十四五岁的时候。我刚到那个年龄，开始将自己的身体与别人的身体进行比较，并通过比较注意到自己的缺陷。也是在那个时候，男孩开始对某些女孩感兴趣，而忽视其他女孩。露西的书真的把我所有的身体缺陷恐慌都抛进了严峻的现实中。有句古老的格言是，写作很容易，你只是打开静脉。"

我们再来看莱斯莉·贾米森是怎么评价《一张脸的自传》的。她说："她（露西）告诉我们，她一次又一次地想让自己在面对这张脸的时候感觉好一点儿，但却做不到。她告诉我们，她没办法赋予这样的丑陋任何意义，没办法让伤痛产生其他任何东西，她只能通过量化这些痛苦，量化旁人的关心来得到些许安慰。当然，当（露西）格雷利去做这样一些忏悔时，伤痛确实更具意义了，它催生了一种坦诚。因此,她的书是美丽的。"顺便说一句,莱斯莉·贾米森的父母是大学教授,她自己长得很漂亮。

露西的这本《一张脸的自传》,一共有十二个章节,第十二章写到她到爱荷华大学上写作班,而后的生活她写得很简单。但她二十二岁去爱荷华,到三十一岁出书,这中间发生了什么?《一张脸的自传》出版后又发生了什么?我非常好奇地找到了另一本书,叫《真与美:一段友谊》(*Truth & Beauty: A Friendship*),作者安·帕切特是露西·格雷利的闺密、大学同学,后来两人一起去爱荷华大学读写作。她在露西去世后,写了一本回忆录来记述她们之间的友谊,我们通过这本回忆录,可以了解一下露西的后半生。

安·帕切特跟露西在大学里并不熟,她说她认识露西,大学里每个人都认识露西,但露西不认识她。两人一起到爱荷华上研究生,才变成了好友。安先到爱荷华找了一间公寓,两人同住,露西一见到安就告诉她:"我终于做爱了,就是昨天!我终于有了一个情人了!"露西这个情人很英俊,他不爱露西,但喜欢和露西上床,而且鼓励露西多和别的男人做爱,要丰富自己的性经验。露西和安的很多交流都是有关性的,她们也交流对文学的热爱。写作班里有一个同学问安:"你怎么能天天跟露西在一起,看着她那张脸?"安听了非常生气,她要维护自己的朋友。她说,露西偶尔会向朋友展示她身上的伤疤,露西很在乎她的脸和她的身体,露西想变成珍·茜宝。珍·茜宝是美国一个女影星,如果挡住下半边脸,露西和珍·茜宝上半边脸还真的有点儿像,这并不是我的刻薄话,露西自己说过,她挡住自己下半边脸,只看上半边的时候,她觉得自己很漂亮。这可能是她的一个执念,她原本是很漂亮的。

像所有大学毕业生一样,露西和安读完写作班之后都经历了一段时间的迷茫期。安结婚又离婚了,找了一个工作又换了一个工作。露西也是找了一个工作又换了一个工作,接受了一个手术又等待下一个手术。对露西来说,一次次外科手术就像是试衣服,她要试一试这样行不行,一次手术往往意味着随后几年还有一连串的手术。露西在苏格兰阿伯丁等待手术的时候,安飞到阿伯丁去陪伴她。两个人经常通信,时常打电话,这本《真与美:一段友谊》中,收录了很多露西给安写的信。有一阵,安和一个诗人约会,露西知道后很不满,打电话对安说:"你不能跟一个诗人约会。你觉得他写的诗比我的诗更好吗?"安回答说:"我没怎么读过他的诗。"露西说:"你觉得他是一个比我更好的诗人吗?"安说:"我不觉得他更好,我觉得你更好。"露西说:"你更爱我吗?"安说:"当然了,我更爱你。"露西总打电话说她孤独,她需要爱,她需要朋友。需要男朋友也需要女朋友。

生活总会慢慢出现转机。几年后,安申请到了写作基金,出版了自己的第一本小说。露西也得到了她的第一个出版合同,拿到钱之后,露西先给自己买了一辆车。她上大学欠了很多贷款,但好像从来不打算还。她在三十岁的时候终于写完了《一张脸的自传》。

这本书出版前,露西遇到了一个小麻烦——她怀孕了。她说这是桩意外,要把孩子打掉。作为闺密,安自然要陪着露西去做手术。但这一天,也是出版商给露西看封面的日子,露西在诊所等待手术,让安帮她去取封面,她嘱咐安,拿到之后不要看,一定要给她先看。封面打样装在一个信封里,安拿着信封,回到诊所跟露西会合,然后她们走到公园大道上,打开信封——《一张脸的自传》的封面设计的确很漂亮,一个女孩在风中,拿着一张玻璃纸挡住自己的脸。

这本书让露西变成了一个名人,她要上电视接受访谈,安会陪着露西去买新衣服。露西有很多场签售会,有很多杂志约稿,有很多收入。一本时尚杂志安排露西骑马漫步爱尔兰,拍大片。安的小说也随后出版,两个人的书都是在一家出版社出的,所以露西和安一起办过签售会,当然,读者对露西的兴趣要大得多,找她签售的人比找安签字的人多得多。安会不会嫉妒露西呢?在安笔下,她自己是一个努力写作的严肃作家,露西却不喜欢写作,她的处女作让她一下成名了,她就满足于给杂志写点儿稿子挣钱,她有新书合约,也想写一本小说,但就是不能安静下来写作。安提到,露西本来想写一本关于探戈的书,最后不过敷衍成一篇随笔。安看过露西的一篇手稿,写她在夜店里碰见个男人,带男人回家,和那男人聊多重高潮,露西在那男人面前手淫,然后达到十七次高潮。安说,这篇文章到编辑手里之后,被删改得温和了一些。虽然性生活是一个人的私事,虽然露西在自己的文章中写过这样的隐私,但我看到这里的时候,隐隐觉得有点儿不对劲。

《真与美:一段友谊》出版于二〇〇四年,露西死后十八个月,闺密的这本回忆录就出版了。露西的家人对此很不满,他们说,安是一个没才华的作家,是一个"悲伤窃取者",安公布了露西的很多信件,说露西欠债不还,偷税漏税,私生活不检点。《真与美:一段友谊》这本书的名字里有 Truth 这个词,但到底何为真实,恐怕每一个人都有自己的理解。和《一张脸的自传》页数相近,《真与美:一段友谊》有二百五十页左右,在这二百五十页的叙述中,我挑出了哪些事,记住了哪些事,就是我看到的真相,也就是我形成的偏见。

书中有一幕很有意思——两人聊天,露西对安说:"你真是一个好朋友。"安说:"你也是我的好朋友。"露西说:"不,我不是。但至少我让你觉得自己是一个圣徒,这就是你一直想要的。"这几句对话写出了两个人之间那种又亲密又折磨人的友谊。但我们假设一下,如果在书中没有出现这段对话,你读了这本书,可能会有一个印象,那就是露西是个很自私的人,安是一个圣徒一样的好朋友,对露西很包容很友善。如果这本书会给你留下这样的印象,那作者不如直接把它写出来,由书中人物直接说出来。同理心是会产生很大消耗的,和露西这样一个人做朋友,时时设身处地为她着想,是一件很累人的事。在心理学上,这叫"共情耗竭",她要切断和露西的情感联系,保护自己的情绪状态。在露西染上海洛因之后,安和露西渐渐疏远。到二〇〇二年十二月,安接到一个朋友的电话,对方告诉她露西死了。

安·帕切特能跟露西做多年的朋友,这不容易。好朋友去世不到两年,她就写出一本回忆录,在我看她实在太着急了,但这个题材不去写,又很可惜。我读这两本书，是在对露西和安做评判，我喜欢《一张脸的自传》，我对露西有更多的同情。心理学上有一个名词叫"同理心鸿沟"——我们愿意区分谁是"自己人"，谁是"他人"，我们的共情能力愿意给"自己人"，不愿意给"他人"。我们也总有评判他人的冲动，我们说露西"自怜"，或者说安是在"蹭热点"，都是在评判他人。

我们不需要太强的共情能力，就能理解露西的痛苦。但我们需要更强一点儿的共情能力，才能想象露西和安之间那种微妙的关系。"不论断他人，免得自己被人论断"，说起来容易，做起来很难。我们还是记住上一讲中莱斯莉·贾米森的话吧：同理心要求你始终意识到你所能了解的东西永远只是一个人的经历中的一小部分。

第三讲 女性痛苦的共通性

有一本女性主义文学评论的奠基之作叫《阁楼上的疯女人》，其中第二章开头援引韦尔·米切尔医生的一句话："不能理解患病的女性的男子，是不能真正理解女性的。"米切尔医生发明了"卧床休息术"，让病人躺在床上，吃高脂肪食物，喝大量牛奶。他业余时间写小说，写有一则鬼故事流传甚广——某个风雪交加的夜晚，有人敲米切尔医生的家门，门外站着一个小姑娘，披着一条破旧的披肩。小姑娘说："医生，救救我的妈妈，我的妈妈要死了。"米切尔医生跟着小姑娘出门，在一处贫民窟中，见到小女孩的妈妈。那位母亲是个女佣，辛苦劳作，没空照料自己的身体。医生看完病，开了药，对这位母亲说："多亏了你那懂事的女儿，找到我，让我来出诊。"那位母亲说："女儿？我的女儿一个月前就死了。我们穷，身体弱，没钱看病。"医生打量四周——是啊，小姑娘是不见了。他打开病床边的一个柜子，那里挂着一条披肩，正是小女孩身上的那条披肩，只是还没破损。

这个故事也许说明了什么叫"女性痛苦的共通性"——母亲的病痛可以被一个幽灵般的女儿感知，死去的女儿要挽救将死的母亲。从科学上说，共情的生物学基础是"镜像神经元"。你看到别人在吃饭，自己也饿了；你看到别人的右腿受伤了，感觉自己的右腿也有点儿不舒服。有科学家说，女性大脑中额叶后下部的灰质体积较大，这些区域与镜像神经元密切相关。所以，女性的同理心强于男性，这一差异从出生就已经存在，并会持续一生。科学家认为，同理心的这种性别差异可能源于人类在进化过程中逐渐形成的社会分工，因为女性需要养育和照料孩子，所以她们对非语言的行为和情绪更加敏感。照这样说，的确存在"女性痛苦的共通性"，女性更容易理解女性的痛苦。

爱尔兰女作家希内德·格利森有一本书叫《我身体里的人造星星》，讲希内德青少年时期患有严重的关节炎，成年后又得了白血病，治愈之时，生下两个孩子。她的这本书写的就是身体、疾病及女性。其中有一个章节叫"六万英里[1]的血"，这个题目是说，如果你把一个人体内的动脉、

---

[1] 1英里约等于1.6千米。

静脉、毛细血管都连在一起，长度是六万英里。希内德经受的各种治疗中共接受过一百五十个单位的输血，一个单位就是一袋子血，四百七十毫升，所以有七万毫升别人的血输入了她的身体。她在这篇文章中引用女性主义艺术家克里斯滕·克利福德的一段话——"没有生育权就称不上平等，没有对女性身体的尊重就称不上有生育权，不了解血的知识，就称不上尊重女性的身体。"

我对克里斯滕不太了解，所以在网上找到了她的作品"我要你的血"，二十五个小托盘，上面摆放着一百多个香水瓶，瓶子里装的是经血。我还看到她拍摄的一个纪录片，记录她对抗癌症的经历，她露出伤痕累累的腹部时，我还是感到不适。"六万英里的血"一章中提到好几个以血为材料的艺术家，我克制住了自己的好奇。观看用文字描述的血、用文字描述的治疗过程，我能控制自己的想象，但真的看到血和伤痛的图像，是另一回事。人们会控制自己的同理心，我们的同理心是有界线的。这条界线是每个人划定的。比如说我可以看墨西哥画家弗里达的画作，但以经血为材料的艺术品，我就还是别看了。

二〇〇五年，泰特美术馆举办过一次弗里达的画作回顾展，二〇一八年，维多利亚和阿尔伯特博物馆又举办了一次弗里达的展览，展览现场布置了很多弗里达的生活用品——衣服和书，指甲油和面霜。希内德·格利森去看了这两次展览，她记述自己在博物馆的一幕："我去那里的真正目的是看她医疗生活的残渣。展览的灯光暗淡，房间狭小而拥挤。转过一个拐角，我突然发现自己正往一只玻璃盒子里看，里面装着她的石膏绷带和手术束衣。我忽然发现自己泪流满面。这就是弗里达生活的现实，这些物品既帮助了她，也束缚了她。"

这肯定是一个女性痛苦的共通性时刻，希内德·格利森少女时代患有严重的关节炎，从十三岁到十七岁，她经常住院，卧床不起，接受髋关节手术。她要坐轮椅，她当然不喜欢坐轮椅，更愿意把轮椅当成和同学们一起玩的道具。她出生在一个天主教家庭，被父母带到法国某地朝圣，希望圣洁的温泉水能治愈身体上的顽疾。她在二十八岁时又患上白血病，治疗，生育一儿一女。生下女儿后，她接受了全髋关节置换术，她把自己身体里的金属称为"人造星星"。她肯定能在弗里达身上找到共鸣。

我大概是在二十年前第一次知道弗里达的名字，最深的印象是她那张脸。她画了很多自画像，浓密的连在一起的眉毛让我略感不适，嘴唇上淡淡的胡须更让我不适，有些作品她故意把胡须画得很重，我那时有点儿难以接受弗里达的胡须和眉毛。后来我才明白，她自画像中浓密的毛发，她的肖像中画入猴子，她把自己的样子也画得像一只猴子，都是性欲旺盛的意思。把自己的脸处理得很强悍，是弗里达对男性文化的一种挑战。顺便说一句，弗里达一生经历了三十二次手术，有一位好友保存了她全部的病历，手术大多集中在脊柱和右腿上，她的脸未曾受伤。而露西·格雷利的脸就是她的病灶，《一张脸的自传》写的就是她自己的病灶所在。

我真正开始了解弗里达这个画家，是看了电影《弗里达》之后。电影开头一幕是一九五三年四月，墨西哥城的当代美术馆举办弗里达画展，此时的弗里达四十六岁，身体状况非常糟糕，距离生命终点不到一年的时间。大家都以为她不会出席画展，但晚上八点，一辆救护车开来，弗里达被从担架上平移到一张四柱大床上，纸做的骷髅悬挂在帐顶上，她的仰慕者向床上的弗里达致意。这个电影很多场戏都离不开男人：弗里达与丈夫里维拉的纠缠；里维拉在洛克菲勒中心为大资本家绘制壁画；里维拉和弗里达在家中招待革命家托洛茨基；弗里达与托洛茨基的私情；托洛茨基被暗杀；等等。人们说到弗里达的传奇性，总会扯上革命家托洛茨基，扯上大资本家亨利·福特和洛克菲勒。

弗里达是在疾病的氛围中长大的。她的爸爸是个摄影师，患有癫痫，每四十五天发作一次。她能觉察出爸爸的异样。她年幼时患上小儿麻痹症，患病之后，父女之间更为心意相通，疾病和孤独是一种很隐秘的纽带。她通过各种体育锻炼来克服小儿麻痹的后遗症，她略微跛足，但依旧美丽。她十五岁进入墨西哥国立预科学校，有了一个法律系的男友。一九二五年九月十七日，弗里达和她的小男友上了一辆公交车，对面有一辆电车开来，速度不快，就好像是要故意制造一起车祸。两车相撞后，小男友只受了一点儿皮外伤，他发现弗里达几乎赤裸着身体，车祸把她的衣服撕开了，一截断裂的铁扶手像一把剑一样穿透了弗里达的身体。车上有个装修工人，带着一袋子金粉，金粉散落在弗里达流血的身体上，周围的人在喊，要把那根铁条拔出来。小男友用膝盖顶住弗里达的身子，把骨盆上方的铁条拔了出来，他说，弗里达尖叫的声音比救护车的喇叭还响。

弗里达腰围处的脊柱断了三处，锁骨折断，第三根和第四根肋骨折断，右腿骨有十一处碎裂，右脚轧坏，左肩脱位，骨盆有三处破损。铁条从腹部的高度刺入体内，伤及阴道。手术后一个月也未能摆脱生命危险，此后三十年，她就是这样一副受损的躯体。她在病床上给她的小男友写了很多信,但两年后,小男友还是离开了她。她也是在病床上开始画画的。车祸一周年时,她画了一张车祸现场的素描,画面中央有一颗头颅,正以上帝视角观看下面的车祸和担架上的女孩。

伍尔夫有一篇文章叫《论生病》(*On Being Ill*),她说,就文学而言,疾病的一大弊端是语言的贫乏,如果让一个病人向医生描述他的头痛,语言立刻会枯竭。这话说得没错。绘画给视觉留下的刺激更强烈。弗里达的《破碎的脊柱》是她一九四四年接受一次脊柱手术后完成的,画中的弗里达,上半身由束衣收拢,身上满是钉子,一根断裂的圆柱由腰间直抵下巴,背后是荒野上的裂谷。一九四六年,她又接受了一次脊柱骨接合手术,有两张画记录了这次手术,一张叫《希望之树》,画中是伤痕累累的背部,另一张叫《小鹿》,画了一头公鹿,头部是弗里达的脸,身体上插满了箭。不需要任何艺术素养,就能感受到画面中弥漫的伤痛。

弗里达还有一张画叫《亨利·福特医院》,那是她流产之后的画作。她赤裸地躺在病床上,脸上有一颗巨大的泪珠,肚子依然鼓鼓的,身体下是一摊血,肚子上连接着六根飘浮的带子,像血管,六根红色带子末端各有一样东西:

一个胎儿，一节脊柱，一只蜗牛，一朵类似子宫的紫罗兰，一副骨盆，一架冰冷的医疗机械。弗里达很想给里维拉生个孩子，她希望是个男孩。她说，那只蜗牛象征着漫长的流产过程。

从我第一次有点儿抗拒地看到弗里达的那张脸，到我看过电影《弗里达》，记住其中出现的里维拉和托洛茨基，再到我真正一张张看弗里达的画，感受到她身体上的痛苦，其间差不多有二十年的时间。有些同理心，建立在身体的感受上。等我知道什么叫腰间盘突出，认识到脊柱稳定性的重要，看弗里达的画，才会有不同的感受，那是一种身体性的领悟过程。我们总是从自己的经验出发去理解别人。正因为如此，男女之间有一条同理心的鸿沟。

你看，我从莱斯莉·贾米森开始，看了露西的《一张脸的自传》，看了爱尔兰女作家希内德·格利森的书《我身体里的人造星星》，我对女性身体上的痛苦有了更多的了解。但这并不意味着我能跨过那条鸿沟，比如我始终没看过《使女的故事》，也没看过"那不勒斯四部曲"。

波兰作家托卡尔丘克写过一个小说叫《糜骨之壤》，第二章中有这样一段话："很多男性随着年龄的增长会患上睾丸素自闭症，它的症状是社会功能和社交能力的逐渐丧失以及思想塑造障碍。被这种疾病困扰的人通常会变得沉默寡言，似乎在沉思中自我迷失。他们会对工具和机械更感兴趣。吸引他们的只有'二战'和名人传记，尤其是那些政治家和恶棍的。他们阅读小说的能力几乎已完全丧失。"托卡尔丘克大概是随手写下了"睾丸素自闭症"这个词，我觉得这个词还挺准确，我周围的一些男性朋友多少都有点儿"睾丸素自闭症"。

托卡尔丘克在诺贝尔颁奖典礼上的演讲，标题叫"温柔的讲述者"。温柔是一种原始又基本的情感，我们大多数人出生后立即会体验到，那是我们与母亲接触时遇到的第一种情绪。托卡尔丘克的作品就有这种温柔的力量。"温柔的讲述者"，也是我对女性作家的期待。但这种期待在略凶猛的女性主义者看来，是男权思想，是对女性的"贬抑"——谁说女人一定要温柔呢？托卡尔丘克在《糜骨之壤》中还写过这样一段："有这么些人，只要一看见他们，就会不自觉地嗓子紧，眼噙感动的泪水。他们似乎对我们曾经的纯真有着更多的记忆，好似他们是自然界的怪胎，尚未完全被堕落击败。"这就是我所理解的温柔，我觉得男女都应该温柔一些。

好了，爱尔兰女作家希内德·格利森写的那本书叫

《我身体里的人造星星》,其中有一首小诗,是她写给女儿的,诗中有这样几句——

> 你的女孩本质,使那种不公平
> 成为一件持续存在的事——这个世界
> 当它倾斜和旋转——会把你推开
> 人们会根据你的外表
> 你的身材和脸蛋
> 你占据的空间
> 以及你是否会掐灭和忍耐一些事情
> 来掂量你
> ……
> 有人会对你说振作起来,宝贝
> 对你说喂,我在跟你说话
> 对你说喂,自以为是的婊子
> ……
> 预设你的四周都是好人
> 除非确实没有
> 若果真如此,你就做那个好人。

第四讲 你不加点儿个人体悟吗?

有一位美国的科学家，叫伊迪丝·威德，一九九七年写了一份书稿，写的是生物发光现象。稿子写完后，出版社没啥兴趣，编辑跟她说："你要加入一些个人体悟。"伊迪丝是一位科学家，此前的写作就没用过第一人称"我"，她不知道怎么修改，这本书稿就束之高阁。过了十多年，又有一位编辑看到有关伊迪丝研究的科学报道，找到她，问她是否有兴趣写一本回忆录，伊迪丝一口回绝。但这位编辑不死心，继续向她约稿，伊迪丝就把十多年前那份草稿拿给他看，编辑看完了，给她提建议说："你要加入一些个人体悟。"又是个人体悟。个人体悟到底是个什么东西呢？编辑和伊迪丝来来往往写了四十多封电子邮件，终于让伊迪丝明白了，该怎么把一本科学书改成一本带有个人体验的回忆录。又花了几年的时间，伊迪丝写完了她的书《深海有光》。

这本书讲的是深海中那些能发光的生物体，一开头就是"个人体悟"：伊迪丝驾驶着一艘单人无缆潜水器，潜入大海深处，离海平面一百米，忽然发现潜水器漏水了，海水渗入，伊迪丝面临危险。接下来，伊迪丝一边讲生物发光的科学知识，一边回忆自己的求学和科研经历。

为什么一本讲深海生物发光的书，要加入作者的个人体悟呢？我们看一些科学书，《外科的诞生》讲的是外科手术的历史，《癌症传》讲的是医学怎么对付癌症，两本书的作者都是医生，都在书中加入了个人行医的经历。他们给你讲医学的进展，但也把自己的故事放入其中。交流个人经验是一种更悠久的文化传统，它会让传播的界面更友好。

《约伯记》中有一句话："唯有我一人逃脱，来报信给你。"麦尔维尔把这句话用在小说《白鲸》的结尾处，后来日本作家大江健三郎说，"唯有我一人逃脱，来报信给你"就是小说的主旨，小说作者就是来"报信"的，来把自己的经验讲给别人听，这个经验应该是作者独有的。这句话带一点儿庄严气息，我们拿北京话的儿化音一读，就把庄严意味给消解了——我来报信儿给你。实际上，我们不只听小说家来报信儿。我们现在不太看自传体小说，更愿意看真实的个人经历，前面我们提到的《一张脸的自传》和《我身体里的人造星星》，从文体上来说，就是回忆录。

回忆录和自传不是一回事，回忆录是生活中的一段故事，自传是一生的故事，要背上历史的包袱，与自传相比，回忆录要更轻松自如一些。不是每个人都有必要写自传，但每个人都能提笔写一篇回忆录。我看过一本"回忆录写作指南"，作者说，回忆录的关键在于找到语调，找到属于作者本人及其自身经历的言说方式。回忆录是一种简单朴素的文学形式，其中描述的事件可能比较单薄，而且杂乱，但如果作者的语调有魅力，它就能带动读者看下去，还能在读者的想象中，变出一个完全现实化的活人。语调不仅是一种说话的方式，它还是一种可操作的思维方式和观察方式。作者对过往生活的审视，他/她最真实的心理冲突，都表现在他/她的语调上。从这个角度，我们可以理解为什么编辑会要求伊迪丝在《深海有光》中加入个人体悟：他要让伊迪丝找到自己的语调。读者接受了作者的语调，才会进入他的思维方式和观察方式。

我们会读到大量回忆录性质的文章或者是带有个人体悟的文章，网上很多帖子就是这样的，两千字或者三五千字，讲述自己遭遇的一件事，严格来说，就是回忆录。我们可能还会动笔写一篇这样的文章——遇见渣男了，这个渣男太奇葩了，要写一个帖子吐槽一下，那你要做的还是找到你的语调，找到你的言说方式，你的语调有魅力，大家就站在你这边,痛斥渣男。你的语调体现着你的思维方式和观察方式,体现着你自己是一个什么样的人;文字是有表演性的,你要提笔写字,就要控制住自己的表演。

好多年前我看过一个电影叫《成长教育》,女主角是凯瑞·穆里根,电影改编自英国《泰晤士报》记者琳·巴贝尔的回忆录中的一部分。原作只有二十页,讲述了琳·巴贝尔青春期的一桩往事。这是个遇到渣男的故事。

她那时上高中,正努力学习要考进牛津。她的妈妈是一位英文老师,琳·巴贝尔吐槽妈妈说:"我很诧异她怎么能当英语教研室的头儿,私下里她更喜欢乔吉特·海尔而不是简·奥斯丁,更喜欢沃尔特·德拉·梅尔而不是华兹华斯,我真想给教委写信举报她。"——简·奥斯丁和华兹华斯,那都是英国文学的顶尖人物,另外那两位,水准要差很多。妈妈原来是教戏剧课的,帮助女孩子矫正口音,从事服务行业需要更有教养的发音,后来才转成英语老师。爸爸也是这样,正努力在职场上提升自己,从身份上已经是中产阶级,从心理上还没成为中产阶级,总担心要过穷日子,总觉得像装饰圣诞树这样的事既浪费钱又浪费时间。请记住琳·巴贝尔这个句式,"从身份上已经是中产阶级,从心理上还没成为中产阶级"。我们可以套用这个句式。

某一天，琳·巴贝尔遇上了西蒙，对方是个成熟男人，颇有魅力。两人相识后，西蒙带着琳去听音乐会，去看电影，去高级餐厅吃饭。爸爸准许二人交往，甚至准许周五周六，琳可以更晚一些回家。有时候西蒙会在家里跟琳的爸爸妈妈聊天，西蒙衣着得体，开着一辆豪车，还给妈妈带来花，给爸爸带来酒。爸爸妈妈很喜欢西蒙。在二人的交往中，琳很少向西蒙问问题，她说："我那时正迷恋存在主义，提问题显得太幼稚，不提问才显得更成熟。"西蒙问琳是不是处女，打算在什么时候失去童贞，琳回答说，十七岁。西蒙说，不错，但第一次做爱最好不要找同样岁数的男生，而应该找一个成熟男人。后来琳开始跟西蒙外出过夜，去威尔士，去阿姆斯特丹，去巴黎，爸爸总嘱咐他们要分住两间房，但这有点儿自欺欺人。

琳·巴贝尔过着双重生活，在学校是个乖乖的学生，到周末混迹于高级餐厅和夜店，她的同学都对她这位神秘男友很好奇，可琳绝不想让同学们见到西蒙，好像怕肥皂泡被戳破一样。她发现西蒙用假支票，偷东西，说谎，但他们没有分手。等她十八岁时，西蒙向她求婚，琳非常困惑，她长了十八年，目标就是去牛津。可爸爸说，西蒙是认真的，别错过。妈妈说，要是有一个好丈夫，就不用去上大学了。琳·巴贝尔说，她感到父母背叛了她。请记住巴贝尔的态度,她被男人骗了,但她没有指责这个男人——我上当了是我傻了——但她会指责父母的背叛。

我们读这本回忆录,看到这里都知道小姑娘要犯错误了,我们要看谁能纠正她这个错误。她应该去上大学,不管是不是牛津,她都应该去上大学。那是一九六二年,嫁人是一条出路。小姑娘打算结婚,同学们都要做她的伴娘。最终还是琳·巴贝尔自己纠正了自己的错误。有一天晚上,她单独坐在西蒙的车里,打开车里的手套盒,盒里有几封信,信封上有西蒙的地址。她对西蒙始终不放心,交往两年不知道西蒙的地址。她记下信封上的地址,第二天查出那个地址的电话,打电话过去,是西蒙的太太接的电话。她终于确认,西蒙一直在骗她。西蒙早就结婚了,有两个孩子。西蒙也许真的喜欢琳·巴贝尔,但两人如果结婚,就犯了重婚罪。

巴贝尔的爸爸得知真相后,冲西蒙发火说:"你毁了我女儿的生活。"然而,一个人的生活并不是那么容易被毁掉的。琳离开西蒙,发奋读书。某一天她在家里读书,抬头看见一个人从街对面走过来,凭直觉她就知道那是西蒙的太太,西蒙的太太告诉她,西蒙是个惯犯,骗过好几个姑娘,小偷小摸,现在进了监狱。

巴贝尔在文章结尾处说："西蒙是个小偷，潜入我们家，偷走了我父母最珍贵的东西——我，还差点儿偷走了我的牛津梦。我的父母既不懂得时装也不懂得存在主义，他们被这家伙骗了。我从西蒙那里得到了什么呢？一次教育，我父母常挂在嘴边的教育。跟西蒙约会的两年，我了解了高级餐厅、奢华酒店和海外旅行，懂得了一点儿古董知识，看了伯格曼的电影，听了古典音乐。这些东西等我上了牛津依然有用——我会看菜单，能听歌剧，不是个乡巴佬。我也学会老于世故，进了牛津，只希望遇到一个跟我年龄相当的男孩，善良正派、规规矩矩的，哪怕他是个笨拙的童男子。然而西蒙也教会了我一些我后悔学到的东西——我学会了不相信别人，学会了观其行而不是听其言；学会怀疑某一个人乃至所有人都有欺世的本领；倾向于认定我们自以为了解的人实则我们一无所知——这帮助我成为一个好的采访者，而在生活中却无益处。我太多疑了，太谨慎了，也太无动于衷了。"这段结尾很漂亮，你应该找到原文看看。

琳·巴贝尔这篇回忆录是她六十岁时写的，发表在《格兰塔》杂志上。后来她接到一个电话，一个电影制片人说要把这篇文章改编成电影。再后来她见到了尼克·霍恩比，霍恩比是英国作家，阿森纳球迷，他负责把这篇文章改写成剧本。二〇〇九年，这部电影上映。巴贝尔说，看着漂亮的凯瑞·穆里根扮演十六岁的自己，那感觉怪怪的。电影中的情节和人名与回忆录相比略有些改动，但大致差不多，我们都庆幸在影片结尾，是女主角骑着自行车从饱蠹楼门前经过。饱蠹楼是牛津大学最有名的图书馆，那才是这个小姑娘该去的地方，而不是嫁给一个骗子。

女孩子在青春期经受了一次成长教育，最后还是考上了牛津，作为一部电影，这当然是个好结局。我是多年前看过这个电影，再后来才看到琳·巴贝尔的这篇回忆录的。这就是一个遇到渣男的故事。巴贝尔是怎么确定其语调的呢？都在字里行间。但最关键的一点是在开头，巴贝尔和同事聊伦敦的夜店。巴贝尔说："有些著名的夜店我十六岁就去过。"同事很诧异："你十几岁就去高级夜店，去高级餐厅吗？"巴贝尔由此动笔回忆自己的往事，写到西蒙，是西蒙带她去那些地方的。也就是说，在岁月长河中，西蒙这个渣男已经被巴贝尔淡忘了，如果她上来就写自己十六岁时遇到了一个渣男，那这个渣男在她心中的地位就太高了。你可能对某些人念念不忘，但有时候，你必须是不经意才想起他，才提到他，这是一种说话的技巧，也是一种写作的技巧。

《成长教育》只是书中的一篇，她在书中还写了自己的童年，写了她的工作经历，写了她丈夫的去世，等等。其中最有意思的一篇是她写大学毕业后的第一份工作。

巴贝尔进了牛津大学，过了一段浪漫生活，一年交五十多个男朋友。从英语系毕业后，一时找不到合适的工作，正好《阁楼》杂志招聘编辑，她就去应聘了。《阁楼》初创，编辑部只有一个主编，光杆司令，对方面试巴贝尔，问她："你会拼写吗？"巴贝尔回答："我会，我牛津大学毕业的。"主编说，ecstasy。巴贝尔回答，这个词的意思是very enjoyable。主编说："我的意思是，你把它拼出来。"巴贝尔就拼：e, c, s, t, a, s, y。主编说："很好，没几个人能拼出来。我们杂志经常用到这个词。"——一本色情杂志，你用个very happy不就得了，用ecstasy这么难的词干吗？这个词的意思是狂喜，和rapture是同义词，是一种宗教体验的狂喜。主编接下来让巴贝尔再拼一个词，pulchritude，我看到这里又查了一下字典，这是个来自拉丁语的词汇，意思是beauty。我再次感叹，你一个色情杂志，用beauty不就得了吗，用啥pulchritude？

接下来主编让她拼几个生僻的词汇。然后让她校对一篇文章。面试结束，主编给她offer（录用通知），每礼拜十六英镑。十六英镑是什么概念？《阁楼》当时的创始人在伦敦找到一个脱衣舞娘，问她当不当模特儿，拍不拍照片。

舞娘问:"你是干吗的?"创始人说:"我是杂志老板。"舞娘说:"我不拍照片,我跟你办杂志去。"脱衣舞娘一个礼拜挣一百英镑,去办杂志,负责拉广告,每周只有十英镑的底薪,剩下的都要靠提成。脱衣舞娘是杂志的广告总监。主编是一个学究气和冷幽默的人,经常和巴贝尔讨论标点符号和单词拼写的规范,巴贝尔是文学编辑,她从出版社买小说版权,小说要时髦,要五十英镑以下。她说那些文学经纪人给《阁楼》的小说都不够好,所以她找了一大批科幻小说家,让老板意识到办科幻杂志也赚钱。她还开始做人物采访,采访的都是有各式性癖好的人,比如有一次去海牙,采访一位虐待狂,那位女士声称自己鞭打过一半的欧洲政治家,如果巴贝尔愿意,她乐意在自己的地下乐园中给巴贝尔一个职位。

我一开始看这篇回忆录的时候,心态比较轻浮。但读着读着,我发现巴贝尔很在意这段职业生涯,她在《阁楼》工作七年,采访了很多有各式性癖好的人,她说,这些人都非常健谈,让她掌握了两个采访技巧,一是采访者不要窘迫,二是不要打断采访对象的叙述。后来巴贝尔在《泰晤士报》的工作就是采访名人,采访电影明星和艺术家的时候,偶尔会恍惚,提出的问题有点儿怪,感觉自己还在为《阁楼》工作。巴贝尔也当摄影助理，去协助给模特儿拍照片，但拍摄现场她不盯着模特儿看，总在一边玩填字游戏。但我们也不要忘了，《阁楼》是一本色情杂志，在一本色情杂志工作七年，只关心编辑业务和采访技巧，就忽略了重点。好，巴贝尔没有让我们失望。

《阁楼》发行量节节上升，巴贝尔怀孕生子，在家养孩子，丈夫挣得也不多，巴贝尔说："我干脆写一本书添补家用吧。"于是她一边养孩子，一边攒了一本书叫《如何在床上提升你的男人》，预付稿费是五百英镑。这本书大卖，引发了一阵出版热潮，很多出版社跟风，出了很多床技图书。巴贝尔说："没想到我在家奶孩子，顺手还为性解放做出了贡献。"巴贝尔的丈夫是个老师，他去上课的时候，他的学生总问他："你被提升了吗？"

琳·巴贝尔的这篇回忆录写的是"职场经历"，她说自己大学毕业后的梦想是当明星，当百万富翁，当一个倾国倾城的红颜祸水，但都没当成，去BBC（英国广播公司）应聘没成功，《时尚》杂志给了她一个offer，每周只有十四英镑，《阁楼》给十六英镑，所以她去了《阁楼》。她的"职场经历"聚焦于自己业务能力的提升，不只是语言规范和采访技巧，还要洞悉市场需求，知道该如何谋篇布局，色情杂志的工作经验让她写出了一本畅销书，这是她的成绩，是非常扎实的成绩，而不是那种虚头巴脑的简历。写职场经历最重要的一点，是你的工作成绩要对得起你付出的工作时间。

琳·巴贝尔这些文章的合集组成了她的回忆录，为了宣传这本书，巴贝尔拍了一张照片。她是一个粗壮的老太太，手里拿着烟，有一股浑不吝的架势，我在文字中通过叙述语调而想象的那个人，和她真实的样子实在是太合拍了，有强悍的生命力，有冷峻的幽默感。但这样的总结太浮皮潦草了，你很难总结出一个人的语调，你只能在他／她的讲述中感受他／她的语调。

"遇到渣男"和"职场经历"，这是两个很常见的主题，我们可能多少都写过这样的文章。我们处在一个社交媒体发达的时代，每一个传播者都带有一点儿表演者的特质，哪怕你发一段小红书，发一条朋友圈，你都要斟酌自己的形象，斟酌自己的语调。请注意，语调和风格是两回事，一个作家要写很久才可能有自己的风格，可能写一辈子也没形成自己的风格。但我们写一篇带有个人体悟的文章，总会有自己的语调，你要让自己的语调有魅力。

第五讲 乱七八糟的二手情绪

我看过不少作家艺术家的传记和回忆录,我会留意他们从青春期进入成年时发生了什么事,有什么重要变化。比如大诗人里尔克十九岁的时候给他的初恋女友写了封信,回忆自己在寄宿学校里被同学扇了一个嘴巴,夜里躲在床上哭泣。他说:"最亲爱的瓦丽,找到我,让我变坚强,治愈我,安慰我并且给我生活、存在、希望和未来。"这段话简直就是诗人的生活主题,他后来不断寻找像妈妈一样照顾他的女资助人,不断写信,不断倾诉。写信就是他的疗愈方法。

再比如大诗人艾略特二十岁时在哈佛念书、写诗,他从法国订购了三卷拉弗格诗集,一九〇九年夏天,他借助一本法语词典读拉弗格的诗。后来他多次谈到那个夏天:"那是一次难以言传的个人启蒙……与另一位很可能已经不在世的作家间深刻的、近乎血缘的联系,或者毋宁说是一类特殊的、私密的亲近,这感觉可能瞬间就占据了我们……对于一个初次被这样的激情攫住的年轻作家来说，他可能从此就改变了，甚至几星期的光景就能发生蜕变，把他从一捆乱七八糟的二手情绪变成一个真正的人。"他说拉弗格"敏于发现并精于钻研心智的每一动态，以及与其确切对应的情感状态"。顺便说一下，和里尔克一样，艾略特也是一个写信狂魔，每天写一千多个英文词，工作量跟发十来条推特似的。

我没读过拉弗格的诗，即使读了，也未必能获得和艾略特相同的感受。艾略特在二十岁的夏天经历的可能是"心智化"的过程，简单来说，这是"读取和解释精神状态的能力"，小孩子在三四岁的时候发展出这种能力，到上大学的时候，心智总该成熟一些了。对艾略特来说，拉弗格是"第一位教会我说话、告诉我自身语汇里蕴藏的诗性可能"的人。但更有意思的是这句话——"把他从一捆乱七八糟的二手情绪变成一个真正的人"。

艾略特二十岁读诗时那一段心智的变化，拿我们一般人常用的语言来说，就是"成熟了"。但心理学家会用他们发明的名词"心智化"。为了搞清楚这个名词，我看了一本书叫《情绪心智化》，副标题是"连通科学与人文的心理治疗视角"。我要吐槽几句——这些年，很多人号称自己站在科学和人文的十字路口,但仔细探究,他那个坐标系非常模糊,他那个路口说不清楚在哪儿,懵懵懂懂地走着,然后就宣布自己站在科学与人文的十字路口了。这本书的作者说,科学文化在临床心理学领域占据主导地位,心理学从来没有特别重视文学和文化,而且越来越不重视。医生想让心理治疗更科学,但这不意味着我们有理由轻视来自人文科学的自我理解。

以我浅陋的学识,我不知道所谓"科学在临床心理学中占主导地位"这句话从何而来,也不知道心理医生哪里来的勇气轻视人文科学。索尔·贝娄在他的一本小说中说:"我越来越不相信心理学,它是现代意识持续震荡中较为低级的副产品,我们把一些焦虑抬举地称为洞察。"《情绪心智化》的作者写了很多病例,病例中的那些来访者过于单纯了,其心智比索尔·贝娄小说中的任何一个主人公都单纯得多,让我们怀疑那些来访者大概都没有足够复杂的心智去读索尔·贝娄的小说,他们单纯得只适合找个心理医生聊聊。

《情绪心智化》综述了心智化研究中的种种说法,比如40%到75%的精神障碍都与情绪调节有关,心智化需要想象力,人们需要健康的自恋,"自传体记忆"能带来意识的扩展和延伸,等等。书中有一个说法叫"自传体自我",在

"原始自我"和"核心自我"之外,还有一种"自传体自我",它超越了"内稳态",包含了"社会稳态","自传体自我"把当前的经历和记忆中可回忆的模式联系起来。心理治疗就是要帮助患者形成"自传体自我"。上述这些引号中的名词,我不知道其确切含义,我以前读文学评论的时候,以为文学评论家最喜欢发明新名词了,后来发现心理学家更厉害,一嘟噜一嘟噜[1]的新名词。上面这番话,不用啥"内稳态"这样的名词也能说清楚,心理学家亚当·菲利普斯曾用更清晰的语言说过差不多的意思:"我们理解到理智的自我是用正确的方式爱自己,理解什么是适当的自尊:这种对自我的感觉维持着一个人的生存欲望。这种生命力,还可能导向找寻自己的挚爱。……理智意味着以正确的方式爱自己,或清楚地知道自己的哪些地方是值得被爱的。"

《情绪心智化》最有意思的章节,是作者分析了四个人的自传,分别是脱口秀演员莎拉·希尔弗曼的《尿床者》(*The Bedwetter*),特雷西·史密斯的《平凡之光》(*Ordinary Light*),导演伯格曼的《魔灯》和奥利弗·萨克斯医生的自传《钨舅舅》及《说故事的人》。《情绪心智化》分析上述

---

[1] 北京方言,量词,指一串、一挂。

四位写作者如何理解自己的情绪，也鼓励人们拿起笔表达自己的情绪。严格来说，上面这几部作品都是回忆录，而不是自传，不过，我们也不必在文体上这么较真儿。这一讲我先聊聊导演伯格曼和医生萨克斯的自传。

伯格曼在《魔灯》中说，一九一八年他出生时，他妈妈正患西班牙流感。新生儿的身体状况很糟糕。有一位医生来看他，说，这孩子会死于营养不良。外祖母把他带回家，用松软的蛋糕喂他，还请来一位奶妈。伯格曼说："我承受着种种难言的病痛。我简直不知道自己是否还想活下去。在意识的深处，我还能回忆起当时的状况：我身体的分泌物散发出恶臭，湿漉漉的衣服把皮肤擦得生疼，柔和的灯光通宵亮着，通往隔壁的门半掩着，不时传来乳母粗重的呼吸……这一切都记忆犹新。我记不得有什么恐惧，那是后来才感受到的。"

大导演果然厉害，居然记得刚出生时的情景。他还回忆自己两岁时搬家的情景，回忆四岁时，妈妈给他生了一个妹妹，他感到愤怒和嫉妒，想把妹妹弄死，结果挨了一顿揍。七岁时，伯格曼跟学校老师说，自己已经被卖给了马戏团，马上要去学杂技走江湖了。老师没能欣赏他的虚构才能，通告家长，然后他又挨了一顿揍。到伯格曼四五十岁,功成名就时,妈妈来剧院找他,大意是说他爸爸要死了,为什么不去看他?说着话又给了大导演一耳光。

伯格曼的家庭关系很负面,童年生活也不是很幸福。然而,我们也不能得出结论说,糟糕的童年可以造就艺术家——痛苦的小伯格曼拿到了一台电影放映机,然后就走上了电影之路。如果创造之路这样简单,那我们国家应该有很多大艺术家、大导演啊。很多作家的写作经验来自糟糕的童年,但这也不意味着,科学家的童年就幸福。物理学家弗里曼·戴森在他的自传《模式制造者》(*Maker of Patterns*)中说:"我身体羸弱,在运动方面表现迟钝,像我这样的男孩没有几个。残忍的校长和只会欺负弱者的同学给我们双重压迫。我们这几个常被欺负的孩子终于找到了一个避风港,满脑子都是拉丁文的校长和痴迷足球的同学都找不到这里。这个避风港就是科学。我们发现,在这个残暴和仇恨的国度中,科学是一块充满自由和友谊的净土。"

心智化,这个词的魅力在于指出我们能摆脱情绪的影响,能变得更理性。奥利弗·萨克斯的回忆录就写到了情绪与理性的关系。奥利弗·萨克斯是一位医生,也是一位畅销书作家,我以前讲过的美国电影《无语问苍天》,就改编自他的书《苏醒》。"二战"期间，六岁的萨克斯从伦敦被疏散到英国乡村的临时学校，他有切实的焦虑："难道爸爸妈妈不要我了吗？"他抵抗焦虑的办法是写写画画，画一个 10×10 的表格，写上数字 1 到 100，然后把其中的质数都涂黑，看看其中有什么规律。然后再画一个 20×20 的表格，把其中的质数涂黑；再画一个 30×30 的表格，把其中的质数涂黑。萨克斯在回忆录中说："我喜欢数字，数字实在、恒常，在这混乱的世界中，依然不动如山。数字之间有一些关系是绝对的、必然的和毋庸置疑的。"他说他后来读奥威尔的小说《1984》，最难过的地方就是主人公在权力的压迫下，承认 2 加 2 不等于 4。

萨克斯的外祖父早年间从俄国逃到德国，娶妻，又从德国逃到英国。他们一家是犹太人，逃难是为了躲避排犹浪潮。后来，南非发现金矿，萨克斯的几个舅舅就跑到南非去采矿，有的发了财，有的患病早逝。还有几位舅舅留在英国，做灯泡厂，成为企业家。不管是采矿，还是做灯泡，都离不开化学知识，离不开对各种元素的认识。如果从发财这个角度去想，一个穷人变成富人，这个变化非常奇妙。而在化学世界里，什么样的变化都是可能的，你把紫甘蓝和醋混在一起，发现它们的颜色变化了，这是最简单的化学实验。如果你耳濡目染于化学知识，可能就会自信于，从一个俄国人变成一个英国人，从一个无产者变成一个矿主，都不是什么大不了的事。

萨克斯小时候，妈妈会给他展示琥珀项链，琥珀摩擦会带电，会把桌上的纸屑吸起来；大哥、二哥都对磁铁着迷，三哥喜欢摆弄晶体管收音机，这些东西都是有魔法的。萨克斯感到，在我们熟悉的世界之下，还有一个充满神秘法则的魔法世界。那个魔法世界就是科学。

小萨克斯从哪里进入科学世界的？是伦敦西南部的一个灯泡厂。他总有很多问题问爸爸妈妈，爸爸妈妈解答不了，就告诉他，去问你的钨舅舅。萨克斯的这本回忆录就叫《钨舅舅》。钨舅舅在灯泡厂工作，把沉重的黑色钨粉压挤、捶打，用高热熔解，拉成钨丝。钨舅舅与钨相处三十年，厚重的元素深入他的肺和骨、血管和皮肤，这位舅舅带着小萨克斯了解化学的世界。萨克斯的外公娶过两任妻子，生了九个儿子、九个女儿，所以萨克斯有一大堆姨妈和舅舅，再加上爸爸那边的叔叔、大爷，到他这辈儿，兄弟姐妹有一百个左右。这个大家族的每个人都继承了祖辈那种业余科学家的精神，都喜欢鼓捣点儿什么。一个良性的大家族的好处，就是每个亲友都展现出一种生活的可能性，都能从自己的兴趣出发去探知世界。一个恶性的大家族，恐怕只有倍增的压抑。

萨克斯在临时学校，吃着甜菜根和大芜菁，承受着老师的体罚，偶尔回伦敦，看到家里面目全非，花园挖出了防空壕，种上了粮食，德国飞机时常掠过，扔下炸弹。他说，那时唯一的享受就是去柴郡的德拉米尔森林，莲恩阿姨在那里办了一所"犹太清净空气学校"，照顾患病的孩子，那些学生有的是哮喘病，有的患有软骨病或肺结核。莲恩阿姨会带萨克斯看向日葵花蕊的螺旋线，告诉他何为斐波那契数列，何为完全数，何为毕达哥拉斯数字。

一九四三年夏天，萨克斯回到伦敦。德国人在斯大林格勒战役中受创，盟军在西西里登陆，他看到了胜利的曙光。这曙光并不是来自新闻战报，而是一根香蕉，一根北非的香蕉进口到了英国，被爸爸买回了家，这根香蕉被切成七份，分给家里的七个人。从战争开始，伦敦就买不到北非香蕉了，四年过后，他们又买到香蕉了，这就是胜利的曙光。十岁的孩子能更好地理解钨舅舅传授的知识，能用坩埚做实验了，他对科学有了更强的好奇心。

如果故事这样单纯就好了，《钨舅舅》之后，萨克斯又写了一本回忆录《说故事的人》，讲述自己此后的人生。他十八岁拿到牛津大学的录取通知书，他爸爸和他谈话，问他为什么没有女性朋友。第二天早上，妈妈对他说，"你让我恶心"。二十岁，他在牛津大学的莫德林学院遇见了心上人，这所学院有王尔德开创的同性恋传统。后来他离开家去了北美，成了一个医生，一个畅销书作家，但也接受了五十年的心理治疗。衰老之时，他在《纽约时报》上写了好几篇专栏，讲述死亡临近时的心境。他讲自己的听觉出了问题，讲衰老对大脑的影响，回忆自己小时候怎样用元素周期表来应对创伤，他提到了元素"铋"，元素周期表上的第八十三种金属，他希望自己能活过八十二岁，活到八十三岁。而对于下一个元素"钋"，他不抱什么希望了。

我们年轻时读名人传记，总免不了把它当成一个励志故事，想从中学会怎么处理一些人生难题。但后来我们会发现，人生漫长，小时候有小时候的恐惧与焦虑，老了之后有年老的恐惧和焦虑。小萨克斯能用质数和元素周期表把自己从乱七八糟的情绪拯救出来，等他长大了，还是要接受五十年的心理治疗，还是要孤独地面对死亡。他的故事让我想起两句诗，一句是阿多尼斯说的，"童年是让你能够忍受暮年的那股力量"。另一句是路易斯·格丽克的诗："童年，我们曾向世界投以一瞥。余下的尽是回忆。"

第六讲 情绪与书写

这一讲，我们继续聊聊情绪和心智化这个题目。

儿童文学作家写过好多书，让孩子理解各种情绪。马克斯·普朗克研究所还有一个情绪研究中心，编了一本书叫《情感学习》，讲儿童文学如何教我们感受情绪。比如谈《柳林风声》中的蛤蟆，情绪发生了什么样的变化。你如果有孩子，要给孩子讲故事，可以去看看《情感学习》这本书。我们总想让孩子能够控制自己的情绪，其实我们大人做得就不怎么样。

对斯多葛派来说，情绪是伦理学的核心。他们说，由现实中的善驱动而产生的是"快乐"，由恶驱动而产生的是"痛苦"，由不在现实而在预想中的恶所驱动的是"恐惧"，由预期的善所驱动的是"欲望"。以这四种情绪为大类，下面再进行更细致的划分，在"欲望"中，有愤怒，有过度的性欲，有思慕，有对名誉和财富的执迷。在"快乐"中，有自我满足，也有自欺。在"恐惧"类型中，有苦闷、惊愕、焦虑。在"痛苦"的类型中，有嫉妒、哀伤、暴躁等。总共列了七十种。对斯多葛派的哲人来说，快乐不是什么好事，会导致理性判断产生失误。古希腊的智者认为，如果你被情绪左右，你就还是一个幼儿。这种对情绪的识别以及分门别类，有什么作用呢？识别及归纳，并不是一件困难的事，先去识别每一种情绪，再试着去归纳，是帮助你摆脱情绪影响的第一步。所谓"正念"，也是帮助你识别自己的念头及情绪。控制情绪这件事，从古希腊到现在，从三五岁小儿到三五十岁成人，简直是个无休无止的工作。

心理学家越来越重视情绪的研究，根据 PsycINFO 数据库上的统计，一九八一年，关于情绪的论文只有十来篇，到二〇一六年，关于情绪的论文数以千计。他们都研究出什么来了呢？他们说，古希腊人认为土气水火是世界的四元素，所以斯多葛学派才会认定快乐、痛苦、恐惧、欲望是人的四种基本情绪。二十世纪七十年代，美国一位心理学家认定，人有六种基本情绪，分别是幸福、悲伤、愤怒、恐惧、厌恶和惊讶，而后他不断扩充自己的基本情绪清单。四十年后，又有号称"最新"的研究确定了二十七种情绪类型，包括钦佩、同情和成就感等，每个类型下再细分许多有微小差别的情绪。平均来说，人们醒着的时候，在

90%的时间里会至少体验到一种情绪，其中积极情绪是消极情绪的2.5倍。在三分之一的清醒时间里，人们都同时体验正面和负面的混合情绪。

两千年来，情绪还是那几样情绪，处理情绪的方法也没有多少变化。古希腊的智者想让自己的情绪稳定在这三种上：喜悦、慎重和意愿。喜悦是内心理性的高扬，慎重是理性的回避，意愿是理性的实现。我有一位朋友去汕头大学出差，顺手拍了图书馆，把照片发给我。图书馆的书架上做了很高的一块檐板，上面写着古罗马皇帝奥勒留《沉思录》中的句子："时时进行坚定的思考吧，如同一个罗马人，以及一个拥有质朴又完整的自尊，并且在做当下所做的事情时会带着正直、自由且友善的情绪的人那样。"还有一段："人们寻求隐退自身，他们隐居于乡村茅屋，山林海滨；你也倾向于渴望这些事情。但这完全是凡夫俗子的一个标记，无论什么时候，你要退入自身你都可以这样做。一个人退到任何一个地方都不如退到自己的心灵更为宁静和更少苦恼。"

我们在电影《角斗士》里见过这位罗马皇帝，白天他跟他的将军们讨论作战部署，晚上他在营地中给自己写点儿东西。他在战役中的所见所闻让他心中不安，他看到支离破碎的尸体，尸体的恶臭留在他的外衣的皱褶里。晚上睡不着，他在莎草纸上写字，不是用拉丁文而是用希腊文，这是他的告解室。对于一个以建立行省、征服野蛮人、扩大帝国疆域为使命的罗马皇帝来说，忽然意识到自己在世的时光只是在异乡的短暂逗留，那种虚无感可能更为强烈。奥勒留死于瘟疫时五十九岁，死在距现今的贝尔格莱德约四十公里处的一个军营。他之所以不朽，并不是因为他的法令或征服，而是因为一项秘密活动——他在深夜中写给自己的那一本《沉思录》，后人由此看到一个皇帝也无法驾驭的困惑和痛苦，唯一的办法是，独自思考，熬过黑夜，还在纸上写点儿什么。

我们的古人也有过类似的写作。曾国藩带兵打仗，政务繁忙，但还会写日记，写读书心得，写自己的感悟："闻道者，必真知而笃信之。吾辈自己不能自信，心中已无把握，焉能闻道？""日来思胸襟广大，宜从'平''淡'二字用功。"曾国藩写日记自省，要做一个道德上的完人。

我们是不是也能写点儿什么来内省呢？或者，放低要求，写点儿什么来改善自己的情绪呢？有一本青少年情绪管理手册上是这样说的——多学习一些表达情绪的词汇，留意电影与小说中那些描绘情绪的片段。手册上还画了许多表格，表格左侧留白，右侧是温度计，专家鼓励你写下让你生气的人和事及场景，在温度计上涂上颜色，表示自己愤怒的程度。专家还鼓励你写日记，描写自己的情感状态，他们说情绪体验是迈向思考的第一步。

心理学家詹姆斯·彭尼贝克有一本书叫《书写的疗愈力量》，他的观点是，表达性书写可以强化免疫系统的活动，慢性疾病跟情感因素有关，书写能减少压力、改善睡眠、降低血压、减少应激激素的分泌，每次十五分钟，每周写四次，不管是病症是哮喘还是类风湿关节炎，病人都会感觉好一些。彭斯尼克建议读者拿起笔来，先想想自己担心什么，一直放不下的愿望是什么，一直回避的问题是什么。不要担心拼写、语法或标点符号错误，也不需要修改，只要让你的情绪通过笔尖流淌出来。每天十五分钟，连续写上四天，这是一种让你更深入地了解自己情感生活的方法。

书中提到很多实验，科研人员测量慢性病人和癌症患者的身体指标，以证明他们在写作之后，身体状况好了些。我觉得，这些病人如果每天读书，也会感觉好了些的。不过，我想给彭斯尼克补充两个病例。四百多年前，蒙田遭遇中年危机，战争延续数年，瘟疫横行，好朋友死了，蒙田患肾结石，六个孩子死了五个，蒙田把自己关进书房，动手写他的随笔集，从三十九岁写到五十九岁。他发明了一种新文体，就是随笔，"想到哪儿写到哪儿"。他在写作中平息自己的焦虑，在那个平均寿命不足四十岁的年代，蒙田能活到六十，肯定是写作帮助他强身健体、平复内心。还有一个病例是普鲁斯特，他有哮喘病，对很多东西都过敏，他还要压抑自己的性取向，所以普鲁斯特总是拉上窗帘，躲开阳光，不停地写啊写。他没什么规划，《追忆似水年华》第一卷写完出版时，他不知道自己后面还要写六卷。我们现在有很多书写训练营，让你通过书写来疗愈，普鲁斯特就是给自己开了一个书写训练营，他调动自己的全部感受，在纸面上重建了一个人生。

我有一个朋友就是开书写训练营的，训练营设在大理，青山绿水，有很多女性去参加训练营。我问过她，你们这样的书写训练，有什么书作为理论依据吗？是她向我推荐了《书写的疗愈力量》，还有女作家娜塔莉·戈德堡的两本书。戈德堡的书中，有一个章节很有意思。戈德堡有一个作家朋友叫米娅哈姆，要写一个有关艾滋病的短篇小说。某年十一月，她写完了小说的初稿，在一个朗诵会上朗读了片段，有一位编辑建议她，写得再慢一些，一个短篇小说应该用两个月的时间写。转过年来的一月，米娅哈姆住院生孩子。三月，戈德堡去看望米娅哈姆，米娅哈姆告诉她，自己重写了那篇小说。戈德堡在书中把这篇小说的两个开头都记录下来。戈德堡说,后来改写的要比初稿更好。住院生孩子的那段时间,米娅哈姆更沉静地进入了自己的叙述。戈德堡是这样总结的:"在我们的时髦个性之下,还藏着一个僻静的所在,与我们的呼吸、言语和死亡相连。米娅哈姆的修订版连接到了那个所在,因为她慢了下来。写第一稿时,她是恐惧的,所以写得油腔滑调。我们总以可笑的方式掩饰恐惧,但那处僻静的所在与我们同在。最好的文字都来源于它。"戈德堡长年跟一位日本和尚学禅宗,她的写作建议也有点儿禅宗味——"我消化了多少,才能让我的句子以静默的方式出现?"她建议,写作之前,要沉陷于自我,让自己从那个僻静所在出发。

上一讲提到,《情绪心智化》书中分析了四本自传,我介绍了《魔灯》和《钨舅舅》,剩下的两本是《尿床者》和《平凡之光》。《尿床者》的作者是一名脱口秀演员,她的文字总在娱乐读者。那本《平凡之光》,很符合戈德堡的观点——找到那个僻静所在,以静默的方式出现。作者特雷西是个女诗人,在大学里学诗歌创作,老师把诗歌说得很神秘:"诗歌是一种有觉知的事物,有自己的意愿,诗歌等着我们找到它,把它变成语言。诗歌引领你去向某处,可能和你的意愿背道而驰,你要屏蔽掉所有的噪声,才能听到诗歌在对你说什么。"这说法很玄虚,却又相当准确。特雷西说:"我的诗是由我的词汇写成,出自我的想法和观察,但是,当一首诗完成时,它的确说出了一些我以前不曾感知的东西。我努力地去倾听我正在写的诗要跟我说的是什么,即便我探究的是自以为很熟悉的东西——自我,我也需要捕捉那些飘浮在外的语言,就像那些虔诚的人努力辨明上帝的意愿。"特雷西推敲用词,在诗句中处理自己的犹疑,在纸上落笔,渐渐变得清晰和坚定。她说,妈妈祷告的时候是不是也有类似的体验呢?妈妈与神交谈时,她要听到的是什么?

特雷西的妈妈是个虔诚的信徒,家里有五个孩子,特雷西是最小的一个。妈妈总说,一家七口人是最好的,上帝喜欢"七"这个数字。万圣节的时候,妈妈会给特雷西准备服饰,但也会告诉她,他们是基督徒,不应该过万圣节,上帝会不高兴的。妈妈想把自己单纯的三观移植到女儿头脑中,只是女儿在青春期之后,对妈妈的信仰不以为然,母女之间有了隔阂。特雷西二十二岁的时候,五十八岁的妈妈因病去世,女儿重新梳理和妈妈的情感纽带。《平凡之光》就是这样一本回忆录。

《情绪心智化》的作者叫尤里斯特,他先把那种不知道自己感受如何的状况命名为"情绪疑难",然后引入"心智化"这个概念,这是一种利用自传体记忆对自己的情绪进行反思的能力。在他的书中,《平凡之光》被当作一个处理"丧失"的案例,特雷西起初跟母亲共同调节情绪,后来是自我调节,母亲离世,共同调节不可能了,但因为有共同调节,自我调节才得以维系。"共同调节"和"自我调节",这又是心理学家的"新词"。他们的新词还有"元情绪",还有用比喻生成的新词,比如"情绪炎症"等。他们还喜欢把大脑部位的名词放到书里,这些都是写作花招。

我们有一个常用的词:敏感。但心理学家觉得这个词不准确,他们发明了一个新词"情绪颗粒度",情绪颗粒度越高,你就拥有越精确的工具来处理可能会遇到的挑战,并从生活的积极体验中获得更大的乐趣。你的大脑有机会校准某种反应,以适应任何特定情况下的生理和情感需求。换句话说,比起模糊的、自由浮动的情绪,被命名的具体情绪更容易管理、接受或回应。

我觉得要磨砺自己的"情绪颗粒度",阅读的作用跟写作差不多。如果能读两段《追忆似水年华》,我们就能找到我们时髦外表下的僻静所在,就能体会自己的呼吸与言语,就能体会到静默,体会到我们以前未曾感知的东西。我们来看一句评论:"普鲁斯特的句子不断延缓,让他沉浸其中，不必为呼吸而起身。他堆积隐喻和从句，进行各种繁复的转换，从而可以更好地表现内心的悲伤和痛苦，把它们展开，就像把金子打成金箔。"再看另一句："普鲁斯特毫不困难地将心脏搏动的间歇和自然而然的记忆联系在一起。"我们看《追忆似水年华》，普鲁斯特怎么描述一块蛋糕，怎么描述失眠，怎么讲外祖母被疾病击倒，怎么注视爱人熟睡的脸，那些绵长的文字让我们沉静下来，僻静之处，时空凝滞，过去与未来相互浸染，"他将哀悼融入了人类对失去之物的觉醒当中"。

至于心理学家鼓吹写作的疗愈作用，我想起一位朋友的吐槽，他说："心理学才是文学呢，它能帮助人虚构一个自己。"这位朋友的吐槽比较恶毒，不过，我也想说一句恶毒的话：许多人的心理问题是不读书造成的，不读书造成的问题，很难通过写作来化解。

第七讲 歇斯底里的姐姐

我以前说过,应该把弗洛伊德当成小说家来看待,今天我来详细讲讲这个事。

我先讲一个概念,叫"嵌套叙事",简单说来,就是一个故事里套着另一个故事。这样说也不准确,我还是举一个例子吧。有一个小说很有名,叫《螺丝在拧紧》,开头写的是某个夜晚,在英国乡下一个老房子里,几位绅士在讲鬼故事,座中有一位叫道格拉斯的先生,说他有一个现成的鬼故事,是一份手稿,手稿放在伦敦,要让仆人寄过来才能开始讲。在座的绅士对这个故事都很期待,到了星期四的晚上,大家围坐在壁炉前,道格拉斯拿出一个红色封皮的笔记本开始讲。笔记本中记载的是一位女性的自述,她去一所老宅应聘家庭教师的职位。这就是"嵌套叙事",按照一些理论术语,还有什么"平行嵌套""层级嵌套"等。其实就是"戴个帽子",真正的故事开始前,《螺丝在拧紧》先戴上一个帽子。照我看,康拉德的小说《黑暗的心》也是"戴帽子叙事"：泰晤士河上，人们听水手马洛讲一个非洲冒险的故事，泰晤士河上的那段场景描述就是个"帽子"。

有时候，一个故事会戴上好几顶帽子。我有一本书，一九八六年十二月第一版第一次印刷，定价一块五，还有"内部发行"的字样，是《少女杜拉的故事》。这是弗洛伊德的一本书。我上高中的时候，弗洛伊德正在国内流行，有正规出版物，也有许多盗版。手边的这本书疑似盗版，里面的正文是竖排版繁体字，最前面是"曾序"，这位曾先生是台大医院精神科医生，他在序言里先对"歇斯底里症"做一番解释。接下来是"黎氏序"，这个黎氏（Philip Rieff），是美国宾夕法尼亚大学社会学教授，也是弗洛伊德著作的权威编辑，他在序言里把少女杜拉的故事解读了一番。这两篇序言在我看来已经是两顶帽子了，然后是弗洛伊德的"绪论"，又是一顶帽子。而后，少女杜拉的故事才展开。先是临床现象，接着是"第一个梦"和"第二个梦"，结尾是弗洛伊德写的后记。然后还有两则附录。然后还有译者后记，译者也在台大医院工作，他和前面作序的曾先生一样，在自己的文字后面都写上了落款，"于台大医院"，这几个字给"少女杜拉的故事"增添了几分医学色彩。这本小书中还有很多注释，最后面是弗洛伊德年谱。

两则序言加译者后记加年谱,当然不属于弗洛伊德的"嵌套叙事",但在我看,都起到了"穿衣戴帽"的效果,让这则小故事煞有介事。这本书上的"弗洛伊德"还写作"佛罗伊德",这个"佛"字更增加了作者的权威性,一般人哪敢姓"佛"。

我要是说自己当年对弗洛伊德的分析留有什么印象,那一定是伪造的记忆。但这本书的"嵌套叙事"都在强化我的一个感觉:我是在读一个病例,而不是读一个故事。我也说不清楚到底为什么我那时对"歇斯底里"啊、"精神病"啊这些事有浓厚的兴趣,要不是我的学习成绩太差,说不定我就去读北京医学院精神卫生专业了。不过,话说回来,二十世纪八十年代弗洛伊德的理论真是盛行啊。

我在北师大中文系念书,有一次去听现代文学课,蓝教授讲《早春二月》,这个小说改编过电影,孙道临和谢芳演的。《早春二月》说的是什么故事呢?说的是青年肖涧秋来到浙江的芙蓉镇教书,镇上的女文青陶岚很喜欢肖涧秋,可肖涧秋没事儿总去找镇上的寡妇文嫂,文嫂是一位烈士遗孀,肖涧秋在经济上照顾文嫂,让文嫂的女儿采莲去上学。在我纯洁的心里,我只知道肖涧秋、文嫂和陶岚都是好人,但蓝教授的分析石破天惊,他问我们,为什么肖涧秋对陶岚的爱没什么反应？他是爱上文嫂了吗？不是！他爱的是文嫂的那个女儿采莲！他是个恋童癖。你们接受不了这个？肖涧秋也接受不了自己是个恋童癖。所以他离开了芙蓉镇，投身革命。蓝教授说完，举座哗然。有一位高年级的校园诗人站起来说："蓝教授，我绝不同意你拙劣的分析，你玷污了一个纯洁的故事，采莲才六七岁大，是个纯洁的小女孩。"校园诗人一发言，同学们的反应就更热烈了。我不记得这堂课讨论出了什么结果，但这是我印象最深的一堂现代文学课。

我后来还选修了一门课，叫"曹禺戏剧分析"，两个学分。主讲老师第一堂课讲曹禺生平，出生在什么样的家庭，少年时期是什么样的生活，分析方法还是弗洛伊德那一套。到第二堂课开始讲曹禺的作品，还是用弗洛伊德的那一套。课间休息的时候，我跑去问老师："您后面的课，还是用弗洛伊德这一套来分析曹禺的作品吗？"老师说，是啊。我说："那算了，我不想听了，你把两个学分给我，弗洛伊德这一套我都会了。"老师就同意了，给了我两个学分。我那时年少轻狂，赶时髦，学校里有一位从美国留学回来的博士，开了一门文艺理论课，讲的是结构主义、叙事学和符号学什么的。我跑去听他的课，只见他拿粉笔在黑板上画了一个四边形，再画上两条对角线，X，非X，反X，非反

X，这是格雷马斯矩阵，上面的线条就是语义轴，我听不懂，但大为震撼。

俄罗斯形式主义啊，法国结构主义啊，这些理论都跟文学有关，我赶时髦听点儿课，但始终不懂，相比之下，还是弗洛伊德好懂。哈姆雷特知道叔叔杀掉了他的父亲，跟他妈妈上床，为什么他迟迟不复仇？他杀了波罗尼斯，导演了一场戏中戏给他的叔叔看，送罗生克兰和盖登斯登上西天，可一想到要为爸爸报仇，他就犹疑，就内疚，就想自杀，为什么呢？他缺乏果断行动的能力？非也，弗洛伊德说，哈姆雷特感到自责和不安，是因为他潜意识中想杀掉父亲，想跟母亲上床，叔叔把他这罪恶的愿望给实现了，成了哈姆雷特的一面镜子，杀死叔叔，就是再次实现自己的俄狄浦斯愿望，也是杀掉自我，所以哈姆雷特不能采取行动，他成了一个歇斯底里病人。这理论易懂、易掌握，谁跟谁有矛盾，就是谁潜意识中想睡谁但又被压抑了，分析文学作品中的人物，就是分析他们互相睡的可能性，不管是同性异性道德伦常物种界限，大胆发挥你的想象：肖涧秋爱采莲，伍迪·艾伦爱绵羊。对性饥渴的文学院学生来说，这是一件利器。

多年之后，我才认识到，应该把弗洛伊德当成个小说家。拉美的一些小说家,会给一本不存在的书写书评,会写一本完全虚构的纳粹文学史,会把文艺理论写到小说里,那我也可以把弗洛伊德的作品当成文学作品来看。文学评论家哈罗德·布鲁姆正是从文学的角度来理解弗洛伊德的。他把弗洛伊德和莎士比亚、华兹华斯相提并论,说弗洛伊德是"他那个时代的蒙田,卓越的道德散文家"。英国心理学家亚当·菲利普斯给弗洛伊德写过一本传记,他在书中说:"我们需谨记,弗洛伊德一生中写就的著作是伟大的现代主义文学诸多作品的一部分。我们可以将普鲁斯特、乔伊斯和穆齐尔的名字视为现代主义文学的象征……我们需要将精神分析这个弗洛伊德毕生研究的主题看作是叙事史的一部分,就像把它看作是医学史的一部分一样。"他还说:"精神分析关注的是一个人所有非语言的体验:无论是难以表达清楚的,还是未能连贯表达的,无论是个体不会说的,还是不能说出的。"

我还是来举个例子吧。一四九三年夏天,达·芬奇在自己的笔记本上记下了一场葬礼的费用,买蜡烛花了几块钱,买棺材花了几块钱,给掘墓人几块钱,等等,至于埋葬的那个叫卡泰丽娜的女人到底是谁,笔记中却没有透露。有传记作家推测,这个卡泰丽娜可能是达·芬奇的妈妈。如果是一个传统的作家处理这段素材,可能会这样写:

达·芬奇的妈妈死了,达·芬奇很悲伤,他在笔记本上记录葬礼的每一笔开销,是为了让自己暂时忘却伤痛。十九世纪的作家很可能这样写,但现代主义文学不会这样写。弗洛伊德的写法非常独特,他说,这是一种叫"留置"的心理机制,在这种机制中,深层情感被升华或转移到烦琐的重复性的动作上,达·芬奇需要"分心",需要去关注"无关紧要的细节",他把自己的悲伤隐藏起来,精神分析要让原本被隐藏的冲动显露出来。他把小说中的一个叙事技巧直接变成了一种心理学的解释。

我的意思是说,弗洛伊德掌握了一种手法叫"精神分析",他可以用这个手法写《少女杜拉的故事》,也可以用这套手法分析歌德和莎士比亚,还可以用来写《文明及其不满》。这是一套独创的手法,像"独孤九剑"一样。假设弗洛伊德看了很多文学作品,发现里面的文字都四平八稳,没有笔误,也没有口误,他可能会想:这跟日常生活太不一样了,我干脆写一本书专门讲口误和笔误吧,口误和笔误才是真正透露内心的,结果在文学作品中得不到一点儿呈现,我来颠覆一下吧。——这种做法是推向极致的恶作剧。

现在的心理学家一般都强调心理学的科学性,不把弗洛伊德当成科学家来看。但你要是把他当作家来看，所有疑问也就迎刃而解——

弗洛伊德自称是科学家？

这是一种虚构，麦尔维尔还自称是个水手，叫"以实玛利"呢，写小说的人可以把自己的身份虚构。

弗洛伊德不是个医生？

反正医生是他的职业，他总要从生活中找点儿素材出来吧，坐在屋子里等病人上门来倾诉，这的确是收集素材的好办法。对于描述精神分析师的用词，他更喜欢"俗世的牧师"，而不是医生。

弗洛伊德把对个人的分析编造成一套广泛运用的理论？

作家就是分析自己，写成作品，恰好弗洛伊德选取的作品体裁很特别，看着像是理论。

弗洛伊德用可卡因治疗病人？

那个时候医生自己也会用点儿可卡因，他们对毒品还没有足够的认知。

弗洛伊德根本就没治好病人，他的躺椅和自由联想啥的，都是骗人的花招？

对作家来说，好作品是要提出问题的，弗洛伊德虽然没治好病人，但他生产出了一大批病人，他的读者看完了他的书，多少都会觉得自己有病，都免不了对自己进行分析，这简直是作家要达到的巅峰状态。

弗洛伊德那一套都是一些话术？

是啊，在他之前，人们不知道怎么谈论内心的黑暗之处，在他之后，人们都会说潜意识、力比多、本我和超我、死亡本能，没有哪一个作家能让数以千万计的人熟知甚至掌握他使用的那一套语言，托尔斯泰做不到，卡夫卡也做不到，从这个角度来说，弗洛伊德简直是天下第一的虚构大师。

以上的问答略显轻浮。我们不妨来看一位心理学家对弗洛伊德做出的严肃评价，他说的其实跟我说的是一个意思，我上面的问答不过是在以下严肃评论的基础上略做发挥——

我们的整个人生都避免面对事实，不面对自己繁冗庞杂的真实过去，更不去面对自己真实的童年。弗洛伊德揭示了我们是怎样对自己一无所知的，他也许没有提供科学的解答，却制造了众多的问题。他指出，正是那些我们用来避免痛苦的事物带来了痛苦。如果你觉得，这样的总结让弗洛伊德听起来不像是个医生，倒更像是一个小说家、诗人和预言家的混合体，那可能因为他正是后者。从某种角度看，弗洛伊德的确是一个讲故事的人。弗洛伊德的理论向来是关于语言的，是自述故事的语言，是现代人心灵和意识的新语言。我们需要倾听生命中的故事，需要用不同的方式来讲述。精神分析是作为医学治疗方式出现的，但立即成了讲述那些最基本矛盾的故事手法。

我们让自己无法理解自己，这是为什么呢？因为核心的真相，那些可怕的欲望太过危险，让人无法承受。因为无论自己意识到与否，我们都在自我保护，对自己隐藏真相可以保护脆弱的个人意识。弗洛伊德质疑的，正是我们讲述自己和他人生命故事的老方式，他发明了一种新的解读方式，对我们黑暗的内心进行了恐怖的理解，对人类的无意识做出了奇妙的解读。

精神分析首先不是言说疗法，而是言说探索——

探索如何更诚实有效地言说那些我们觉得如此难以启口的恼人事物。这就是为什么弗洛伊德如此重视词汇、符号和叙事。也正因为如此，精神分析的架构看起来更像神话而非科学。我们依靠扭曲的自我诠释来找寻自己在这个混乱世界的位置，而弗洛伊德的使命正是销毁那些我们用来构建自己历史，特别是孩提时代对自己的扭曲诠释。精神分析既不是通常意义上的科学，也不是通常意义上的文学。科学必须符合实证，可测的条件，"什么东西会影响某人的精神状态"，这种猜测并不是科学的解释。这样的猜测如何验证？不可能。但弗洛伊德的学说，解释了我们对自己的不接受，也显示了我们比自身希望的还要复杂。

这段话读完了，我们再回到《少女杜拉的故事》，看弗洛伊德是怎么写这个故事的。他先在引言中强调这个病例的严肃性："有许多下流龌龊的医生，不把这样的病案视作探讨神经症病理的论文，反倒把它当成一部影射真人的小说来读，用以消遣。我跟少女讨论性问题，是源自医生的责任感，我不是色情狂。"——做了这样的交代之后，他用很严肃的笔调撰写杜拉的故事。这就是"嵌套叙事"。

少女杜拉的爸爸是一个大企业家，经济宽裕，爸爸得过肺结核，还得过眼疾，眼疾大概是由梅毒引起的。少女杜拉对父亲非常依赖。弗洛伊德医生第一次见到杜拉时，杜拉十六岁，咳嗽，声音嘶哑，他就建议杜拉接受心理治疗，但杜拉的病情好转了，没接受心理治疗。两年后，杜拉的爸爸发现，女儿情绪低落、精神涣散，书桌上还有一封信，信中流露出轻生的念头。杜拉就医，弗医生初步诊断，少女杜拉有歇斯底里的症状。

杜爸爸跟弗医生说，他们一家人曾在B城疗养，和K夫妇结下深厚友谊。K夫妇有两个孩子，杜拉总会陪那两个孩子玩。K先生也会陪杜拉散步，某一天K先生与杜拉游湖，K先生在湖边向杜拉求爱，杜拉将此事告诉杜爸爸，杜爸爸就前去质问K先生，K先生否认此事，反过来质疑杜拉，说K夫人告诉他，杜拉小小年纪心思不纯，湖边求爱这一场景肯定是杜拉自己幻想出来的。杜拉要求爸爸和K夫妇断绝关系，但杜爸爸喜欢K夫人。弗医生认定，K先生的求爱和中伤，是引起少女杜拉歇斯底里症的原因，他跟杜拉交谈后得知，早在杜拉14岁时，K先生就曾吻过杜拉一下。就是当年那一吻，杜拉后来才会咳嗽，嗓子不舒服。心理上的症结总会在躯体上表现出来。弗医生推断，消化道口的黏膜被异物触及的感觉让杜拉感到恶心，她肯定还感受到上身的压力，还感到K先生勃起的阴茎，这在少女的记忆中被抹去了,但性唤起引发的不快,就是歇斯底里的病因。

在杜拉看来,杜爸爸和K夫人有私情。杜家曾有一位年轻的家庭女教师,她一再跟杜拉说,杜爸爸和K夫人之间有私情,家庭女教师显然是爱杜爸爸的,她后来被解雇了。杜拉到底喜欢不喜欢K先生呢?她总去照顾K夫妇的孩子,就是找机会跟K先生在一起。K先生不在身边,杜拉就生病,K先生回到身边,杜拉的病症就消退。弗医生在这里讨论了"患病动机"问题,他说,小孩子用生病作为一种生命的诉求。接下来他论证杜拉为什么会嗓子疼。弗医生跟杜拉讨论之后说,杜爸爸其实性无能,K夫人和杜爸爸口交,杜拉一想到这个场景,就会咳嗽,嗓子不舒服。弗医生说,读者看到这里肯定会有点儿吃惊,研究歇斯底里,就肯定要触及性问题。

我读到这里的时候的确有点儿吃惊,我觉得弗医生对上呼吸道感染做出了了不起的解释。彼得·盖伊写过一本《弗洛伊德传》,其中提到弗洛伊德夫人一直觉得她丈夫搞的那一套是"色情文学"。这本传记中还记述了弗医生早年间和柏林的弗里斯医生的交往,弗里斯是一位耳鼻喉科大夫,他认为人体中最重要的器官是鼻子,鼻子主全身健康,鼻子像是男性生殖器，鼻子还会流血。弗洛伊德在此基础上向前迈进了一大步，他说全身最重要的器官还是阴茎，男性的一些嗜好，比如吸烟，不过就是手淫的替代。他也由此对女性做出了一些分析——女性的很多问题，根源就在于她们羡慕男孩有一个鸡鸡。这些分析看不出有啥科学道理，但以文学创作的标准来看，实在是有想象力。

弗医生继续讲故事，他说，少女杜拉要压抑自己对K先生的爱，是因为她爱着爸爸，这就是俄狄浦斯情结。她要求父亲断绝和K夫妇的来往，就是以母亲的身份在提要求，争风吃醋。弗医生把自己的论断讲给杜拉听，杜拉当然不接受这个解释。此时，精神分析的强大显现出来：你不接受我的分析，是你在防御和抗拒。弗医生说，要是一般的作家，写到这里就可以收尾了，但自己是个医生，还要进一步研究。他的进一步研究结果是，少女杜拉曾有一段时间跟K夫人同床共寝，所以她和K夫人之间有隐秘的同性恋关系。这就是弗医生对病例的基本交代。故事到此并没有结束，他又做出了一个惊人之举：他在后面写了杜拉的两个梦。对一般的小说而言，梦所承担的叙事功能很少，要是把梦当成主要素材来写，作者的技巧就太差了，然而，弗医生把"梦"当成了最重要的素材来处理，这又是一个颠覆性的叙述方法。

我再来讲一个法国疯女人的故事，她叫玛格丽特·庞泰纳，一八八五年出生，十八岁毕业，在邮局找了一份工作。而后她嫁给小镇邮局里的一位同事，丈夫是个务实的男人，喜欢骑自行车，喜欢研究地理，玛格丽特喜欢读小说，喜欢做白日梦。夫妻两个很快就有了矛盾，玛格丽特开始出现一些反常行为——没有缘由的大笑，走路时会忽然间越走越快，强迫性的洗手，等等。

玛格丽特第一次怀孕，产生了受迫害妄想症和轻微的忧郁，总觉得同事们在嘲笑她，说她的坏话。第一次怀孕，婴儿难产而死。第二次怀孕，生下了儿子迪迪埃。她很宠爱自己的孩子，但感觉自己和周围完全隔离了。玛格丽特说她要到美国去写小说，去找发财的路子。她的姐姐和丈夫都认为玛格丽特精神失常了，把她送进了一家精神病诊所。玛格丽特反抗对她的监禁，认为自己是受害者。她被诊断为妄想症，伴有神经衰弱和幻觉，在诊所待了六个月之后，她被放了出来。

一九二五年八月，玛格丽特离开家乡来到巴黎。她在巴黎过着双重生活：白天在邮局当职员，下班后变身为知识分子，逛图书馆，听讲座，写小说。一九三〇年，她写完两本小说，要献给英国的威尔士亲王。一九三一年四月十日晚上,玛格丽特拿着一把菜刀,在圣乔治剧院门口刺伤了女演员于盖特。女演员右手受伤,玛格丽特被关进一所女子监狱,陷入三周的幻觉状态。在监狱中,她收到了白金汉宫退回的包裹,皇室秘书附了一张便条说,收取陌生人寄来的礼物,违背皇室规定。七月,她被送进圣安娜医院。医生的诊断是,玛格丽特患有被迫害妄想症,伴随夸大狂倾向和钟情妄想症气质。钟情妄想症又称"色情妄想"。

当时,圣安娜医院有一位年轻的医生,雅克·拉康,他三十一岁,对玛格丽特产生了浓厚的兴趣。拉康在巴黎大学学了七年的医学,毕业后成为精神病院的医生。他一九三一年六月十八日第一次见到玛格丽特,接下来一年半的时间,拉康和玛格丽特形影不离。他拿走了女病人的所有资料,到一九三二年冬天,他完成了自己的博士学位论文《妄想性精神病及其与人格的关系》,他笔下的女病人化名为"埃梅",正是玛格丽特小说中角色的名字。拉康对这个女人感兴趣,就是为了用她来构建一个关于妄想症的理论框架。简单来说,拉康认为,玛格丽特刺杀女演员,其实是在谋杀自己的理想。她所谋杀的对象具有一种纯粹的符号价值,这是谋杀行动无法消除的。玛格丽特因此获罪,带给她一种欲望实现的满足感,她原有的幻想消失了。

拉康对这个病例的分析中有许多有意思的内容，比如自恋、表象，比如理想及性格如何超越身体的限制融入复杂的社会网络中。如果女演员代表了玛格丽特的一部分，就说明，人的本体可以包括一些存在于自己身体的生物界限之外的因素。

拉康分析女病人，后世的传记作者分析拉康。《拉康传》的作者说，拉康对玛格丽特的痴迷就像在玩一个捉迷藏游戏，他要把这个女人陷入妄想的各种因素，非常理性地拆解出来。拉康是一个商人的后代，家里人做醋和杂货生意，拉康不想做生意，他渴望的是知识领域的权力和荣耀。从这个角度上说，玛格丽特很像是拉康的一个替身。

这篇博士论文是拉康学术思想的起点。法国的精神分析学者对拉康的博士论文没有太多的反应，倒是文艺界人士对拉康的论文给出很高的评价。画家达利约拉康见面，进行了一场特别严肃的谈话。超现实主义的代表人物布勒东成为拉康的好友，毕加索也找拉康咨询。自恋、妄想、表象、疯癫，这都是艺术家喜欢处理的主题，自我，这更是艺术家和作家的命根子，所以，拉康在文艺理论中实在太有影响了。时至今日，高校里的学生依旧会用拉康的理论分析文学作品，写毕业论文。曾经有一位外语学院的女生告诉我,她正在写的论文是用拉康理论分析弗吉尼亚·伍尔夫的《海浪》,但愿这位女生现在精神状态还稳定。

拉康是一位学术黑话的集大成者,许多人都看不懂。读拉康,需要先读那些解释拉康的书,而那些解释拉康的学者又会说,"我对拉康的解读不一定是对的"。那些解释拉康的书,其实也不好懂。拉康既然这么难懂,那就别看了。可拉康探讨的许多问题有意思,比如,自我是什么?比如,为什么小孩子那么快乐,长大成人就不快活了?那些快活的东西是怎么从我们身上消失的?再比如,自恋是怎么回事?谈恋爱也是一种自恋吗?

我看不懂拉康的书,但我对玛格丽特的故事有很大的兴趣。写一个人物,分析其所作所为,解释其动机,这不就是小说家干的事吗?据说,玛格丽特并不认同拉康对自己的分析,她的孩子迪迪埃后来对拉康也是有颇多的怨言,说他根本就不是一个好医生,从来没想把妈妈治愈。可拉康在论文里说了,谋杀自己的幻想就是一种治愈的形式。一九三三年,拉康把自己的博士论文寄给了维也纳的弗洛伊德医生,弗洛伊德回复了一张明信片,上面写着"谢谢你的论文"。其实,弗洛伊德根本没有看拉康医生的论文。

弗洛伊德和拉康的论文，可以当成现代小说来看，小说也会把论文当成叙事的一部分。麦克尤恩有一个小说叫《爱无可忍》，里面写一个叫乔的中年人，有自己的事业，有女友。某一天，乔认识了一个叫佩里的小伙子。佩里夜里打电话给乔，对他说："我知道你爱上我了，我也爱你。"佩里跟踪乔，在乔的家门口守着他，一天给他打二十九个留言电话，写信，说："咱们三个应该坐下谈一谈，你，你的女友，还有我。"——一个直男，在"腐国"，碰上了一个基佬，故事由此展开。故事附带着一篇论文，题目是《带有宗教暗示色彩的同性色情妄想》，论文另有作者，有参考文献，麦克尤恩还声明论文转载自《英国精神病学评论》，论文解释何为"色情妄想"。论文第一部分讲"色情妄想"的由来，论文第二部分把故事中的角色佩里又做了一番分析，给他化名为P，笔调如医生写病历一样冷静。这是麦克尤恩耍的小花招——论文是小说的一部分。

据说，有一位书评人没有识破麦克尤恩的花招，说这个论文不好，破坏了故事的强度。我们应该不会上当了。

第八讲　都是俗世的牧师

二〇〇六年，耶鲁大学法学院教授贾德·鲁本菲尔德，以少女杜拉的故事为原本，写了一个侦探小说叫《谋杀的解析》，讲的是一九〇九年弗洛伊德访美期间，纽约发生的一起谋杀案。少女杜拉以及K先生和K夫人变身为纽约富豪，其相互之间的矛盾，跟少女杜拉的故事基本相同。鲁本菲尔德早年间研究过莎士比亚和弗洛伊德，在这本书中颇为得意地重新解释了哈姆雷特的台词和俄狄浦斯情结。但这本小说实在是不太好。

兰登书屋对《谋杀的解析》极为重视，花八十万美元拿下版权，又花五十万美元做推广，他们以为这本书能像《达·芬奇密码》一样畅销，想把鲁本菲尔德教授打造成另一个丹·布朗，结果他们大失所望。跟弗医生的原作相比，《谋杀的解析》太差了。兰登书屋为此书花费百万美元，肯定亏本了，鲁教授拿了丰厚的稿酬，交出的小说不行，他是个体面人，也觉得过意不去。但鲁教授的夫人又给兰登书屋写了一本书，让他们挽回了损失。夫人提笔，写了一本《虎妈战歌》，畅销全球。没错，鲁本菲尔德教授的夫人就是大名鼎鼎的蔡美儿教授。

鲁本菲尔德教授在《谋杀的解析》里讲的是弗洛伊德一九〇九年访问美国的故事，那次访问弗洛伊德是去克拉克大学发表演讲。以色列学者伊娃·易洛思写过一本书叫《拯救现代灵魂：心理咨询、情感与自助文化》(*Saving the Modern Soul: Therapy, Emotions, and the Culture of Self-Help*)，这本书写的就是心理咨询这个行当是怎么在美国兴起的。按照她的意思，美国接受弗医生那套说辞，正好跟美国十九世纪后半叶开始的家庭转变相关：出生率下降，父母和孩子之间的年龄差距增大，界限更明确，性别角色加强，情感纽带加强，中产阶级家庭抚养儿子的希望是他们能提高家庭的社会地位，父子之间的竞争在结构上植根于中产阶级家庭。精神分析话语首先是一套家庭叙事，弗医生的影响在美国之所以迅速放大，正是因为家庭的结构和矛盾变化了，美国人正需要这么一套弗医生唠的嗑儿。梦，口误和笔误，这在日常生活中是常有的事儿，弗洛伊德给了你一个疾病链条，让你以半个精神分析专家的姿态打量你习以为常的生活。让人惊奇的不是弗洛伊德说谁要弑父弑母，而是精神活动中没有任何琐碎的或偶然的东西，任何事情都可能变得有意义，无穷无尽地解释自我的可能性被打开了。自我要寻找其失去的"起源"，兴奋或害羞，话痨或沉默，性交或禁欲，傲慢或谦卑，现在都需要解释。

在克拉克演讲的第五讲，即最后一讲，弗洛伊德医生给美国听众提供了一个美国版本的自助叙事，弗洛伊德把对自我的追求和社会成功结合起来，情感健康意味着社会成功，你在社会上不太成功意味着你的情感也不够成熟。弗洛伊德对人性是很悲观的，他曾经说过，精神分析的目的并不是治愈心灵，而是"将歇斯底里的痛苦转化为日常的不幸"，但他的后继者阿德勒和弗洛姆，都修正了弗医生的悲观论调，对自我发展持更加积极和开放的态度。你看《自卑与超越》或《被讨厌的勇气》，都会鼓励你在社会上获得成功。

后来，美国有了卡尔·罗杰斯和马斯洛，人本主义心理学和美国文化中固有的自我观念捆绑在一起。罗杰斯认为人在本质上是善的、健康的，精神疾病和犯罪都是本性的扭曲。他的人本主义疗法基于一个简单的假设：和一切生物一样，人也有自我实现的倾向，一是创造的倾向，二是亲社会的倾向。心理咨询只有一个目的，就是促成一个人顺着他的本性走，促进人的本性的现实化。在他看来，这个世界上形形色色的人，形形色色的痛苦和烦恼，表层之下都有一个核心的追索，每个人都在追问同一类问题：我到底是什么？到底怎么样才算成为我自己？答案要从他们的内心去寻找。马斯洛将"自我实现"置于自我模型的中心，他是在告诉人们：如果一个人的人生目的是最大限度地实现自我潜能，唯有如此才算活出了真实的生命，那么绝大部分人都是"未实现"的。当自我实现与心理健康变成同义词时，也意味着一个拒绝实现自我潜能的人，就是一个"病人"。然而，一个人的需求、愿望、情感、价值观、目标和行为总随着年龄和经历而改变，那么就不可能确定自我实现的"自我"到底是什么。相反地，任何行为都可以被归类为"自我挫败""神经质"或"不健康"。简而言之，我们总说健康，总说自我实现，其实就等于说，一个非自我实现的生命需要治疗。

伊娃·易洛思说，心理学在资本主义社会获得了巨大的成功，人们追究人生失败的源头时，不再审视自己所处的时代、社会环境和制度结构，而是回到自己的内心——失败的感情、失败的工作、失败的亲子关系，都是因为我们的心理出了问题。你错误地成了你自身，所以改变也只能回到自身。我们控制不好自己的情绪，我们没有学会更有效的沟通，所以我们在职场上比较失败。我们可以求助于心理学,在那里,痛苦被分门别类,贴好标签,只要对症下药,我们的灵魂就会焕然一新。我们要使情感成为认知上可理解的对象,并被操控。我们的一切问题都可以从人际关系入手来解决,我们要有清晰的价值观和清晰的目标,我们要让自己的所作所为都有合理的解释,每个人都有改变自己的动机,来吧,看看《少有人走的路》《自律力》《幸福脑》《非暴力沟通》吧。

从一九六八年到一九八三年,美国临床心理学家的数量增长了三倍。到一九八六年,美国共有二十五万三千名心理学家,其中超过五分之一拥有博士学位。在一九九一年到一九九六年的五年中,心理自助类书的销量增长了96%。到一九九八年,心理自助类书的销售额达到近六亿美元,而包括书籍、研讨会、音频和视频产品在内的自我提升行业,每年产值是二十五亿美元。

我特别喜欢的一部电视剧叫《冰血暴》,第二季中,有一个美发师佩吉,总受到蛊惑,要去参加自我提升课程。她的同事问她:"怎么样?我们周末要去自我提升班上课,在索斯尼克酒店订了房间。"佩吉回答:"我不知道还能不能去,花费太大了,我们还要攒钱,我丈夫想买下那个肉店。"她的同事说:"像一个心理医生——我听到的是你认为你丈夫的需求比你的需求更重要。"佩吉回答:"我们是有计划的。"她的同事说:"还是像一个心理医生——亲爱的,'我们'这个词是一座有护城河的城堡,你知道城堡里关着什么吗?"佩吉女士说,是龙?同事回答:"是公主,你可不要被这座城堡困住,去参加自我提升研讨班吧,你会找到城堡的钥匙。"

一九九八年,姜文在首都剧场演过一出话剧叫《科诺克或医学的胜利》。这出戏说的是法国小镇圣莫里斯来了一位科诺克医生。这位科诺克医生,酷爱给人看病,小镇上原本人人都健康,但科诺克医生声称,所有健康的人都是未知的病人。他决心按照他的方法使全镇的生活"医学化"。他先让一个报信人沿着街道宣传,"有新医生来给大家看病了",然后从免费门诊开始,采用了引诱、暗示、许诺等手段,渐渐使全镇人都疑神疑鬼,觉得自己得了病,需要请医生诊治。"这里的气候不好,你肯定得了风湿病!""你喝酒?那你的肝肯定有问题,你看看,这是正常人的肝,这是酗酒者的肝。"就这样,三个月后,圣莫里斯镇的旅店变成了一座医疗站,居民们开始享受现代医学的设备和措施,患者们都得到了"符合现代卫生规定的护理",沐浴在医学的光芒中。这就叫"随着供给,创造需求"。

这出戏是几十年前写的了。我们假设一下,现在城里来了一位心理医生,他宣布,我们都不健康,我们都有心理疾病。你可能患有PTED。这是什么病?翻译过来后叫"创伤后怨恨障碍",科学的定义是,对无生命危险但极其负面的经历的反应。比如在办公室里和人吵架了,受了委屈了,突然失业了,失去社会地位了,都会导致你患上PTED,症状包括怨恨、不公正感、无助感等。原来,我受了委屈,感到无助,觉得在北京、上海的生活不容易,这是一种病啊。我怎么不知道啊?没关系,这也是心理学家新发明出来的病。过不了多久,你可能就会说我得了创伤后怨恨障碍。怎么办呢?吃药吧。西方的医药公司相信,没有什么病症是药不能解决的。

记者亿森·沃特斯写过一本书叫《像我们一样疯狂》,我们,US,也可以译成"像美国一样疯狂"。这本书写的是心理疾病,作者认为,人类的心理地貌正在扁平化。全世界的人对心灵的理解,都遵循美国心理医生的标准。书中观点,我没资格做判断,里面有一位科迈尔教授的故事挺有意思。

二〇〇〇年秋天,科迈尔教授接受一家机构的邀请,去日本京都参加了一次学术会议,来回航班都是头等舱,住的是非常奢华的酒店。负责邀请的机构叫"国际抑郁与焦虑共识团体",出钱的是葛兰素史克制药公司。葛兰素史克当时要在日本推出一种治疗抑郁症的药物，名叫"赛乐特"。这是一种选择性血清素再摄取抑制剂类药物，简称SSRI类药物。这类药物中有一种明星产品叫"百忧解"，一九八八年被列入美国的处方药名单，这个药是治疗抑郁症的，属于礼来公司，但礼来公司从未在日本推广使用"百忧解"。礼来公司的解释是，日本人对抑郁的理解和西方人不一样，日本人不会接受这种药。当时日本的药物审批程序也很麻烦，制药公司要花上几年的时间和几百万的经费，才能把一种新药推销到日本。礼来公司没有在日本推销百忧解，不过它在美国卖得太好了，而葛兰素史克决定在日本推销他们的"赛乐特"，所以他们组织了这个学术会议。葛兰素史克开这个会的目的，就是要改变整个日本对悲伤和抑郁的理解。换句话说，他们要把抑郁症这个疾病在日本推销出去。——你怎么能自杀？你这个是病，得吃药啊，我们这里有赛乐特，你得吃我们的药。

我们都知道，日本有自杀传统。日本作家芥川龙之介、太宰治、川端康成、三岛由纪夫都是自杀的。芥川龙之介有一篇绝笔之作《齿轮》，小说结尾处说："有没有人能在我沉睡的时候帮个忙，把我静静地绞死。"川端康成有一句话："凌晨四点的海棠花，也是难能可贵的。如果说，一朵花很美，那么我有时就会不由得自语道：要活下去！"太宰治的《人间失格》更是给厌世者带来安慰。如果你说芥川龙之介得的病是"神经衰弱"，后来出现幻觉幻听，是精神分裂症，太宰治是边缘型人格障碍，川端康成是抑郁症，那他们都得吃药。我们设想一下，芥川龙之介和太宰治还有川端康成坐成一排，医生给他们吃药，把他们都给治好了，顺手把日本文学也给毁了。

这几个作家里，三岛由纪夫的病历比较特别。三岛一九四四年高中毕业，进了大学就被派到东京郊外一家飞机制造厂工作，那里生产的飞机是给神风敢死队用的，三岛在《假面的告白》里说："我不曾见过这样奇怪的工厂。动员诸如现代的科学技术、现代的经营方法、为数众多的优秀头脑的精密而合理的思维，都是为了奉献给一样东西，那就是'死亡'。这座大工厂，使人感到它本身在轰鸣、在呻吟、在哭泣、在怒吼，活像一种阴暗的宗教。"一九四五年，美军开始频繁轰炸东京，日本打算"一亿玉碎"，三岛由纪夫也早打算死了。

我总觉得，人们在造就疯狂这方面是很天才的，但在治疗疯狂这方面没什么才能。我们也非常擅长把自己弄抑郁了，但怎么治疗抑郁却没什么好办法。那些把我们驱向死亡的东西很多，我们总要想办法让生活变得可以忍受，所以我们需要大量的俗世的牧师来帮助我们。

我最早听到心理学家的说话声音,大概是二十世纪九十年代初,在北京人民广播电台听到一个节目,主讲人是个台湾教授,一口"台式国语"煞是温柔,每逢周日上午,他在电台散播心理学的阳光。有一次,他问主持人:"如果让你选择,重新投胎,你想有什么样的变化?"这个问题当然也是问所有听众的,我在心里默默回答,主持人也说出了他的回答。那位教授说:"你看,即使你重新投胎,你想要改变的东西也不是很多,所以我们应该感谢这一次的生命,我们只需要在这一次做出一点儿改变就行。"我当时听了,深以为然,后来才发觉我当年实在是太客气、脸皮太薄了,我总不好意思说,如果重新投胎,我想生在大富大贵之家,一辈子不用为钱发愁。我那时候对人世艰难还没有足够的认识,在俗世牧师的"台式国语"的柔风细雨之下,也不好说出太混账的话来,只觉得这位台湾教授说得那么熨帖,听着那么舒坦,每周日早上九点就像是做礼拜的时间,蹲在院子里听话匣子里传来的福音。

后来我时不时也会看一些心理自助类图书。有一个心理学大师叫欧文·亚隆,他有一本书叫《存在主义心理治疗》,他说人生在世,有四个终极问题:不可避免的死亡、内心深处的孤独感、自由以及无意义感。我们生活中的所有痛苦基本源自这四个问题的困扰。话说到这个地步，我倒觉得没有什么看医生的必要了，我根本不相信有哪一个医生能解决死亡焦虑、孤独和无意义感。这几个问题本来是宗教处理的问题，是哲学和文学处理的问题，但后来大家不信教了，也没工夫看哲学和文学，都去找心理医生了，都去找一些俗世的牧师来帮忙。心理医生做咨询的时候，也不会跟你谈天道无情的自然定律和不公平的社会机制，他只会说，你出问题了，掏钱吧老太太，做一个疗程吧。

我最近看的一本心理自助类图书叫《也许你该找个人聊聊》，作者叫洛莉·戈特利布，她当过电视剧的策划，参与过《急诊室的故事》的策划。正是因为这部剧，她对医学发生了兴趣，到医学院念书，又拿到心理学学位，成为心理医生，这个过程中，她始终没有放弃写作。她给《大西洋月刊》写过专栏文章，那些文章有点儿"知心大姐"的意思。《也许你该找个人聊聊》出版后成了畅销书，正在改编成美剧，洛莉也会参与制作，也许过两年，你就能看到同名的美剧。我看这本书，时时感叹作者洛莉"太会写了"，这个"太会写了"并不是褒义词。洛莉做过剧本策划，所以她对那套"人物设定"的方法很熟悉，她的叙述技巧也很棒，但我觉得她写得太油滑了。

洛莉在这本书中，援引美国心理学协会发布的一份报告说，二〇〇八年接受心理干预的人比之十年前减少了10%，为什么呢？一是医疗保险限制了谈话治疗的报销额度，二是医药公司向消费者推销了大量精神类药物，吃一个药片比去看一个心理医生快速有效。洛莉说，以后我们的手机上可能会有心理治疗的应用软件，让你时刻与心理医生连线，让你马上就感觉好一些。但是人与人之间深层次的情感沟通才是我们的渴求，我们需要找人聊聊。书名叫"你该找个人聊聊"，其实你能找谁聊呢？洛莉姐姐的意思是，你还是去找咨询师吧，"照顾一下我们的生意吧"。我们写小说的，抱怨心理学抢走了小说的生意，你原来感到有点儿孤独，想思考一下人生的意义，你可能要读点儿哲学，读点儿文学，和人聊聊精神上的困惑，可精神生活的这点儿空间变得狭小了，如果你现在有点儿抑郁，你不会去读契诃夫了，你去北京大学第六医院挂号了。那我们就别在这儿聊哲学、文学了，该看病看病，该吃药吃药。但洛莉这样的心理学家也会抱怨药品公司和智能手机抢走了她的生意。

不过，作家也不甘心自己的生意被心理医生抢走——既然你能当俗世的牧师，我也能当俗世的牧师。十多年前，有一个妇女叫米亚，住在耶路撒冷，她刚离婚，心里有很多问题。她住的地方距离基督教、犹太教和伊斯兰教的那些圣地都不远，步行即可到达，但她没去圣墓教堂或者阿克萨清真寺，而是走进了一家书店，她发现了阿兰·德波顿的一本书，《爱的艺术》。这个选择可能是大多数现代人的选择，我们有问题时，不大会求助于宗教，我们更愿意从书本上寻找帮助。我们也不太可能寻根溯源地去读书，比如从《查拉图斯特拉如是说》读起，看看到底是谁说"上帝死了"。这个阅读和思考的过程太长了，我们找点儿即学现用的东西吧。《爱的艺术》让米亚走出了困境。米亚在二〇二一年写了一篇文章，她说，要感谢德波顿的书和他的"生活学院"，德波顿让她学会了生活的智慧。

阿兰·德波顿是一位畅销书作家，出生于一个富裕家庭，在伊顿和剑桥读书，而后到哈佛大学攻读法国哲学的博士学位，但他放弃了。他在一九七七年出版了一本《拥抱似水年华》，这本书是讲解普鲁斯特的，他把普鲁斯特的作品放在一个更简便的语境中：普鲁斯特如何改变你的生活？如何从恋爱中获得快乐？普鲁斯特如何看待约会？慢慢约会先不要上床是很有好处的，等等。二〇〇〇年，他又出了一本书叫《哲学的慰藉》，书中引用苏格拉底、伊壁鸠鲁、蒙田、尼采和叔本华，来回答困扰我们的问题：你不受欢迎怎么办？缺钱怎么办？

德波顿在剑桥读书时，就喜欢摘抄，毕业时积攒了好几十本读书笔记，他把艰深的哲学家和厚厚的《追忆似水年华》变成生活智慧的指导手册，他讲身份的焦虑，讲艺术带给我们的安慰，讲旅行的意义。二〇〇八年，他在伦敦成立了一所"生活学院"，真的是一所学院，有教员，花一百四十英镑可以参加一天的课程，用哲学及文学来应对生活的挑战。他的学院出了好几本书，《小说药丸》《控制情绪的方法》及《如何保持健康》等，你在视频网站 Youtube 上可以找到"人生学校"的频道，听到阿兰·德波顿的演讲，他说："学校没能教会你怎么生活，我来教你。"简单来说，他的诀窍是把那些厚重的文化变得轻薄，兑水变成鸡汤，更便于服用。

我说这些话并没有贬低他的意思，我是阿兰·德波顿的忠实读者，我写《文学体验三十讲》，其手段跟阿兰·德波顿差不多。真正的知识分子看不上这些东西。二〇一三年，《新共和》杂志发表过一篇短文《如何成为一个伪知识分子》，开头就说，阿兰·德波顿成为中产阶级的心理自助导师，如果你没事儿喜欢看《卫报》，喜欢像吃巧克力豆那样轻巧地思考一下道德问题，关注布克奖的短名单并且是一个有自我提升冲动的知识分子，那你肯定会选阿兰·德波顿这样一个能讲英语、法语、德语，受过良好教育的人来当你的生活教练，而不是选那个白手起家的大忽悠演说家托尼·罗宾斯或者电视明星奥普拉来指导你的人生。引申一下，不同的人会选择不同的心理自助导师，有的人觉得洛莉·戈特利布就很好了，有的人觉得欧文·亚隆才合格，也有人觉得李老师、连老师更符合国情。对我来说，对耶路撒冷的那位米亚来说，阿兰·德波顿挺合适。

阿兰·德波顿有过一个访谈，他说，哲学家应该向流行歌曲学习，在二十世纪六十年代，流行歌曲控制了年轻人的所思所想，歌星是大祭司，向听众传达他的信息，哲学家是陈腐的，流行歌曲是让人欢欣的。其实，我们的思想结构没那么复杂，我们不要被学问所束缚，我们的情感需要被鼓励，我们感到孤独时，要被安慰，要被告知一些美丽和振奋的事情。流行歌曲只有几分钟，流行歌曲经得起重复，每天在你耳边响起，哲学传播就应该如此，轻巧而重复。

阿兰·德波顿说的话也没啥不对，哲学传播应该向流行歌曲学习，向脱口秀学习，向综艺学习。不论你是刑法教授还是治西方思想史的学者，你站到综艺舞台上才有更大的影响力，你被当成人生导师才会被更广泛地传播。你必须成为"俗世的牧师",人们才会经由你的布道,听到玄妙的人生指南。弗洛伊德是开山鼻祖,创立了"俗世的牧师"这个行业;阿兰·德波顿搞"生活学院",是这个行业里的一个创业项目。心理治疗的流派有四百个左右:催眠、行为主义疗法、格式塔治疗、小组治疗、自我肯定、心理融合疗法,"家排"和"正念",等等,这些都是生意,是庞大产业中的一个个项目,这么多流派,这么多导师,说明"俗世的牧师"有巨大的市场缺口。我们为自己选定一个"心理自助导师"的时候,不妨也从产业的角度来看看,对方处在这个庞大产业的哪一个位置。

我在网上看到过一句话,是一位心理学家说的。他说,90%的心理问题,都能用钱来解决。我没有考证过其出处,不管是谁说的,这句话挺好,是心理学家少有的实话之一。我们的存在是要对付各种痛苦,金钱真的能帮助我们缓解很多痛苦。在拉康生命最后的十年,他又奢侈又吝啬,喜欢收藏金条,在一九七〇年到一九八〇年之间,拉康平均每小时接待十个病人,每次治疗时间只有几分钟,他就这样每天工作八小时,每个月工作二十天,死的时候变成了一个大富翁。拉康自己也承认:"我在经济领域获得了人们想要的成功,随着供给,我创造了需求。"

第九讲 天空一无所有,为何给我安慰

我们上一讲提到阿兰·德波顿,他改造了一下普鲁斯特。还有一个作家叫萨拉·贝克韦尔,她是学哲学的,大学毕业后在图书馆当了十年古籍管理员,后来写了一本《阅读蒙田,是为了生活》。书中她提出一个问题:如何生活?整本书的二十个章节就是对"如何生活"的回答,要"与他人自在地相处",要"把工作做好,但也不要做得太好",要"存而不论",等等,每一条生活智慧都来自蒙田随笔。萨拉这本书既是蒙田的传记,也是对蒙田随笔的解读。蒙田说过,我们最光荣的事业就是生活得写意。萨拉对蒙田的改造,就是想让四百年前的蒙田在今天再当一回俗世的牧师。

二〇一七年,荷兰乌得勒支合唱节,四支合唱团要在那里演唱《诗篇》的全部一百五十首,加拿大学者叶礼庭(Michael Ignatieff)受邀在演出间歇做一场演讲,他演讲的主题是关于正义的，但和观众在一起看唱诗班的演出，让他发现了另一个主题，那就是"安慰"。接下来的几年，他把"安慰"当作一个写作项目。二〇二〇年，新冠疫情让世界陷入巨大的困境，叶礼庭出版了《论安慰》(*On Consolation*)，这本书讲述了那些能给人安慰的艺术作品，包括阿赫玛托娃的诗、蒙田的随笔、加缪的小说、马勒的音乐和格列柯的画作。叶礼庭说，"安慰"这个词已经失去了曾经植根于宗教传统的含义。追求成功的文化不太关注失败或死亡，安慰是给失败者的。古人和现代人都有一种悲剧感，我们都承认：有些损失是无法弥补的；有些状态我们无法恢复；有些伤疤可以愈合却不会消失。然而，我们应该保持一定的自我控制，看看前人曾经得到和曾经给出的安慰，我们的内心会更有韧劲。

叶礼庭最先谈到的文本还是《诗篇》："我纵使走过死亡的幽谷，也不怕遭害，因为你与我同在，你的杖和竿带给我安慰。"面对痛苦和损失，安慰有啥用？叶礼庭说，有希望，安慰才有可能，生活对我们还有意义，希望才有可能。犹太教和基督教拒绝接受我们生下来就是为了受苦和死亡，安慰正依赖于这种信仰，因此"安慰"不可避免地是一种宗教思想。宗教有很多功能，其中之一是安慰，宗教解释了为什么人类会受苦和死亡，以及为什么我们在苦难中仍应该抱有希望。

我们可能都听过《诗篇》第137章:"我们曾在巴比伦的河边坐下,一追想锡安就哭了。我们把琴挂在那里的柳树上。"这一章以悲叹开始,以诅咒结束。读这一章,人们就能理解那些被赶出家园的人会有怎样持久的愤怒,犹太人能明白,北美殖民地和加勒比种植园的黑奴也能明白。《诗篇》是被奴役的人唱圣歌的来源,创造了美国黑人教会强大的福音传统。《诗篇》的权威不仅在于表达悲伤,还在于表达愤怒。其创造者是和我们一样的男女,他们知道放逐和失去是什么滋味,他们知道绝望和孤独是什么滋味,两千年来,无数人都有过同样的感受。他们要求上帝解释现实世界与他们所希望的世界之间无法容忍的差距,他们问,正义为何迟迟不来,但他们断言自己知道何为正义。在世俗化的现代世界,像《约伯记》和《诗篇》这样的古老文本仍然具有安慰的力量。

接下来,叶礼庭提到的文本是"保罗书信"。保罗教导说,在弥赛亚带领我们进入新世界之前,信徒必须学会忍耐。在三十多年的时间里,巡回传教士保罗,在东罗马帝国的道路上游荡,他说,多受劳苦,多下监牢,受鞭打是过重的,冒死是屡次有的。在讲述自己所受的屈辱时,保罗教导信徒要尊崇苦难本身。我们许多人肯定也听过《哥林多前书》那一段,"爱是恒久忍耐"云云。

再接下来,叶礼庭谈到了奥勒留的《沉思录》,谈到西塞罗,谈到了波伊提乌的《哲学的慰藉》,还讲到了格列柯的画。西班牙小城托莱多有一个圣多马教堂,世界各地的游客去那里瞻仰格列柯的画作《奥尔加斯伯爵的葬礼》。这幅画描绘两位圣徒安葬奥尔加斯伯爵的一幕。画面上部是天堂,下部是尘世。遗体降下地面,灵魂飞升天堂。奥尔加斯伯爵是一位西班牙贵族,一三二三年埋葬在圣多马教堂,在十六世纪八十年代,教区牧师委托画家格列柯来描绘伯爵的葬礼。据说奥尔加斯伯爵下葬时,圣奥古斯丁和圣斯蒂芬从天上出现,帮助吊唁者埋葬他。在画作的前景中,圣斯蒂芬和圣奥古斯丁穿着闪闪发光的金色法衣,正弯下腰轻柔地将伯爵的遗体放入他的坟墓。负责监督现场的是这幅画的委托者教区牧师。就在两位圣人的身后,站着十几名托莱多的杰出市民,他们穿黑色服装,衣领系着白色蕾丝。一位天使在托莱多绅士们的头顶上飘动,指引着伯爵的灵魂升入天堂。在那里,圣约翰,耶稣和他的门徒,都在等待奥尔加斯伯爵的灵魂。

这是一幅时间错乱的画作:伯爵穿着十六世纪的钢铁盔甲,罗马帝国灭亡时死去的圣奥古斯丁和公元三十四年被人用石头砸死的圣斯蒂芬都打扮成十六世纪的主角模样，托莱多的绅士被画进了两百多年前举行的葬礼中。这不是时代错误，而是画家要表明，时间的层次都出现在永无止境的现在，只要有足够的信仰，信徒可以居住在过去、现在和未来。托莱多的绅士们看到圣徒出现，也不感到惊讶，仿佛他们正在参加一个常规的周日早晨弥撒。

画家把自己画进了画里，把自己的儿子也画入其中。那个男孩必定是日复一日站在画室里当模特，看着自己的肖像逐渐成形，看着父亲试图表达他的渴望与安慰的。小男孩举着火炬站在圣奥古斯丁和圣斯蒂芬旁边。他大约八岁，穿着花边衣领和短裤子。时间能安顿我们，对我们来说，时间以死亡告终，而对其他人来说，时间却在继续，就像我们从未存在过一样。这幅画的狂喜感正来自逃离时间的梦想。这种逃离时间的感觉只能通过艺术来想象，而不能经由生活来体验。

格列柯在托莱多创作《奥尔加斯伯爵的葬礼》的同一年，七百五十公里之外，蒙田动笔写《随笔》的第三卷。他五十六岁，仍然精力充沛，但肾结石让他疼痛难安。他说，活着是一件伟大的事情，但前提是你接受这一切：快乐、痛苦、粪便和卑微的身体的快乐。他不信神的恩典和怜悯，而是相信我们对生命本身的爱与眷恋。

叶礼庭这本书中讲述的大多是文学作品，我很喜欢他谈论诗歌的那部分。那几篇文章经过缩写，都可以改成那种隽永的小段子。

第一个段落——

一九三八年的列宁格勒，涅瓦河岸边的克雷斯蒂监狱门口排着长长的队伍，妇女们穿着厚厚的棉衣，抵御严寒。阿赫玛托娃也在队伍中，她到这里探望自己的儿子古米列夫。这是大清洗的恐怖时期，每天晚上都有人被捕。通常这些女人都不说话，因为她们知道自己不能相信任何人。但在这一天，有一个女人回过头对阿赫玛托娃说："你能写下这一切吗？"阿赫玛托娃回答说："我能。"而后，第一个女人的脸上似乎有一种近似于微笑的表情。提问的女人可能不知道身边那女人的身份，那是个四十九岁的寡妇，没有收入，但她是一位最恰当的见证人。阿赫玛托娃把这个场景写在了她的诗《安魂曲》的开头。《安魂曲》是为二十世纪三十年代在俄罗斯监狱外守夜的每一位女性所写，也是为那些被关在监狱里等待审讯、折磨、放逐或枪决的人所写。

我们不知道队列中的那个提问的女子是否在列宁格勒围城中幸存了下来，我们对她的命运一无所知，只知道她的微笑，只知道她渴望自己的经历被拯救，以免被人遗忘。她可能也没有机会读到这组《安魂曲》了，《安魂曲》自二十世纪四十年代开始以手稿形式流传，最终于二十世纪六十年代出版。以赛亚·伯林是西方最早读《安魂曲》的人。一九四五年秋，他作为英国官员访问列宁格勒时，发现阿赫玛托娃还活着，他去谢列梅捷耶夫宫的一个空房间见她。他是二十年来阿赫玛托娃见到的第一个西方访客。她把《安魂曲》念给伯林听。在黑暗中，她的儿子古米列夫进来了，他们三个人一起吃了一盘冷土豆。

第二个段落——

一九四四年夏天，奥斯维辛集中营。在一个周日下午，两个二十多岁的年轻人正走向厨房，去拿午餐的汤。这两个年轻人，一个来自意大利北部，另一个来自斯特拉斯堡，他们用法语和德语交谈。当法国小伙子说他想学意大利语时，意大利小伙子普里莫·莱维忽然背诵起了但丁的《神曲》，他背诵的是"地狱篇"第二十六章中的几个片段,从高中时代起就熟记于心。那一章讲的是尤利西斯的故事,尤利西斯到达了赫拉克勒斯之门,并劝诫他疲惫不堪的船员们走得更远,驶向辽阔的大海。这些诗句从莱维记忆深处中浮现出来,他感觉自己是第一次听到它们:像轰鸣,像上帝的声音。厨师正在用德语和匈牙利语喊着"汤和卷心菜",在他们后面,其他囚犯正吵嚷说轮到他们了。莱维咬了咬手指,念出了但丁的诗句:

> 好好想想孕育你生命的种子
> 你们并非生来就像野兽一样活着,一无所成
> 你们要追随知识和德行

这些诗句提醒这两个囚犯,他们不是生来就是野兽,在铁丝网之外还有另一个世界,有一天他们可能会像人一样生活。

第三个段落——

在这本书的后记中,叶礼庭回忆了父母去世给他的伤痛。他说,我认识到,安慰既是一种有意识的过

程，同时也是一种深深无意识的过程，缓慢、迂回。他说，失败是一位伟大的老师，衰老也是。随着年龄的增长，至少有一种虚假的安慰已经消失——那种自以为特殊的幻觉。失败和年长教会我们摆脱了对特殊性的任何幻想，我们没有什么特殊的。

叶礼庭的后记是这样结束的：一九九八年一月，叶和妻子在加州的家中招待波兰诗人米沃什。诗人八十七岁，流亡四十年，他要搬回家乡波兰，有时他怀疑自己能否看到一个自由的波兰。他照顾病弱的妻子，看着她日渐衰弱直至死去，还照顾患有精神病的儿子。现在他终于要回家了。米沃什给叶礼庭夫妇朗诵了一首诗，这首诗叫作《礼物》（西川译）：

> 如此幸福的一天。
> 雾一早就散了，我在花园里干活。
> 蜂鸟停在忍冬花上，
> 这世上没有一样东西我想占有。
> 我知道没有一个人值得我羡慕。
> 任何我曾遭受的不幸，我都已忘记。
> 想到故我今我同为一人并不使我难为情。
> 在我身上没有痛苦。

> 直起腰来，我望见蓝色的大海和帆影。

请注意，这三个段落都涉及生活场景。阿赫玛托娃在监狱外面排队看望儿子，和以赛亚·伯林及儿子一起吃冷土豆，读诗。莱维和狱友一起在集中营里打饭，忽然读诗。叶礼庭夫妇举办家宴款待诗人米沃什，开始读诗。生活场景与诗联系在一起。那么，有没有单纯的生活场景，忽然涌现出诗意，给人以安慰呢？我来举两个例子。

第一个例子来自《沈从文的后半生》。沈从文去四川内江县搞"土改"，给儿子写信。信中说，附近山上有个旧堡子，名叫卢音寺。"在一个孤立的四围是绝壁悬崖的山顶上，且见到一个老头子在小水塘中钓鱼"，土改已经进行到划分阶级的阶段，"男女日夜都开会，这个老人却像是和这个动荡的社会完全不相关，在山顶上钓鱼，多奇怪！"。

一九五二年一月四日，在山上糖房的坪子里，开了一个五千人大会，"解决"了糖房的主人"大恶霸"。糖房已经归老百姓掌管。沈从文向两个儿子描述当时的情形——

> 来开会的群众同时都还押了大群地主（约四百），用粗细绳子捆绑，有的只缚颈子牵着走，有的全绑。

押地主的武装农民，男女具备，多带刀矛，露刃。有从廿里外村子押地主来的。地主多已穿得十分破烂，看不出特别处。一般比农民穿得脏破，闻有些衣服是换来的。群众大多是着蓝布衣衫，白包头，从各个山路上走来时，拉成一道极长的线，用大红旗引路，从油菜田蚕豆麦田间通过，实在是历史奇观。人人都若有一种不可理解的力量在支配，进行时代所排定的程序。

沈从文接着写，开完了会——

工作完毕，各自散去时，也大都沉默无声，依然在山道上成一道长长的行列，逐渐消失到丘陵竹树间。情形离奇得很，也庄严得很。任何书中都不曾这么描写过。正因为自然背景太安静，每每听得锣鼓声，大都如被土地的平静所吸收，特别是在山道上敲锣打鼓，奇怪得很，总不会如城市中热闹，反而给人以一种异常沉静感。

后来又有公审大会，公审之后还有一次没收地主财产的活动，地主家中大小十多口跪在屋前菜园，武装部队、农会人员把所有东西陆续搬走，锣鼓声震，群情兴奋，沈从文写："人民全体行动都卷入在这个历史行进中……但是到黄昏前走出院子去望望，丘陵地庄稼都沉静异常，卢音寺城堡在微阳光影中更加沉静得离奇，我知道，日里事又成为过去了。"

沈从文感受到了"在农村中延续了一千年二千年的平静，由任何社会变动都搅不乱的平静"。为什么会有这种"搅不乱的平静"？沈从文说，"为的是土地中庄稼本来就是在平静中生长的"。

第二个例子来自C. S. 路易斯的《切今之事》，写他从伦敦返回牛津的一段火车行程。翻译是邓军海。

> 我的旅程开始时，正值傍晚。火车上坐满了归家人，但并不拥挤。重要的是我坚持认为——你一会儿就知道为什么——我对他们并未产生错觉。假如有人那时问我，我是否假定他们特别善良、特别幸福或特别聪明，我会毫不讳言，答个"不"字。我深知，他们要回的家，也只有不到一成的家，会免于坏脾气、嫉妒、厌倦、悲伤或焦虑，即便只是一个晚上。然而，花园门铃叮咚、打开前门、客厅里的不可名状的家庭

气息、挂帽子,都情不自禁地走进我的想象,还伴随着那依稀记得的一段音乐的全部柔情。在他人的人伦日常中,有一种非凡的魅力。每幢灯火升起的房屋,从马路上去看,都神秘迷人:他人花园里的婴儿车或剪草机,从厨房窗户飘出来的香味和炒菜声。

……

列车继续前行,格外迷人的是我们仿佛要冲入晚霞,虽然仍在深深的山谷——仿佛列车在大地之中游泳,而不像真实列车那样行驶地面或像真实列车那样钻着地洞。迷人的还有列车停靠站点时突如其来的宁静,我从未听说过的站点,停的时间还蛮长。那种新奇,就是坐在没有人群没有人造灯光的车厢里的那种新奇。然而我没有必要一一细数其所有成分。关键在于,其间所有这些事物给我构筑了某种程度的欢乐,我不能努力估量这种欢乐,因为要是我这样做,你会以为我在夸大其词。可是,等一等。"构筑"用词不当。它们实际并未强加这种欢乐;它们馈赠欢乐——取与舍,我自由选择……

C. S. 路易斯说,他记述这些感受,并不是因为它有什么特别。每个人可能都有过类似遭遇,我们经历的某些事情可能会值得庆祝，值得记录下来，这些事可能还会对命运施加影响。但还有些经历，却非常松散微妙。"那种伴随方式完全就像我们夜间透过列车窗户看到里面的黑魆魆的小隔间。我们可以选择视而不见，可是它一直奉送着。巨大的快乐，无法言表，有时（假如我们粗心大意）甚至没被认出或未被记得，从那个角落里涌向我们。"

这两个段落都是生活场景，沈从文在政治运动中看见安静乡村，C. S. 路易斯在火车上想象其他旅客回到家的场景，从中体会到快乐。他们用文字在捕捉一种"漂浮意向性"。想象上述两段场景，你是否感觉需要一点儿音乐呢？

叶礼庭在他的书中说，有些体验只有音乐才能表达，音乐有一种"漂浮意向性"，音乐是关于某物的感觉，但拒绝明确指出这东西到底是什么。音乐要求听者完成其隐含的意义，当我们这样做时，我们就会有一种理解自己情绪的感觉，这是安慰体验的核心。然而在痛苦的最初阶段，我们可能不会求助于音乐。一个痛苦的人可能没有时间去欣赏美。也许几年以后，你听音乐家演奏一段音乐时，回忆又回来了，音乐的潮汐效应显现。以至于你坐在黑暗的大厅里，不让两边的人看到你的眼泪。音乐让你解脱了，安慰的工作终于开始了。

马勒相信，音乐应该努力为"上帝死后"的人们提供生活的意义，提供一种超然和崇高的体验。音乐必须永远包含一种向往。他在一封信中说："你为什么而活？你为什么要受苦？这是一个巨大的可怕的笑话吗？如果我们要活下去，就必须回答这些问题。"

马勒是捷克摩拉维亚小镇上一个犹太旅店老板的儿子。十五岁时，他到维也纳学习音乐。他在一九〇二年做《亡儿之歌》，为吕克特的同名诗谱曲。吕克特这首诗为哀悼亡儿而作，马勒作成此曲四年后，他的爱女玛丽夭折，马勒曾哀叹："爱女之死，实为此曲预悼之故。"我们其实不用知道这段故事，也不必知道诗词唱的是什么意思，打开听，立刻见效。

第十讲 什么叫诗性的

上海译文出版社举办过好几次翻译比赛，当时赞助者是卡西欧，获奖者可以拿到一台卡西欧电子词典，也许还有奖金。有一年的比赛，复旦大学英语系的谈瀛洲老师负责点评，他先点评参赛者的翻译，再给出自己的翻译范文，我仔细对照原文和译文，能感觉出文字细碎的光芒。那个小说叫《光学》，开头是这样的——

在我七岁那年，我的朋友索尔被闪电击中死去了。当时他正在楼顶上安静地打弹子。邻居们传说，他被烧成了焦炭。他们又安慰我们说，尽管他是被烧死的，但毫无痛苦。我只记得救护车乱纷纷地驶来，警报器悠长而尖利的鸣声划破了那个潮湿的十月夜晚的宁静。后来，爸爸过来陪我坐了一会儿。他说，这种事是几百万里才有一个的，似乎知道了这干巴巴的统计数字，就能减轻这件事的可怖。我知道，他只是想安慰我。

也许他以为,我担心同样的事也会发生在我的身上。迄今为止,索尔和我分享了一切:我们相互倾吐秘密,有共同的玩伴,分食巧克力,甚至我们的生日也是相同的。我们还相互约定,要在十八岁的时候跟对方结婚,生六个孩子,养两头母牛,并在我们的屁股上文上一个心形图案,里面刺上"永远爱你"的字样。但现在索尔去了另外一个世界,而我只有七岁,蒙着被子在黑暗中数我眼前的光点。

这个小说很简单,全文翻译成中文不到三千个字,但我要复述一遍,这个小说的魅力就丧失了,好小说是要去读的,而不能听一个梗概。不过,我还是要复述一下。索尔死了,小女孩把玩具柜清空了,玩具熊和图画书都给扔了出来。玩具柜空了,小女孩腾出的这个空间近乎神圣,她可以躲到里面,拉上滑门,唯一的一盏柜灯照得光滑的橱柜四壁闪烁起来,"于是我感觉到了索尔一定感觉过的,那就是炫目与黑暗。和以前一样,我跟他分享着这一切。不管他在哪里,他都会晓得,我知道了他所知道的,看见了他所看见的"。

小女孩继续过自己的生活,妈妈照顾她吃饭,爸爸闲来打网球,小女孩经常使用"几百万才有一个"这个词,妈妈做了顿好吃的,小女孩说"你是几百万中才有一个",爸爸发出一记ACE球,小女孩也说"你是几百万中才有一个"。小说这样写:"如果索尔是几百万中才有一个的,那么我就常见得多,比如说十几个中就有一个。他是上天选中的。我是普通的。我所不理解的力量点化了他,剩下我孤零零地清空玩具柜。只有一个办法才能跨越这深渊,才能让索尔复活,但我要等到那最神秘的时刻降临,才能尝试。我要拿捏好那灵光闪烁的时机,那样索尔就不得不回来了。这是我的法宝,没人知道,甚至妈妈也不知道,即便她曾对着豆子噘起嘴唇。这是我和索尔之间的秘密。"

小女孩躲在柜子里干吗呢?她的好朋友死了,她在柜子里似乎能跟死去的索尔交流,似乎能跨越生与死的界限,不过,这是小女孩的空想。我们在这里要回想一下自己的童年:小孩子可能以为自己是奥特曼,可以拯救世界,或者相信自己掌握一种魔法,能改变他人的命运,小孩子有时候很相信自己意念的力量。小女孩躲在柜子里也许是在祈祷,也许是在冥想,小孩子有时就是这样神叨叨的。

小说继续。"残冬将尽,新春将至的时候,爸爸病了。"那是一个二月的早晨,爸爸吃早餐的时候,心脏病发作,救护车来了,穿白大褂的人把爸爸抬走了。接下来我们还是读译文吧——

　　我知道没有回头路了。这便是关键时刻。我必须毫不犹豫地马上行动；没有时间可浪费了。在他们把爸爸抬出去的时候，我冲到玩具柜里，紧闭双眼，然后在闪烁的灯光中睁开，开始高叫："索尔！索尔！索尔！"我想让我的头脑保持空白，就跟死后一样，但爸爸和索尔交织在一起的画面不停地在我的头脑中闪现，就像风暴中的树叶，而我是宁静的中心。一会儿是爸爸在楼顶上打弹子。一会儿是索尔一个接一个地发球得分。一会儿是爸爸和两头母牛，一会儿是索尔弓着背倒在早餐桌上。这些画面旋转着，涌动着。他们变得越是纷乱，我的声音就变得越是清楚，有如钟鸣一般："索尔！索尔！索尔！"玩具柜中鸣响着几种声音：有的是我的呼唤，有的是回声，有的似乎来自另一个世界——也许是索尔所在的世界。玩具柜似乎也在呻吟和振荡着，被闪电和雷声摇撼着。在这关头它随时可能迸裂，而我就会发现自己身处一个绿树成荫的山谷，里面流淌着清澈的小溪，开满了鲜红的木槿花。我会穿过高草，趟过小溪，然后就会看见索尔在采花。我只要睁开眼他就会在那里，臂弯中抱满了木槿花，笑着。你去哪儿了,他会说,好像被烧焦,变成灰烬掉下来的是我。我的心中充满了强烈的信念,几乎要炸开了,似乎已在经历一场庆典。抽泣着,我睁开了眼睛。只有那盏孤灯对橱壁眨着眼。

她接着写,"我可能是睡着了",然后妈妈回来了,妈妈说爸爸待在医院里,爸爸会好的。接下来,小女孩回到自己的房间,又把玩具柜里堆满了玩具熊和图画书。在这里,我有点儿不明白,为什么小女孩又把玩具柜填满了玩具?她本来把那里腾空,给自己运用信念留下一个空间,但得知爸爸被救回来性命之后,她就不再需要这个空间了。

然后,我们读到了小说的结尾——

几年后我们搬到了洛尔克拉,东北部的一座矿区小城,靠近詹普谢尔。我十六岁那年的夏天,我在那里的一片密林中迷路了。林子其实并不深——最多三英里。我只要奋力骑车,几分钟就会到达通往市区的泥路。但树叶中的一种扰动让我停了下来。

我从自行车上下来,站着倾听。树的枝丫在头顶如脚爪般拱成弧形。天空匍匐在白云的肚皮上。灰色和黑色的斑驳阴影落在地面。四周有一种低沉的嗡嗡声,似乎有人在拨弄空气,练习一首前奏曲。

然而又什么都没有,只有无声移动着的阴影,和对橱壁眨着眼的一盏孤灯。我记起了索尔,我有好几年没想起过他了。于是我又一次开始傻乎乎地等待,不是等待着答案,而是等待着心中恐惧的结束。一个和弦,又一个和弦,树林把这张恐惧营造起来,就像是不和谐的音乐。当我再也不能忍受那刺耳的声音的时候,我重新上了车,拼命地踩着踏板。我仿佛听见女妖的尖叫,在我的耳边呼啸而过。我的脚上发条似的自动踩踏着。无路的地面扬起了树叶和石子,尘土旋转着飞升起来,又慢慢落定。我向着越来越暗的暮色飞驰,空气清凉而沉静。

小说就这样完了。她在森林中感觉到一丝异样,她又想到了索尔,这时候的小女孩应该不再相信自己有什么魔法了,更不会认为自己还能让索尔复活了,她已经好几年没有想起索尔了。但她在森林中仿佛听到了女妖的尖叫,这里的"女妖",原文是 banshees,爱尔兰传说中预言死亡的女鬼。这声音从何而来,是不是又预示着死亡?好像也不是特别重要。

这是一个很诗意的小说。读第一遍的时候可能有点儿恍惚，不过也没有太多玄虚。小孩子是凭感官去接收外界事物的，小孩子的心理活动主要就是想象，只关心事物的具体形象，而不会注意事物之间的关联，也不会抽象思维，也不太会逻辑和推理。你看，索尔被雷劈死后，爸爸过来说，这种事情发生的概率是几百万分之一，小女孩记住了"几百万中才有一个"这个说法，但她并不会正确使用这个说法，她看见爸爸发了一记 ACE 球，就会说，"你真是几百万中才有一个"，爸爸就会纠正她，说她应该说，这记发球真是"几百万中才有一个"。但等小女孩长到快十六岁的时候，她肯定理解什么是概率了，她不相信自己有魔法，她已经有理智了。

意大利有个学者叫维柯，一七四四年就死了，他写过一本书叫《新科学》。维柯把人类的原始期和人的童年期相比拟，说："人最初只有感受而不能知觉，接着用一种被搅动得不安的心灵去知觉，最后才用清晰的理智去思索。"他还说，世界在其儿童时期所造成的诗的意象是非常生动的，原始人不知道雷电的成因，他们对雷电感到惊奇，于是就想象出雷神，他们一旦虚构出来一个雷神，就立刻信以为真。这种基于形象思维的想象，就是诗性的。维柯所说的"诗",是取这个词最广泛的意义,而不是指某一种文学体裁。

《新科学》这本书,很多篇章都用一段一段的箴言写就。他说:"推理力愈弱,想象力也就愈强。""诗的语句是由对情欲和情绪的感觉来形成的,这和由思索和推理所造成的哲学的语句大不相同。哲学的语句愈上升到一般,就愈接近真理。诗的语句则愈掌握个别,就愈真实。""诗人可以看作人类的感官,哲学家可以看作人类的理智。""最初的各族人民,作为人类的儿童,先创立了艺术的世界,然后哲学家们过了很久才出现,他们可以看作是民族的老年人,他们建立了科学的世界。""心的最崇高的劳力是赋予感觉和情欲于本无感觉的事物,儿童的特征在于他们把无生命的东西拿到手里,和它们戏谈,好像它们和活人一样。"我引述《新科学》中的这些话,是想说明"诗性的"这个词到底是什么意思。我们经常遇到"诗性的"或者"诗性智慧"这两个词,这两个词来自维柯的《新科学》,想象力和感受力就属于诗性智慧。

《光学》这个小说很短,但有些人读了之后说,没看懂。我把维柯搬出来,当然不是说,我们为了读懂一个小说,还要掌握一些美学思想。我想说的是,很多时候我们没看懂一个小说,是因为我们不太相信自己的想象力和感受力，我们太依赖于逻辑和推理。我们得搞清楚《光学》中的那个小女孩为什么要腾空她的玩具柜？为什么后来又把玩具装回去了？小女孩的父亲到底死了没有？为什么作者没交代父亲痊愈了？最后那一段写森林中骑自行车，到底是什么意思？作者写一个小说，最怕读者问的问题就是，你这个小说什么意思？他的意思都在这个小说里。

我们再来读一个短篇小说，一个科幻小说。一般来说，科幻小说提供了一种想象的框架结构，替换读者已有的经验语境，产生"认知间隔"——框架结构、经验语境和认知间隔这些术语并不重要，我们少知道点儿术语，多用一下想象力和感受力。这篇小说叫《溺亡的巨人》，作者是 J. G. 巴拉德。你可能在《爱，死亡和机器人》剧集中看过"溺亡的巨人"那个片子。我们来读原作，译者是耿辉——

> 暴风雨过后的一个早晨，溺亡的巨人尸体被冲到城市西北方五英里外的海滩上。最初是附近一位农民传来尸体出现的消息，随后本地的新闻记者和警察加以确认。即便如此，包括我在内的大多数人仍然持怀疑态度。然而越来越多的目击者归来后，证实了巨人

庞大无比，也彻底勾起了我们的好奇心。两点刚过，我和同事向海边出发时，我们开展研究工作的图书馆几乎空无一人。这一整天，全市都在流传着关于巨人的各种说法，所以不断有人离开办公室和商店去观看。

《溺亡的巨人》翻译成中文六七千字，小说开头写的是一个巨人被冲到了海岸上，"这个溺亡的庞然大物有着跟最大的抹香鲸一样的尺寸和体重"。人们聚集到海边，两个胆大的渔夫靠近巨人，"两个渔人站在双脚下巨大的沙质基座之间向我们招手，如同游客游览尼罗河上某座水漫过的庙宇，行走在立柱之间。一刹那，我害怕巨人只是睡着，可能会突然惊动，并拢脚跟。可他无神的眼睛凝望着天空，不知道双脚之间站着自己的微型复制品"。渔人围着尸体绕行，仔细观察溺亡的巨人，"他们用手遮挡阳光，抬头凝望巨人古希腊风格的侧脸。矮额头、笔挺的鼻子和曲线嘴唇让我想起一件罗马人复制的普拉克西特列斯雕塑，鼻孔仿佛优雅的象形茧，更加凸显了跟不朽雕塑杰作的相似性"。这里出现了一个人名，普拉克西特列斯，古希腊的一位雕塑家，叙述者说，"让我想起一件罗马人复制的普拉克西特列斯雕塑"，这句话很知识分子气，再加上开头提到的图书馆，我们可以肯定，叙述者"我"是一个知识分子。我们继续读——

　　突然,人群中爆发出一声叫喊,好多人抬手指向大海。我吃惊地看见一个渔人已经爬上巨人的胸膛,此时正四处走动并向岸上示意。人群中掀起一阵惊讶和喜悦的喧嚣,所有人都向前涌动,冲过浅滩,飞溅的卵石淹没了人声。

　　我们接近仰卧的身体,他正躺在大小跟一块农田相当的水面上,我们兴奋的交谈再次平息,这个死亡巨人的庞大身躯令我们陷入沉默。他稍稍歪斜地伸展在岸边,双腿被冲得离海滩更近,这种显小的透视效果掩盖了他真正的体长。尽管两个渔人站在他的腹部,人群还是围成一大圈,三四个一组试探着朝他的手脚靠近。

按照科幻小说或者玄幻小说的写法,作者应该交代巨人从何而来,但巴拉德不想这么写,他用了几段写人们慢慢靠近巨人,慢慢爬上巨人的身体,蹬鼻子上脸。人们把巨人平放的手臂当作一段双层楼梯使用,从掌心沿着小臂走到臂弯,然后爬过肱二头肌,来到便于走动的平坦胸部,爬上脸,沿着嘴唇和鼻子行走。叙述者"我"一直没有登上巨人的身体——

我们穿过人群,继续绕行,停下来查看巨人伸出的右手。一小汪水残留在掌心,仿佛是另一个世界的遗迹,此时正在被登上这条胳膊的人踩踏溅开。我努力分析皮肤上刻画的掌纹,寻找巨人性格特征中的一丝线索,但是组织的膨胀几乎抹光了它们,带走了巨人所有的身份特征和他最后的悲剧性处境。手上巨大的肌肉和腕骨似乎在替主人拒绝一切感伤,然而精致的手指曲线和精心修剪的指甲——每个指甲都对称地多留出不到六英寸[1]的长度——展现出一定程度的高雅气质,这种气质也呈现在古希腊风格的面部特征中,然而此时,小城居民却像苍蝇一样坐在他的脸上。

可以看出来,叙述者对这些苍蝇一样的人不以为然,他们在巨人的身体上嬉戏打闹。一群解剖学和海洋生物学的权威学者来了,这些学者也不愿意登上巨人的身体,只是围绕着巨人观察和讨论。等学者走掉,看热闹的人把巨人完全占领,挤满双臂和双腿。小说用这样的词来描述巨

---

[1] 1英寸约等于2.5厘米。

人——"希腊人般的轮廓""希腊人般的脸庞""英雄般的姿态""荷马史诗中的身姿""淹死的阿尔戈英雄"。神话诗人描述人物喜欢放大和夸张,神和英雄的形象总比凡人的形象更大。阿尔戈英雄,是指跟着伊阿宋一起乘坐"阿尔戈"快船去取金羊毛的五十位英雄。叙述者要说的是,这位淹死的巨人有可能是位跌落人间的神话英雄,他说:"巨人死也好,活也好,他都是绝对的存在,让我们稍微感受了一下类似的绝对真理造就的世界,而沙滩上我们那些旁观者都是非常不完美的渺小复制品。"

三天之后,叙述者"我"再一次来到海滩,巨人的形象发生了变化。上次看时,巨人的古典美显示,他是个温和谨慎的年轻人。再次看到时,巨人似乎已是中年人,肿胀的脸颊、增厚的鼻子和太阳穴、变窄的眼睛都带给他一种养尊处优的成熟样貌,加剧的腐朽即将降临到他身上。依然有很多人来看热闹,爬到巨人身上嬉戏。又过了一天,"我"终于爬上了巨人的身体,巨人的皮肤不再光亮,而是沾满了泥沙,指缝里有海藻,巨人的脸庞已经没有了风度和镇静,他的左手已经被切掉,他的躯体散发出臭味。城里的饲料公司和肥料公司负责肢解巨人,他们砍去巨人的四肢和头颅,接下来我们读一下原作吧——

接下来我再去海滩已经是几周之后，那时，我之前注意到的巨人身上与人类的相似之处再次消失。仰卧的胸部和腹部无疑跟人类类似，可是四肢先是从膝盖和手肘处被砍掉，然后是从大腿和肩膀处，剩下的躯干类似任何一种无头的海兽身体——鲸鱼或鲸鲨。缺失了身份以及若即若离地依附在身体上的少量个性特征，旁观者的兴趣也被耗尽，海滩上只剩下一位上了年纪的拾荒者和一位坐在承包商小屋门口的守夜人。

一座松动的木质脚手架已经被竖立在尸体周围，上面伸出的十几架梯子在风中摇晃，周围的沙地上散落着一盘盘绳索、金属柄长刀和钩锚，卵石上沾着血液、碎骨和皮肤，显得滑腻腻的。

我朝守夜人点点头，他阴郁地隔着燃烧的炭火盆注视我。小屋后面的一个容器里炖煮着大块的油脂，致使这里到处弥漫着刺鼻的气味。

在一辆小型起重机的助力下，两根大腿骨裹着曾经覆盖巨人腰部的网状围巾被移走，断开的关节像谷仓敞开了大门。上臂、锁骨和外生殖器也同样被运走。胸部和腹部残留的皮肤上已经用焦油刷平行标记成一段一段，最靠前的几段已经从腹部切割下来，展现出胸腔巨大的弧度。

我离开时，一群海鸥从天空盘旋着落在海滩上，一边凶恶地鸣叫，一边啄食染血的沙子。

几个月后，巨人出现的新闻事件基本被人遗忘，他身体上被肢解下来的各个部分开始在全城范围内重新出现，其中的大部分都是化肥生产商难以粉碎的骨头。它们尺寸惊人，有大块的筋腱和连在关节处的片片软骨，让人一下就能识别出来。出于某种原因，这些脱离了身体的部位似乎比后来被切割的肿胀四肢更有效地传达出巨人原本的宏大精髓。我望向街对面肉类市场最大批发商的店铺，认出门口两边的两根巨型大腿骨，它们高高耸立在搬运工的头顶，如同某种古德鲁伊教的骇人巨石。我仿佛突然看见，巨人靠这两根光溜溜的大腿骨，用膝盖大步踏过城市的街道，在返回大海的途中拾起自己散落的身体部件。

叙述者"我"似乎还相信巨人有其宏大的精髓，似乎还幻想着巨人能收拾起自己被肢解的身躯。但他看见巨人的左肱骨横放在一座船坞的入口，右肱骨在港口桩柱间的泥沙里。巨人的下巴进了自然历史博物馆，头颅的其他部分不知所终，两根肋骨被做成装饰拱门，一块皮肤被鞣制后用作背景衬布，那根巨型阴茎被马戏团放到一个帐篷里展出。余下的骸骨被剥去所有肉体组织，仍然留在海滩上，肢解身体用的起重机和脚手架都已不见，沙子埋住巨人的骨盆和脊椎。

巴拉德这个《溺亡的巨人》到底是什么意思呢？你可以自己找来原作去读一遍。他这个小说是一九六三年发表的，马尔克斯的短篇小说《世上最美的溺水者》是一九六七年之后发表的，你可以把这两个小说对照着读一读。要相信自己的感受力，有些感受可能郁结在心里，很难表达出来，也很难和人交流，但这样的感受正是读小说的收获。并不是所有的经验都要宣之于口。

好了，这一讲我们读了两篇小说，《光学》和《溺亡的巨人》都是很短的小说，加在一起还不到一万字，原作要比转述好得多。我们还粗浅地介绍了"诗性"这个概念，《光学》和《溺亡的巨人》也都是诗性的小说。我直接引用了很多原作译文，我想提醒大家，文学作品还是要去读，而不能听别人转述，许多短篇小说没什么情节，作者要表达的东西都在文字之中。如果你能把原文和译文对照着来读，那就更好了。

第十一讲 飞越疯人院

我今天要讲的是《飞越疯人院》,我希望你看过这个老电影。我从小说原著作者说起。

肯·克西从小体格强壮,擅长摔跤,凭借体育奖学金进入俄勒冈大学学新闻。一九五九年到斯坦福大学学写作,他自愿参加了一个精神药理学的试验项目,在医院里服用致幻剂,留院观察,也算是参与了科学研究。一九六二年,他的小说《飞越疯人院》出版。小说的叙述者是印第安人"酋长"布洛姆登,布洛姆登被诊断有精神分裂症,整天在医院里拿着个大扫帚,不言不语,装聋作哑。一开始他感觉周边有雾,连六英寸外都看不清,他将外面那个控制一切的系统称为"联合机构",他被逼着吃药,然后开始讲麦克·墨菲的故事。文学评论中有一个说法,叫"不可靠的叙述者",布洛姆登就是一个不可靠的叙述者,他说:"就算事情压根儿没发生过,我说的也是真的。"

这本小说被改编成电影时,肯·克西写了两稿剧本,但很快就不干了。后来的编剧把布洛姆登的叙述视角改为全知的视角，小说及电影的名字 *One Flew Over the Cuckoo's Nest*，来自一首古老的美国民谣，"一只向东飞，一只向西飞，一只飞过了喜鹊窝"。不过，我们都接受了这个直截了当的译名，"飞越疯人院"。

肯·克西对电影《飞越疯人院》非常不满，他跟制片人打过官司，获得了一笔补偿。他发誓不看这部电影，据说有一次他在电视上看到，立刻换台。根据合同，他能从这部电影的利润中获得2.5%的报酬。这部投资四百万美元的电影，在美国国内挣了将近两亿美元。肯·克西不喜欢这个电影，但这个电影给了他这辈子最重要的一笔收入。

肯·克西的原著小说以酋长的视角讲故事，酋长会回忆爸爸和妈妈，回忆俄勒冈大草原上的月亮和狩猎，酋长原来的印第安人村落被白人政府买下，白人政府对印第安人的压制和这所医院对病人的压制是一样的。一部小说是带有叙述者的语气的，肯·克西对电影的不满，或许就是因为酋长叙述的语调被抹杀了。

肯·克西对印第安原住民部落有自己的情结，一九九四年接受《巴黎评论》采访时，克西说，他爸爸曾经带他去看俄勒冈的牛仔竞技大赛，他和原住民一起玩，经过哥伦比亚河峡谷时，发现那里正在建大坝。印第安人的捕鱼地消失了，村落被政府买下来，他们要移居到别处。有一个印第安人嘴里咬着一把刀，撞向一辆柴油卡车。这个自杀行为给克西留下深刻的印象。正是基于这种"野性中蕴含救赎"的观念，肯·克西选择酋长来做小说的叙述者，酋长能记起深夜站在水坝上听到的声音，能感受到"联合机构"那种无情又残忍的力量。他十岁时，村子里来了三个白人，跟村里人说，这个村子能换来多少钱，他们根本就无视年少的布洛姆登，所以酋长布洛姆登就变成了一个"聋哑人"，他听不懂外在的变化，也无从表达自己的看法。肯·克西选择酋长来讲这个故事，肯定有他的道理。然而，我无法想象《飞越疯人院》这个电影以装聋作哑的酋长的旁白来讲故事。我们看这个电影的时候，需要另一个更可靠的叙述者。

影星柯克·道格拉斯看到小说《飞越疯人院》后，立刻买下了改编权。他先改成话剧，在百老汇演了半年，收到的评论都不太友好。他希望把这个故事改编成电影，扮演里面的麦克墨菲，但好莱坞没人对这个故事感兴趣。柯克·道格拉斯说，这个故事中有些东西让好莱坞不舒服。十年后，柯克的儿子麦克·道格拉斯说：您这个版权砸在手里这么久了，我再出去试着卖卖吧。

麦克·道格拉斯找到了奇幻唱片公司的老板索尔·赞茨，赞茨以前表示过对《飞越疯人院》的兴趣，但他不想让柯克·道格拉斯演，柯克想演麦克墨菲，如果不让他演，他就不卖改编权。杰克·尼科尔森对麦克墨菲这个人物极有兴趣，一直想演麦克墨菲。等这部电影真的开拍时，所有人都觉得柯克·道格拉斯太老了，杰克·尼科尔森最合适。一九七六年，《飞越疯人院》获得奥斯卡五项最重要的奖项——最佳影片，最佳导演，最佳男演员，最佳女演员，最佳改编剧本。杰克·尼科尔森的片酬是影片利润的10%，他在颁奖仪式上对编剧说："我赚到钱了！"柯克·道格拉斯也赚到钱了，他的儿子担任制片人，但柯克·道格拉斯说："我从这部电影里赚的钱比我扮演任何一个角色挣到的钱都多，但如果能让我演麦克墨菲，我愿意把我赚的每一分钱都给片方。"

一九七一年打电话给索尔·赞茨时，麦克·道格拉斯没想到这个电影能如此成功。他们当时想的是用比较小的成本，把这个电影给拍出来。他们找到一个落魄的导演，米洛什·福尔曼。福尔曼是捷克人，一九六八年流亡到美国，拍了一个不太成功的电影，困在纽约切尔西区一间旅馆里，为房租发愁。他接到电话，跟麦克·道格拉斯、索尔·赞茨一起出去吃饭，晚上八点钟进了一家日本餐馆，到饭馆打烊，服务员把后厨和桌子都收拾干净了，他们还在聊。

米洛什·福尔曼一九三二年出生，他还记得母亲被盖世太保带走的场景。那时他七岁，母亲到他床边，跟他吻别，此前，他的父亲已经被关进了集中营。青年福尔曼在布拉格学电影，他的文学课老师是米兰·昆德拉。二十世纪六十年代，福尔曼在布拉格崭露头角，柯克·道格拉斯访问中欧时，就曾和他有过接触，答应给他寄一本《飞越疯人院》的小说，但书寄到捷克，被海关没收了。然而，该是他的电影就一定还是他的电影。福尔曼决定拍摄《飞越疯人院》之后，有朋友劝他，这个故事太美国了，他拍不好。福尔曼回答说："不，这个故事写的是极权主义，我刚从那儿逃出来。对你来说，这是个美国小说，对我来说，这是真实的生活，我太知道'大护士'是怎么回事了。"一九七六年福尔曼获得奥斯卡奖之后，他的双胞胎儿子才获准离开布拉格，去美国和父亲团聚。

《飞越疯人院》这部电影是按顺序拍摄的，除了出海捕鱼那场戏。影片开场是田野和山脉，一对汽车大灯穿过风景，麦克墨菲在两名执法人员的护送下抵达精神病院。他亲了警卫一口，被带到院长办公室，跟院长谈话。俄勒冈精神病院的院长出演了自己，福尔曼喜欢用非职业演员，但他不给非职业演员看剧本，也不会让他们排练，尼科尔森和院长的对话场景拍了四条。院长在办公桌上管理着他的病人，他发出行政指令，精神病院转化为社会对持不同意见者实施的复杂镇压的缩影。麦克墨菲来了，他想唤起病人残存的人性，他是一个秩序的破坏者。他与拉切特护士的暴政展开了一场斗争，这倒不是说麦克墨菲对他的病友有多少同情心，他只是为自己找乐子，不甘于被操纵，也不甘于看到别人被操纵，他想在心理层面上释放病人。

精神病院是一个由门、锁和笼子组成的迷宫般的监狱。那些让病人平静的音乐，也是一种阴险的统治手段。病人打牌嬉戏，但无法逃脱监禁之感。他们按时吃药，按时进行团体治疗，稍有反抗就会被戴上约束带，被电击治疗。拉切特护士被酋长称为"大护士"，她在电影中的样子要比小说中的样子温和一些，她总认为自己在做正确的事情，她维护秩序和例行公事，用最平静的微笑压制所有男病人的反抗。福尔曼谈到她的性格时说，拉切特护士深信她做得很好，这是真正的戏剧，这比一个知道自己做坏事的邪恶的人要可怕得多。

麦克墨菲被送进了精神病院，要参加集体治疗，拉切特护士主持，讨论每一个病人的病情。麦克墨菲提出要看棒球比赛，要更改时间表，大护士说，"你们可以投票"。时间表是一种规训，意味着序列化的活动：你该起床了，你该睡觉了，你该吃药了，你该进行集体治疗了，你某时某刻才可以打牌、看电视。大护士掌握时间表，病人要做的就是让自己的身体服从时间表，就像工厂流水线对工人的管理一样。

我们的人生时间也被筹划。第一，时间被划分为连续性的片断，这些片断必须在一个特定的时间点结束。第二，这些片断被安置于一个分析性的规划或序列之中，它们按照难度或复杂性的递增而一个接一个地排列。第三，每一个时间片断都以一次考核而告终，这一考核使管理者可以对每一个人加以区别、分等和归类。第四，在这种等级的排列之后，每一个人都将获得一个角色以及一系列的操练，这些操练与他们在等级序列中的位置相匹配。这是在讲解福柯的《规训与惩罚》，听着有点儿费解是吧？如果你有孩子，你规定你的孩子每天只能看一小时动画片，只有到周末才能玩 iPad，那你就是在规划他的时间。你还要跟他讲"小升初"、中考、高考是多么严厉的考核。这就是规训。如果他不遵守时间表，对学习也没啥规划，那你就可能就要惩罚他。

在麦克墨菲所处的病房，早上六点半起床，七点进食堂，八点玩拼图游戏，是雷打不动的规定。麦克墨菲要更改时间表，要看电视，要看棒球比赛。但电视电源被切断了，病人围在电视机前，麦克墨菲面对空白的电视屏幕解说棒球比赛，那是特别精彩的一场戏。大护士在这群病人后面叫喊着纪律和秩序，说他们要受到惩罚。大护士怎么惩罚麦克墨菲？

我们看小说中的情节。大护士召集了一次会议，她认为麦克墨菲是病房中的不安定因素。有一个护工提出，麦克墨菲可能是一个精明的骗子，他假装成病人，离开了劳改农场，进入舒适的医院，说他曾经多次出于对权威人物的仇视而闹事，问大护士要不要把麦克墨菲转移到另一个病房——心理失常者病房？拉切特护士不同意："不，他没什么不寻常的。他只是一个人，仅此而已，一样受制于任何人都会感受到的恐惧、懦弱和胆怯。我有很强烈的感觉，再有几天的时间，他会向我们同时也向其他病人证明这一点。如果我们把他留在这个病房里，我确信他的鲁莽傲慢会减退，他的反抗也会最终削弱为零。"她微笑着说："我们的红头发英雄也会自降为病人们能够认清并且丧失对其尊重的某种人，一个爱吹牛的家伙。"拉切特护士很理智，她要把麦克墨菲留在自己的病房里，相信自己能降伏这个捣乱的不安定因素。"我们有几个星期，几个月甚至是几年的时间，麦克墨菲先生是被判入院的，他需要在这个医院待多久完全取决于我们。"

如果你是一个刺头儿，想反抗现有的秩序，你一定要清楚，大护士并不会觉得你有什么特别的，更不会把你看成英雄，只要你是一个普通人，你就会受制于自己的懦弱，你就会有你的恐惧。你有什么出格的行为，把你传唤到派出所待几个小时，你可能就服软了。大护士要把麦克墨菲掌握在自己手里。挑战秩序的人总是单枪匹马的，秩序的维护者却有成系统的手段。想当刺头儿，想反抗现有的秩序，采取第一次行动是容易的，但要持续地和一个机构对抗，非常难。

麦克墨菲是被判入院的，他发现病房里的小伙伴有不少是自愿入院的，像比利这样的小伙子，应该在大街上开着跑车追女孩，怎么能忍受住在精神病院里？比利告诉他："你以为我不愿意要一辆跑车和一个女朋友吗？但是，你被嘲笑过吗？我既不高大也不强悍，我们这里的病人都不够高大强悍。"在电影最后的高潮部分，拉切特护士威胁比利，"我要把你的所作所为告诉你妈妈"，于是比利自杀了——"告诉你妈妈"，这句话是一个非常可怕的威胁，每个小孩子都受到过这样的威胁。拉切特护士说过一段话来讲精神病与"不服从"的关系，她说："你们当中的很多人之所以在这里,就是因为无法适应外面世界的社会规则,因为你们拒绝正视它们,因为你们试图躲开和回避它们。在某段时间,也许是你们的童年时代,你们无视社会规则却被允许逃脱了。当你们违反某个规则时,你们想可能会被处置,但是惩罚却没来。你们父母愚蠢的仁慈也许就是造成你们目前生病的病菌。我告诉你们这些是希望你们理解,我们执行纪律和秩序完全是为了你们自身的利益。"

在电影中,大护士的许多话都被删去了,但路易斯·弗莱彻还是凭借出色的表演获得最佳女演员奖。弗莱彻女士领奖时,在台上用哑语感谢了失聪的父母。好的表演未必需要太多台词。电影中还有反抗的一幕,病人契斯威克想从大护士手里拿回他的香烟,他不明白,为什么自己的烟要控制在大护士手中,大护士给他烟,他才能抽,为什么不能自己做主,想抽烟就抽烟。麦克墨菲打破了护士站的玻璃,把万宝路拿出来,其结果是契斯威克和麦克墨菲接受电击。小说中略有不同,小说中契斯威克和比利都自杀了,契斯威克在游泳池中自杀。电影中只有比利一个人自杀了。

电影中很关键的一幕是麦克墨菲要抬起那个大浴盆,但他没那么大力气,他涨红了脸,颓然退下,他说,"我试过了，我尽力了"（But I tried, though, God damn it, I sure as hell did that much now, didn't I?）。影片最后，麦克墨菲被实施了脑叶切除手术，脑袋上有伤疤，他的生命之灵光已经被剥夺了，酋长用枕头闷死了他，抬起大浴盆，砸烂窗户，逃了出去。浴盆被抬起来后，水管里的水喷涌而出，受过弗洛伊德一点儿教育的观众都会明白，这他妈的是射精，那个浴盆上的铬合金面板和玻璃喷头及石材的重量，是为了不让你射精。

酋长抬起来的那个东西到底是什么呢？小说中说的是"控制面板"，电影里看着是一个大水槽，它是浴室内的一个装置，石头做成，有水压表，有温度调节，有很多喷头。我在爱德华·肖特的《精神病学史》一书中看到一张照片，是密西西比精神病院里的"大水槽"，比电影里的那个还大，护士正在给一个病人冲澡，控制面板上的按钮可以调节水温，可以增减水流的冲击力。有很长一段时间，人们相信水疗能对付各种慢性病，也能对付精神病，冷水能对付癫痫，冷热水交替的"苏格兰灌注法"可以让歇斯底里的病人平静下来。

我年轻时看这个电影，看到酋长飞越了疯人院，是非常激动的。经典作品会塑造我们的人格，有些现代作品也会塑造我们的人格，这些作品可以称为现代经典。我们后面要讲的《肖申克的救赎》也是一部现代经典。

《飞越疯人院》让福尔曼和索尔·赞茨成为亲密伙伴。他们合作拍了《莫扎特传》和《戈雅之魂》。早年间在捷克读书的时候，福尔曼看过一本关于西班牙宗教裁判所的书，他说："我不敢相信我在读什么。我在读自己国家正在发生的事——让人们承认他们没有犯下的罪行。彼时彼地，我不可能拍那样一部电影。到二十世纪八十年代，我和索尔在马德里宣传《莫扎特传》，我第一次去了普拉多博物馆，我当年在布拉格看到的那本书就展现在我面前。我要把戈雅和宗教裁判所放在一起拍一部电影。"

这部电影二〇〇六年上映，是七十四岁老导演的谢幕之作。福尔曼在二〇一八年去世，随后，布拉格帕里斯卡街上的一个小广场被命名为"福尔曼广场"，紧邻洲际酒店。戈雅是艺术家，宗教裁判所是权力机构，你可以从《戈雅之魂》中看到艺术家和权力之间的冲突。福尔曼说过："艺术家天生就是叛逆者。就像《飞越疯人院》中的麦克墨菲，个人反抗机构的冲突，是一场无止境的冲突，一场本质的冲突。我们需要机构，我们用税款支付它来为我们服务。可反过来，我们总要供他们驱使。我认为在过去、现在和将来，这都是人类最本质性的冲突。"

第十二讲 精神病电影列表

一九七五年一月,《飞越疯人院》剧组前往俄勒冈州立医院,开始为期十一周的拍摄。一到那里,医院院长就跟剧组说:"让我们的病人给你们当群众演员吧,病人演电影,会是一种治疗。"尼科尔森在深夜被引领着观看了电击治疗,他说:"我不会忘记凌晨四点在楼上戒备森严的病房中看休克治疗的场景,他们让我看了三场治疗。那种氛围一下笼罩在我身上。"

就是在电影拍摄期间,福柯在法兰西学院上课。每年一月初到三月底的每个星期三晚上五点四十五分到七点十五分,是福柯的讲课时段。一九七五年,有一位记者记录下福柯讲课的场景:"福柯健步走进教室,好像一头扎进水里,他穿越人群坐到讲台的椅子上,往前推一下麦克风,放下讲稿,脱下外套,打开台灯开始讲课,一秒钟也不耽搁,麦克风里就传出他响亮的声音。大厅里有三百个座位,但挤着五百个人,福柯讲得清晰,言简意赅,没有任何即兴的痕迹。他每年只有十二次课来讲述他上一年的研究工作，所以他尽量讲得精练一些。七点十五分，福柯结束讲课。学生们冲向讲台，不是为了和福柯讲话，而是去关掉各自的录音机。"

福柯一九七五年的讲课稿，后来整理出版，题为《不正常的人》。一九七五年一月八日，他讲的是"刑事案件中的精神病鉴定"；一月十五日，他讲的是"疯癫与犯罪，邪恶与纯洁"；一月二十二日，他讲的是"三种不正常的人"。从一九七一年开始，到一九八四年去世，福柯每年一月初到三月底都会讲课，除去一九七七年休假一次。所谓"三种不正常的人"，一是"畸形人"，二是"需要改造的个人"，三是"手淫的儿童"。"畸形人"在古罗马时期就已出现，这个词不是指瘸子、瞎子这样的残疾人，而是指不符合自然规律、对法律构成麻烦的人，比如阴阳合体的人。"需要改造的个人"出现在十七和十八世纪，资本主义需要把人培训成守纪律的工人，在肉体和行为上加以训练。"手淫的儿童"在十八世纪的英国被视为一种问题，手淫会导致各种疾病，成年人得的病，从根儿上说都是小时候手淫造成的，所以英国学校里搞了很多体育运动，要把孩子累晕，不让他们手淫。

二十世纪八十年代，我还是一个懵懂的少年。某一个夏日的晚上，我在地坛公园看了一场露天电影，电影名字是一个四字的女人名字，我后来一直记不太清楚到底是"克里斯蒂"还是"弗兰西斯"，但她在精神病院中被切除脑额叶那一幕实在是我的噩梦之一。我还在电影院里看过一部《上帝的笔误》，讲一个精神正常的女人，进到精神病院里接受调查，她说自己没病，但在精神病院里说自己没病，就是精神病人的一个主要症状，这也是我最早接触到的吊诡之一。评论家说，人们对精神病患者、精神病医院及医生的感知很大程度上是由电影来塑造的，在一九三五年至一九九〇年间，有三十四部美国电影是以精神病院为主要场景的。

我二十世纪八十年代看露天电影的时候，已经知道什么是"畸形人"了。那时候大人们指指点点，说某某人是个"二椅子"，实际上那个人只是有点儿同性恋气质，但在我的想象中，他阴阳合体，行为怪异，我要躲着他走，却不知道自己作为"手淫的儿童"，其实也属于"不正常的人"。我那时能感受到自己处于社会的规训之下，虽然我还没有读过福柯的《规训与惩罚》。那时候有一个电视剧非常火，叫《寻找回来的世界》，讲的是一所工读学校里，老师有多好，让一批暴戾的学生重又变得温顺。宋丹丹在里面扮演了一个失足少女，许亚军在里面扮演了一个问题少年，他们都"不在这个世界里"，需要有人帮他们"寻找回来"。我的一位初中同学就被送进了工读学校。老师告诉我们，每个学生都有一个档案，如果你犯了大的错误，就会被写进档案里，"跟着你一辈子"。你在学校里犯错会受到处分，处分分为几个等级：警告，记过，记大过，留校察看，然后就是开除了。每个同学都能在街头看见法院贴的白色布告，上面有一串犯人的名字，好多名字会被打上红色的叉。

我那时的想象力还不足以想象精神病院和监狱，但身处学校，就能感受到权力无处不在、无时不在，我们被层级监视、规范化裁决。我上小学的时候，上课总是坐不住，班主任给我们讲了一个故事，是说邱少云壮烈牺牲。邱少云跟战友潜伏在野外，美国人的燃烧弹投掷下来，邱少云宁可自己烧死，也不暴露目标。老师说，邱少云被火烧死了，都不乱动，我们怎么就管不住自己呢。我听了故事，上课的时候就更难受了。我对学校的恐惧延续至今。所以，我三十多岁看到电影《肖申克的救赎》和《飞越疯人院》，不难想象自己就是肖申克监狱里的一个囚犯或是州立医院里的一个病人，我崇拜能逃出去的英雄。

爱德华·肖特在《精神病学史》中有一小节，回顾了

"反精神病学"运动,提到里面的几位关键人物和几本重要著作:福柯的《疯癫与文明》,萨斯的《精神病的神话》,戈夫曼的《收容院》,等等。他也提到了《飞越疯人院》的小说及电影。英国的莱恩是"反精神病学"运动的旗手,他认为,疯狂和理智是相对现象,扭曲的父权家庭挫败了人们的欲望,限制了人们的可能性,精神病医生总觉得精神分裂症是不适应这个社会,失败了,然而,精神分裂症是一种不适应伪社会现实的成功尝试,精神病人突破了这个社会的限制。我们这里有一句笑话,"自打我得了精神病,我的精神好多了",从"反精神病学"运动来看,这句话实在太对了。

从历史上看,医生对精神病治疗时常有一些浪漫的看法。一八二三年,一本德国的精神病教科书上说:"一个人被激情所控制的那一刻起,秩序就不再主导他的生活。有什么办法来保护人们不受情绪的影响呢?自由。然而,这个世界没有给我们自由。"一九四七年,拉康说了一句话:"疯狂不是对自由的侮辱,而是像自由的影子一样跟随着自由。"荣格曾经劝一个学生不要去精神病院工作,说精神病学是医学的私生子。医生要治疗那些认为自己不需要治疗的人,精神科医生就是要建立的权威,病人服从这个权威,就被视为得到了治愈。到"反精神病学"运动兴起的时候,疯狂被视为压抑的社会和寻求逃离其压抑的个人之间斗争的产物。精神病学家扮演着思想警察的角色，精神病诊断是一种旨在限制自由的武器。二十世纪八十年代，精神病治疗在苏联就是一种治安措施。你是一个不安定因素，你就会被关到精神病院里。我们这里也会看到，某个不安定因素会被关进精神病院。

有一本书叫《如何成为一个精神分裂症患者》(*How To Become a Schizophrenic*)，作者约翰·莫德罗在开头就说，自己六七岁时，被妈妈带去看医生，医生说，这孩子有病，要送进精神病院，否则症状会越来越严重。妈妈没把他送进医院，但总疑心这个孩子有病。莫德罗撒尿和泥，玩动物粪便，妈妈就说，"你这样的孩子会被送进精神病院的"。过圣诞节，莫德罗拿着未拆封的礼物，说他开了天眼，知道盒子里是什么礼物，爸爸就说儿子有毛病。莫德罗说自己的太奶奶是个自私的老太太，逼着太爷爷自杀，拿太爷爷的保险，说自己的精神分裂症不过是一家人变态人格的不断累积。

莫德罗这本书，有一套关于精神分裂症的理论，有自己的回忆，有对精神病治疗的历史梳理。莫德罗上学后，被老师视为异类，他说，社会上的人无非是两类，一类是彼此差不多的正常人，另一类是总和别人不一样的异类，正常人把异类视为精神病。社会学家涂尔干也说过类似的话：社会先确定何为"正常"，然后再对付"不正常"。莫德罗一九六〇年精神分裂发作，一九六一年痊愈，后来写了这本书，再后来建了一个个人网站。个人网站上，他把自己的形象用软件处理成弥赛亚，放到宗教画中。他还引用好几位医学专家的推荐语。但我读这本书的时候，那种"不靠谱"的感觉太强烈了。作者并不是在说谎，但他说得不可靠。我也没有能力说清作者哪个段落说得不可靠，但"内心不确信"，有很多书，都会让我们感到"内心不确信"。

比如，有一个女记者叫苏珊娜·卡哈兰，是《纽约邮报》的记者，这个报纸本身就很不靠谱。苏珊娜二〇〇九年罹患脑炎，却被误诊为患有精神分裂症。痊愈后，苏珊娜对精神病学的学科历史进行了深入的调查，并出版了两本书——《燃烧的大脑》和《精神病院里的正常人》。据说，她的调查在美国获得了广泛的关注，网飞根据她的经历拍摄了电影，专业医学期刊《柳叶刀》也刊登了她的成果。我看过她写的《精神病院里的正常人》，她在后记中感谢了一大堆专家，但她的这本书还是给我一种非常不可靠的感觉。记者这个职业，并不增加他们讲故事的可信度。

如果我年轻时，肯定是赞赏"反精神病学运动"的，看到莫德罗的书，看到苏珊娜的书，很有可能被他们说服，甚至会崇拜精神分裂。文学和艺术有一个"疯狂的谱系"，从荷尔德林到梵高，从尼采到戏剧家阿尔托，从食指到海子。文学青年有一个偏见：如果你的诗写得不够好，就是因为你还不够疯狂。我一直是怯懦的人，害怕自己疯掉，也害怕遇到疯子。等上了年纪再看《飞越疯人院》，我有了另外一点好奇：精神病医生怎么看待这个电影？写过影评吗？

我在网上找到了一个医学博士的短文，他叫史蒂文·莫菲克，文章写于二〇一四年。史蒂文说他参加了一个研讨会，早上九点开始放电影《飞越疯人院》，观影结束，医生们围在一起讨论。他没有记录医生都说了什么，而是回忆自己的经历："《飞越疯人院》这本小说一九六二年出版。那一年，我十六岁，对弗洛伊德的《梦的解释》着迷，并决定成为一名精神病医生。一九六三年，《飞越疯人院》这出戏在百老汇上演。这本书和这出戏描绘了一家压抑的精神病院。肯尼迪总统是否熟悉这本书还不清楚，但他在一九六三年通过了具有里程碑意义的《社区心理健康法》。这部电影直到一九七五年才拍出来，同年我在阿拉巴马州农村一个军事基地的社区心理健康中心开始了我的精神病学生涯。"这位医学博士写得太简单了，没有对社区心理健康中心的运作做更多的介绍。但从精神病学历史来看，相比监狱一样的精神病院，社区心理健康中心是一大进步。

后来，我找到杰夫里·利伯曼写的《精神病医师：那些不为人知的精神病学故事》(*Shrinks: The Untold Story of Psychiatry*)。利伯曼是哥伦比亚大学医学中心主任，担任过美国精神病医师协会主席，肯定是一个权威人士。他开头先写了一个小故事，讲某个名人带着自己在耶鲁大学上二年级的女儿来找他看病，女孩原本一切正常，可她读《尤利西斯》读出了毛病，她认定乔伊斯写这本小说是向某些天选之子发送密码。她神思恍惚，无法学习，被带去做正念，越正念越糊涂。妈妈说，带她去看一个真正的医生吧。爸爸就带女儿来看利伯曼。利伯曼医生建议女孩立刻住院，那位爸爸说："可不要给我女儿穿上束缚衣。"利伯曼说，这位先生对精神病院的想象还停留在二十世纪七十年代，现在的精神病院是一个温暖的、科学的地方。女孩入院后先做一系列脑部检查，然后吃药，三个星期之后，女孩康复出院。但出院之后，那位爸爸不再让女儿吃药了。那位爸爸认定，那些药物对女儿的大脑有害。所有治疗精神病的药物，都是对大脑的伤害，这也是"反精神病学"运动的遗产之一。

利伯曼医生看了很多关于精神病的电影,他在书中几乎列出了一个"精神病电影列表"。他说,好莱坞对精神病院充满敌意,其代表作是一九四八年的《蛇穴》和一九七五年的《飞越疯人院》,精神病院都被描绘成非常恐怖的地方,《沉默的羔羊》和《禁闭岛》也如此。二〇一三年,索德伯格导演的《副作用》把精神类药物描绘得很差劲,贪婪的医生被邪恶的医药公司操纵。《终结者2》中,言行怪异的人会被关进精神病院,精神病院愚蠢又冷酷,而不是一个有同情心和医学能力的地方。笔锋一转,利伯曼医生又赞扬了影视界:《美丽心灵》就不错,精神病医生帮助了纳什,他才能获得诺贝尔奖。《国土安全》里的美国中情局探员凯丽,是在药物的帮助下维持了心智。《乌云背后的幸福线》更好,詹妮弗·劳伦斯凭借此片获得奥斯卡最佳女演员奖。詹妮弗说:"如果你哮喘,你就吃哮喘药,如果你有糖尿病,你就吃治糖尿病的药,但为什么你开始吃治疗大脑病变的药,你就被羞辱呢?"詹妮弗这几句话跟利伯曼医生书中的几句话是同构的,利伯曼医生说,为什么从未有过"反心脏病学"运动,从未有过"反肿瘤学"运动,偏偏有"反精神病学"运动呢?詹妮弗反对对精神疾病的污名化,利伯曼医生反对对精神病院和精神病治疗的污名化。

《乌云背后的幸福线》的男主演布莱德利·库珀，积极参与心理健康的宣传活动。二〇一三年，利伯曼医生在白宫举行的一次心理健康招待会上遇到了库珀，演员对医生说："我上高中时，有一位同学遭遇了严重的精神问题，我当时很恼怒、冷漠，没能很好地帮助他。拍摄《乌云背后的幸福线》，让我意识到很多人和我一样，对精神病人很冷漠，我希望这部电影给我的警醒，能经由我的努力，传递给别人。"我没看过这个电影，但网络上有那种"五分钟看完一部电影"的短片，我花五分钟看完了这个温情的小故事。剪辑者的解说略刻薄："这是一个精神病患者遇到另一个精神病患者的故事，两个人相爱，在人群中发现，原来你也是和我一样的病人。"

利伯曼医生还提到了一个电影叫《致命诱惑》，麦克·道格拉斯主演，他在片中演一个生活稳定的中年人，搞了一场露水姻缘，但他遇到的那个女人是偏执狂，要毁掉男主角的生活。扮演偏执狂女人的演员叫格伦·克洛斯，现实中克洛斯的妹妹后来被诊断为躁郁症患者，侄子是精神分裂者，所以克洛斯投身心理健康宣传活动，游说观众不要歧视精神病人。有很多演员会在电视上讲述自己对抗抑郁症、躁郁症的经历，利伯曼医生对此极为赞扬。跟轰轰烈烈的二十世纪六十年代相比，现在这个世界不那么"疯癫"，现在这个世界有点儿"抑郁"。

利伯曼医生说，精神病治疗正从束缚衣和电击疗法转向脑科学，他很高兴自己的职业生涯处在这个转折期内。利伯曼是以很乐观的视角来看待医学进步的，他有一章讲《精神障碍诊断与统计手册》（DSM）的编辑工作，一九七三年美国精神病医师协会就开会表决，要把同性恋等"性异常行为"从DSM手册中删去，而世界卫生组织（WHO）的疾病手册在一九九〇年之前都把"同性恋"视为一种病态。利伯曼说："我们的协会比WHO进步多了，但媒体和'反精神病学'运动人士嘲笑我们，说我们'通过开会表决来诊断'。"利伯曼医生不可能站在同性恋权利那一方去想问题。从进步的角度看，二十世纪七十年代的抗议者得到了他们想要的东西——黑人的权利，女性堕胎的权利，同性恋及跨性别者的权利——这不是进步吗？

这的确是进步。几十年前，同性恋可能会被关进精神病院，手淫也可能会接受电击疗法；十年前，网瘾少年也可能会被关进一个封闭的地方，接受电击治疗。现在的社会宽容度更高了，对各种奇异的个体更容忍了，然而，作家和导演不是这么想问题的。肯·克西和米洛什·福尔曼塑造的疯人院，其目的不是治愈病人，而是通过宣布一群人疯了来囚禁他们。社会及其机构致力于现状的稳定，他们要粉碎挑战现状的人。大护士代表着固定的模式、牢不可摧的例行公事、个人意志服从机械化的管理。但麦克墨菲想要的是自由、不受限制的行动、幽默和更多的动物本能。如果你想要自由，想要不受限制的行动，想要幽默和更多的动物本能，你就会发现这个社会的进步还远远不够。

肯·克西写完《飞越疯人院》，后来老和金斯堡厮混。他对金斯堡说："你不能把国家的状况归咎于总统，这总是诗人的错。你不能指望政客提出一个愿景，他们没有愿景。诗人必须想出这个愿景，诗人必须打开这个愿景，让它发光。"

第十三讲 《肖申克的救赎》和《善的脆弱性》

一九九五年，有了"大片进口"制，每年引进十部美国电影。我们一帮年轻人，在北京东四的一家电影院里看了《阿甘正传》，坐在第二排或者第三排，离银幕很近。看到动情处，都哭了，一个女生掏出一盒纸巾，传给我们，擦眼泪。那一年，我还看了《真实的谎言》。大概是一九九六年，我的朋友王峰借给我两张VCD，是《勇敢的心》，他说："你看看吧，可好看了。"我那时候还没有VCD机，拿着他借给我的两张光盘，到安定门附近的一个商场，买了一台VCD机，当天晚上看了《勇敢的心》。而后我到处管人借VCD，大街上碰见卖光盘的，也停下来看看有什么好电影。有一次在街上买到两张盘，片名叫《刺激1995》(即《肖申克的救赎》)，放到家里，好久没看。终于有一天，放到机器里看，第一张盘播放顺利，第二张盘卡住了，典狱长在囚室内，撕开女明星拉寇儿的海报，发现安迪挖的洞，有一个镜头是从洞中拍典狱长的脸，我的光盘就卡在这张脸上,怎么也读不下去。大概有几个月的时间,我不知道安迪逃到了哪里,不知道这个电影结局如何。后来我出差去了一趟广州,广州的朋友告诉我,现在都看DVD,没人再看VCD了。他们带我去了一个市场,那里有很多DVD卖。我买到《刺激1995》,回到北京,又买了一个DVD机,终于看完了这个电影。

像我这样被文字养大的人,看了电影,总想再看原著,所以托人从美国买到斯蒂芬·金的小说,那是他的一个短篇小说集,翻译过来叫《四季奇谭》(*Different Seasons*),五百页左右,里面有四个故事,对应春夏秋冬四季。第一个故事就是《丽塔·海华丝和肖申克的救赎》。《四季奇谭》这本小说集是一九八二年出版的,导演莱纳买下其中一个故事《尸体》的改编权,拍了电影《伴我同行》,一九八六年上映后大获成功。莱纳有了本钱,成立了城堡岩娱乐公司。另一位青年导演达拉邦特买下了《肖申克的救赎》。老金很喜欢达拉邦特,说看他写的信,发现这个导演不是文盲,就把改编权卖给了他。一九九二年,《四季奇谭》出版后十年,达拉邦特才动笔写这个剧本。

达拉邦特一九五九年出生在法国。我们知道,一九五六年东欧发生过一件事,史称"匈牙利事件",苏联出兵匈牙利,杀了几千人,有数以万计的匈牙利人逃亡,法国当时给匈牙利难民造了难民营，达拉邦特的爸爸妈妈带着五个儿子、四个女儿和三个侄子/侄女逃离匈牙利，住进了难民营。这十二个孩子到底哪个是亲生的哪个不是亲生的，其实也说不太清楚，逃难的时候多带一些孩子出来，总是好的。孩子多，能早点儿办理移民手续。所以爸爸妈妈在难民营里还要过夫妻生活，摇床拱被私造人丁，一九五九年在难民营里生下了达拉邦特。后来，一家人移民美国。一九七七年，达拉邦特中学毕业，在电影院里找了一份工作，卖爆米花、给观众找座位，慢慢地进入了电影行业。到一九九二年，达拉邦特三十出头，还没有拍过一部院线电影。但他终于坐在桌子前面，花八个星期写完了剧本。一九九二年，洛杉矶发生过一场种族骚乱，警察射杀黑人，警察被无罪释放，黑人暴动，纵火六百起，死伤五十多人，有一万多人被捕。达拉邦特在这个环境下写完了剧本。

这个剧本被拿给城堡岩娱乐公司的老板莱纳看，莱纳看完，给达拉邦特开出了一张一百七十五万美元的支票，还有一种说法是开出了三百万美元的支票，要买下这个剧本，他来当导演。自《伴我同行》后，莱纳已经导演了四个电影，其中比较著名的是《当哈利遇见萨莉》，比莱鸟达拉邦特更有经验。莱纳想让汤姆·克鲁斯来演安迪，哈里森·福特来演瑞德。但达拉邦特把支票撕了，坚持自己当导演——这个传说从何而来？这是电影上映时，负责宣传的员工爆的料，达拉邦特否认了这种说法，但人们喜欢这样的传说：年轻人不被收买，坚持自己的艺术梦想。这样的传说给人以鼓舞。达拉邦特坚信自己写了一个牛逼的剧本，他要自己干。

这个剧本辗转到了摩根·弗里曼手里，摩根·弗里曼读完了，说："这是我这些年看过的最好的剧本，问题是我演谁呢？"经纪人跟他说："导演想让你演瑞德。"请注意，小说中的瑞德是一个爱尔兰人，红头发，所以外号叫RED[1]，剧本中看不出来瑞德是白人还是黑人。达拉邦特写剧本的时候，洛杉矶种族骚乱，所以他动了个心思，想让黑人来演瑞德。这个说法是不是真的并不可考，但人们喜欢这样的传说：在种族骚乱中，年轻的导演写了一个白人精英银行家和一个黑人混混互相信任、结下深厚友谊的故事。世间总有些事，只是个传说，但人们总宁信其有，不信其无。

一九九三年夏天，俄亥俄州曼斯菲尔德市来了一个剧组，他们要拍的电影名字很长，叫《丽塔·海华丝和肖申

---

[1] 英文读音是"瑞德"，意思是"红色的"。

克的救赎》，城堡岩娱乐公司投资两千五百万美元，导演是弗兰克·达拉邦特，主演是蒂姆·罗宾斯和摩根·弗里曼。这部电影的艺术指导叫泰伦斯·马什，他的第一个任务就是找到合适的监狱。老金的小说，有好几个都写的是某一处建筑或某一个地点散发出的诡异，比如《闪灵》中的酒店、《宠物公墓》中的墓地，《肖申克的救赎》最重要的一点是监狱的氛围。剧组一共考察了三个监狱，最后选定俄亥俄州感化院。这处灰色石灰岩的建筑有一百多年历史，关过十几万个囚犯，一九九〇年关闭。当年很多囚犯都在十六岁到三十岁之间，感化院的目标是教育，开过很多课，管道工程、焊接、机械，感化院希望每个离开这里的青年，都能改过自新。

达拉邦特是"菜鸟导演"，我总觉得，监狱里老犯人冲着新犯人喊"new fish[1]"那段，也是影视圈老炮儿在迎接这个菜鸟导演。他在片场总担心自己是不是搞砸了。这部电影按照剧本场景顺序拍摄，先排练再拍摄，有传言说，摩根·弗里曼不喜欢拍太多条，他说，拍很多条影响演员的发挥。弗里曼当时是大腕，别的演员住在旅馆里，弗里曼租了附近的一个农场，拍完戏回农场，骑马。他知道自己

---

[1] 新手，新人。

演瑞德之后,说了一句:"Wow, I control the movie! I was flabbergasted by it."(哇,我控制了这部电影!真是惊呆了。)这出自《名利场》杂志二〇一四年影片公映二十周年的报道。弗里曼的确在很大程度上控制着这个电影。

《肖申克的救赎》一九九四年上映,跟《阿甘正传》《低俗小说》撞车了,票房惨败,但后来特纳收购了城堡岩公司,没事儿就在自己的有线电视网上播放《肖申克的救赎》,慢慢地,这部电影也证明了时间和压力是多么重要,它被投票为有史以来最牛逼的电影,超过了《教父》。全世界各地的人见到蒂姆·罗宾斯或者摩根·弗里曼,都说"我太喜欢这个电影了,这个电影鼓舞了我,让我感到什么叫自由"或者"这个电影鼓舞了我,让我减肥成功"。这是个励志电影。

我想说说它为什么会是一个励志电影,我要把学者玛莎·努斯鲍姆的一些理论生搬硬套在这里。

影片中有一场重头戏是"墙边忏悔",就是"要么忙于生,要么忙于死"那段。安迪开头就说:"我妻子过去说我是个很难接近的人,像一本合上的书,我爱她,是我杀了她。"安迪接着说:"我没有扣动扳机,但我把她赶走了,所以她才会死。我没开枪,别人杀了她,我却在这里受罪。

是我运气不好。"瑞德说，运气不好？什么意思？安迪说，厄运无处不在，总会击中某个人。安迪在这段戏里完成了忏悔，在监狱里关了十九年，罪已赎完，接下来要去墨西哥海边的芝华塔尼欧。瑞德不知道那个遥远的没有记忆的地方如何到达。安迪不管瑞德能否听明白，他说："巴克斯顿那个地方有一棵大橡树，有一道石墙，像弗罗斯特的诗一样美，如果你出狱了，最好去巴克斯顿看看。"这是台词中少有的一句文艺腔，"像弗罗斯特的诗一样美"。

墙边忏悔这段戏张力十足，此前，瑞德说过，希望是个危险的东西，这里容不下希望。但我们总觉得安迪能逃出去，不会自杀。有影评人由此扯到了尼采哲学，分析"意志"的力量。也有人讲安迪和瑞德之间的友谊，证明"他人并非地狱"。我看墙边忏悔这段的时候，感觉安迪要自杀，我的反应和瑞德很相似——墨西哥，太远了。在安迪逃走之后，瑞德有一大段漂亮的台词，说有些鸟是关不住的云云，其中一段镜头是在俄亥俄州感化院的墓地中拍摄的，瑞德抚弄墓碑，感叹这样的鸟飞走了，把他们留下了。

我们看这段戏的时候，喜欢那些比较华丽的台词，可能不太留意安迪说的话——"我运气不好。厄运无处不在，总会击中某个人。"本来安迪在银行当副总裁，生活很幸福，可老婆出轨，他蒙冤入狱。他是被厄运的箭给射中了。亚里士多德的伦理学讨论过这个问题：你能过好日子，是厄运的箭射中了别人，你被好运笼罩了。幸福生活都是靠好运气吗？不是。必须要有技艺，古希腊人所说的技艺不单是盖房子、种地、狩猎、养动物、造船这些技术，还包括言语、书写、创制点儿器物、计算、预测天气等知识，这些知识能让人逢凶化吉。人会受到运气的摆布，我们都会被命运摆布，但技艺能让你有点儿自主性，柏拉图也希望哲学能成为一种技艺，我们如果多掌握一些技艺，坏运气来临的时候，我们还能过下去。

安迪入狱，有一个主观镜头，监狱的建筑像山一样压下来，坏运气来了。安迪在监狱中遭遇了强暴。安迪忍受了两年，他是如何反击的？一九四九年五月，监狱修屋顶、铺沥青，需要十二个犯人干一个星期，安迪和瑞德等人在屋顶上干活。他在屋顶之上展现了自己的理财技能，很快就被调到图书馆，有了更多施展理财技艺的空间。

另一项技能是雕刻棋子，这是他的爱好。安迪喜欢地质学，所以对石头很有研究，对监狱的墙也有研究，他知道这个墙是有可能挖开的。安迪白天在图书馆工作，晚上在牢房里挖墙。这时候，他的监狱生活变得比较安定了。

之前说到的这位研究古希腊的学者玛莎·努斯鲍姆，她写过一本书叫《善的脆弱性》。简单来说，善良美好的生活是要靠运气眷顾的，遭受厄运时，人们就不那么容易践行美德了，但善与美德的伟大，很大程度上就表现在你如何应对厄运、如何应对糟糕环境上。这本书主要是以古希腊悲剧作为分析对象的，那些文本离我们太远了。不过，玛莎在一个访谈中曾经说过比较简单的一段话。她说："成为一个好人就是要有对世界的开放性，要相信自己有能力控制无常的事物，哪怕那些事物会让你在极端环境下被击打得粉碎，哪怕陷入这种环境并不是出于你的过错，你还是要像一株植物一样，又美又脆弱，但生命力顽强地活着，而不能像一颗钻石，被打碎了就完蛋。"

玛莎·努斯鲍姆还写过一篇文章，提出好人应该有十种核心能力，或者叫十条标准。我们看看都有些什么。第一条是生命，能活到正常人生命的尽头，不会因生活质量降低而过早结束生命。第二条是健康，得到充分营养，有适当住所。第三条是身体的安全完整，能够自由迁徙，不受暴力攻击，不受暴力威胁，有性满足的机会等。我们来生搬硬套一下：安迪进了监狱，就是到了一个极端环境，他要像植物一样活下去，安迪在监狱里吃的东西可没什么营养，也没有性生活的可能。但他至少保全了自己的性命，不受暴力威胁了。

我们接着看还有什么标准？第四，有能力运用感官、感觉、想象、思维，过一种理性的生活，能写能读，能有快乐的体验和避免不必要的痛苦。第五，有能力表达情感，爱人和被爱，关心人和被关心。第六，能形成善的观念，能反省自己和生活，要保护良心。第七，有良好的人际关系，互助，自尊，不受羞辱。

人是社会性的动物，安迪能在监狱里活下来，第一步就是认识了瑞德这一帮人。这一帮人在监狱中很奇怪，不欺负人也不受人欺负，有自己的势力范围，像一个小生态系统，这一伙人保护了安迪。他们互助，有善的观念。你看影片中的老布，在监狱里住了五十年，出狱后无法适应，自杀了。瑞德向狱友们解释何为"体制化"，这就是他们在反省自己的生活，也是表达彼此关爱的情感。安迪在图书馆里不断扩大藏书数量，辅助犯人汤米考高中毕业证书，给犯人带来唱片，就是要让犯人们有一点儿精神生活，要运用自己的感官和思维，在监狱里，也不能变成行尸走肉。安迪和瑞德在图书馆中有一段戏，安迪说："我在外面是奉公守法的，到监狱里却洗黑钱干坏事了。"他始终有善的概念。

《肖申克的救赎》这部电影里有两场戏最受欢迎，一是屋顶喝啤酒，二是播放莫扎特歌剧。播放莫扎特是小说中没有的情节，达拉邦特说他写剧本的时候，正好在听《费加罗的婚礼》，他抑制不住地想让苏珊娜和伯爵夫人的二重唱在影片中露面。音乐和图书馆是心灵自由的保障。在这个野蛮的监狱里，安迪是一个有文化的人，他向全体犯人宣示文化优越性的方式，就是建图书馆、播放歌剧，高级文化的歌剧，由两个女声唱出来。

我们接着看学者玛莎·努斯鲍姆提出的另外几条好生活标准。第八，关心其他物种，你看老布养了一只乌鸦叫杰克，剧本中本来有一场戏，是老布出狱后，放走了乌鸦杰克，结果过了些日子，杰克飞回了监狱，瑞德等人发现了乌鸦杰克的尸体，为这只乌鸦举办了一场葬礼，但这场戏太感情用事，导演没拍。第九，要有游戏，犯人在监狱里没啥娱乐，但还能玩两下棒球。安迪用石头雕刻棋子，也是自娱自乐。第十条很重要——要对自己所处的环境有主导权，要有政治权利，在平等基础上有被雇佣的权利，要有工作，也不能无故被封杀。这一条在监狱里恐怕很难做到，但安迪在监狱里应该算是有工作的，瑞德在监狱里负责倒腾各种东西，也是有工作有地位的。

墙边忏悔那段戏,安迪说运气问题,实际上是在阐述亚里士多德的伦理学。人是会遭受厄运的,但他相信自己的技艺能克服厄运。瑞德不太相信,瑞德有点儿听天由命了。所以这段谈话很有意思——安迪要跑了,可瑞德认定他要自杀。安迪越狱之后,瑞德获假释。他适应不了外面的生活,也想要自杀,但他跟安迪有一个约定,要去找那棵树,找树下的石头。

影片原来有两个结尾,一个是瑞德坐上了汽车,小风吹着脸,他说出台词:"我希望穿越边境,希望见到我的朋友,希望太平洋海水像我梦中一样蓝。"长途汽车远去,变成一个小黑点,剧终。第二个结尾是我们现在看到的:大海边,好友相逢。试映的时候,观众都不喜欢第一个结尾,都要第二个结尾。两小时的缠绵,到后面你不给我高潮,这可不行。

这个电影的结尾,安迪和瑞德在太平洋海边相遇,要在这里安度晚年了。这其实是我们大多数人的梦想,到老了,能在一个温暖的没有记忆的地方,晒晒太阳,喝点儿小酒,如果这一天早一点儿来,那再好不过了。如果一年辛苦工作,能有两个礼拜的假期去海边玩玩,那也不错。日常生活总会给我们一种囚徒之感,每天上班下班打卡加班,如果碰巧再被隔离十四天,囚徒之感就会更强烈。如果你不喜欢你的工作，处在烦人的婚姻中，你就会有囚徒之感。我们看到安迪越狱，瑞德出狱，经过几十年的牢狱之苦，终于在海边享福了，这不就是退休吗？我们辛苦工作不就是服劳役吗？所以，我们都盼着像他们那样退休。这个电影中安迪的核心技能是什么？理财。你辛苦工作，好好理财，然后退休，这是所有人的期待。所以这个电影才显得很励志。我们都有可能陷入逆境中，在逆境中如何保持自己的核心能力，这也是对抗无常命运的技艺。

我把学者玛莎·努斯鲍姆的这些话套在《肖申克的救赎》上，实在有点儿生硬。但我们真的需要这十种核心能力：生命，健康，身体完整，感官与想象，情感表达，善的概念，良好的人际关系，关心其他物种，游戏，主导自己的环境。这十条标准，放在正常社会环境里都不容易完全掌握，到监狱里更不可能有多少施展空间，但安迪让我们看到他是怎样努力的，在糟糕的环境中践行美德，要让犯人们学文化、有书看、保持自己的想象力。如果说，这是一部了不起的励志电影，那它告诉我们两件事：一是提高自己的技艺，有本事，你才能尽量避免受坏运气的摆布；二是始终向好的方向努力，有良好的人际关系，能表达自己的情感，关心动物，哪怕你处在绝望之中，也要相信希望是好东西,好东西是不死的。

海边这场戏,剧本上本来有两句台词,安迪说,"你看起来像是能搞到东西的人",瑞德说,"我还总知道东西在哪儿"。安迪和瑞德说完了台词,拍完了。制片人还有点儿想法,导演也有点儿想法,他们想让瑞德在海边,坐在小船上吹口琴。摩根·弗里曼拒绝,不拍。海边的光线变化快,摄制组等着,摩根·弗里曼耍大牌,坚决不拍,他说吹口琴"太做作了"。摄影师其实是同意弗里曼的,所以摄影师就在海边站着,一点儿也不着急。天光变暗,拍不了了。结果证明摩根·弗里曼是对的。海边对话的那两句台词也被删去了,导演后来意识到,台词和口琴都太做作了。影片试映会上,海滩一幕结束,达拉邦特跟原著作者斯蒂芬·金说:"你看蒂姆的脸,化妆师没弄好,防晒霜抹得不匀,白不呲啦的。"老金说,别傻了,观众不会注意的,观众这时候都哭呢!

第十四讲 《肖申克的救赎》与野蛮

我们看《肖申克的救赎》，很容易发现，这个电影里没什么女性角色。安迪的妻子是一个，但她的台词主要是在亲热时哼哼两声，后来缅因州国民银行的女职员是一个，算是台词比较多的，一共说了大概二十个单词。和老布配戏的老板娘原来有台词，成片中都被删掉了。

老布是戏中很重要的一个角色，那位演员叫惠特莫尔，喜欢演话剧，不太喜欢演电影，"二战"时当过兵，一九九三年深受关节炎之苦。他到片场，化妆师让他去剃头，老头儿拒绝了："我是从四十年代过来的，我知道四十年代的发型，我现在就是那个年代的发型。"和他配戏的是女演员多蕾丝，多蕾丝演旅馆老板娘。老布出狱，住进旅馆，老板娘带着他走上楼梯，进入自己的房间，一边走一边交代旅馆的规矩，几点关灯，不能会客，等等。这些台词都是为了表明老板娘是个 bitch（泼妇），可好演员有个特点，要演一个 bitch，往那儿一站就是个 bitch，不用说话，所以这段上楼梯的戏,后来都被删了。拍的时候拍了七八遍,达拉邦特总是很客气地跟惠特莫尔说:"您老能再走一遍吗?"老布说,没问题。拖着关节炎再走一遍。多蕾丝说:"我能看出来惠特莫尔忍着疼拍了一条又一条。"

电影中可没有交代瑞德和老布是怎么进监狱的,小说中写得明白,瑞德给老婆买了一份保险,然后在汽车上动手脚,害死了老婆和邻家的一对母子。老布是赌钱赌输了,一怒之下杀了老婆和女儿。瑞德和老布都是杀了老婆,进了监狱。这也许是斯蒂芬·金随手一写,重点是监狱里面,瑞德和老布怎么进来的并不重要,但为什么一定要杀老婆呢?你随手一写,说老布酒吧参与斗殴,杀了个人,进了监狱,不也可以吗?但斯蒂芬·金不怕重复,瑞德杀了老婆,进监狱,老布杀了老婆,进监狱,故事主角安迪杀了老婆,进监狱。杀老婆好像是一个很方便的罪名,顺手就给杀了。这个故事里有好人和坏人两大阵营,瑞德、老布、安迪是好人,但他们都杀了老婆。《肖申克的救赎》这个故事,看样子有一股浓重的厌女味道。

厌女这个事,比较复杂。《肖申克的救赎》里有一场戏,是安迪在监狱吃饭,饭里有一只蛆,他把蛆挑出来,老布拿着这只蛆喂乌鸦。这个电影有动物导演,现场还有一位女士是动物权益保护组织来监督电影拍摄的,这位监督提出,你不能用活的蛆来拍,必须是死蛆才能喂乌鸦。幸亏动物导演准备了一堆蛆,从里面挑出一只死的。这是影片拍摄过程中的一个小花絮,但你知道了这个花絮,可能就变成厌女症了,还可能对动物权益都产生了怀疑。好了,不多说了。

电影开场的节奏很快,安迪被判无期徒刑,进了监狱。犯人们戴着手铐脚链站成一排,典狱长诺顿在他们面前讲话:"我是典狱长诺顿,你们是人渣和罪犯,这就是你们来这儿的原因。这里的第一条规则是,不得亵渎神灵。其他的规定你们慢慢就会知道了。还有什么问题吗?"

此时有一个犯人不知趣地提问:"什么时候开饭?"警卫队长海利上前呵斥:"叫你吃你才能吃,叫你尿你才能尿,叫你拉屎你才能拉。操你妈的王八蛋。"说着就朝犯人肚子上来了一棍子,犯人被打倒在地。典狱长诺顿继续说:"我相信两样东西。一是惩罚,二是《圣经》。"接下来他有一句很重要的台词:"你们的信仰交给上帝,你们这条贱命交给我。"你们的 faith 给上帝,你们的 ass 给我。这里的 ass 当然可以翻译成"你们这条贱命",诺顿并不想要犯人的屁股,但犯人屁股的操控权在他的手里。我们看影片后半段的一场戏,安迪不想给典狱长卖命,被关到禁闭室里,典狱长威胁他说:"你不给我洗黑钱,我会让你生不如死。我会把你从那个舒舒服服的单人间拖出来,让你跟最野蛮最强壮的鸡奸犯住在一起,你会感觉自己被一列火车操了。"典狱长掌握着你的屁眼,他知道谁是最野蛮的鸡奸犯,想让谁操你就让谁操你。

你以为蹲监狱就是关在一个单人牢房里,想看书就看书,被关押几年,你在里面好好读书就行了,别天真了。你会被侵犯,一个异性恋取向的男性,被贬抑为女性,被别的男人侵犯,这是很恐怖的事。入狱这场戏,有一个角色叫"胖屁股"(fat ass),又是一个 ass。扮演胖屁股的演员叫弗兰克·梅德拉诺,他当年在洛杉矶,刚入行,听说城堡岩公司招募演员,就跑去试镜,他知道,试镜的内容就是哭。他参加过演艺培训,练过哭,坐在外面等待的时候偷偷复习,就哭起来了。此时,制片人从他身边经过,看见他哭,就跟他说,你等等再哭,我们的副导演去吃午饭了,你也出去转转,一小时之后你回来,再哭。弗兰克刚出去,就被叫回来了,副导演的助理要看他哭,弗兰克就哭了,哭完之后念台词。胖屁股的台词只有几句,"我要回家,我要找妈妈"什么的,念完之后,副导演回来了,弗兰克再哭一遍。他试镜的时候,连哭三场,副导演跟他说:

"你太棒了,我们已经看了几百个演员了,你太厉害了。"

弗兰克被确定下来演胖屁股,副导演给他一份完整的剧本,虽然他只有两场戏,但也要看完整的剧本做准备。弗兰克拿到剧本之后假定,胖屁股是个财务人员,他犯了个小错误,但他没想到这个小错误造成的麻烦巨大,带来的惩罚巨大,大到他无法承受。几个月后,电影开拍,弗兰克从洛杉矶飞往俄亥俄拍戏,大汽车接机送机,俨然把他当成明星。等这个电影剪辑完成之后,弗兰克在演艺界的几个朋友都看了成片,都跟他说:"你演得太棒了。"

胖屁股这个角色,入狱的第一个夜晚就被打死了。典狱长说,"你们的贱命交给我",这可不是随便说说的。胖屁股的一条贱命就交代在这里了。安迪进监狱,博格斯看上了安迪的屁股,博格斯有一句台词是"hard to get, I like that"(难以得手的,我喜欢)。在这句台词中,博格斯是把安迪当成女性的。老金在小说里对监狱中的鸡奸讲得更多一些,我们看小说中是怎么说的:"他们把安迪按在齿轮箱上,拿着螺丝刀对准他的太阳穴,逼他就范。被强暴后会有一点儿伤口,但不是太严重。你问这是我的经验之谈吗?但愿不是这样。之后你会流几天血,如果不希望有些小丑问你是不是月经来了,你就在裤子里多垫几张卫生纸。通常血流个两三天就停了,除非他们用更不自然的方式对你。身体虽然没什么大伤，但强暴终归是强暴。事后你照镜子看自己的脸时，会想到日后该怎么看待自己。"这段话交代，你被侵犯了之后，屁眼会流血，还会有人问你是不是来月经了，别的犯人贬抑你的身份——你是女人，你被侵犯了，你来月经了。这会影响你的自我认知——为啥我被当成女人？为啥我被侵犯了？

《肖申克的救赎》上映之后，达拉邦特也被问到过，你是不是"恐同"啊？达拉邦特解释，影片中的姐妹们不是同性恋，而是接触不到女性时用男性来替代的强奸犯，安迪被他们当成女的。被当成女人的安迪，忍受了两年，然后才有机会反击。影片中有一场戏，是瑞德和一众犯人在大厅看电影，安迪过来，问他能不能搞到丽塔·海华丝的海报，瑞德回答说没问题。安迪离开大厅，又被缠住了，博格斯要把自己的老二放到安迪嘴里，安迪说："你放进来我就会咬掉它。"博格斯拿出刀说："你咬，我就把刀插进你的脑袋。"安迪说："大脑受伤后，咬合力更大，你得用铁棍撬开。"博格斯说："你怎么知道？"安迪说："我从书上看到的，你不认字吧？"这两句台词，在达拉邦特的剧本上看不到，不知道是不是拍摄的时候临时加上去的，这两句台词是安迪在文化上的反击。

认字，能看书，这是安迪的技能。安迪到了图书馆，在这里干的就是"文化建设"，他扩充了图书馆的藏书，有了唱片机，这样的文化工作多少带着一点儿"女性色彩"。我们再转到诺顿的那段台词："你会感觉自己被一列火车操了。"他接着说："图书馆，没了！我要一块砖一块砖地把它封掉，然后把书堆在院子里烧烤！几英里外都能看到火光！我们会像野蛮的印第安人一样围着火堆跳舞！你明白吗？懂我的意思吗？"监狱长的意思非常清楚，对安迪的惩罚是再把你贬抑为女性，把你所珍视的文化全部烧掉，野蛮人不喜欢文化也贬抑女性。请记住，野蛮人是厌女的。如果这个电影有厌女症的气息，那首先是因为监狱这个环境实在是太野蛮了。

斯蒂芬·金的这篇小说一百来页，两小时能看完，改编为电影，长度是142分钟，也就是说，读小说和看电影的时长差不多。电影中老布的角色很重要，他被体制化了，出狱后无法适应，自杀了。这是观众情绪低落的时候，然后是安迪播放莫扎特的那场戏，观众压抑的情绪得到宣泄。电影中选取的唱片是一九六八年德国歌剧院的录音，苏珊娜和伯爵夫人的女高音二重唱表演《晚风吹进树林》。两位女歌唱家，一个来自德国，一个来自瑞士。

这场戏里，瑞德有一段很漂亮的台词，我听不懂这两个意大利女人在唱什么，她们唱得越来越高，肖申克监狱的墙消失了，等等。我不知道你看到这里的时候，是否有一点儿"高潮体验"。音乐专家研究过，音乐为什么能带来皮肤高潮——你忽然感到一阵寒意，身上起鸡皮疙瘩，瞳孔放大，这就是皮肤高潮，很多音乐都有引起皮肤高潮的效果。我们对某事的评价从消极转向积极时，音乐情感最为强烈，强度与对比度正相关。心理学家称这一原则为"对比价"。音乐选秀节目中经常使用这个技巧，比如《英国达人》里的苏珊大妈，先装扮成一个笨拙的中年妇女，站在舞台上，受到评委和观众的嘲笑。可她一张嘴唱歌，嘲笑变成了惊喜，并稳步上升到欣喜若狂的激情。我们看《肖申克的救赎》，老布自杀，瑞德解释什么叫"体制化"，我们对安迪及瑞德的未来，抱有消极的看法，然后是安迪播放《费加罗的婚礼》。操场上的犯人听到了莫扎特，木工车间里劳作的犯人听到了莫扎特，医务室里卧床不起的犯人听到了莫扎特，他们从病床上起身，走到窗前，想看看外面发生了什么。

英国影评人马克·柯尔莫德写过一本书解析《肖申克的救赎》。他说，播放莫扎特这段戏，是安迪在展现神迹，安迪就是耶稣，到监狱中给一众罪犯带来文化教养，带来希望，给他们听音乐，病床上的病人就能翻身下地，这就是耶稣治病的神迹。再比如电影中修屋顶那段，十二个人对应着耶稣的十二个门徒，安迪给他们带来啤酒喝，坐在墙角，脸上带着神秘笑容，却说自己戒酒了，那神情实在像是在说："我决不再喝这葡萄酒，直到我在神的国里喝新酒的那一天。"安迪逃走后，海伍德在监狱里还在讲安迪有多神，这就是传播福音。

我从来没在大银幕上看过这个电影，有些细节根本不曾注意。安迪要海报那场戏，丽塔·海华丝出现在屏幕上，后面是放映机发出的光，放映机的光是从一幅基督像中射出来的。这段看电影的戏是在监狱中的小礼拜堂拍摄的，那里的确有一幅基督像，所以，影评人马克·柯尔莫德说，这场戏的意思是基督和女性形象共同拯救了安迪和瑞德。《丽塔·海华丝和肖申克的救赎》，小说和电影的名字原来都是这么长的，女明星的名字和"救赎"这个词始终是并立的。最后推向市场的时候，制片方才把丽塔·海华丝的名字删去。

《肖申克的救赎》有很明显的宗教色彩，典狱长诺顿一出场，说监狱中的第一条规矩是不可渎神。搜查牢房那场戏，诺顿和安迪有一段对手戏，诺顿说："我很欣慰看到你在读《圣经》，你喜欢哪一段？"安迪说："所以你们要警醒，因为你们不知道家主何时到来。"诺顿说，这是《马可福音》第13章第35节。但我更喜欢这段："我是世上的光，跟从我的，就不在黑暗里走。"安迪回答，《约翰福音》第8章第12节。这一段是两个人在逗咳嗽，很像是座山雕说天王盖地虎，杨子荣回答宝塔镇河妖。安迪引用的那一句，后面跟着的是，家主可能早上来，可能中午来，可能晚上来——谁知道你什么时候查房呢？诺顿引用的那一句，意思很明白：你要听我的，跟着我走。

安迪表面上是跟着诺顿走，服务于诺顿，但他看到的光，是丽塔·海华丝，是梦露，是拉寇儿，小说中先后写到五个女明星的海报，电影中缩减到三个。对安迪来说，这几张海报才是他世上的光芒。囚室里的那张梦露海报，来自《七年之痒》。《七年之痒》这部电影里，梦露所扮演的角色是没有名字的，那就是"女孩"，所以具有一种更普遍的诱惑。有一本书叫《天体》(*Heavenly Bodies*)，讲的就是好莱坞推销身体，其中一个章节专门分析梦露，我们看其中两句："好莱坞给观众的就是海妖，这个女人仅仅是存在，躺在地毯上，或者漫步在街道上，就暗示了性的活力四射的、千姿百态的可能。"

梦露"湿润的、半闭的眼睛和湿润的、半张开的嘴"。"湿"就是阴道的象征，但潮湿并不是唯一的暗示。梦露的嘴从来都不是静止的，而是不停地颤抖。在正经的文学评论里，才会有这样最不正经的说法，关于梦露的嘴和阴道暗示的关系，我就不在这里多说了。我们再说点儿正经的，在通俗文学中，海洋的意象经常会作为性高潮的暗示出现，我们随便从某个小说里摘一段："她像一堵海堤一样躺着，任凭自己被海浪拍打，感觉到潮水的拉力，那拉力似乎要把她的灵魂从身体里吸出来。"

我们看《肖申克的救赎》剧本场景270到场景273，这段写的是瑞德的梦。此时安迪已经越狱，瑞德还在牢里，他的墙上贴着丽塔·海华丝的海报，瑞德凝视着海报，海报散发出白色的光芒，光芒照亮牢房，海报裂开，化为灰烬，一片阳光射过来，墙上有一个洞，瑞德被吸进洞里，他在隧道中飞速向前，冲出洞口，来到白色沙滩，眼前是浩瀚的太平洋。达拉邦特把这段写进剧本，但没拍，他说，作为导演，他知道这段戏跟叙事没关系，但作为编剧，他很喜欢这段戏，如果拍成了，这可能是很庄严的场景。

如果从精神分析上来说，这段没拍成的戏，就是瑞德的性幻想，墙上的洞就是阴道。文学评论里最烦人的一种说法就是你看到的A实际上是B：墙上的洞是阴道，安迪从拉寇儿两腿之间爬出去；牢房是坟墓也是子宫，安迪在这里像耶稣一样复活了；那你说，安迪接下来还爬下水道了，五百码[1]长的下水道，哪儿有这么长的阴道啊？好，还有一种说法是，下水道象征着肠子，男性的肠子，所以里面有粪便，非常脏、非常臭，安迪要经由肠子获得自由。大海是性高潮的象征，影片结束在大海边，两个男人，共同到达性高潮，所以这部电影还是厌女。

这样分析下去就太不正经了。但是，我们注意达拉邦特的说法，他说，瑞德的这段幻觉，可能是很庄严的场景。"庄严"这个词很有意思，丽塔·海华丝和"救赎"在这里又联系在一起，性体验和宗教体验有关系吗？宗教感可能来自一种永生的欲望，你不想死，你想死后进天堂，这是一种强烈的欲望，这种强烈的欲望才是宗教体验，基于欲望，性体验和宗教体验都能让你获得高潮。

我们来段正经的，雨果《悲惨世界》里的一段，写马吕斯和珂赛特结婚了——

> 在新婚之夜的房门前，有一个微笑的天使站着，用一个手指按在唇边。……

---

[1] 1码约等于0.9米。

屋子的顶上肯定有微光在闪烁。屋里充满着喜悦的光芒，一定会从墙头的石缝中透露出来，把黑暗微微划破。这个命中注定的圣洁的喜事，不可能不放射出一道神光到太空中去。爱情是融合男人和女人的卓越的熔炉，单一的人，三人一体，最后的人，凡人的三位一体由此产生。两个心灵和合的诞生，一定会感动幽灵。情人是教士；被夺走的处女感到惊恐。这种欢乐多少会传送到上帝那里。……新婚夫妇在至高无上的销魂极乐时刻，认为没有他人在旁，如果侧耳谛听，他们就可以听见簌簌的纷乱的翅膀声。完美的幸福引来了天使的共同的关怀。在这间黑暗的小寝室上面，有整个天空作为房顶。当两人的嘴唇，被爱情所纯化，为了创造而互相接近时，在这个无法形容的接吻上空，辽阔而神秘的繁星，不会没有一阵震颤。

梁羽生写这段，就会写"他们进入了天地的大和谐"。雨果写得比梁羽生好，意思是一样的——两人上床，上达天庭，天使来围观，上帝都知道了。

我有点儿跑题了，但这个写监狱的、几乎全是男人戏的电影，为什么会让你看 high（兴奋）了？为什么监狱中苦修与禁闭的生活，最终指向一种宗教体验的狂喜？

电影中瑞德有一句台词，说众狱友为安迪准备了好多石头，等他康复回来，发现牢房里的一箱子石头，enough rocks to keep him busy till Rapture。剧本中的那个 R 就是大写，中文版翻译为"足够他快乐一阵子"。有一位熟悉基督教的朋友向我解释说，Rapture 这个词的意思是教徒以殉教为荣，追求摆脱（rapture from）肉身之罪的狂喜体验。《保罗书信》中有这个词，朋友嘱咐我看《罗马书》第八章，弄明白什么叫"得胜有余"。我查了一下字典，这个词还有个意思是，基督二次来临，众信徒升天，提上九重天的那份狂喜。Rapture 还有一个同义词是 ecstasy。

有一位熟悉艺术史的朋友给我讲解 ecstasy 这个词，她发给我一张照片，是罗马的圣玛利亚维多利亚教堂中的雕塑《圣特雷莎的狂喜》(*L'Estasi di Santa Teresa*)，天使拿着一把箭，要插进圣徒的胸膛。圣特蕾莎一脸迷醉，就是性高潮的样子。她的传记里是这样说的："我看见一位天使来到我的身边，天使似乎有火焰在燃烧。她手里拿了一支箭，箭的末端似乎有一团火。我觉得非常非常痛苦，可是痛苦中又含有着无比的快乐，当天使不断刺穿我的心脏时，我感到是如此的甜蜜，以至于我不希望自己摆脱痛苦。尘世间的快乐不会带给这种满足。"

我们看《肖申克的救赎》，有一幕场景中，安迪凝视着牢房里的海报，脸上一片安详，如圣徒一样，也许他凝视的海报可以换作圣像或圣特雷莎的雕塑，他凝视的对象就是他的救世主，他从那里得救了。等他跑掉了，典狱长还大吼了一句，"这是个奇迹"。奇迹也是个有宗教意味的词，霭理士在《宗教的自淫因素》中说："习惯与宗教生活的奇迹密切相连的那些人，都知道爱与宗教的情感之间的紧密联系。"圣徒和殉道者的勇气有一部分是"直接从性冲动中获取的兴奋"。用十九年的时间在墙壁上挖出一个洞，这是笃信的力量。爬过满是粪便的五百码长的下水道，这才是极端体验。有一个电影叫《圣母》，我们从中也可以看到宗教禁欲的生活和性体验的关系。

我扯得有点儿远了。不过，好故事就是会让你瞎扯。我们看瑞德假释出狱，撒不出尿来，估计前列腺不太好。他在剧本中有这样一段台词："到处都是女人，各种形状，各种型号，我发现自己时不时就会硬起来，心里暗骂自己是个老流氓。连乳罩都不戴，乳头就那么直挺挺地戳着。上帝，救救我们！在我的时代，在公共场合穿成这样会被逮捕的，还要开一个讨论其精神是否正常的听证会。"

这段台词，是一种老年人的厌女心态。拍完了，影片试映，观众都不喜欢，他们不耐烦看瑞德出狱后的煎熬，所以删去了三分钟。他们盼着瑞德赶紧去践约。"墙边忏悔"那一幕，瑞德和安迪实际上是在"约定"。这个电影展示了伟大的男性友谊，带领瑞德走向幸福大海的是当初的"约定"。有一位翻译家讲过"约"这个词，"约"的本义是以生命作见证，tesetament 还有"遗嘱"（will）的意思，从其渊源上都有郑重安排的意思，covenant 是达成同意，共同来到神的面前。跟约炮的"约"（dating）不一样。瑞德出狱后，活不下去，想自杀，但他说，"only one thing stops me, a promise I made to Andy"[1]。他们在墙边有过约定，就像是"苟富贵勿相忘"那样的神圣约定。蒂姆·罗宾斯说，这电影说了友谊，说了希望，但同时"the film speaks eloquently to the power of engagement"[2]。

《肖申克的救赎》是不是有点儿厌女？其中某些人物及台词，的确非常厌女。但丽塔·海华丝这个名字和救赎这个宗教词汇的并列，提供的思考空间更广。有时候，电影挺好看，但你不停拆解之后，就不想再看电影了。所以我也就说到这里吧。

---

[1] 意为"只有一件事阻止我，那就是和安迪的约定"。
[2] 意为"这部电影雄辩地说明了约定的力量"。

第十五讲　我的人性只够怜悯我自己

这可能是最长的一讲，我深吸一口气，开始。

卡波特[1]的非虚构小说《冷血》，写的是一九五九年十一月十四日夜里发生在美国堪萨斯州霍尔科姆村的一起凶杀案。这是一个偏僻的小村庄，村上的赫伯特·克拉特是一个勤劳致富的典型，他从堪萨斯大学农学专业毕业后，就到这里务农，每天辛苦工作，经过二十多年的打拼，有了自己的农场，过上了幸福的日子。他的妻子邦妮给他生了四个孩子，大闺女嫁人了，二闺女马上要嫁人，不在家里住了，十六岁的三闺女南希是模范学生，十五岁的儿子凯尼恩也乖巧听话，但在一九五九年十一月的那个夜晚，有两个凶手闯进了他的家，克拉特先生和他的妻子邦妮、女儿南希、儿子凯尼恩，四个人都被枪杀。

这桩凶杀案很快就登上了报纸。卡波特在一九五九年

---

[1] 又译作"卡波蒂"，依照不同版本的翻译忠实引用，本书不再做统一。

十一月十六日《纽约时报》第三十九版上看到了一栏简短的报道。他跟《纽约客》杂志的编辑威廉·肖恩说:"我想写这个故事。"卡波特此前写过《缪斯入耳》,对美国一个剧团到苏联演出的报道。他想开创一种新文体,像新闻一样真实,像电影那样有画面感,像散文体那样自由又有深度。他感觉霍尔科姆村凶杀案很适合写成一个"非虚构小说"。这是一个前后矛盾的词,我们说"非虚构",就要求整个作品都是真实的,不容一点儿想象和虚构,可小说必定是虚构的。卡波特的《冷血》出版之后,就有同行指责书中有虚构成分。卡波特的一些采访对象也说他歪曲了事实。《冷血》这本书不是一部"非虚构作品",有些段落是小说化的处理,我们得接受卡波特创造的这个前后矛盾的词,"非虚构小说",这是他创造的文体。《冷血》出版两年后,美国作家诺曼·梅勒出版了《夜幕下的大军》,也是一部"非虚构小说"。后世称这类作品为"非虚构小说"或者是"新新闻主义",卡波特的《冷血》是开山之作。

《冷血》这本书一共分为四章,第一章开头先描绘霍尔科姆村的乡村景象。卡波特自认文笔出色,对英语的韵律有特殊的敏感度。这是没错。《冷血》第一段,写"这里的土地平坦,视野开阔,旅行者远远地就可以看见马匹、牛群还有像希腊神庙一样优雅耸立着的白色谷仓"[1]。《卡波特传》(*Capote: A Biography*)作者全文引述了这一段,传记作者说,《冷血》是一部发生在美国乡村的希腊悲剧,庄严、悲悯。作品第一段就揭示了卡波特的雄心。

农场主克拉特四十八岁,身体健康。他的妻子邦妮身体一直不太好,大概有抑郁症,她最近刚在医院确诊,医生说是她有一根脊椎骨错位,做一个手术就会好起来。女儿南希是学校里的模范学生,正跟一个叫博比·霍普的男生约会,爸爸提醒女儿:博比一家是天主教徒,咱们家是卫理公会教徒,信仰不同,以后你们两个未必能结婚。

一九五九年十一月十四日,星期六,克拉特先生早上七点多起床,他一个人住在一楼的一间卧室里,洗漱完毕,喝了一杯牛奶,就去农场里巡视。再过些天就是感恩节,克拉特要在家里招待一大堆亲戚朋友,幸福的生活需要感恩。他不知道,这是他生命的最后一天。

同一天早上,四百英里外,堪萨斯州的奥莱西镇上,有个叫佩里的小伙子正在吃早饭,吃早饭的地方叫小宝石咖啡厅。我在谷歌地球上查了一下,这个咖啡厅还在。奥莱西镇是堪萨斯城的郊区,霍尔科姆村是在加登城的郊

---

[1] 本章正文引用《冷血》的段落,均翻译或概述自英文原文。

外，这几个地方都在堪萨斯州，但相隔的距离不算太近。从谷歌地球上看霍尔科姆村，是非常眩晕的，四周都是麦田，都被整理成圆形，你拉近看，一堆圆圈向你蜂拥过来。村里最醒目的建筑就是学校，一九五九年这个村子只有二百七十个居民，但学校有三百多个学生，周围的农户都把孩子送到这里读书。估计现在也是这样。

佩里一边吃早饭，一边研究墨西哥地图，他知道尤卡坦半岛外有一个叫科苏美尔的海岛，像世外桃源一样美。他想去那个岛，他喜欢大海和港口，还想潜水，他总觉得潜水能发财，潜入海底，找到一艘西班牙沉船，船上的宝贝价值千万美元。不过，要得到那些想象中的宝贝，得先挣够去墨西哥的路费。现在他就准备干一票。他带着一个手提箱、一把吉他、两个纸箱子，箱子里装着书、歌词本、诗集和信，这是他的全部家当。佩里的同伙迪克开着一辆黑色雪佛兰来接他，车后座上放着一把十二毫米口径的半自动猎枪。两人出发，目标是霍尔科姆村的克拉特家。

克拉特家中，女儿南希和儿子凯尼恩都起床了，这一天女儿要在家教一个小师妹烤樱桃蛋糕，儿子要跟爸爸去加登城里参加4H俱乐部的活动。4H是四个英文单词的首字母——头脑（Head）、心灵（Heart）、手（Hand）及健康（Health），其使命是让年轻人在青春期发展自己的潜力。女儿南希起床后，下楼接了个电话，她说她闻到了烟味，最近在家里总闻到烟味。克拉特不抽烟、不喝酒、不喝咖啡，家里也没有烟灰缸，雇佣的员工也不许喝酒，儿子和女儿偷偷抽过烟，但在父亲的严格管教下，没有抽烟的恶习。那家里的烟味是从哪里来的？书中没有交代。《纽约客》的事实核查员曾在稿子上做出标记，问烟味从何而来。这可能只是南希的一种幻觉，觉得自己闻到了烟味。但我们可以琢磨一下，佩里和迪克是抽烟的，南希是否远隔四百英里提前闻到了他们两个人身上的烟味呢？

这当然是不可能的，但世间有些事就建立在幻觉上。村上的人都知道，克拉特先生不用现金，两块钱理个发都开一张支票，支票存根给税收人员审核，可他十一年前雇用的一个短工，坚信克拉特家里有一个保险箱，里面装着一万美元现金。这位雇工叫弗洛伊德·威尔斯，后来进了监狱，在监狱里跟狱友迪克说："我曾经给霍尔科姆村一个叫克拉特的人打工，他家里常备一万美元。"迪克听了，就说要来抢钱，还在监狱里推演了好多次抢劫计划，威尔斯怎么认定克拉特家里有一万美元呢？这是不是一种幻觉呢？这起凶杀案就源自这个不存在的保险箱。

凶杀案发生后两周，克拉特先生的雇员赫尔姆先生又向警方报告说，案发当天下午看见两个墨西哥人来农场找工作，被克拉特先生拒绝了，他们在农场上徘徊。警方追查很久，也未发现当天有墨西哥人出没，这是不是赫尔姆的一种幻觉呢？他想着克拉特先生这么好的人死了，凶手又找不到，就猜是墨西哥人干的，继而在心中肯定是墨西哥人干的，继而就好似真的看见了那两个墨西哥人。赫尔姆有一种让自己产生幻觉的动机。两个墨西哥凶手、一个装有一万美元的保险箱、一股烟味，都是某个人的幻觉，但促使他们产生幻觉的动机都非常强烈，雇员坚信自己看到了凶手，威尔斯坚信克拉特家藏着一万美元，南希也真的闻到了讨厌的烟味。

我们读上几十页就会发现，作者采用双重视角，平行叙述。一边交代霍尔科姆村的状况，另一边交代罪犯的行径。第一章的平行叙述有一种强劲的张力，那就是凶手和被害人要相遇了。卡波特一共用十六个片段来结构他的叙述，被害人那边有八个片段，凶手这边也有八个片段，交错推进。我们看到了，第一段是克拉特先生的速写，他奉公守法，慷慨大度，是一个与人为善的乡绅。第二段是佩里的速写，他无依无靠，有不切实际的发财梦想。第三段是南希的速写，她是一个淑女典范，肯定有光明的前途。但四百英里外的两个凶手正在逼近，毫无来由的烟味可能是一种凶兆。

第四段是迪克的速写，他本来有机会读大学，可他打工、失业、盗窃、入狱。第五段是克拉特的妻子邦妮的速写，邦妮跟到家中做客的小女孩聊天，聊的是樱桃蛋糕、旅行纪念品这些琐碎事。这也是邦妮生命中的最后一天，她本来想当一个护士，但她的理想从未实现。她不断被产后抑郁折磨，生下一个孩子就会抑郁发作，连续生了四个孩子后，像一个幽灵一样住在这个家里。克拉特幸福的家庭中也有这么一个不幸的人。第六段写迪克和佩里在修车厂的盥洗室内收拾自己的身体，两个人都很看重自己的外表，他们都有文身，都遭遇过车祸，都落下了残疾。命运的残酷一面不区分好人坏人，好人邦妮和坏人佩里、迪克，都经受着病痛。

第七段写加登城，写克拉特先生和一位日本移民太太的交流，写克拉特的温和及同理心。第八段，黑色雪佛兰停下，迪克和佩里去商店里买了一副橡胶手套，他们买了绳子，一百码长的绳子，足够捆十二个人。哪怕克拉特先生家中有客人，迪克也要让他们都见鬼去吧。第九段，儿子凯尼恩的速写，一个青春期的男孩子在做木工活儿，在清理院子里的落叶，他还未曾跟女孩子约会过，世界在他面前还没有展开。

第十段，黑色雪佛兰再次停下，迪克去一家天主教医院，看能否从修女那里买到黑色长筒袜，他觉得，根本不需要用袜子蒙住脸，不会有目击证人活下来。佩里留在车里，他在疑惑："我是怎么跑到这里来的呢？我要干吗？"佩里到堪萨斯州来，是想见一位刚刚释放的狱友，那个人叫威利·杰伊，在监狱中给牧师当书记员。威利·杰伊知道佩里是个敏感的人，有点儿艺术才能，他曾经给佩里写过一封信，这封信是佩里的精神素描，信中说："你悬挂于两种精神状态之间，一种是自我表现，一种是自我毁灭，你很强壮，但你有一个缺陷，不分场合随时爆发地感情用事。为什么看到别人幸福和满足的时候，你会毫无道理地发怒？为什么你对人类的蔑视以及伤害他们的愿望越来越强？"这封信中的言辞很像是我们平常看到的星座分析，佩里很喜欢这段对自己的分析——一个卑微之人，被认可，还被分析了，所以佩里将威利·杰伊视为知己。他听说威利·杰伊出狱了，就放下自己的工作，跑到堪萨斯来见他，但是，他乘坐长途车到堪萨斯城之前几个小时，威利·杰伊离开了这座城市。于是，佩里决定接受迪克的邀约，干一桩抢劫案。如果他见到威利·杰伊会怎样呢？他坐在车里，车停在一所天主教医院外面，他等着一双黑色长筒袜，这个状态有点儿荒诞，但这个荒诞的状态看来也无法改变。

这是一种命运感。

第十一个片段非常有意思。克拉特先生在他生命最后一天的黄昏时分，签下了一份价值四万美元的寿险合同，如果他遭遇不测，保险公司会双倍赔偿。那位保险推销员为此在村里等了三个小时。而为说服克拉特先生买保险，他用了一年的时间。等他终于看到克拉特先生在合同上签字，他知道自己要保持沉默，这是一个"庄严时刻"，一个人买人寿保险的时候，跟写遗嘱没什么不同，心里会涌现死亡的念头。这一段描述也涌现出了"命运感"。

在这里，我要岔开说点儿别的。这世上有很多职业都需要从业者的同理心，我看过一个保险推销员上的培训课，课上讲的是移情聆听：一、完整地听明白，不要主观臆断，不要急于下结论，不要匆忙给意见；二、要站在对方的角度准确理解对方的思维模式和感受，但不要求赞同对方，这叫策略性同理心；三、被沟通对象认为你尊重和理解了自己，感受到了你的真心诚意，为你后续施加你的影响打好基础。这三条是我从一个PPT文件上抄下来的，文不通句不顺的，"被沟通对象认为你尊重和理解了自己"，什么叫"被沟通对象"，这个词很奇怪。"认为你尊重和理解了自己"，这个"自己"用得对不对，也值得商榷，很多人都不会使用"自己"这个词。我说这些题外话，是想说，同理心是一种太可贵的品质、太稀缺的能力。好多同理心培训都不太靠谱，我们后面会看到卡波特是怎么运用他的同理心的。

第十一段，克拉特先生签下合同，对自己的生命做了一番感叹。接下来的第十二段是信息量最小的一个片段，佩里和迪克在暮色中赶路，喝着酒，开着车，一片辽阔之地在他们面前展开，这一段是为了呼应克拉特先生心中闪过的死亡念头。

第十三个片段，南希的小男友博比来了，他们一起看电视，看了一个关于北极的纪录片、一个西部片、一个间谍故事、一个侦探片，那时候的人是真爱看电视啊，看到十一点，博比离开。他是最后一个见到克拉特一家的人，所以案发之后，也是第一个嫌疑人。第十四段写迪克和佩里在深夜中赶路，他们停下来吃晚饭。佩里说，吃个三明治就够了。迪克说，不要担心钱。他们吃了牛排、烤土豆、炸洋葱圈、玉米、通心粉、沙拉、肉桂面包、苹果派，还有冰激凌和咖啡，他们兜里只有十五美元，却大吃一顿，看上去对接下来要干的事，志在必得。他们在午夜时停下来加油，佩里受过伤的腿疼得厉害，吃阿司匹林止疼，迪克从自动售货机上买了一袋糖豆吃。在临近行动之时，他们都感到了压力,两个人之间的不信任初露端倪。

第十五段写南希的卧室,卧室中摆设的照片,南希洗漱完毕,整理出第二天去教堂要穿的衣服,然后写日记,做祈祷。之前的段落,大都有目击者,可以追述,偏偏这一段,小姑娘在闺房中最后做了什么,并没有任何人见证。第二天一早,她就被发现死在自己的床上了。据说,《纽约客》编辑肖恩先生曾在打印稿上标注此段落,画了一个问号,问从何而来。这一段只能说是合理的想象,卡波特更多是在写卧室中的照片什么样、那个日记本什么样、南希用什么样的字体,他将南希的活动描写降到了最低。

第十六个片段只有一个小自然段。迪克和佩里的车开到了村里。交错进行的叙述,到这里会集。本分的、理性的一家人,过着宁静的生活。一辆黑色的汽车,从四百英里之外驶来,像一块飞来的石头,一家人无法躲避这场飞来横祸,他们将被毁灭。

接下来是第二天清晨,整个村落慢慢苏醒。十一月十五日,星期天,南希的两个女同学都约好了跟她一起去教堂,可她们到了克拉特家门口,南希一家人却迟迟不出来。两个女生从后门进入,很快就尖叫着跑出来,女生们的家长随后进入克拉特家,他们看到南希躺在床上,墙上是血,家里的电话线被剪断了。九点三十分,警长赶到,随后是救护车和尸检人员，他们发现南希和邦妮都死在各自的卧室里，男主人克拉特和儿子凯尼恩死在地下室中，四人都是被捆绑着射杀的，克拉特还被割喉。四百英里外的奥莱西镇，佩里在一间小旅馆里睡觉。迪克回到家，狂吃了一大顿，也在睡觉。

《冷血》一书开头有几句题词，来自一首法语诗，英译如下——

> Men, our brothers, who live after us,
> Do not harden your hearts against us,
> For if you take pity on us poor wretches,
> God will be more merciful toward you.

粗略翻一下："那些后来的兄弟们，不要对我们太硬心肠，如果你可怜一下我们这些不幸的人，上帝也会对你们更仁慈。"卡波特在第二章花了不少笔墨来写佩里，他肯定是同情佩里的。但要让读者对这个杀人犯有同情心，卡波特就要小心地构建一个充满同理心的叙述氛围。

我们接着从那个保险推销员说起。他在十一月十五日星期天的晚上听到了克拉特一家遇害的新闻，克拉特开的支票还在他身上，从程序上讲，这个合同还没有完成。他说："从法律上，我们不必赔偿，但道义上是另一回事，我们决定按照道义办。"博比得知凶案的消息，不吃不喝，非常难受，头天晚上一起看电视的女友已经阴阳永隔。博比的弟弟十四岁，他知道哥哥在经受什么，默默陪在博比身边，博比呆坐，弟弟也呆坐，博比在农场上漫无目的地走，弟弟也跟着走。这是兄弟之间的心意相通。最先进入凶杀现场的是南希的同学苏珊，她受了很大的刺激，但她还想去劝慰博比，博比也想安慰苏珊，所以来看望苏珊。卡波特还写到人对动物的同理心，霍尔科姆村上的人都知道，克拉特家养的那条狗最怕枪，看到有人背着枪就会跑开，所以它看到凶手肯定跑开了。南希养的猫很快被苏珊收养了。苏珊还想收养南希的一匹马，那匹马叫"宝贝"，岁数很大了。第二章中，堪萨斯州调查局的警探杜威出场。卡波特写到了杜威家的一只叫皮特的猫，这只虎纹猫出场，是杜威把它从宠物医院接回家，皮特跟一只狗打架，受伤了。跳过几段，写杜威的家庭生活，皮特又跟街对面的一只狗打架了。这些动物跟如何抓到凶手一点儿关系都没有，但如果你在阅读过程中注意到了老迈的马和好斗的猫，你就更有耐心去理解佩里和迪克的性情。

第二章开头，十一月十六日星期一，克拉特的几位朋友来打扫发生了血案的房子，烧掉被血染红的床单、床垫和沙发。卡波特通过邻居的视角，建立了美德与邪恶的对立，克拉特一家代表着附近人们珍视和尊敬的美德，如果邪恶把他们摧毁，那就等于告诉人们上帝不存在。

堪萨斯调查局的警探杜威先生认为凶手至少是两个人，两个人才能对付克拉特一家，现场勘查也发现了两个不同的鞋印。杜威还发现，凶手好像在杀人过程中表现出了一点儿同情，把克拉特先生捆在水管上的时候，给他下面垫了一个纸箱子，这是为了让他舒服一点儿。把儿子凯尼恩捆在沙发上，也给他头下垫了一个枕头。把两个女人捆在床上，还给她们拉起床单盖好。调查局的警探在村镇上展开调查，但没发现任何有价值的线索。

佩里看到了十一月十七日的《堪萨斯城星报》，头版就是这桩凶案的新闻。他向迪克指出报纸上的一条语法错误，报纸上是"For this killer or killers"，也许改作"For this killer or these killers"更准确。佩里有一个摘抄本，记录着他学习的词汇和看到的金句。他自认是个敏感的人，报纸上说警方还没有任何线索，但佩里觉得，被关押在监狱中的弗洛伊德·威尔斯会是个麻烦。与佩里相比，迪克更没心没肺，他胃口很好，比平日吃得更多，他认定威尔斯不会告发。但威尔斯所说的那个装有一万美元的保险箱在哪里？迪克绝口不谈自己的信息有误，只说他们没有留下目击证人，他是两个罪犯中更没有共情能力的那一个，读者的同理心会偏向佩里。

这两人从克拉特家里抢走了四五十美元，拿走了一架望远镜和一台收音机。他们一起犯下杀人案，可这两个人之间缺乏信任，也互相不喜欢。佩里在监狱中会尿床，会在睡梦中喊爸爸。他告诉迪克，他曾在拉斯维加斯杀死一个黑人，杀过人，这是他吹牛，但迪克由此认定佩里是个厉害角色。佩里总说要去墨西哥，去哥斯达黎加，去潜水寻宝，迪克根本不相信这套异想天开的发财计划，他喜欢稳定的城市生活。两人开始在堪萨斯城骗钱，买东西开空头支票再把东西卖掉换钱，这是很愚蠢的犯罪方式，顾头不顾腚，但这两个人本来就缺乏理性。迪克坚信克拉特家有个一万美元的保险箱，佩里坚信虚无缥缈的沉船和藏宝图，理性的、讲究秩序的克拉特一家被非理性的、混乱的佩里及迪克所杀，这是《冷血》触动人心的地方。我们都渴望做理性之人，在秩序中勤劳工作，我们害怕那些非理性的人，他们受一点儿刺激就控制不住自己的暴怒。

我们看加登城及霍尔科姆村的居民，他们会害怕，会疑神疑鬼，会离开这里另觅去处，会责怪警方办事不力，但都有向善的动机——共情、自制、道德感、理性，甚至过于理性。克拉特一家十一月十五日凌晨被杀，十一月十七日举行葬礼。克拉特的二闺女本来是打算在感恩节后举行婚礼的，但亲戚朋友都来参加葬礼，那就顺便把婚礼办了吧。父母被杀，闺女一周后，就在十一月二十一日结婚，这实在有点儿怪异。克拉特先生的大舅子，邦妮的哥哥，在当地报纸上发表了一封公开信，呼吁市民不要相互猜疑，表示对凶手要宽恕——还没有抓到凶手呢，就要宽恕凶手——希望凶手找到内心平静。

佩里和迪克在墨西哥的一处海滨度假地找到了短暂的平静，但钱花光了，平静也就结束了。迪克卖掉他的车，他们要返回美国。在墨西哥城的旅馆里，佩里收拾行李，他的吉他被偷走了，他要把一些东西打包寄到拉斯维加斯。在这一章节，卡波特给出了佩里的传记。佩里五岁之前，跟着爸爸妈妈跑江湖。爸爸是爱尔兰移民，妈妈是原住民切诺基部落的。爸爸妈妈做牛仔竞技表演，一家六口开着一辆卡车，四处流浪。到佩里六岁的时候，妈妈开始酗酒，带着孩子离开了爸爸，而后把佩里送进了一家孤儿院。爸爸把佩里接走，佩里读书读到三年级，就开始跟着爸爸流浪，开着一辆房车到了阿拉斯加，爸爸教他淘金，教他打猎。佩里有音乐才能，也喜欢画画、读书，但他没机会发展自己的这点儿才能。他一九四五年入伍，一九五二年从部队复员，和爸爸在阿拉斯加开了一家民宿，想从游客身上挣点儿钱。但根本就没有游客光顾他们的民宿，父子两人之间矛盾激化，恨不得杀死对方。佩里对爸爸的爱，就像水一样慢慢流干了。他离开了爸爸，开始犯罪、坐牢。他的妈妈酗酒而死，他的一个哥哥和一个姐姐先后自杀，剩下的一个姐姐嫁了人，有安宁的生活。这个姐姐给坐牢的佩里写信，但信中隐含的意思是，"你不要来打搅我好不容易获得的安静生活"。佩里也不喜欢这个姐姐，他对迪克说："我们杀人那一天，我唯一的遗憾是，我那个该死的姐姐没在那所房子里。"

第三章开始，案件有了突破性进展。佩里和迪克两人曾服刑的监狱中，囚犯弗洛伊德·威尔斯听到收音机里报道的这桩凶杀案，他知道这是佩里和迪克干的。威尔斯十一年前曾经给克拉特先生打工，在他印象中，克拉特的办公室里有一个保险箱，里面装着一万美元。他在监狱里跟迪克说过这事，迪克当时就说，假释之后，要和佩里一起去抢克拉特的钱。他还在监狱中推演了很多次抢劫计划，威尔斯一直以为这不过是迪克在过嘴瘾，没想到他出狱之后，真的去干了。堪萨斯当地报纸为征集破案线索开出了一千美元的赏金。为了获得赏金,威尔斯向警方供出了佩里和迪克。很快,警方就发现了这两个人的行踪,他们回到堪萨斯城,又开始用空头支票骗钱。他们还偷了一辆车,穿过密苏里州、阿肯色州,进入路易斯安那州。

佩里和迪克搭车、偷车的这一大段,很像是一个公路片。他们在进入拉斯维加斯之前,曾经搭载了一对爷孙,爷爷看上去像是快死了,小孩子很耐心地照顾爷爷。这个小孩儿有生财之道,在路上看见汽水瓶子就要停车,去捡瓶子。佩里和迪克也跟着他一起捡瓶子。爷爷坐在后座上,几乎被汽水瓶子给埋住了。最后这些瓶子卖了十二块六毛钱,两边平分。两个冷血杀手,靠捡废品挣了六块钱,吃了一顿饱饭。这一段,会不会让佩里想到他跟爸爸一起流浪的日子呢?

一九五九年十二月三十日,被盗车辆进入拉斯维加斯。佩里先去邮局,取回他从墨西哥邮递过来的行李,纸箱子里还装着他杀人时穿的鞋子。等他从邮局出来,拉斯维加斯的警察上前,把两人拘留了。

堪萨斯警方在获得威尔斯的供述之后,到迪克的父母家,到佩里的姐姐家去调查,他们不提杀人案,只说这两个人违反了假释条例。得到抓获二人的消息后,警探立刻赶往拉斯维加斯。一九六〇年新年第二天,审讯开始。警察的审讯策略是先让他们交代跟支票诈骗相关的罪行,详细讲述自己的行程,等聊到两小时之后,再追问十一月十四日这一天的行程,提出霍尔科姆村凶杀案。迪克先坦白了,他说:"是我们干的,但我没杀人,是佩里把那四个人都杀了。"

警察押送二人返回堪萨斯的路上,佩里知道迪克已经坦白,也交代了自己的罪行。他在车上对杜威警探说:"我从那个女孩的房间里搜出一个小钱包,像洋娃娃用的玩具钱包,里面有一枚一块钱的硬币,硬币从我手上掉下来,在地板上乱跑,我得跪着去够,就在那一瞬间,我仿佛灵魂出窍,看到另一个自己在一部滑稽电影里,这让我感到恶心,对自己有说不出的厌恶。迪克一直说什么有钱人的保险箱,可我却跪在这儿偷一个小孩的硬币,一块钱!还得跪着来捡。"克拉特先生一直很温和地对待这两个抢劫者,生怕激怒他们,但跪在地上捡一块钱硬币的屈辱感太强了。

请注意,卡波特在这里运用了小说手法。佩里和迪克在杀人那一夜的所作所为,迪克想强奸南希,佩里阻止他这样做,这些都可能是罪犯交代出来的。但跪在地上捡一枚滚动的硬币,这一个心理上的细节,到底是佩里对卡波特说的,还是佩里向警探杜威说的?卡波特把对话放在两个更有张力的人物之间，放在一个特定的场景中。警探杜威押解佩里返回加登城的途中，在夜晚的车里，给罪犯点上一支烟，佩里抽着烟，说出自己跪在地上捡一块钱这样的细节，这就是小说手法。

我们再看第四章的一个处理。

佩里要受审，消息传出去之后，他的战友唐纳德·卡利文到加登城来看望他。这不是说两人之间有多深厚的友谊，是唐纳德的弟弟患白血病去世了，所以他忽然有了一股悲天悯人的宗教情怀，看到昔日战友犯罪入狱，是他的同情心让他来探监。一九六〇年六月，卡波特就给唐纳德写过一封信，让唐纳德描述他和佩里见面的场景，卡波特在信中说："书中没有任何部分是以第一人称叙述的，'我'不会出现。在书的结尾处，我想加上一长段你和佩里之间的场景，当中会用一些我与佩里交谈的资料，但要用你来替代我。我从你那里索要的是当时场景的详细描述——梅尔夫人端上的是什么，桌子摆设之类是怎样的。正是在这个场景里，佩里会告诉你，正如他确实告诉过你的，关于在克拉特家里到底发生了什么。"一九六〇年七月，卡波特收到了唐纳德的描述，又写了封回信说："你观察得太棒了，写得也太棒了。"这两封信都被唐纳德·卡利文收藏。

卡波特为什么要做这样的改动？记者从死囚犯嘴里挖出了一些有价值的东西，安在自己头上，这样会显得自己的采访很牛逼。小说家卡波特不是这样考虑问题的，他是要把对话安排在两个更有张力的对话者之间——唐纳德的弟弟去世，他对普世之人都有了悲悯情怀，他到监狱里见佩里，佩里却对他说："我杀克拉特一家人，并不是他们伤害过我。我这一辈子受够了别人的欺负，克拉特一家是替别人还这笔债的。我杀了这无辜的一家人，我后悔吗？不，我不后悔。半个小时之后，迪克开始讲笑话，我们就哈哈大笑了。也许我们两个不是人，我的人性只够怜悯我自己。"Maybe we're not human. I'm human enough to feel sorry for myself.——这句话放在佩里和唐纳德的对话中，才显得有力量。我们可以从这个安排中体会何为"非虚构小说"。真人真事，说的话也是真的，这是"非虚构"，但跟谁说的，在什么场景下说的，卡波特移花接木，用了"小说技巧"。

唐纳德·卡利文跟佩里的会面，发生在一九六〇年三月庭审期间，是《冷血》第四章的一个场景。从卡波特和唐纳德的通信来看，他在一九六〇年六月就想好怎么处理这一场景，到一九六三年，他可能已经写完了这个场景。佩里庭审时，被关押在芬尼县法院的女监中，法院、监狱、警长公寓都在一栋楼里，女监紧邻着警长公寓的厨房，警方把迪克关在三楼的男监狱，把佩里关在四楼的女监。警长太太梅尔夫人平日里习惯一边做饭一边跟女监里的犯人聊天，她同情那些女犯人，也同情佩里，她给佩里做了一顿丰盛的饭菜，让他在狱中招待唐纳德·卡利文。《冷血》出版后，梅尔太太坚称自己从未听到佩里哭过，不像书里描述的，佩里曾在女监啜泣。这个细节上的出入无伤大雅。佩里留下一段日记，说一九六〇年一月三十一日，他梦见了爸爸，醒来发现自己尿床了。他或许真的哭过。梅尔太太否认这一点，是不想在乡亲们面前承认佩里还具有一点儿足够可怜自己的人性。

其实，这本书最大的虚构是在结尾。在两个罪犯上了绞刑之后，卡波特把笔锋一转，写杜威侦探和苏珊同学在克拉特家人的墓地偶遇，苏珊上了大学，学艺术，杜威的孩子也要上大学，他想，如果南希活着，也该是一个活泼可爱的大学生了。杜威跟苏珊告别，Then, starting home, he walked toward the trees, and under them, leaving behind him the big sky, the whisper of wind voices in the wind-bent wheat.[1] 最

---

[1] 意为："良久，他也转身回家，朝树丛走去；留在他身后的，是广阔的蓝天，还有那沉甸甸的麦子，它们随风起伏，发出阵阵私语。"（此处译文引自《冷血》夏杪译本）

后一句话押着韵,这对卡波特来说,实在是不值一提的技巧。这段墓地相遇的结尾,与《草竖琴》的结尾非常像。我们看一下《草竖琴》的结尾:"我们静默着,惊异地从墓园山顶俯瞰下去,然后手挽手地下山,走进那片经过夏日炙烤,又被九月抛光的草地。干燥的草叶轻轻拂动,瀑布般的色彩倾泻而过;那一刻,我想让法官听到多莉告诉我的话:这是草竖琴,里面聚集了多少话音,讲着一个记忆中的故事。我们倾听。"

当年就有编辑说《草竖琴》的结尾太弱了,需要修改,不料卡波特在《冷血》结尾又复制了一下,把风吹草地改成了风吹麦田。卡波特写完绞刑之后,总感觉结尾还要回到霍尔科姆村,所以有了墓地一段。如果我们知道这一段出自他的虚构,就难免会觉得在这本"非虚构小说"中,真实的东西很有力量,虚构的东西反而会塌陷。这个结尾有点儿弱。卡波特不遵循新闻采访的原则,而是要遵循艺术的原则,他认为,艺术都由选定的细节组成,细节要么是虚构的,要么像《冷血》中那样,是对现实的蒸馏。他并不想做一个专业的记者,而是想写一个更好的小说,他认为自己的作品是对现实的蒸馏。

好,这一讲太长了,基本上是对《冷血》的复述,下一讲我们换一个角度来看这个故事。

第十六讲 被烧得那么彻底

一般来说，作家写一个小说，这个过程没太大意思，但卡波特写《冷血》的过程，居然被拍成了两部电影，一部就叫《卡波特》，另一部叫《声名狼藉》，都是二〇〇六年前后上映的，正是《冷血》出版五十周年的时候。这一讲，我们来看看卡波特写《冷血》的故事。

卡波特要去堪萨斯采访，兰登书屋的老板在堪萨斯大学有几个熟人，所以他安排卡波特先到堪萨斯大学所在的城市曼哈顿，在英文系做一个小型演讲。卡波特穿了一套迪奥出席，在纽约专门为这趟旅行买的。他问堪萨斯大学的一位教授："你见过穿迪奥的男人吗？"那位教授回答："我没见过穿迪奥的男人，我们这儿连穿迪奥的女人都没有。"堪萨斯大学校长为他写了几封信，帮他打通当地人脉。而后卡波特驱车四百英里，到了加登城。电影《声名狼藉》中，有一个镜头是卡波特到了火车站，身后有一堆LV的箱子，这是夸张。卡波特是开车去的。

卡波特初入文坛，是给《时尚芭莎》等女性杂志写小说，没写几篇，就获得了很大的声誉。他的小说《别的声音，别的房间》《草竖琴》都带有自传色彩，所以有评论说他根本就不会虚构。卡波特最早的一位男朋友比他大二十来岁，是美国文学评论的权威，卡波特从男友那里学了一些文学理论。电影《卡波特》中，他出场时有一段台词就是在发表文学评论："我写我自己是因为我的生活就是社会性的。鲍德温的小说写一个同性恋黑人要睡一个犹太人，你说这是私小说还是社会问题小说？"这句台词还有一层潜在的意思：卡波特原本是写时髦小说的，他怎么能让自己的作品有更深更广的社会性，这是他要寻找突破的地方。

卡波特当时身边带着一位女助手，哈珀·李，他的发小。哈珀·李刚刚写完《杀死一只知更鸟》，稿子交了，闲着没事，就陪着卡波特到了加登城。霍尔科姆村属于芬尼县，芬尼县县城是加登城，或曰花园城，两人住在县城的一家旅馆，开车到各村去采访。卡波特说话女里女气的，村民更愿意跟哈珀·李聊。二人采访时不做记录，因为采访时拿着一个本子，会影响谈话的氛围。回到旅馆，两个人再写笔记。卡波特说他专门训练过，将对话还原出来的准确率是92%。卡波特在不同场合吹嘘，说他还原对话的准确率是92%，是94%，是96%，等等。有记者嘲笑过，说卡波特先生总吹嘘自己的记忆力，但就是记不清自己的准确率。

最初的采访并不顺利。堪萨斯的乡下人，家家都有电视，二十四小时开着，当地人接受采访时，眼睛总盯着电视，哪怕是放广告，也不会把目光转向卡波特。电视要是闪雪花，他们就发慌，好像他们太紧张了，必须靠电视来续命，或者像是现在的人，跟你聊天时也要摆弄自己的手机。卡波特有很棒的沟通能力，他知道一个谈八卦的秘诀——你要想知道别人的秘密，就得告诉别人你自己的一个秘密。不过这个诀窍更适合在纽约社交场合聊八卦，在加登城，他抱怨："我从这些农民嘴里什么都得不到。"哈珀·李劝他耐心一些，她说："你会钻透这个地方的。"

加登城中有一家报纸，报纸有一位园艺专栏作家，其丈夫是一位律师，克拉特先生的房产律师。一九五九年圣诞节的时候，这两口子邀请卡波特和哈珀·李来家里吃饭。随后，县城中的名流不断请卡波特去做客，听卡波特聊好莱坞八卦。十二月三十日晚上，卡波特和哈珀·李到警探杜威家做客，这是杜威太太发出的邀请，杜威太太嘱咐儿子："今天晚上来的客人，说话的腔调有点儿古怪，你们不许笑。"两个孩子当晚一直咬着腮帮子，不让自己笑出来。

他们晚餐时吃了玉米楂子秋葵汤,饭后喝着酒,此时,杜威接到拉斯维加斯警方的电话,犯罪嫌疑人被抓到了。卡波特说:"我跟你去拉斯维加斯。"杜威说,这可不行。卡波特和哈珀·李留在了加登城。

一九六〇年一月六日,堪萨斯警方押解两名罪犯返回加登城。两名罪犯,一个叫迪克,一个叫佩里。佩里比卡波特高一英寸,上身魁梧,下肢略短,卡波特身高一米六一,自怜时会说自己是个侏儒,由此可见佩里身高一米六四。二〇〇五年的电影《卡波特》和二〇〇六年的电影《声名狼藉》,讲的都是卡波特写《冷血》的故事。菲利普·塞默·霍夫曼凭借《卡波特》拿到了奥斯卡最佳男主角,丹尼尔·克雷格在饰演"007"之前,演了《声名狼藉》中的佩里,这实在是把佩里的形象大大美化了。

有一个记载,说哈珀·李是在一九五九年十二月十五日到达加登城,也就是说,案发之后一个月,他们才开始到现场采访。一九六〇年一月二十二日,卡波特和哈珀·李返回纽约。卡波特后来说,最初的采访用了两个月的时间,其实不过五个星期,但他们带回来的素材的确不少,不是一篇报道能放得下的。他要写一本小说,他说记者讲故事是一条直线,平铺直叙,作家讲故事是一条垂直线,让你深入角色内心。他说他这本书中每一句话都来自真正的采访。

一九六〇年三月,卡波特再次回到加登城,审判开始了。警方铁证如山,他们有口供,有物证——两个罪犯的鞋子与犯罪现场留下的脚印相吻合,射杀克拉特一家的猎枪,割开克拉特先生喉咙的短刀,还有绳索、手套等作案工具,都找到了。法庭要争的不是有罪无罪,而是死刑与否。三月二十二日开庭,三月二十九日宣判佩里和迪克二人死刑。四月十七日,卡波特和他的爱侣杰克·邓飞登上了横越大西洋的邮轮,他们带着二十五件行李、一只猫和两只狗,还有两千页的采访笔记。他们在西班牙的一个小渔村里租了个房子。纽约夜夜笙歌的社交生活是写作的大敌,卡波特要在地中海边的一个清静地方写作。写作过程中遇到什么细节上的问题,卡波特会直接给警探杜威一家写信:克拉特先生那栋宅子到底是哪一年买的?受害者南希的日记中有几页能复印一下吗?随信附上一些小额支票,供杜威发电报、寄快递用。卡波特说,他为这本书花的钱超过了八千美元,这在当年是一笔大钱。哈珀·李偕同去采访,卡波特给她开了一笔劳务费是九百美元,而后又给出二百五十美元津贴,这一千多美元相当于现在的一万多美元。我们拿当时的物价来做一个比较:《冷血》出版后,卡波特在纽约的联合国广场买了一套公寓，房价不过是六万三千美元。

一九六〇年四月，卡波特在西班牙布洛瓦海岸的小渔村开始写稿。他对自己将要写下的这本书很有信心，在给友人的一封信中说："我构思中的《应许的祈祷》是我的《追忆似水年华》，现在这本《冷血》是我的《包法利夫人》。我有丰富的材料，一想到这本书会是多么出色，我就喘不上气来。我极为专注，也极有耐心。"六月，卡波特飞赴伦敦，与一位精神病专家面谈，进一步理解佩里和迪克的心理状态，而后飞回西班牙继续写作。十月，《冷血》第一章完成，计有约三万五千个单词。《冷血》整本书的叙述都非常好，但第一章的叙述更好。卡波特胸有成竹，预计全书有十二万五千个词，他已经开始处理第四章中的一些技术问题。他在瑞士的滑雪胜地韦尔比耶村租了个小房子，要在那里过冬，他说接下来还要写七万多字，每一步都如同登高，空气越来越稀薄。一九六〇年冬天，他放下《冷血》，飞到伦敦处理一个剧本。一九六一年，春夏在布洛瓦海岸，秋冬在韦尔比耶村，他继续写《冷血》。

一九六二年一月，卡波特飞回美国，去采访佩里的姐姐。他去了堪萨斯州立监狱，会见了死囚牢里的佩里和迪克。他们的死刑执行日期一再拖后。在纽约，卡波特的朋友们为他举行了一个小型聚会,那场聚会他魂不守舍,看眼前的人都有点儿缥缈,他的思绪好像缠绕在堪萨斯乡间。这年夏天他在意大利度过,秋天去伦敦社交,见到了英国女王的妈妈。他给警探杜威的信中说:"你及你的夫人玛丽还有你家的那只猫皮特,都会在我的书里永生。不过,你是否介意我在书中某些场景里,给你说的话加上一些脏字,比如'该死''见鬼'?"[1] 他要塑造杜威警探这个形象,不说点儿脏话,这个形象就显得太呆板了。杜威警探乐于被塑造,他们一家成了卡波特的好朋友,一家人去洛杉矶旅游,卡波特会安排人接待,带他们去参观好莱坞。杜威的儿子对写作感兴趣,卡波特会跟他通信,教他写作,还开列参考书目。这些信都收录在卡波特的书信集中。

一九六三年二月,卡波特写完了《冷血》的第二章和第三章。"我每天早上三四点开始工作,此生中从未如此努力。我完成了第三章,和我期待的一样好,非常棒。但我筋疲力尽。"在欧洲待了快三年,卡波特原计划写完全书才返回美国,可他要休息一下了。然而,他在纽约的朋友们发现,《冷血》已经成为他生命的一部分,他无法摆脱这本

---

[1] 本篇引号内卡波特的信件正文,均转述自英文,非完整译文。

书,堪萨斯的那桩案件控制着他的情绪。一次晚宴上,卡波特向朋友讲述他写的故事。卡波特的一位朋友回忆说:"所有文字都在他的脑子里,他讲了两个小时,也许是三个小时或四个小时。周围的人没有说一句话,也没有任何人走动。那是我所见过的最棒的故事讲述。"四月,卡波特和哈珀·李再次前往西部,此时,《杀死一只知更鸟》成为畅销书,改编的电影也在上演。

二人的目的地是堪萨斯城外四十分钟车程的州立监狱,狱中一座小楼的二层是死囚牢。十二间牢房,每间长十英尺[1],宽七英尺,屋内有一张床、一个洗脸池、一个马桶,一盏瓦数很低的灯二十四小时亮着,透过一块被黑色电网封住的长方形小窗能看见外面的光亮。每星期犯人有三分钟的时间洗浴、换衣服,夏天气温高达四十三摄氏度,犯人会为自己的体臭感到恶心。他们可以看报纸、杂志和书,但没有电视,没有收音机。关押在相邻牢房里的佩里和迪克可以聊天,但他们也没太多可聊的。卡波特以前曾两次进入死囚牢采访,但为了完成《冷血》的第四部分,他需要获得特权,能经常去探视佩里及迪克,能与二人通信,狱方拒绝了他的请求。卡波特说他用自己的办法找到了一

---

[1] 1英尺约等于30厘米。

位大人物，通过贿赂，在六月，获得了探视和通信的权利。

佩里和迪克开始频繁给卡波特写信，数量上百，卡波特也要每周给他们写两封回信。佩里要卡波特寄来一本《韦氏词典》，还要看弗洛伊德、梭罗和桑塔亚纳的书，他把卡波特的照片摆在牢房里，他会赞美卡波特的才华，如果这些赞美来自英国女王，卡波特听了可能会非常受用。他问卡波特是不是同性恋，因为卡波特总和哈珀·李混在一起，让他有点儿拿不准。一九六三年九月，迪克在给卡波特的一封信中说："我们被关了四十二个月，无法锻炼，没有收音机、没有电影，也没有阳光，这给神经系统造成极大的压力，以这样的压力面对死刑判决，会把一个人变成一具行尸走肉。"一年之后，迪克说他开始掉头发，视力衰退，"我已经很难看了，不想变得更难看"。

一九六三年十二月十五日，卡波特从纽约布鲁克林给佩里发了一封信，其中说："你甚至不了解我生活中的表层事实——都和你有相似之处。我是个独子，块头小，在学校总是最小的男孩。我三岁那年，父母离婚。父亲是个推销员，我童年的大部分时光都跟着他在南方各地游荡。他对我并不坏，但我不喜欢他，至今依然如此。我母亲生我那年才十六岁，非常美。她和一个非常有钱的古巴男人结婚，我十岁起和他们住在一起（大部分时间在纽约）。不幸的是，我母亲经历了几次流产后出现了精神问题，酗酒成性，使我的生活十分悲惨。后来，她服安眠药自杀。我十六岁退学，自那时起便一直靠自己。我在智力和艺术上一直早熟——但情感上发育未全。"

这封信不太准确，比如说，卡波特的父母是在他五岁时离婚，而不是他三岁的时候。为什么不准确？我们可以说，卡波特的感觉不同，他感觉自己三岁就被遗弃了。当然也可以这样理解，卡波特只是随手写一封信，只是敷衍一下佩里。迪克和佩里把卡波特视作自由世界投射来的一道光，他们关心自己在书中会是什么样子、这本书的主题是什么。但卡波特告诉他们，书还没写到一半呢，也许永远写不完。有一次，佩里问他，那本书是叫《冷血》吗？卡波特依旧搪塞，不，书名还没确定。卡波特是在敷衍佩里吗？我们来看看采访者和被采访者是一种什么关系。

一九六一年十二月，《男性》杂志刊登了一篇报道，讲述霍尔科姆村这桩惨案，主要采访对象是狱中的迪克。随后撰稿人发现，迪克除了接受他的采访，还接受了卡波特的采访，于是撰稿人通过典狱长告诉迪克："你把你的故事卖给我，就不能再向别人讲你的故事，我们是有合同的，违反了合同，你就拿不到钱。"我们不知道《男性》杂志和迪克是怎么约定的，但从常理上来说，记者和采访对象时常会有一个心照不宣的契约，记者想从采访对象那里拿到材料，采访对象想通过记者表达一下自己的看法，塑造一下自己的形象，这是两者之间的默契。以前有一句蠢话，说记者要跟采访对象交朋友，后来这句话没人说了。老实说，记者和采访对象之间很多时候是互相利用的关系。

卡波特和佩里之间有无这样的约定呢？作为采访者，卡波特要诱导佩里和迪克说出自己的故事，但佩里和迪克并不太清楚自己在这份契约中将获得什么，卡波特坚持与佩里和迪克通信，是要将这份契约执行下去，等他拿到足够的材料，他可能就不再需要敷衍这二人了，佩里和迪克必须被绞死，这个故事才能完结。但这两个罪犯还幻想着卡波特能为他们请律师，让他们的死刑延期，他们与卡波特之间的关系非常微妙。

卡波特与警探杜威真正达成了心照不宣的共谋关系。卡波特需要杜威提供采访上的便利，比如被害者南希的那个小男友博比·霍普不想接受采访，杜威就可以出面说上一句，"你应该跟作家先生谈谈"。杜威则需要卡波特把自己塑造成英雄。遇到这桩案子后，杜威倍感压力，每天抽六十支烟，体重掉了二十磅。杜威的太太玛丽愿意向卡波特讲述一切细节，作为回报，《冷血》改编成电影时，杜威太太挂上了"电影改编顾问"的头衔。杜威夫妻后来出现在纽约的高级社交场合，和《华盛顿邮报》的女老板凯瑟琳·格雷厄姆共进午餐。这就是采访对象和采访者之间的契约，这样的契约不会写在纸面上，双方心照不宣，各取所需，皆大欢喜。但请注意，并不是所有的契约都有这样完美的结局，采访对象和采访者撕逼的事屡见不鲜。要达成这样的默契，双方都要足够 sophisticated[1]。

哈珀·李曾经告诫杜威警探的儿子，不要出面谈论霍尔科姆村的案子，不要跟记者说一句话。哈珀·李后半辈子深居简出，从未接受过采访，她或许从"冷血"一案中看清楚了采访者与采访对象之间的契约关系。但在哈珀·李死后，杜威警探的一个儿子还是忍不住出面，参与了一个纪录片的拍摄，讲述卡波特和杜威警探的往事。这个儿子说："我小时候曾经对哈珀·李说，我长大了要娶你。"你看，一个人总忍不住要抛头露面说一些蠢话，一个人总忍不住要跟名人有点儿什么关系，一个人总难以忍受自己的默默无闻。

《纽约客》杂志有一个传统叫"事实核查"，记者外

---

[1] 意为"老练的、见过世面的"。

出采访，事实核查员事后会给采访对象打电话，询问采访对象，"某月某日，你是否接受了我们记者的采访，你是否说了这样的话？"等。事实核查可以杜绝记者编造新闻。一九六三年十二月，卡波特又一次去堪萨斯探监。一九六四年十月，他再次回到堪萨斯，这一次他带着《纽约客》的事实核查员桑迪·坎贝尔。坎贝尔给杜威警探列出好几页问题清单，后来坎贝尔说，他跟《纽约客》多位作者合作过，卡波特是最精准的记录者。一九六四年的圣诞节前，卡波特出席纽约一个诗歌中心的朗诵活动，原本的安排是朗诵《蒂凡尼的早餐》片段，但有传闻说，他会朗诵《冷血》片段。《新闻周刊》一位记者去了现场，果然听到了卡波特朗诵《冷血》。我们在电影《卡波特》中能看到这个朗诵会的场景。

大家都知道卡波特的《冷血》即将出版，手稿就锁在《纽约客》的柜子里。两名罪犯上了绞架，这个故事就有了结局。但执行死刑的日期延后了四次，这本书迟迟无法收尾。卡波特多次在给朋友的信中抱怨，无尽的等待让他焦虑，他说："写书并不痛苦，痛苦的是你的生活无法摆脱这个堪萨斯的故事。"到一九六五年，死刑执行日期定在二月十八日，但卡波特待在瑞士韦尔比耶村，不打算返回美国去看这个故事的结局。他对坎贝尔说："《堪萨斯城星报》对绞刑的报道，逐字逐句拍电报发给我，我收到之后，几小时之内就能给我的书收尾。"卡波特处于一种道德困境中——他同情佩里和迪克，但也希望他们早点儿死，不要耽误自己的伟大著作。二月十八日的死刑再次改期，卡波特打了一个越洋电话给佩里的辩护律师，律师说，佩里和迪克不仅能逃脱死刑，还能重获自由。卡波特大骂："我希望他们出狱之后第一个干掉你，你这个大傻逼。"

最后的日子定在了一九六五年四月十四日，卡波特回到美国，在兰登书屋编辑约瑟夫·福克斯的陪同下来到了堪萨斯城。福克斯回忆说，卡波特的状态很糟糕，几乎无法跟人聊上几分钟，动辄泪流满面。杜威警探和堪萨斯调查局的其他几位警探来酒店看望卡波特，到了晚间，卡波特就去看变装秀。迪克和佩里对卡波特抱有一个不切实际的期待，希望他能再次推后死刑执行日期，佩里不断给酒店打电话，都是编辑福克斯接听。十年后，这位编辑跟卡波特的关系闹僵了。卡波特与兰登书屋签订了新书的合同，却一直拖稿。在《冷血》之后，卡波特没有写出什么像样的东西，正是这位福克斯先生在卡波特死后，编辑了他未完成的《应许的祈祷》。

佩里给酒店发了一封电报，希望卡波特能来探望。卡波特回电："亲爱的佩里，今天不能去看你，因为不允许。永远的朋友。杜鲁门。"佩里知道卡波特在撒谎，四月十四日夜里十一点四十五分，上绞刑架前一小时十五分钟，佩里写了一封信给卡波特和哈珀·李："非常遗憾，杜鲁门没能来参加最后的聚会，说上几句话，不管他未能前来的理由是什么，我都不会怪罪，我都能理解。我希望你们两个能知道，我对你们这几年来的友谊心怀诚挚的感激，心怀深深的爱意。你们永远的朋友。佩里。"

堪萨斯州立监狱 14746 号囚犯迪克·希科克临刑前说："你们把我送去一个比这里更好的世界。"迪克被处死后，凌晨一点，14747 号囚犯佩里·史密斯被带到绞刑架前，他说："为我的所作所为道歉没什么意义，也不太合适。但我还是要道歉。"佩里的遗言再次说明他是一个有共情能力的人，在作案前，他就知道迪克的父母不喜欢他，不想看到他。在庭审之前，佩里要翻供，他本来供认是他杀了克拉特父子二人，迪克杀了邦妮和南希，但后来又坚持说，四个人都是他杀的。他看到迪克的妈妈非常痛苦，所以要翻供。如果这位妈妈认定自己的儿子没开枪，没杀人，也许心里会好受一些。他想让迪克的妈妈心里好受一些。

克拉特家的诸多亲戚无一人出现在刑场，卡波特和兰登书屋的编辑福克斯先生在现场。他们从监狱中带回了佩里所写的四十页手稿，手稿谈论的是生死问题："不知道死之将至，我们是孩子，知道我们将死，就有了精神上成熟的机会，生是智慧之父，死是智慧之母。"读这份手稿，让卡波特崩溃，而后几天，他时不时哭着给朋友打电话。他给唐纳德·卡利文写信，说他最后陪在佩里身边，他给佩里和迪克各出了七十美元五十美分，在监狱边买了墓地，竖了墓碑。以往探监时，他会给两人百八十块钱买烟抽，买墓地的这一百四十一块钱大概是他为《冷血》这本书付出的最后的采访成本。

这本书赚了多少钱呢？卡波特在一九六五年六月写完了《冷血》的结尾部分，一九六五年秋天在《纽约客》杂志上连载，一九六六年一月出了单行本，立刻登上畅销书排行榜。售出的平装版版权、海外版权及电影改编权共两百万美元，放到现在相当于两千万美元，卡波特总要向别人解释，拿不到这么多钱的，要交税，还要付律师费。一九六六年十一月，卡波特在纽约广场酒店举办了一个盛大的化装舞会，那场面太浮华了，对写作稍微严肃点儿的人都不好意思去描述。

还是说说写作吧。《冷血》出版之后，卡波特吹嘘此书每一个细节都来自扎实的采访。书中只有三个人使用了化名：佩里的姐姐，为了保证其生活不受影响，使用了化名；威利·杰伊，监狱牧师的书记员，佩里去堪萨斯城最想见到的知己，他出狱后有了正常的生活，也使用了化名。还有一位贝尔先生，他是一个肉类加工厂的经理，在内布拉斯加州的公路上遇到佩里和迪克搭车，他让二人上车，佩里和迪克的计划是用石头砸死这位好心人，正当他们要动手的时候，贝尔先生又发现一位黑人也要搭车，于是他再次把车停下来。佩里保留着贝尔先生的名片，卡波特拿到名片之后，给贝尔打电话，专程去见了贝尔，贝尔认出了卡波特带来的两名罪犯的照片，他没想到自己差点儿被杀死和丢尸野外。按照公司规定，出差途中不许任何人搭便车，贝尔先生违反了公司规定。为了保护贝尔的隐私，他也被用了化名。

卡波特一九六六年一月接受《纽约时报》采访时说，他去过罪犯逃亡路上的每一个地方核实，每一句话都来自扎实的采访。他的话说得太满了，所以《GQ》杂志的记者、堪萨斯当地报纸的记者都去加登城附近采访，想打卡波特脸。他们发现，《冷血》有一些细节上的出入，比如南希那匹叫"宝贝"的老马，是卖给了当地人，而不是像书中所说，被外乡人买走。后来人们发现，书中对霍尔科姆村中那间咖啡馆的老板的描述，也有一些夸张之处。但这些是细枝末节，卡波特和杜威的默契最为牢靠。你要是个记者，一定要和最核心的采访对象达成这样的默契。

二〇一六年，英国《卫报》记者前往加登城采访，当地的警长向记者展示了克拉特一案的档案材料，其中有五十年来到加登城及霍尔科姆村"打卡"的游客记录，游客来自世界各地。村里人对这些游客不是很友善，许多农场主都贴出警示牌，提醒别人这是私人领地，禁止入内。当年经历那桩血案的霍普，如今有四个儿子、八个孙子。他在凶案发生四年后结婚了。他对《卫报》记者回忆说，当地人都不想跟卡波特说话，更愿意跟哈珀·李交谈，所以"我想问问这本书到底是谁写的"。霍普没看过《冷血》，也没看过改编的电影，他认为这本书偏向杀人犯，而没有好好描述克拉特一家。很多当地人都持有相同的看法，在惨案发生多年后，他们给克拉特先生立了一块纪念牌，说他参与了当地学校、医院、教堂的建设，曾担任堪萨斯州小麦种植者协会的主席。霍普说："克拉特先生在我的生活中产生过很大影响——他这样的人往往会激励你，让你知道自己的人生该怎么度过。"

一九五九年，美国还沐浴在"二战"胜利和随之而来的经济繁荣中，霍尔科姆的地理位置几乎是在美国的中心，克拉特是一个正直、可靠的道德楷模，他所具有的道德力量在佩里和迪克的环境中明显缺失。

这两类人相遇时，悲剧发生了。佩里说："克拉特先生是个好人，我割断他喉咙时也是这么想的。"卡波特在《冷血》第四章讲述了审判的过程，他引用了佩里和迪克写下的心理自传，还引用了一篇当年最新的心理学文章，来帮助读者理解佩里的内心。站在霍尔科姆村的立场来看，这样的写法是在为罪犯开脱。

《冷血》的电影一九六七年开拍，年底上映，第二年获得奥斯卡奖。导演是理查德·布鲁克斯，布鲁克斯放弃了明星而是选择了外形更接近的演员来饰演迪克和佩里，他坚持在芬尼县法院拍摄庭审的镜头，而且他说服了当初十二名陪审员的七位重新坐到陪审员的席位上。他还获得了在克拉特家的拍摄许可，甚至把那匹叫"宝贝"的老马找到了，扮演南希的演员刚骑上去，那匹老马就跑向原属于克拉特先生的果园。当地人说："为什么这些人就不能让死者安息，让我们清静呢？"这部电影中，四个受害者的形象更弱，电影的主角是两个罪犯。

一九六七年，一个叫史蒂夫·厄尔的十三岁孩子跟着家人在汽车电影院看了电影《冷血》，过了两天，他就在妈妈的背包里找到了卡波特的原著，他很快就看完了。他原本喜欢断头台、电椅和绞刑架玩具，但看完这本书之后，他意识到，就在离家不远的地方，真的有人会被处以绞刑，绳索挂在脖子上，悬挂二十分钟之后才会宣布："死了。"厄尔说："我从未读过这样的东西，让我非常惊讶的是，尽管我很同情克拉特一家，对他们遭遇的暴行感到恐惧，但我对佩里·史密斯和迪克·希科克也怀有同情，非常让我困惑的、真诚的同情，卡波特把我和那两个杀人犯一起放在了死囚牢里。"后来，厄尔成了一个乡村歌手，并且致力于反死刑运动，他说："是《冷血》促使我这样做的。"

是佩里开枪杀人，可在这桩罪行中，相比迪克，佩里却像是更有道德的一个。在卡波特看来，那个杀人夜，佩里陷入了一个心理死胡同。他从克拉特家中拿走了望远镜和收音机，走出来，把望远镜和收音机放到车上，月光和夜风让他清醒了一刻，但他还是回到了那栋房子里，他好像置身在一个故事中，要自己来推动这个故事进行下去，而不能抽身离开。被关押在死囚牢里的时候，佩里多次问卡波特："你为什么要写这样一本书？"卡波特回答，这是一件艺术品。佩里笑："我这一生总想搞点儿艺术呢。"佩里的父亲始终未露面,佩里的遗物都由卡波特带回了纽约。曾有记者问他,要怎么处理这些东西?卡波特说,应该放一把火烧掉,艺术品已经诞生了,素材就没用了。他当然不会不知道艺术品也要创作者焚身以火,只是他可能没想到自己被烧得那么彻底。

一九六五年夏天,《华盛顿邮报》的女老板凯瑟琳·格雷厄姆跟卡波特在西班牙度假,她是卡波特的密友之一。她曾经跟卡波特说:"为我工作的记者,有一大半都想睡我,他们就是想睡一个女大亨。"这句话恐怕只能说给 gay 蜜听。凯瑟琳度假时,在游艇上读《冷血》,那是未出版的打印稿,卡波特不让她一口气读完,每读一个章节就停下来,卡波特来讲解这个章节的来龙去脉,采访是怎么做的,书中人物是什么样子,这个读者待遇只有《华盛顿邮报》女老板才有。你们只好听我胡说了。

卡波特在《冷血》第四章还写到一个叫罗维尔·李·安德鲁的死囚犯,他关在佩里边上的死囚牢里,是一个正经的大学生。某一天晚上,这个胖胖的小伙子在家里看完《卡拉马佐夫兄弟》最后一章,用一把半自动步枪和一把左轮手枪射杀了爸爸妈妈和姐姐,爸爸身上有十七颗子弹。佩里和迪克目睹了罗维尔·李上绞刑架的过程。这个安德鲁有精神病吗？或许真的有。他应该被送进精神病院而不是上绞刑架吗？不知道。有些人的精神状态是我们无法想象的。

不过，我们在下一讲试着读一读《卡拉马佐夫兄弟》。

第十七讲 我终于读完了《卡拉马佐夫兄弟》

今天我要谈的是趣味问题。

《卡拉马佐夫兄弟》这本小说,总能激发起我对泰国海滨的回忆。至少有两次,我收拾行李,准备去海边度假,把这本小说连同游泳裤和防晒霜一起塞到行李箱里。我想,飞机上的时间足够让我进入这本小说,泳池边的躺椅和阳光也能驱除这本小说特有的寒意。但我的如意算盘落空了,打开看就头疼,就心烦意乱,坚持到几十页就扔到一边。至少有一本译林版的上卷,被我在旅途中弄丢了。

肯定是在某一个海边的酒店,我坚持读到了一百二十页左右,本以为这一下真的进入了,但看到一百二十页就是一个极限,没力气看了。《卡拉马佐夫兄弟》实在太有名了,即使我不看,我也大概知道这个故事说的是什么,知道其中有一个章节叫"宗教大法官",知道苏珊·桑塔格喜欢陀思妥耶夫斯基,她把俄罗斯小说看作高级文化的代表。她说:"我毫无疑问地、一点也不含糊、一点也没有讽刺意味地忠于文学、音乐、视觉与表演艺术中的高文化的经典……如果有人说你非得在俄罗斯文学与摇滚乐之间作出选择，我当然会选择俄罗斯文学。"[1] 不用再列举还有哪些人推崇陀爷、推崇这本小说了，反正足以形成一种压迫——你喜欢文学，为什么没看过《卡拉马佐夫兄弟》？你这个小文人，有什么资格对陀爷这样的大作家挑三拣四？正是在这样的压迫感之下，我总要把这本小说给看了。

二〇二一年一月，我终于开始看陀思妥耶夫斯基了。我看了弗兰克的"陀爷传记"，看了陀爷早期的小说，看了他的《白痴》和《鬼》，还穿插着看了一些参考资料。到十一月，我看完了《卡拉马佐夫兄弟》。这桩缠绕心头多年的心事终于有了一个了结。

我先说我为什么看不下去。陀爷有一种很特别的"饶舌风格"。陀爷全集有三十卷之多，创造力如此旺盛的作家，身上好像有一个按钮，只要按，他就开始说话。这种"饶舌风格"在陀爷笔下的人物中时常出现，比如臧仲伦译《卡拉马佐夫兄弟》第八百页，阿廖沙拜访霍赫拉科娃太太，霍赫拉科娃太太见了阿廖沙，说："多时，多时，许许

---

[1] 摘自《反对后现代主义及其他——苏珊·桑塔格访谈录》，陈耀成采访，黄灿然翻译。

多多时候没看见您啦！对不起，有整整一个星期了吧，啊，不过您四天前还来过，星期三。您是来看丽莎的，我十拿九稳。"阿廖沙进屋，霍赫拉科娃太太连续说了五六百个字："我总是心急火燎的。我为什么心急火燎呢？我也闹不清。我现在已经什么也闹不清啦。对于我什么都乱成了一团啦。"说完这一大段，霍赫拉科娃太太才问阿廖沙要不要来一杯咖啡。陀爷叙事时，轻松准确，不乏幽默感，但笔下人物说话，时不时就被启动了一个同义反复的按钮。这个按钮随机出现在不同人物身上，指不定是谁，指不定在什么场合，就噼里啪啦来上一段饶舌。据说，有人做过试验，读出《卡拉马佐夫兄弟》中的所有对话，计算一下用时，再对照小说中的时间线，然后发现对不上。

陀爷还有一个特点，喜欢把小说中的人物聚在一起，开一场"英雄大会"，比如《鬼》中写到瓦尔瓦拉家中的星期天聚会，作者强调，这是决定斯捷潘命运的日子，"是我的纪事笔记中最值得注意的日子之一"，"这是出乎意料的事件的一天，是过去的事情了结、新的事情开端的一天，尖锐的解释和更严重的混乱开始的一天"，"谁也没有想到，一切都得到解决。总之，这是偶然性的惊人汇聚的一天"。[1]

---

[1] 本处三段译文，引用自彭克巽《陀思妥耶夫斯基小说艺术研究》的译文。

陀爷叙述中经常会出现这样的解说词，好像是为了给他要写的戏剧性场面烘托气氛。我记得纳博科夫对陀爷的批评，说他应该去写剧本，却入错了行，写起了小说。我弄明白陀爷在《白痴》和《鬼》中用过的"戏剧性聚会"技巧之后，就明白了为什么我以往读《卡拉马佐夫兄弟》，最长的地方也就停留在第一百二十页左右，那是第二卷结束的地方，修道院中的家庭聚会写完了，人物亮相了，我已经被饶舌的对话和啰唆的行文弄晕了，却发现故事还没有开始。饶舌，即叙述或者对话中的同义重复，还有刻意安排的戏剧性场面，这是我读陀爷小说读不进去的两个障碍，看清楚这两个障碍，并且把它们视为陀爷的特点，我也就心平气和地忍耐下去了。

还有一个障碍，来自作家的相貌。有一个法国外交官，当年在圣彼得堡见过陀爷，他对陀爷的描述是这样的："那是一张普通的俄罗斯农民的脸，他的鼻梁塌陷，小眼睛在弓形的眉毛下眨动，眼神时而阴郁时而温柔，他的眉毛很大，上面凸凹不平，他的额头也是塌陷的，就像被锤子砸过一样。所有这一切特征在扭曲与塌缩中被引向他那张痛苦的嘴。我从未见过哪张脸能这样表露如此之多的苦楚经历，他的眼睑、嘴唇、所有的肌肉纤维都在紧张地抽动。"

这是陀爷在社交场合比较正常的状态，如果癫痫病发作，他的样子会更吓人——满头是汗，口吐白沫，眼睛凸出眼眶。陀爷九岁时癫痫病第一次发作，写作旺盛时期，癫痫病发作很频繁，发作一次就得缓好几天才能继续工作。这个病还遗传，陀爷的一个儿子，三岁时癫痫发作而死，给陀爷带来了极大的痛苦。

陀爷的一脸苦相让我望而生畏。作家的相貌会不会影响读者呢？苏联时期有一位作家索尔仁尼琴，他的相貌也让我感到压力。你看托尔斯泰、屠格涅夫，都是大胡子，我觉得还没啥压力，那为什么索尔仁尼琴让我感到不适呢？这不是相貌问题，这是形象问题。索尔仁尼琴有一种高调的道德感，恨不得他就是人民的悲剧的见证人，他当之无愧，但高调的道德感会让人不舒服，我这样的小资小文人本性的读者，就会感到不适。陀爷也有一种高调的道德感，书中人物总是略有点儿病态，性格很极端，动不动就长篇大论地谈上帝，他所谈论的苦难和救赎，带给我一定的道德压力，这是问题的关键所在。我对高调道德感的作家总有点儿本能的排斥。

这个作家的形象还带有一种知识背景的压力。我记得索契冬奥会闭幕式表演，俄罗斯演员再现他们的十二位大文豪，凭借装束和扮相，我能认出来普希金、托尔斯泰、契诃夫、阿赫玛托娃等，但我对俄罗斯文学的了解实在是太肤浅了，他们用一种我不懂的语言，构建了一个辽阔的"文学场域"，那是一种实实在在的压迫感。我上大学的时候，有一个课本叫《文学概论》，里面总提到普列汉诺夫啊车尔尼雪夫斯基啊，他们说，艺术来源于生活，又高于生活。这套现实主义文学观无处不在，压制了读者的审美趣味。俄罗斯作家动不动就问，怎么办？谁之罪？谁能在俄罗斯过得快乐而自由？一个人到底需要多少土地？俄罗斯文学承载了很多政论功能，让我有点儿敬而远之。

我读陀爷，采用了迂回战术，先从英国作家奥兰多·费吉斯的《娜塔莎之舞》看起，对俄罗斯文化有了一个粗浅的认识。然后看约瑟夫·弗兰克的"陀爷传记"，弗兰克这套陀爷传记五大卷，一九七六年出版第一卷，到二〇〇二年出版第五卷，写作跨度二十六年。中文版引进之后，也是一卷接一卷地出版。其中第五卷长达一千页，花了两百页讲解《卡拉马佐夫兄弟》。这种体量上的压迫感实在太强大了。顺便说一句，我在二〇二一年读完这本小说，也是为了纪念一下陀思妥耶夫斯基两百周年诞辰。

我读得比较认真，除了弗兰克的这套陀爷传记，我还找了其他的参考书。《卡拉马佐夫兄弟》第五卷和第六卷，用陀爷自己的话说，是"全书的最高点"，大概是道德论争的最高点。在第五卷中，就有伊万向阿廖沙讲述的"宗教大法官"故事，第六卷中有佐西玛长老圣徒传一样的故事，这两段插曲是陀爷在表述自己的宗教思想。为了更好地理解这两卷，我找来两本书看，一本是《陀思妥耶夫斯基的世界观》，一本是《托尔斯泰与陀思妥耶夫斯基》，说实话，基本上看不明白——也不是完全看不明白，而是始终带着隔膜。我能理解所谓"严肃性"和"宗教性"是俄罗斯文学的特点，我也能明白"上帝和魔鬼斗争，战场就在人的心中""如果上帝不存在，一切就被允许了"这样的问题困扰着德米特里和伊万。

我的阅读过程中时常受不了陀爷的感情用事。陀爷写过一个短篇小说叫《一个荒唐人的梦》，第一人称叙述。"我"要自杀了，晚上，回家路上遇到一个小姑娘，小姑娘拉着这个"我"要去救妈妈，但"我"弃之不顾。回到家，坐在沙发上昏睡过去，梦中到了一个天堂一般的地方，早上醒来，把要自杀用的手枪推开，领略到了生命的意义，"我"要到处去宣传，要爱一切人。《卡拉马佐夫兄弟》第九卷中，德米特里也做了一个梦，他梦见草原上，瘦弱的母亲没有奶水，孩子在啼哭。德米特里感到自己心中涌起了一股从前没有的大慈大悲："人们为什么穷？娃娃为什么穷?草原为什么光秃秃的?为什么他们不互相拥抱,互相亲吻?为什么他们不唱快乐的歌?"米佳[1]说,但愿从这一刻起,任何人不再流泪。他头天晚上还在饮酒作乐、醉生梦死,做了个梦就忽生慈悲之心。我当然相信陀爷心中始终怀有这样的慈悲,但让笔下人物经由一场梦,就发愿去改变,这也太感情用事了。

从个人趣味上,我喜欢那些小小的、具体的、个人的、易于理解的痛苦,而不太能够理解德米特里和伊万的痛苦。从个人趣味上,我更喜欢那种细腻、微妙的情感表达,不太能够欣赏那种要死要活、过于浓烈的东西。从个人趣味上,我也喜欢看到作家处理各种道德缺陷,体谅平庸琐碎的普通人,而不要有太高调的道德感,总觉得自己有办法挽救众生。我不是要讲解《卡拉马佐夫兄弟》,更不是说陀爷不好,他非常伟大。我这一讲是在讨论趣味问题,趣味问题或者是品位问题,从来也不会有什么结论,但认真琢磨也很有意思。

诗人里尔克出生在布拉格,年轻时迷上了俄国女人莎乐美。这个莎乐美很厉害,尼采为她着迷,里尔克也为

---

[1] 德米特里的小名之一。

她着迷。一八九九年，里尔克跟着莎乐美还有她丈夫，三人行，一起去俄国旅行，拜访了托尔斯泰、画家列宾。一九〇〇年，里尔克跟莎乐美再次到俄国旅行，他们到乌克兰，到第聂伯河，到伏尔加河，里尔克在日记中说，这是从新的尺度去观看大地、流水和天空。伏尔加河上有白昼，有黑夜，这浩荡大川，一边是高耸的森林，一边是荒原，在这荒原中，再大的城市也不过像帐篷一样，原有的度量单位必须被重新制定。土地广大，水域宽阔，尤其是天空更大。"我以前看到的不过是土地、河流和世界的图像，我在这里看到的才是这一切本身。我仿佛目击了创造。"里尔克在他的俄国之旅中看到了上帝造物的尺度。从这个角度来说，我们可以有自己的小趣味，但对于大东西还是应该有点儿尊敬。俄罗斯文学严肃而宏大。但真的不是所有人都喜欢大的。

一九六八年，苏联坦克开进了布拉格，作家昆德拉失去了收入来源，有人问他，要不要把陀思妥耶夫斯基的小说《白痴》改编成话剧。昆德拉重读了《白痴》，说："我明白，就是饿死，我也不能干这工作。那个世界充满了过分的举动、阴暗的深刻性和咄咄逼人的感伤，令我厌恶。"一九八五年一月六日，《纽约时报书评》发表昆德拉的文章《一个变奏的导言》，昆德拉在这篇文章中谈到他为什么反感陀思妥耶夫斯基。他说:"为什么对陀思妥耶夫斯基产生这样一种厌恶呢?一个由于其国家被占领而饱受精神创伤的捷克人的一种反俄情绪吗?不是,因为我从未停止过热爱契诃夫。对其作品的美学价值有怀疑吗?不是,因为我自己都感到惊讶的那种厌恶并没有任何的客观性。陀思妥耶夫斯基令我反感的东西,是他的书的气氛;一个什么都变成感情的世界;换句话说,一种感情被提升至价值和真理的位置。……最高尚的民族情感可以为最恐怖的事情辩护,心中满是抒情激情的人会以爱的神圣名义犯下种种可怕的罪行。"

昆德拉这篇文章出来之后,苏联的流亡作家布罗茨基立刻写了一篇文章,题目叫《关于陀思妥耶夫斯基,昆德拉为什么说错了》,这篇文章也发表在《纽约时报书评》上。我国的学者景凯旋先生对这两篇文章做过一次综述,讨论情感与理性的二元对立问题。从个人趣味来说,我肯定是站在昆德拉这一边的,昆德拉站在个体的、幽默的这一边,陀爷的那个俄国传统是宏大的、激情的那一边。我们来看看昆德拉是怎么消解那一边的。

昆德拉有一个很短的小说叫《庆祝无意义》,里面有一些真真假假的段子,其中一段说到加里宁格勒,这原是普鲁士的一座城市，名叫柯尼斯堡，康德就曾生活在这里，后来被苏联占领，改名叫加里宁格勒。加里宁是谁呢？是最高苏维埃主席，名头听着很大，实际上是个摆设，他一九四六年去世，正好苏联人把刚抢到手的柯尼斯堡改成加里宁格勒，来纪念他。加里宁有个毛病，前列腺肥大，尿频，总憋不住尿，群众集会的时候，大家都知道他有这个毛病，弄得差不多了就让加里宁同志赶紧去撒尿，可斯大林不惯着加里宁，开会的时候总说啊说，盯着加里宁，加里宁也不敢去撒尿，到最后就只能尿裤子。

我们看《庆祝无意义》中的这一段："他（斯大林）的一生全是阴谋、背叛、战争、监禁、暗杀、屠杀……面对他容忍的、干的、经历的那些数也数不清的伤天害理的事，在心灵上已不可能有同样巨大容量的同情了。这可是超出了人的能力！为了能够过他过的那种生活，他只能麻醉然后完全忘记他的同情功能。但是面对加里宁，在那些远离杀戮的短暂间歇，在那些闲聊休息的温馨时刻，一切都改变了：他面对的是一种完全不同的痛苦，一种小小的、具体的、个人的、易于理解的痛苦。他瞧着他的同志在受苦，他带着温和的惊觉，感到内心有一种微弱的、谦卑的、几乎陌生的，反正是已经忘怀的感情在苏醒：对一个受苦的人的爱。在他狂暴的一生，这个时刻好像是在缓口气。斯大林的心里温情升起，加里宁的膀胱尿憋加急，两者保持同一节奏。对斯大林来说，重新发现他长期以来早已停止体验的一种感情，有一种不可言传的美。"这一段非常好笑，残暴的斯大林，看着憋尿的加里宁，想着这个革命战友怎么就憋不住尿呢，前列腺到底给他带来怎样的痛苦呢？斯大林这样想的时候，心中有同情，有革命友谊，他太喜欢自己内心中这柔软的一部分了，所以不能放加里宁同志去撒尿。

昆德拉说他不喜欢陀思妥耶夫斯基，他喜欢契诃夫。很多人都喜欢契诃夫。与米佳、伊万相比，我们也许对万尼亚舅舅、索尼娅还有"三姐妹"更为熟悉，他们也更可亲，他们为生活所困。他们有很多台词都在说："生活出问题了，我很愁苦，未来的人们知道我为何愁苦吗？生活施加给我的折磨，后世的人们能避免吗？"契诃夫意识到"普通生活距离理想生活是多么遥远"，我们，或者那些俄国乡下人，面对着一个粗鄙的世界，它平凡、苍白、庸俗，我们，或者那些俄国乡下人，都缺乏野心和英雄气概，不像陀爷那样歇斯底里，但大家都在回应陀爷那个问题：没有上帝，我们该如何生活。《虚无时代》一书中是这样说的："契诃夫有助于开启在尼采身后发生的那种伟大变革，这一变革回响于整个二十世纪，他对哲学的（包括宗教的）或社会学的问题并不是太感兴趣,他更关注的是道德与(个体)心理学之间的相互作用。"

我不知道自己还会不会重读《卡拉马佐夫兄弟》,但我大概会从头到尾认真读一遍约瑟夫·弗兰克的"陀爷传记"。陀爷写小说,有一把子力气,一力降十会。弗兰克这套传记,也是一把子力气。有一个美国作家艾莉芙·巴图曼,她写过一本书叫《谁杀了托尔斯泰:我被俄国文学附魔的日子》。这本书英文标题就是"附魔",就是陀爷小说《群魔》或者又译作《鬼》的那本书的英文名字。巴图曼说,俄罗斯科学院编辑作家全集,可不是能把那些书装进一个手提箱里那么轻便,托尔斯泰千禧年纪念版全集一共有一百卷,跟一头小鲸鱼一样沉,陀爷全集三十卷,屠格涅夫全集二十八卷,普希金全集十七卷,莱蒙托夫,二十七岁就死了,还有四卷全集。巴别尔只有两卷。巴图曼家中的上一代是从土耳其移居到美国的,她在斯坦福念了比较文学,在俄国文学上花了七年时间,她这本书讲巴别尔如何在"大清洗"中死掉,讲托尔斯泰的家庭八卦,讲她去雅斯纳亚·波良纳参加一个托尔斯泰国际研讨会,把俄国文学和自己的个人经历交织在一起,笔调极为轻松。这就是那种"四两拨千斤"的讨巧写法。

还有一个美国作家叫乔治·桑德斯，就是写《林肯在中阴界》的那个，他的工作是在大学里教创意写作。他有一本书叫《在雨中池塘里游泳》(*A Swim in a Pond in the Rain*)，这个题目就是契诃夫小说《醋栗》中的一个场景。这本书选了七篇俄国短篇小说做分析，乔治·桑德斯说，初学写作的人看这些小说，就跟初学作曲的人听巴赫一样，总能偷点儿什么东西。

这两本书都是从更轻巧的角度进入俄罗斯文学的。从个人趣味上，我喜欢轻的东西；然而，我也不打算总是这么投机取巧。下一讲，我继续聊《卡拉马佐夫兄弟》。

第十八讲 伟大作家不是让你亲近的

我上一讲聊的是趣味问题,是为自己的小趣味辩护。这一次我试着说点儿宏大的东西。

《卡拉马佐夫兄弟》第三卷"好色之徒"中,有一个人物叫利扎维塔,她是斯梅尔加科夫的妈妈,身高一米四,脸色红润健康,却是个傻子,总光着脚,穿一件粗麻布衣服,头发上总有树叶和草屑。富有同情心的人送给她皮袄和鞋子,她就把皮袄和鞋子脱下来放到教堂的台阶上,别人施舍她几个钱,她也送去教堂的募捐箱里,她靠黑面包和水生活,夜里在牛棚或者过道里睡觉。某天夜里,几个老爷寻欢作乐完毕,在一个栅栏边上看见利扎维塔,这帮人污言秽语,说不能把利扎维塔当女人看待,老地主费奥多尔却强奸了利扎维塔。利扎维塔怀孕了,临产的那个夜晚来到费奥多尔的花园,生下孩子,老仆人格里戈里夫妇将这个婴儿收养,孩子就是斯梅尔加科夫——后来杀死了老地主的那个私生子。这一小段故事很惨痛。利扎维塔这个人物，是有原型的。

陀爷的弟弟安德烈回忆说，他们小时候，在父亲的领地里见过傻姑娘阿格拉费娜。"在我们的乡村里有一个傻女，不属于任何家庭，她在田野上游逛，度过所有时间，只有在冬天严寒时，才强制地把她收容在某个农舍里。她当时已有二十岁到二十五岁，她很少说话，不情愿，不清楚，也不连贯。唯一能听懂的是，她不间断地回忆着藏在墓地的一个婴儿。她似乎生来是傻女，尽管她的状况如此，却遭遇了强暴，而成为很快就死去的婴儿的母亲。后来在哥哥的小说《卡拉马佐夫兄弟》中读到利扎维塔的故事，我不由得回忆起我们的傻女阿格拉费娜。"

讲俄罗斯文学的书，总会提到俄国农民中的"圣愚"形象和农村的悲惨生活。为了搞清楚故事背景，我找到了一本书，叫《沙皇统治末期的俄国农村》。此书作者谢苗诺娃·天山斯卡娅，十九世纪九十年代在梁赞省的农村进行人类学考察，记录乡村生活的状况，特别是妇女生活的状况。虽说她进行考察的年代跟陀爷小说描述的年代相差了好几十年，但为了给读小说增加一点儿真实的"氛围感"，我大略把这份考察报告给看了一遍。陀爷小说中的地主费奥多尔生了四个儿子，他对儿子大多是不闻不问，如果生的是闺女，他可能会对闺女更残忍。谢苗诺娃记载了很多乡下人重男轻女的现象，也记载了"接生婆"这个行业——按惯例，接生婆"领孩子"的报酬是一块黑麦面包和一块精面粉的面包，外加一条价值二十戈比的棉花围巾和十戈比的现金。如果住在附近的接生婆嫌钱少，婆婆就会到另一个村庄去找另一个接生婆。这个时候，母亲大多被扔在家中经受阵痛，无人照顾。

婴儿通常在出生后的第二天受洗，较少的是在第三天受洗。对男性来说，最常见的名字是伊万、瓦西里、米哈伊尔和阿列克谢，对于女性来说，是玛丽亚、安娜、阿夫多西亚、阿库利纳。牧师洗礼可以得到五十戈比，外加一些黑面包。人们喜欢去参加富裕家庭孩子的洗礼，不太愿意去参加贫穷家庭的洗礼，因为"茶点很少"。在受洗晚宴上，父母端上伏特加、黄瓜、格瓦斯、面包。除此之外，有钱人家还会提供白菜汤、面条、煎饼，甚至鸡肉。

谢苗诺娃记载，在农奴制时期，母亲在产后三天就要回到田地，十九世纪九十年代一般是间隔五到七天。当母亲返回田野工作时，她或者带着孩子一起，或者田地离房子不远，她能跑回家去喂孩子。分娩后的辛苦工作会导致某种程度的子宫脱垂。但在接生婆看来，这没啥好担心的，接生婆会在母亲的肚子上擦一点儿油脂，然后把一个陶锅翻过来，同时迅速点燃锅下的一块纱线，真空会让母亲的腹部肌肉被吸进锅里，类似于拔火罐。接生婆认为，这样一来，子宫就恢复到正确位置，就不疼了，这种治疗叫"敷锅"，也要收取一点儿面粉或者面包。还有一种方法，是接生婆用肥皂洗手，强行将子宫放到合适的位置，然后将一个削了皮的土豆推入阴道，并用手巾紧紧地绑住下腹。很多母亲会在新生儿出生一个月之内接受多次类似的"治疗"，很多妇女都有严重的子宫问题，或者她们自认为的"胃"的问题。

这本乡村记录写得非常松散，可以说并没有真的形成"一本著作"。因为谢苗诺娃在一九〇二年完成她的田野调查工作之后，一直在修改她的笔记，她本来想增加一些内容，写一九〇五年革命前后的内乱对村庄的影响，但她一九〇六年就去世了。她长期患有心脏病，生命最后几个月，腿部肿胀无法行走，最后可能死于相关的感染。谢苗诺娃一八六三年出生，她的父亲叫彼得·彼得罗维奇·谢苗诺夫，是著名的地理学家，因其对中亚天山的探索而被沙皇赐名为"天山斯基"。她的父亲还曾参与制订将俄罗斯农民从农奴制度中解放出来的法律，农奴制改革在一八六一年至一八六三年实施。

谢苗诺娃在圣彼得堡自家的庄园里长大，二十三岁时，因收集梁赞省的民歌获得地理学银奖。曾经有一个年轻人向她求婚，但被谢苗诺娃拒绝了，那个年轻人随即开枪自杀，谢苗诺娃也就终身未嫁。我知道女诗人阿赫玛托娃当年被古米廖夫追求，阿赫玛托娃屡次拒绝，古米廖夫屡次自杀，至少在巴黎一次，在开罗一次，每次自杀还都能被救回来，终于娶了阿赫玛托娃。古米廖夫曾经写过一首诗："那时，我受尽一个女人的折磨，无论是咸涩而清新的海风，无论是异国集市上的喧嚣，都不能给我一丝一毫的安慰。我祈求上帝赐我一死，我本人也做好靠近他的准备。"阿赫玛托娃、莎乐美，还有这位谢苗诺娃·天山斯卡娅，都有天仙一般的魅力，让男人求爱不成就自杀，这样我也算是理解了《卡拉马佐夫兄弟》中老大德米特里所经受的煎熬。小说中整整有两个章节，是德米特里向弟弟阿廖沙倾诉他爱的苦闷，他不想跟卡捷林娜好，他想跟格鲁申卡好。陀爷在创作笔记中说："人就是具体表现出来的话语。他的出现，就是为了意识和说话。"这也算是帮我理解了他笔下的人物为什么那么能说——这是作家的美学追求。

陀爷写到斯梅尔加科夫的时候，说他能看两页果戈理，也会看两页《世界通史》，但从书中得不到什么乐趣。他会在家里、院子里或者大街上呆立十来分钟，他不是在思考而是在洞察。俄罗斯巡回画派画家克拉姆斯科伊有一张画叫《洞察者》，或者译为《默想者》，画的是林中路上，站着一位衣衫褴褛的农夫，他似乎陷入沉思，但他并不是在思考，而是在洞察。陀爷说，俄罗斯农村有很多这样的洞察者，他们时不时就在村子里发呆，这样过了几十年，他要么就去耶路撒冷朝圣，要么就一把火把村子给烧了。我读到这里的时候，免不了又去找克拉姆斯科伊的画看，克拉姆斯科伊画的农夫，能帮助我想象陀爷笔下那些人到底是什么样子。

阅读《卡拉马佐夫兄弟》的过程充满了这样的插曲：先是想搞清利扎维塔的生存状态，结果找到了天山斯卡娅的书，看了她的考察报告，然后我想看看《洞察者》是啥样子，就去查一下克拉姆斯科伊都画过些什么，于是又会继续走神儿，想知道列宾都画了什么，巡回画派是怎么回事。俄罗斯真实的历史似乎比小说有意思得多。陀爷本身的生活经历，读起来也比小说更有意思。小文人总是不太理解大作家的痛苦。我看陀爷的传记，总觉得他这一辈子太苦了，老是为钱发愁。

而托尔斯泰住在大庄园里，娶了一个年轻漂亮的媳妇，婚后过着宁静的生活，写出来两大本名著，《战争与和平》

和《安娜·卡列尼娜》。可为什么他随后花了十来年的时间专门去写宗教类的文章？有一些问题，我不理解其严肃程度能给托翁和陀爷造成何种程度的困扰。所以我又岔开来，去读了托尔斯泰的传记。然后又读了《俄国与拿破仑的决战》，想弄清楚《战争与和平》的背景，然后又去读《倒转红轮》，粗浅地知道了一些俄罗斯知识分子的思想脉络。这倒不是"延伸阅读"，而是因为《卡拉马佐夫兄弟》一书的注释经常提醒读者——这一段是在批判俄罗斯青年中的无政府主义思想，这一段是在暗讽别林斯基。书中角色斯梅尔加科夫说，一八一二年不如战败，让拿破仑统治俄罗斯。据说，当时俄罗斯青年中很多人抱有类似想法，那我就想弄清楚这些想法从何而来。按理说，不搞清楚这些，并不妨碍读小说。但俄罗斯历史总会闯进小说里。俄罗斯小说太现实主义了，当俄罗斯历史闯进小说的时候，你会发现，历史比小说好看多了。

《战争与和平》中写到了一八一二年的莫斯科大火，赫尔岑的回忆录《往事与随想》也写到了这场大火。莫斯科城里的百姓大多已经逃亡，雅科夫列夫一家留在了莫斯科，老爷磨磨蹭蹭还没有收拾齐整，仆人就来报告，法国军队进了城。雅科夫列夫的私生子刚几个月大，被奶妈抱在襁褓之中。有几个法国兵把襁褓打开，看里面有没有钞票和钻石。这个襁褓中的孩子，就是后来的革命家赫尔岑。你看，我们很容易从小说《战争与和平》穿越到赫尔岑真实的人生故事中。

陀爷也喜欢以真实的刑事案件为小说题材，《鬼》的灵感，来自一八六九年的涅恰耶夫案件。涅恰耶夫曾经在彼得堡参加学生运动，流亡国外之后跟无政府主义者巴枯宁会面，编写了《革命问题方法》和《革命原则》等文件。他认为，革命者要有随时牺牲自己的准备，对自己残酷，对别人也残酷，谁妨碍革命目标，就要干掉谁。一八六九年八月，涅恰耶夫带着《革命者教义问答》返回俄国，在莫斯科组织了一帮学生搞"人民裁判团"，大学生伊万诺夫不愿接受涅恰耶夫的领导，反对他的权威，涅恰耶夫就跟同伴把伊万诺夫骗到郊外一花园将其杀掉。这桩新闻广为流传，陀爷看了报纸，就以此案件为灵感，写出了《鬼》。我看这本小说，完全是被真实历史激发起的兴致，想看看陀爷笔下的革命者到底是什么样子。我在其中标记了斯捷潘·特罗菲莫维奇说的一段话："所有那些狂热的社会主义者和共产主义者同时又都是令人难以置信的吝啬鬼、财迷、一毛不拔的私有者，甚至越是社会主义者，越激进，就越是一毛不拔的私有者……"为什么要标记这么一句，还是因为书中人物说出了我那点儿小趣味。然而，大批评家是这么说的——如果你轻慢陀爷的文学成就，那你太幼稚了；如果你太看重陀爷的社会及政治思想，那你也是太幼稚了。

我们有时候会常常根据一些小段子来形成对大人物的印象。比如《娜塔莎之舞》里讲过一个段子，说大画家列宾有一次去拜访托尔斯泰，托尔斯泰非要到田里向列宾展示一下自己是怎么犁地的。列宾看到，托尔斯泰庄园里的农民都对这一番做作视而不见，向主人打个招呼就走开，外村的农民来了，看着托尔斯泰犁地，但脸上是一副鄙夷的表情。列宾说："我从来没在一个纯朴的农民脸上见到过如此鄙夷的表情。"列宾从小就在屯垦地辛勤劳作，早知道农民生活是多么贫困和艰难，他不相信庄园主托尔斯泰能够真的像农民一样生活。列宾说，托尔斯泰只是花一天的时间到农民那里了解一下疾苦，然后就宣布"我和你们在一起"，白天去田里干点儿活儿，晚上回家享受戴着白手套的用人端上来的饭菜，这是十足的虚伪。

然而，托尔斯泰传记的作者会说，托尔斯泰的痛苦是真实的，世上有很多画好了的格子，安心待在格子里，就会自洽，不安心待在自己的格子里，总觉得世上的这些条条框框要改变，就会给内心带来极大的冲突。托尔斯泰一生都在处理这种冲突。这位传记作者说，如果你不理解托尔斯泰的那篇《那么我们该怎么办》，也就无法真正地理解《战争与和平》。这样的话总让读者不服气——为什么我们看一个小说还要读作者讨论社会问题的书？为什么历史总要闯进小说？

《那么我们该怎么办》是托翁一八八六年写完的，有点儿自传性质，书中很大篇幅是在谈论贫穷问题。他说："在莫斯科存在着成千上万的穷人，而我和成千上万别的人，却吃牛排和鲟鱼吃得太饱，用布匹和地毯来覆盖我们的马匹和地板，这是一种罪恶——不管世界上一切有学问的人会怎么说它们是必需的——是一种不只是犯一次，还要不停犯着的罪恶；而我，以我的奢侈，不只是容忍了它，还参与了它。因此，我过去感到，现在感到，将来也要不停地感到：只要我一天有着多余的食物，而别人一点儿也没有，只要我有两件衣服，而别人一件也没有，我就参与了一桩不断重复着的罪恶。"托尔斯泰的控诉是，在我们中间存在着隐蔽的奴隶制，我们容忍一个永远在享受的阶级的存在，且还奴役一个吃不饱却永远在干活儿的阶级。托尔斯泰的药方是，所有人都过最低标准的生活，都为糊口而劳动，他的理想生活就是不受政府干扰的俄罗斯乡村农民生活。那些不愿意改变其生活方式的人就期盼活着的时候能维持原状吧，因为"可怕的灾难越来越近了，带有破坏和屠杀的恐怖的工人革命就要来临"。这本书写成之后三十多年，革命真的来了。

看托翁和陀爷的小说，虚构人物会闯进历史现场，真实的历史也会闯进小说。往前，普希金、赫尔岑，以及恰达耶夫《哲学书简》都会成为理解小说的前提；往后，列宁、斯大林、托洛茨基、大清洗、"二战"、冷战、铁幕、帝国解体，更庞大的故事一直在低沉地嘶吼。托翁和陀爷在不停讲述俄国的乡村、农民、信仰和青年道路，后面发生的真实历史却有一种张力，让他们的所有文字都离散，都受到轻微的震荡。这种怪异的感受，好像只有在读俄罗斯小说时才出现。

《卡拉马佐夫兄弟》的第十卷"孩子们"中，出现了一个早熟的孩子叫科利亚。按照陀爷原本的构思，《卡拉马佐夫兄弟》还会继续写下去，阿廖沙会成为主角。我不知道那个小孩子科利亚会不会作为书中一个角色继续出现，但我免不了会想：后来的阿廖沙是什么样子？后来的科利亚是什么样子？此时，一个真实的历史人物以阿廖沙或者科利亚的样貌出现。

一八八八年三月的一个早上，米哈伊尔·罗马斯离开喀山，乘船沿伏尔加河下行三十英里，来到克拉斯诺维多沃村。他打算在那里开办一个合作商店，改变当地农民的生活。罗马斯是个民粹主义者，秘密民权组织的成员，曾被监禁流放十二年。十九世纪七十年代，俄罗斯大批青年学生和知识分子到农村去，宣称要和农民一起生活，这就是俄罗斯民粹主义运动的兴起。他们真的相信，改变农民，提升农民的地位，就能改变国家的面貌。罗马斯经过多年流放，依然坚持自己的梦想，他想把村民组织成一个合作社，向喀山销售水果和蔬菜。这位名叫罗马斯的民粹主义者身边，跟着一个二十岁的青年，当时名叫阿列克谢·佩什科夫，后来更响亮的名字是马克西姆·高尔基。高尔基九岁就开始捡破烂、吃剩饭、偷东西，这个街头流浪儿干过码头装卸工、巡夜人、皮匠助手、制图工学徒、圣像油漆工，最后在喀山成为一名面包师傅。罗马斯在喀山遇见了高尔基，对他产生了怜悯。

罗马斯和高尔基的合作社当然是失败了，农民纵火烧掉他们的合作社，差点儿把他们打死。三年之后，高尔基在农村看到一位丈夫鞭打他的妻子，上前劝阻，结果被围观的村民暴打一顿。这位作家坚信，纯朴的农民变成一群乌合之众，他们的残酷正是革命中暴力的来源。这些农民不像陀思妥耶夫斯基所说的，比欧洲人有更高的道德水平，也不像托尔斯泰所说的，是天生的圣人。

高尔基，俄语原词也意为"最大的痛苦"，他用这个笔名写作。一九二一年，他离开俄国去欧洲治病，到达柏林之后，他给罗曼·罗兰写信说："我的肺结核复发了，但是，在我这个年纪它不要紧。更加难以忍受的是心灵的悲哀。我感到非常疲劳，过去七年在俄国，我经历了许多悲剧，这些悲剧不是激情和自由意志的必然结果，而是狂徒和懦夫鲁莽冷酷的预谋造成的。我仍然热忱地相信人类未来的幸福，但是，让我感到厌倦和困扰的是，人们不得不忍受越来越多的痛苦作为为其美好的希望付出的代价。"

以上这个片段来自奥兰多·费吉斯的《人民的悲剧》(*A People's Tragedy*)，我从他的《娜塔莎之舞》开始，又以他的《人民的悲剧》结尾，来完成围绕着《卡拉马佐夫兄弟》的阅读。用了差不多一年的时间，我总算是把这部小说给看完了。我有更多的迷惑不解，比如到底什么叫"村社"，俄罗斯的村社是什么意思，"农奴制"废除之后到底发生了什么变化，托尔斯泰和教会的矛盾到底是什么。坦率地说，读完陀爷的几部作品和他的传记，我依然不喜欢这个作家。不过，伟大作家也不是让我们亲近的，他是要让你震荡的。面对那个庞大的文学场域，面对过往两百年的俄罗斯历史，有很多人写了很多书，进行了很多思考，我根本没能力梳理清楚这些思考。

早年间，我在课本上读到过克伦斯基这个名字，一九一七年俄国二月革命之后，他当过俄国临时政府总理，在《世界历史》课本上大概占两三行。当时他三十六岁，到达其政治巅峰。十月革命后，逃亡巴黎，后来到了美国。他一直活到了一九七〇年，比列宁和斯大林都活得久。他在美国教书，有一次他会见到访美国的苏联共青团员，他问一个年轻人："你的主要目标是不是实现世界革命？"年轻人听了哈哈大笑："管它什么世界革命不世界革命，在非洲或者随便什么地方建立共产主义政权，与我们毫无关系。我们的希望是使自己的人民生活得稍微好一点儿，有强大的国防力量来保护我们自己。"我免不了自作多情地想，托翁、陀爷的希望也不过如此，让我们的人民"生活得稍微好一点儿"。但真实的历史总是血雨腥风、杀人如麻。小说家总悲天悯人，他们知道，天地不仁，以万物为刍狗。

第十九讲 你真的要读《尤利西斯》吗

二〇二一年，我读完《卡拉马佐夫兄弟》，收到了上海译文的《尤利西斯》新译本，刘象愚老师翻译。正文之外，刘老师把翻译笔记整理成一本《译不可译之天书》，讲解他对原文的理解。我还收到译林出的精装萧乾译本，内附爱尔兰歌曲 CD，封面烫金，隐藏书口印了乔伊斯的名字。我有一九九四年版的萧乾译本，两相比较，新版本实在是太好看了。《尤利西斯》一九二二年在巴黎出版，到二〇二二年是出版一百周年，所以免不了要纪念一下，再推广一下，所以我也做了一期播客节目，采访华东师范大学比较文学专业的金雯教授。她说一句话，给了我一个刺激："这本书你不读英文版，还不如不读呢。"我正打算读刘老师的新译本，听了金教授的话，下决心中英文对照，去读一下原作。

《尤利西斯》最先在巴黎出版，但在美国是禁书。一九三三年，兰登书屋准备在美国出版《尤利西斯》，他们找了一个人带着几本《尤利西斯》，坐船到了美国。这位乘客走到海关稽查人员那里，说，"我带着禁书，按规定，你们要没收。"稽查人员看了看他的书，说好多人都带，没事。乘客非要稽查人员没收。这是兰登书屋的律师设的一个局，海关没收，出版社可以打官司，为《尤利西斯》辩护。如果败诉了，无法出版，跟目前的情况一样，没啥损失，但如果胜诉了，就是最好的宣传。

法官伍尔西先生审理此案，他要把《尤利西斯》看一遍，确定这个小说到底是不是淫秽作品。这小说读起来不是不轻松，是受罪，我以为一个人受惩罚，会被判"通读《尤利西斯》一遍"，没想到法官也要受这个罪。伍尔西法官看得非常认真，他读了整本小说，和文学评论家进行讨论。在法庭质询之后，伍尔西法官写下了判决书："乔伊斯向我们展示了，意识的屏幕是如何运载那些如同万花筒般不断变化的印象。他不仅展示了个人对自身真实事物的观察焦点，也展示了过往记忆中模糊的残余物。有一些是最近的记忆，有一些则是潜意识主宰下的联想。"

伍尔西法官看明白了《尤利西斯》的第一个特点，意识流。他也看出了这个小说的第二个特点，语言的破碎。伍尔西法官在判决书中说，这本书中的每一个词都像是一片小小的马赛克，组成了乔伊斯为读者组织的画卷。语言大师力图描绘一幅欧洲城市中下层阶级的真实图景。伍尔西法官认定，这本书不算淫秽作品，准许进入美国。这份判决书写得太好了，兰登书屋出版《尤利西斯》，直接把这份判决书印在正文后面，相当于导读了。

我暗下决心，打算中英文对照读《尤利西斯》，但直到二〇二二年春天上海封控，我才买回来一本企鹅英文版。你要有禁足之感，准备封闭管控的时候，才有勇气读这本书。"二战"期间，萧乾被困剑桥，夜晚有禁令，外国人八点之后不得出门，所以他被封在家里，读了这本书。企鹅版开头也有导读，先讲一出英国戏，其中有台词："乔伊斯先生，你在大战期间干了什么？""我写了《尤利西斯》。"这本书从一九一四年写到一九二一年，乔伊斯从的里雅斯特搬到苏黎世，战事结束再搬到巴黎，战场上不断有人死去，乔伊斯带着他对英雄主义的反感，写下布鲁姆的一天，并把这琐碎的一天放在英雄史诗的框架中。他在战乱时躲在瑞士安心写书，似乎也在鼓励我：不管外面多乱，安心地读这本小说，是一种获得安宁的修炼办法。总之，要读这本书，得进行心理建设。

除了萧乾和刘象愚两种译本之外，我还备下陈恕先生的《尤利西斯导读》。这本"导读"很重要，列出了每一章大概的情节。以我以往的经验来看，读《尤利西斯》，经常会读着读着就不知所云——谁在说话，他们在说什么？我明明盯着文本在看，却忽然晕了，完全不知道它在说什么。这时候就需要这本"导读"，它能把你拉回来。我准备了荧光笔和圆珠笔，一开始打算把我不认识的词标出来，没读几页，我决定还是把我认识的词句标注出来吧。以我读"哈利·波特"的水平非要读《尤利西斯》，这就是无知者无畏，好在是中英文对照，我以为我可以蒙混过去。

乔伊斯学习语言的能力很强。我以前读过《乔伊斯传》，乔伊斯六岁半上学，没多久就成为"学霸"，念过的诗文过目不忘，老师夸他说，这孩子满脑袋都是思想。他的数学和化学成绩一般，最好的科目是英语，拿过作文奖。学习外语的能力更突出，在中学学了法语、拉丁语和意大利语。等他上了都柏林大学，法语老师跟他说："你的法语写作太美了，我恨不得把女儿嫁给你。"上大学时，乔伊斯为了看懂易卜生的剧作，学了挪威语，为了看德国剧作家豪普特曼的剧本，学了德语。

乔伊斯大学毕业之后，爸爸劝他去健力士酒厂当职员。健力士黑啤是都柏林特产，健力士酒厂可能是都柏林最好的工作单位。后来贝克特大学毕业，他爸爸也劝他去健力士酒厂工作。但这两个人都拒绝了。乔伊斯想学医，先去都柏林的医学院，又去巴黎的医学院学了几个月。但家里供不起他读书，他经常挨饿，而后母亲病重，他返回都柏林。在都柏林晃荡一两年，妈妈死了，爸爸酗酒，乔伊斯尝试过找一份在小学教书的工作，还上了几堂演唱课，看看有没有成为职业歌唱家的可能。一九〇四年，最动人的一天是六月十六日，乔伊斯和一个叫诺拉的姑娘约会，到秋天和诺拉私奔。他们去了巴黎，然后落脚在的里雅斯特，在当地一家学校当英语老师。的里雅斯特是一座港口城市，当时属于奥匈帝国，现在属于意大利。这里有两个特色，一是咖啡集散地，意式浓缩咖啡就在这儿发明，现在的意利（Illy）咖啡就在这儿起家。二是语言熔炉，在这里人们说英语、法语，说意大利语、德语，还说斯洛文尼亚语、捷克语、希腊语、罗马尼亚语、希伯来语以及的里雅斯特方言。乔伊斯在咖啡馆里看报，和各种人聊天，做家教，做翻译，学习和吸收各种语言。他说过，成为一个欧洲人，就是学会各种欧洲语言。

乔伊斯认识了庞德，开始在英国杂志《唯我主义者》上连载《一个青年艺术家的肖像》。这本杂志有一位主编韦弗小姐，是个不愁吃穿的文艺女青年。她先给乔伊斯非常高的稿费，而后直接赞助乔伊斯的生活。写《尤利西斯》的七八年间，乔伊斯一共换了二十个住处，韦弗资助他的钱超过两万英镑，相当于现在的一百万英镑以上。韦弗认定《尤利西斯》将是伟大的杰作。用现在的说法，韦弗是乔伊斯的"头号女粉丝"，她供养了乔伊斯。乔伊斯死的时候，葬礼的钱也是韦弗出的。巴黎的莎士比亚书店的女老板毕奇，用众筹的方式出版《尤利西斯》。她为《尤利西斯》确定了三种版本，最贵的一版三百五十法郎，剩下的两种版本分别是一百五和二百五。书没写完就接受预订，一九二二年二月，《尤利西斯》赶在乔伊斯四十岁生日的时候出版。

上海译文出版社的"乔伊斯文集"中，有一本《乔伊斯评论集》，收录了一九二二年前后《尤利西斯》面世后得到的评价，其中有人说这是杰作，也有人说这是很糟糕的作品。一百年后，这本书成为经典之作，但还是公认地难看。对中文读者来说，更难看。

《尤利西斯》中文版注释很多，萧译本把注释放在每一章结尾处，刘译本每页都有脚注。我们看第二章某一节（刘象愚译本第五十页），斯蒂芬在辅导一个学生写作业：

　　练习本纸页上的代数符号在表演字母的哑剧，他们头戴平方、立方的古怪帽子,来回跳着肃穆的摩利斯舞。拉手、交换位置、相互鞠躬。就是这样:摩尔人幻想的小精灵。阿威罗伊、摩西·迈蒙尼德斯也都离开了人世,这些肤色黑暗、行为举止深沉的人,用他们嘲讽的明镜照亮了朦胧的世界的灵魂。这是一种在明亮中闪光而又不被明亮所理解的黑暗和深沉。

这一小段中,"摩利斯舞"是一种摩尔人的舞蹈,"阿威罗伊、摩西·迈蒙尼德斯"这两个人分别是阿拉伯哲学家和犹太教哲学家,"明镜"是指占卜用的巫镜,"世界的灵魂"是布鲁诺的一种学说,布鲁诺就是那个被烧死在罗马百花广场上的哲学家,"黑暗与深沉"要参看《约翰福音》中的句子:"光照在黑暗里,黑暗却不接受光。"刘老师给出的五条注释,比小说正文还要长。

等我看完这几条注释,弄明白斯蒂芬的心理活动之后,接下来的对话很简单。斯蒂芬问他的学生萨金特,现在懂了吗?第二题自己会做了吧?萨金特回答,会做了,先生。

"萨金特用长长的、影影绰绰的笔画抄写着数字,一边不断地期待得到指点,一边忠实地描画那些变化多端而又毫无规则的符号,晦暗的皮肤下隐隐闪现着一丝愧色。"我拿着圆珠笔读到这段的时候,觉得很好笑,老师斯蒂芬的心理活动很复杂,每个念头后面都包含着两哲学家三典故,学生萨金特非常愚笨。接下来还是斯蒂芬的内心:"母亲之爱。主生格和宾生格。她用自己虚弱的血液和清淡发酸的奶汁喂养了他,把他的襁褓藏在别人看不见的地方。"教师斯蒂芬打量着学生萨金特,内心继续活动着:"我以前像他,也是这么消瘦的肩膀,这么粗俗不起眼。在我旁边弯着腰的正是我的童年。太遥远了,想用手摸摸或轻轻碰一下都够不着了。我的是远了,而他的呢,像我们的眼睛那样神秘莫测。在我们两人心灵的黑暗宫殿里,都盘踞着沉默、冷硬如石的秘密:这些秘密已经厌倦了自己的专横:情愿被赶下台去的暴君。"

后面这一段只有一条注解,"母亲之爱"是拉丁语,译者给出"主生格和宾生格"的解释。学生萨金特做完代数题,斯蒂芬说,很简单,萨金特说,是的,先生,谢谢您。教师斯蒂芬让他赶紧去打球。教师斯蒂芬和学生萨金特的心智完全不在一个等级上,斯蒂芬的精神生活太复杂,萨金特要赶紧把代数应付过去,斯蒂芬或许知道教育的"无用"和"不可能",他和学生萨金特之间也不可能有什么心智上的交流。我读这段的时候,感觉自己就跟那个傻学生似的。乔伊斯跟这本书的法语译者说过,"我这本书够后世的学者忙活的,他们得考证一辈子"。后来真有三百多本专著来分析《尤利西斯》。所以我放下这个执念,不一定非要弄懂作者的意思。

有一次文学聚会上,有人抱怨读不懂艾略特的诗,乔伊斯接过话茬儿说:"亲爱的,你为什么一定要读懂呢?"他希望读者读小说时,能像读情人的来信一样一丝不苟、满怀热情,但不一定非要读懂。说实在的,一个人怎么可能完全懂另一个人呢?对《尤利西斯》中文版中数以千计的注释,我也是这个态度,一些文化典故还细致地看看,但涉及爱尔兰独立运动的诸多历史人物,就放过去吧。

小说第三章是公认的难懂,是斯蒂芬在海边抽象地思考,但我在这一章的结尾处,理解了金教授所说的语言的破碎感,那时斯蒂芬回头看大海,海上有一条船。原文是:homing, upstream, silently moving, a silent ship。萧老师译:"这艘静寂的船,静静地逆潮驶回港口。"刘老师译:"她正在归航途中,静静地逆流航行,一条静静的船。"翻译者要把词连缀成易于理解的句子。

我拿着圆珠笔做记号,拿着手机查字典,遇到能读明白的原文段落,我就很有成就感。且看下面这段,是主人公布鲁姆去参加葬礼的路上,想到他死去的儿子:

要是小鲁迪还活着。(If little Rudy had lived.)看着他长大。(See him grow up.)家里也能听到他的声音。(Hear his voice in the house.)穿着伊顿服走在莫莉身边。(Walking beside Molly in an Eton suit.)我的儿子。(My son.)他眼中的我。(Me in his eyes.)会是一种奇特的感觉。(Strange feeling it would be.)从我身上出来的。(From me.)刚巧碰上了。(Just a chance.)一定是在雷蒙台地街的那天早上,她趴在窗前看两只狗在改恶从善墙下干那事(to do evil)。……她穿着那件裂缝始终没有缝上的奶油色长袍。

她对着丈夫说:"Give us a touch. God, I'm dying for it."刘老师翻译是"弄弄吧。天啊,想死我了"。接下来是布鲁姆的一句感叹:"生命就这么开始的。肚子就这么大了(Got big then)。"莫莉只好推掉了一场演唱会。"我儿子在她肚子里。(My son inside her.)要是他活着。帮他独立生活,还叫他学德语。(I could have helped him on in life. I could.)"

看到这段的时候,我很兴奋,这里面没什么生词,我看懂了,Give us a touch,这句话的意思就是"我们打一炮吧"。我不仅明白了这一句,我还看明白了,布鲁姆的意识流跟《达洛卫夫人》不一样,《达洛卫夫人》的内心独白有很多漂亮的长句子,布鲁姆的内心独白非常简单——From me. Just a chance. 这要是用一个句子来写,大概是这样的——从我体内射出来的东西怎么那么凑巧就让我媳妇怀孕了呢。但乔伊斯不这样写,他写得很跳跃——My son. Me in his eyes. Strange feeling it would be. From me. Just a chance. 这几句根本不是句子,但真的很接近头脑中的闪念,一个念头闪现,还未铺展开,就迅速涌出另一个念头。想到儿子之后,立刻想到儿子眼中的我,想到看着儿子长大会是一种很独特的感觉。想到儿子的生命来自我,就这么巧地变成了一个生命。

好不容易看懂了这一段,我就反复多看了几遍,读出了其中的悲伤。实际上,布鲁姆的这些念头根本就没有凝聚成悲伤的回忆,同行者在聊天,布鲁姆又想到妻子和女儿。他们在马车上谈论天气,讲着笑话,马车驶向墓地。这种写法其实很接近我们的日常生活。我们动或不动,周围人的言谈,我们内心闪过的念头,是同时发生的,也应该混在一起写。就是读起来比较费劲儿。

一九二一年,莎士比亚书店老板毕奇发起众筹。萧伯纳给毕奇写了一封信,信中说:"我很想在都柏林设一道警戒线，把十五岁到三十岁之间的所有男性都围在里面，强迫他们读它，然后询问他们，他们能否在这些满嘴脏话、满脑子邪恶的嘲笑和猥亵中找到好笑的东西。"信中还说："在爱尔兰，人们把猫的鼻子放在它自己的粪便上蹭，试图让它养成爱清洁的习惯。乔伊斯先生在对人尝试着同样的治疗方法。我希望这种方法会奏效。"

我家里养了一只猫，只有在生气的时候，它才会把屎拉在猫砂盆外面。但二〇二二年春天，我儿子的学校有一个"孵小鸡"的课程，孵出来的小鸡带回家养着，这只鸡到处拉屎。一开始，鸡很小很弱，拉出的屎是一个小斑点，也不算太臭，但六周之后，它个子大了，屎也变大变臭，我要清理这只鸡随时随地拉出来的屎。我也是第一次领略到鸡屎的密集，鸡一天到晚进食，一天到晚拉屎，每天大概拉出来一百坨儿屎，毫不夸张，它每天拉出的屎占其身体体积的10%到15%。如果说，人脑子中的念头也是某种排泄物，能被排出体外，它的体积也会非常之大。我一边读《尤利西斯》，一边拿着消毒纸巾到处擦鸡屎，我总能想到萧伯纳对《尤利西斯》的评价，我总感觉到自己在读人脑子中排泄出来的东西。

一九二二年有一篇评论文章说："就总体而言，这本书必定看不懂……很有可能某个学识相当渊博的人费尽心机、埋头苦读,却仍懵懵懂懂、不得要领。"还有:"该书实在混乱不堪,我们无法避开其拙劣、臃肿之处,也无力揭示其对读者的故意糊弄。我们的注意力在偶尔的清晰文风这个诱饵的引诱之下上了钩,然后我们那充满期待的眼睛迷失在那些不连贯的古怪念头里。"这后一句说得实在太准确了,我就是被自己偶尔读懂了的那一点儿诱惑着上了钩,继而迷失在其臃肿的文本中。当年的评论还有——"这本书的相当篇幅与其说是小说,不如说更像一位官方速记员的'笔记'。""那些矫揉造作的琐碎小事,肯定是在法国人那美其名曰'必需之地'的公共厕所里策划出来的。""它的伟大之处与其说在于它作为整体的成功,不如说在于包容其中的那些事物。仿佛他在把故事膨胀到十倍于它的正常大小时,最后胀破了……一个构思包含有如此众多沉闷乏味的东西,肯定有问题——而且我怀疑会不会有人就人们对《尤利西斯》某些部分的过于乏味所提出的责难进行辩护。"

以上评论是我在《乔伊斯评论集》中看到的,隔了一百年看,我也不觉得这些负面评价是没有看出乔伊斯的先锋性才做出的。评论者认为简洁、严肃和精确是更好的文学风格,说乔伊斯是用自己的才华来让我们厌恶人类,说《尤利西斯》粗俗、苦涩,竭尽挖苦之能事,这些说法都很有意思。我读不下去的时候,就把这些负面评价翻出来看看。

如果这本小说只有两个特点,意识流和破碎的语言,那读起来障碍不大。你跟定一个角色,读明白哪些是他说的话,哪些是他的想法,这不难。难的是各种角色混在一起的场面,这就需要看导读,弄明白每个人物的行为举止。但更大的障碍在于乔伊斯要凹造型,刘象愚老师说:"在我看来,其形式的独特性和复杂性大大超越了其内容的独特性和复杂性。"

《尤利西斯》前六章,我基本上是一字一句中英文对照读下来的,前三章跟着斯蒂芬的思路,接下来的三章跟着布鲁姆。第七章开始,耐心耗尽,非常烦躁。第七章乔伊斯用的是新闻文体,用报纸小标题标示六十三个段落,他的用意可能就是让你烦躁。乔伊斯说他有百货店小伙计一样的头脑,什么琐碎事都能记住,我读这一章的感觉就像是进入都柏林的街道和办公室,人物一下多了起来,人声嘈杂。我劝自己耐心,这才不到全书的四分之一,再坚持坚持。第八章又换,写布鲁姆吃午饭,脑子里不断想到性,他一个人独处时,小说变得简单清澈。我坚持到第十章,这一章乔伊斯用"横切面",写若干人物在下午三点到四点这一小时内的行动。乔伊斯写这一章的时候,手边放着地图,秒表和尺子,译林版附送了一张都柏林地图。刘象愚老师说,这一章是蒙太奇手法,分置十九个场景,以穿插、闪回、特写等手段,将过去、当下和未来等时空及其中人物的言行展现。

纳博科夫的《文学讲稿》提醒读者,《尤利西斯》第十章是怎么用同步法,来描述同一时间内不同人物的行动的。第十三章,乔伊斯模仿了女性杂志和浪漫小说里那种陈腐的假装文雅的句子。

我读到第十一章的时候,心说,要不还是算了吧。这一章都是短句子,理解起来不难,但乔伊斯通篇模拟了赋格的音乐结构,以变奏、重复、对比等手段来推进,我在Audible网站上找到了有声书,努力体会其中的音乐性。不懂音乐,这是无法克服的障碍,但不懂文体,我就有了很大的挫败感。第七章的新闻文体还好应付,第十三章就领略不出作者的反讽意味了。

给韦弗小姐的信中,乔伊斯谈到过他对第十四章的构思。这一章的题目叫"太阳神牛",写布鲁姆去医院探望难产的一位女士。乔伊斯说这是小说中难度最大的一章,写作差不多花了一千个小时。他面前摆着一幅胎儿九个月时的发育图,他还研究了《英国散文韵律史》。乔伊斯在信中说，要先用萨卢斯特-塔西佗文体做引子，然后用伊丽莎白编年史体，用弥尔顿庄严散文体、拉丁杂谈式文体，然后再用黑人英语、伦敦土话等。这一章节一共用了三十多种文体。诗人艾略特说，这一章揭示了所有英语文体的徒劳无功。传记作者说，乔伊斯很可能是用这种对文体的亵渎，来配合这一章所表达的亵渎情绪。如果有一本中文小说，运用了先秦散文、汉赋、乐府诗、元杂剧、话本等文体，我读起来可能会更容易一些。

刘象愚老师《译"不可译"之天书》中，对这一章的翻译做了很多注解。他说，萧译本和金译本翻译这一章，是从半文半白或古文过渡到白话文，他要用先秦诸子骈体文话本等汉语文体来对照着翻。在这一章的笔记中，刘老师还给出了兰姆、德·昆西的散文片段，我读到这段笔记，认识到自己对英语文体的无知，硬读下去也是自欺。后面是书中最长的第十五章，仿照福楼拜《圣安东的诱惑》而来，我还没看过《圣安东的诱惑》呢。出于好奇，我大致翻了一下第十七章，乔伊斯用的是天主教《要理问答》的那种文体。再翻了翻第十八章著名的莫莉独白，这一章节其实也是伍尔西法官判案时阅读最认真的章节，因为它看上去有点儿淫秽，乔伊斯说整章的叙述就像一个巨大的地球在旋转，四个基点是乳房、屁股、子宫和阴部。

从四月读到八月，那本九百页的企鹅原版，我做折页标记的地方停在了第三百〇二页，即便是中英文对照，我也读不动了。据说荣格读《尤利西斯》用了三年的时间，我暂停一下，过些日子再继续。我发微信给一位朋友，告诉她，我还是先做做功课再说吧。她这样回复：《岛上书店》里的男主人公知道自己要病死了，他首先想到的是，尽管他假装通读了《追忆似水年华》，其实他只读了第一卷。光读第一卷就有些吃力，此刻他想到的是，"至少我再也不用去读剩下的几卷了"。

第二十讲 我们还需要鸡蛋

好了,这一讲来点儿简单的。我们来聊聊爱情。

电影《安妮·霍尔》开场,是伍迪·艾伦在讲笑话。他的第一个笑话是这样的——

> 有两位老妇人去卡兹基尔山旅游。其中一个说,这地方的食物可真够糟的。另一个说,可不是嘛,给的分量又那么少,我对人生的看法也基本如此,充满了寂寞、痛苦、悲惨和不幸,但结束得又太快了。

电影终场时,还是伍迪·艾伦在讲笑话。

> 有个家伙去看心理医生:"医生,我的兄弟疯了,他以为自己是一只鸡呢。"医生说:"那你为什么不把他带来呢?"那家伙说:"我是想带他来,可我还想要鸡蛋呢。"我想这就是我对感情关系的看法,它不理

性，疯狂又荒谬，但我们还要经历，因为我们还是想要鸡蛋的。

这两个笑话一头一尾，概括了电影的主题：人生凄惨又短暂，我们得找个伴儿，爱情能缓解孤独，帮我们找到生命的意义，这是我们想要的鸡蛋。我们都经历过一两次无疾而终的爱情，持续那么一两年，起初甜蜜，然后分开，"就像牙齿掉了，留下一个洞，总忍不住要去舔舔"，舔那么一阵儿，又会开始一段新的关系。

伍迪·艾伦扮演的那个角色叫阿尔维·辛格，是个脱口秀演员，他面对观众开始独白。他四十岁，有点儿中年危机，安妮和他分手了，他一直在回想过去的点点滴滴，到底是哪里搞砸了。"我不是那种忧郁的人，我在布鲁克林长大。"镜头一转，回到阿尔维小时候，妈妈带他去看病。小孩子在五六岁时有了死亡的初步概念，到十岁左右才能理解什么叫死亡。电影中的小阿尔维差不多十岁，被宇宙膨胀和世界末日所困，那大概是他第一次感受到死亡焦虑。宇宙在膨胀，宇宙就是一切，一切都将灰飞烟灭，我们的肉身会消亡，我们的肉身所创造的一切也会消亡——"那我为什么还要写作业呢？"妈妈不理解他的担忧，她说："宇宙膨胀跟你有什么关系呢！"医生倒是给出了建议——死亡还远，我们及时行乐吧。

从诊室的布置和医生的站姿判断，这并不是一个心理诊所。但整部电影九十分钟，我们可以把它当成若干个精神分析的片段来看。这部电影起初叫"快感缺乏症"，Anhedonia，这个名字很适合阿尔维这个角色，但电影拍完后，素材太乱了，电影剪辑只能围绕着女主角来进行。电影情节发展是碎片化的，但这些碎片又很有逻辑，观众要把阿尔维当成个"病人"，分析他的言行，分析他的心理，我们看电影，就是当一回旁观的医生。

阿尔维在科尼岛的云霄飞车下长大，云霄飞车从屋顶上掠过，家里的饭桌一阵颤动，"这就是我容易紧张的原因"。他爸爸经营碰碰车，小阿尔维就在碰碰车中发泄自己的愤怒。镜头转到课堂上，阿尔维刻薄着老师和同学，"一九四二年，我春心萌动"，小阿尔维亲了边上的小女生一口，被老师叫上去罚站；镜头一转，中年阿尔维坐在自己的座位上对老师说，这不过是一种健康的性好奇。

接下来一幕，有点儿惊悚。镜头对准一个个孩子的脸，每个孩子都说出自己未来的职业和身份，第一个说他开公司，第二个说他卖犹太披巾，第三个孩子说，"我是瘾君子，原来用海洛因，现在用美沙酮"。看着一个干干净净的小男孩，以后会变成一个瘾君子，这多少让人震惊。但从概率上来说，一个班级里总会有一两个孩子以后吸毒。让我感到惊悚的地方在于，当这些孩子说出未来的职业和身份之时，那个看似漫长的成长阶段就被抹去了。二十年一眨眼就过去，这个六岁的孩子变成了一个卖披巾的商贩，那个六岁的孩子变成了一个瘾君子。

绝大多数孩子都稀里糊涂地长大了。阿尔维也长大了，他在街上走着，跟朋友罗伯聊天，说有人嘲笑他的犹太人身份。到这里，我们基本上了解阿尔维的问题了：他没有处理好浪漫关系，低自尊，有死亡焦虑，有被迫害妄想，他还讨厌加州，认定自己只能在纽约生活。

他还非常龟毛。阿尔维在电影院门口等安妮，安妮迟到了，她说自己情绪不佳。阿尔维说："你是不是在生理期啊？"安妮回答："我不是在生理期。"阿尔维又嫌安妮说话声音太大了。电影已经开场，他们耽误了两分钟的开头字幕，阿尔维决定不看了，他喜欢从头看电影，误了两分钟，就不完整了。这样龟毛的男友又好气又好笑，他也知道自己是个 anal[1]，处在恋爱中的安妮回答说，"这个词倒真适合

---

[1] 英语词，常用义项为"肛门的"，也可意为"吹毛求疵的"。

你呢"。

他们换了一家电影院,排队买票。这一幕的喜剧场景特别知识分子气:排在后面的一位观众,正在跟女友谈费里尼的电影,又从费里尼聊到贝克特,阿尔维非常反感他的夸夸其谈。后面的人在聊精神生活,前面的阿尔维和安妮在谈论性生活,有时候,知识分子的性生活是从精神生活开始的,男性用学识来勾引年轻女性,担当皮格马利翁的角色,提升年轻女伴的智识水平,智识水平提高了,反过来会促进性生活的和谐。或许阿尔维对后面那个夸夸其谈的教授感到厌烦,就是从他身上看到了自己皮格马利翁的做派,他的愤怒爆发了。阿尔维在影片开头还讲过一个笑话:"我不想参加一个俱乐部,里面有像我这样的人。"(I would never wanna belong to any club that would have someone like me for a member.)这句话意蕴丰富,对它做任何解释,都抓不住这句笑话的精髓。

后面那家伙提到麦克卢汉的时候,阿尔维终于和他吵起来了。那家伙自称是哥伦比亚大学的教授,教一门"电视:媒介及文化"的课程,他宣示自己的专业性。此时,出现了超现实的一幕,阿尔维从易拉宝海报后面把真正的麦克卢汉拉出来了,麦克卢汉斥责那位教授:"你对我的工作一无所知。你是说,我的谬论全是错的。"(You know nothing of my work. You mean my whole fallacy is wrong. ）"你是说，我的谬论全是错的"，这句台词包含了一种怪异的自相矛盾——你是说，我的谎言都是假的了？有一些笑话就建立在这种自相矛盾上："我最讨厌黑人和种族主义者"。

阿尔维和后面的教授开始口角的时候，他们面对银幕外的观众说话，似乎要让观众来评评理。等麦克卢汉出来，终结了他们的争论，阿尔维又对观众说了一句话，"生活要是这样就好了"。如果生活中的一切争执和矛盾，都有一个权威出来化解，那生活就简单了。阿尔维想拥有控制权。

电影一般都是假设观众不存在的，但剧场排队这场戏，阿尔维打破了"第四堵墙"。我在一篇学术论文上看到对这场戏的一段分析，摘引两段如下：

> "连续性剪辑"的目的在于"将镜头之间切换的瞬间抹去，使观影者无法察觉镜头的切换"，目的在于要隐藏起摄影机的"在场"，以此达到隐藏"话语陈述"的符码痕迹，而经典电影的历史话语和意识形态腹语术的编码成功便以此为基础。所以电影符号学在揭示电影如何"运转"时一般侧重于将观者快感来源的机制建立在"非裸露癖"，电影恋物欲满足的机制依赖于

"被看的对象不知道它在被看"。

以拉康的"镜像阶段"的部分理论为依据,其认为凝视与其说是主体对自身的一种确认,不如说是主体向他者欲望之网的一种沉陷,凝视不再充当想当然的主动,而是在观看之前其观看中包含的欲望就已经被他者的视线先在地捕捉到了。

也许,那位哥伦比亚大学的教授在课堂上就是这么讲课的。但我引用这两句话的意思,并不是要嘲笑学术腔,我是在想,语言可以自己纠缠和繁衍到如此复杂的地步,以至于写作者都会坚信这种学术黑话的真理性。伍迪·艾伦在这里是打破了电影银幕的界限,但他还有一层意思:即便是麦克卢汉使用语言,也会出现自相矛盾。伍迪·艾伦对语言是不太信任的,我们看阿尔维喋喋不休地说话,但他总会结巴,总有停顿,他的说话方式复制了日常言语中的不确定性、深刻的不安全感、潜在的恐惧,以及表达愿望时的犹疑。

阿尔维和安妮本来要看的电影是英格玛·伯格曼的《面对面》,一个关于精神病学家的电影。安妮迟到两分钟,阿尔维提出,去看《悲哀和怜悯》,这是一部讲纳粹占领法国的纪录片。在阿尔维面向观众表达他那种全能自恋的愿望（生活要是这样就好了）之后，我们看到《悲伤与怜悯》的画面。生活完全可能是另一种样子：流放，囚禁，死。

纪录片的画面结束后，我们看到一间卧室，安妮在床上读书，她和阿尔维讨论了两句法国人在纳粹统治下的生活，而后阿尔维求欢，安妮拒绝。接下来的闪回，回顾了阿尔维的两段婚姻和安妮的两任男友。第一段婚姻，阿尔维穿着一件平角内裤和一件T恤，谈论着刺杀肯尼迪的阴谋论，找借口不跟妻子亲热。第二段婚姻，阿尔维和妻子在被窝里亲热，消防车驶过，节奏被打乱了，伍迪·艾伦香肩微露，想重来，妻子头疼，要吃药。婚姻与性总是怪怪的，不那么熨帖，但阿尔维还是结了一次婚接着再结一次婚。

我觉得，伍迪·艾伦对电影理论的一大讽刺就是他老穿着小裤衩小T恤还露出小肩膀出现在银幕上——什么"窥淫癖""裸露癖"啊，你们不就是想在电影里看到汤姆·克鲁斯和妮可·基德曼亲热吗？不，我就给你们看看我这样的！你们大多数人的身材不就我这样吗？哪里有那么多漂亮的身体啊？——一对漂亮的伴侣总表露出一夫一妻制的合理性，看，他们多完美！但伍迪·艾伦赤膊上阵，总让我们看到，性这个事是多别扭。

接下来才是阿尔维和安妮在网球场第一次相遇的场面。打完球之后,他们的交流不畅,两个人都吞吞吐吐,终于阿尔维来到安妮的住处,他们在露台上聊天。戴安·基顿的中性化服装,纽约的街景,终于让这个电影有了点儿浪漫喜剧的样子。露台聊天,是非常喜剧化的一幕。两个人都口是心非,他们在说话,他们心中所想却打在字幕上。阿尔维恭维安妮的照片,心中想的是这个女孩挺好看,不知道光着屁股会是什么样。安妮说自己要上一门摄影课,心中想的是"我在他面前是不是太嫩了"。阿尔维说摄影是门艺术云云,心中想的是"我说的话不要太浅薄"。每个谈过恋爱的人,大概都有过类似的口是心非和自我蒙骗。

这时候,我要搬出来一部巴黎被纳粹占领时出版的著作,《存在与虚无》。书中有一章专门讲"自欺",萨特的思辨过程很累人,但他举的一个例子非常简单。一个女人跟一个男人第一次约会,她很清楚地知道,跟她说话的这个男人对她所抱有的希望,她也知道自己或迟或早总要做一个决定。然而,她不想认清这种情况,她只关心同伴的体贴态度,她把他的行为局限于当前状态,不想去理解他对她所说的话中那些表面意义之外任何其他的意义。在她内心深处,她很清楚她所引起的欲望,然而赤裸的欲望会羞辱她，会吓着她。设想他现在握住了她的手，对她来说，把手留在他手里，就是接受了挑逗，把手抽回来，就是破坏了此时的和谐。她唯有拖延做决定的时间，她把手留在他的手里，却不去注意，她会聊起生命及生活的话题，以表现自己的人格和意识。她不会像潘金莲似的，脚丫子被西门庆掐一下，就说道："官人休要啰唣！你真个要勾搭我？"

我年轻的时候，非常认真地读萨特，若是我未能理解，就感觉自己被真理拒之门外。等我上了点儿岁数，发觉还是读不懂，就会以玩世不恭的态度想，这其实就是一种法国特有的唠嗑方式，就像小老头伍迪·艾伦不断叨逼叨，青年萨特在咖啡馆里像腹泻一样地写啊写，他区分自在的存在和自为的存在：我在一个更根本的意义上还不是我自己，我的存在不论在什么时候都伸出它的自身之外，我们的焦虑就在于我们总落在我们的可能性后面。他分析爱情和性爱之所以老那么紧张，乃是因为施爱者要占有受爱者，但是这受爱者的自由是无法占有的，因此施爱者便倾向于让受爱者变成一个对象以便占有它。爱情总是在虐待狂和受虐狂之间摇摆。

看得出来，阿尔维想控制安妮，他鼓励安妮去上课，然后又觉得安妮跟教授会有一腿,教授如果在智识上提升安妮,就可能在床上提升安妮。教授或者别的什么知识来源,都是"垃圾",都是"精神上的自慰",只有"我阿尔维才能操你的头脑"。安妮颇有洞察力指出他才是"精神自慰的行家",阿尔维这个小个子自恋狂倒也大方地承认:"不要批评手淫,手淫是我在我跟我爱的人做爱。"影片中有一幕是两人逛书店,阿尔维拿出两本书推荐给安妮,一本是《死亡与西方思想》(*Death and Western Thought*),另一本是一九七三年出版的《死亡否认》,厄内斯特·贝克尔的书。到后来两人分手,把各自的书分开,这本《死亡否认》又一次出现在镜头中。

贝克尔这本书分析了弗洛伊德、克尔凯郭尔、奥托·兰克等人的思想,也写出了他自己对死亡问题的思维框架。非常简单地总结一下——贝克尔说,这个世界让人恐惧,在一个我们命中注定要死于其中的世界,我们茫然无助。我们要干的事是控制住自己的焦虑,否认死亡。我们最好把死亡恐惧放在无意识状态中。正是出于死亡恐惧,我们才会崇拜英雄,我们才会崇拜父亲和领袖,我们才会把爱情当成一个神话,希望爱人完美。不管是自恋、他恋还是恋物,都是我们要移情,我们不信上帝,所以恐惧,由恐惧而生欲望。我们总在"自因",这是个有点儿难以解释的哲学词,我用一个很庸俗的词来替代它,就是"找辙"。面对那些没辙的事,我们得找辙。

我是因为看了《安妮·霍尔》这部电影,才顺手读了一下《死亡否认》,里面涉及爱情的章节,我读了以后充满怀疑。先从一段八卦开始。书中说,弗洛伊德四十一岁就中止了和妻子的性关系,"这就是出于其自因企划,是自恋性质的自我膨胀"。意思是说,我太伟大了,我要把我自己升华到人类普遍的动物性需要之上,所以就要把性需求和性活动降低到极不寻常的地步。这种对自己升华的热望,我是理解的,甘地也这么升华过自己——禁欲。但我觉得还有一种更高级的体验,就是辟谷,不吃饭比不打炮还难,辟谷的人很多,辟不了两个月先辟个十天半个月的,据说身体会感觉非常好,精神感觉也非常好。如果辟谷不行,还可以吃健康餐。体重控制好了,精神上也会感觉自己升华了。不过,这样升华很累。阿尔维·辛格吃龙虾,也不能缺了女朋友,跟安妮·霍尔分开那段时间,他还给自己找了一个替补上来的约会对象,是一位女记者。大多数人都是这样的,有备胎。

《死亡否认》中说爱情是"神爱委身"和"移情赐福"——"人在情侣身上寻找自己至深天性所需要的自我

赞美，情侣变成了神圣的理想，人借以实现自己生命的意义。所有的精神需要和道德需要现在都集中到一个人身上。曾属彼岸世界的灵性，现在被拉到此岸尘世，以另一个人类个体的形式出现。"把爱情说得这么神圣，把伴侣当成神，是不是言过其实了呢？我们聊到爱情或者家庭时总会说到这样几个词——忠诚，背叛，许诺，忏悔，欺骗，相信。这几个词的确非常严肃。我们陷入爱情时，会觉得自己找到的那个伴侣实在太好了，好像跟他/她一起死都可以，但有了他/她的出现，好像活着也变得可以忍受了，你要说爱情这个事一点儿都不神圣，那也太轻浮了。我们看《安妮·霍尔》中有一幕，安妮和阿尔维在哈德逊河边溜达，阿尔维说，"你很性感"，"你在床上很特别"。安妮说："我喜欢你。"阿尔维说，是爱。安妮说："好吧，我爱你，你爱我吗？"阿尔维说："爱这个词不足以形容我的感受，I lurve you, I loave you, I luff you。"这几个词有人翻译成："我耐你，我中意你，我稀罕你。"总之，爱这个词还没能表达出爱的强度。

《死亡否认》中说，现代爱情关系的精神重负大到不可承受，如果伴侣失去了美，或者并不具有我们最初寄希望于他/她的力量和可倚赖性，或者不能满足我们的特殊需要，我们就会感到缺憾，所以家庭生活中每天才有那么多争吵和指责。我们把情侣上升为神,是希望避开自己的虚无感,我们对性总感到不安,是因为性意味着身体,身体给人以罪恶感。

我对这段话不以为然,但我承认,爱情有其非常严肃的一面。回到电影中书店那一幕,阿尔维把《死亡与西方思想》和《死亡否认》这两本书交到安妮手上,安妮说,好严肃的书。阿尔维说:"你要看看严肃的书。我对死亡有执念。"接下来他说出了非常了不起的台词——"人生分两种,可怕的和悲惨的。可怕的那类是夭折的,还有瘸子、瞎子。悲惨的就是我们这些,熬过艰难的、毫无意义的一生,到你寿终正寝的那一天,你该谢天谢地你是悲惨的那一类。"他还有更深一层的潜台词——人生没什么意义,你以为你想唱歌,你想发展自己的演艺事业,就能找到生命的意义吗?或者像我这样,把你塑造成我想要的爱人模样,维系一段爱情,就有意义了吗?那都是"自因企划",都是在找辙。

等阿尔维和安妮分手,他在大街上拦住路人,询问他们爱情有什么道理。老太太说,爱就是这样,分手很正常。一对看起来很般配的男女说:"我们之所以长相厮守,就是因为我们很浅薄,没脑子。"另一个老头子说:"我用一个跳蛋让我老婆开心。"没有人在意爱情的严肃一面。这是个浪漫喜剧,其喜剧性就是针对浪漫关系的。《安妮·霍尔》让我们笑,笑可以让我们更理智地看待爱情,意识到我们在男女关系上投射了那么多精神,是因为我们总想要鸡蛋。

第二十一讲 空间的诗学

不知道你是否有个恶俗的爱好：走到哪儿都想考察一下当地的房地产市场？出国旅行，去济州岛，要看看那里的房价多少；到了伦敦，也看看那里的房价多少。我有这个恶俗的爱好，到哪里都想看看那里的房子多少钱。出不了门，在家看书，也想考察一下书本里的房地产市场。

比如我看英国作家安吉拉·卡特的传记，总忍不住要比较她的稿费收入和当时的房价。一九七三年，卡特在巴斯买了一栋小房子，房价大概两千英镑。巴斯是英国美丽的小城市，温泉很有名，能在那里有一处房子也不错。卡特住在巴斯，有一天房子漏水，她跑出去找人帮忙，附近的建筑工地上有一个年轻工人叫马克，安吉拉·卡特让马克来家里修下水管，两个人很快成为伴侣。马克擅长使用各种工具，后来学陶艺，成为艺术家。

一九七六年，卡特在伦敦买了一处房子，房屋售价是一万四千英镑，这应该是一栋联排别墅——townhouse，翻译成"联排别墅"比较高级，翻译成"排屋"就不太好听。这栋房子共四层，卡特买了上面两层，她的朋友买了下面两层，各花了七千英镑。四年后，朋友搬走，安吉拉把下面的两层也买下来，这不是再花七千英镑就能买下了，涨价了，半套房子涨到了两万九千英镑。也就是说，一万四千英镑的房子四年间涨到了五万多。那么卡特最成功的小说能卖出多少钱呢？一九八三年，她的《马戏团之夜》精装本版权费两万六千英镑，平装本版权费两万五千英镑，加起来是五万英镑出头。

卡特一九七三年写稿子没挣到什么钱，全年的稿费收入不过两百五十镑，买房子的钱是管爸爸借的。住在巴斯的时候，她把房间刷成白色，卫生间刷成黑色，电话放在一个角落里，她要把屋子收拾得更利于写作。我们知道J. K. 罗琳是在爱丁堡的咖啡馆里写出了"哈利·波特"的，写得非常好，但有一个英国的专栏作家吐槽说，如果J. K. 罗琳能有一个房子，有一间书房，有一把舒服的椅子，那她也许能写出一本《米德尔马契》。

房子好坏跟作家的写作有关系吗？加缪二十出头的时候，在阿尔及尔搞文学，租下了一个海边的房子，跟几个姑娘住在一起，号称是"看得见世界的房间"，但开始写的不够好。等四十多岁获得诺贝尔文学奖，拿到奖金干啥呢？一家人到处看房子。一九五八年在普罗旺斯乡间一个叫卢马兰的小村子买了一个房子，小村子当时只有六百多个居民，现在也不过一千人。在普罗旺斯乡间买房，多美好。但他在卢马兰小村子里写的《第一个人》，并不比他在"二战"的颠沛流离中写的《鼠疫》更好。有一个英国作家叫罗尔德·达尔，《查理和巧克力工厂》的作者，早年间花四千五百英镑买了一块地，六英亩[1]，有大房子，可他写作的时候必须去一个小工作间，坐到椅子上，用写字板把自己卡在椅子上。他不想让老婆孩子打扰，他想在写作的时候获得一种在子宫中的感觉，这样有助于他孕育作品。

毛姆原来住在伦敦，他老婆西丽开装修公司，把家里变成了买手店，谁去他家做客，看中了什么家具都能买走。有一次毛姆回家，发现自己的书桌被老婆卖了，这日子没法儿过了，离婚。房子给了老婆，还附带一辆劳斯莱斯，每年付一大笔赡养费。毛姆本来就是个 gay，非要结婚，这一下损失太大了。不过他活着的时候，是当世最富裕的作家。一九二六年，他买下里维埃拉的"玛莱斯科别墅"，经过六个月讨价还价，以七千英镑成交，占地九英亩，俯瞰

1　1 英亩约等于 4046.8 平方米。

大海，身后能看见阿尔卑斯山的雪顶。老毛姆请了一位建筑师来改造，一楼建大客厅和餐厅，二楼是多个卧室，再往上是毛姆的书房，书房能远眺群山和大海，毛姆把望向地中海的窗户遮盖起来，总看美景会让他分心。房子弄好了，毛姆开始弄花园，挖了一个莲花池，种上了柑橘树和柠檬树，还做了一件地中海地区很罕见的事：铺草坪。毛姆说，这是有钱人才干的蠢事，因为草坪在地中海阳光的照耀下，到夏天就完蛋了。

　　毛姆这栋宅子，配备了多少服务人员？十三个人。包括一名男管家、两名男仆、一名照顾女宾客的女管家、一名厨师、一名帮厨女工、一名司机和六个园丁。这个名单感觉如何？好像厨房里的人少了点儿，园子里的人太多。我们看北京的豪宅，最顶级的豪宅大概有三个保姆间，家里可以有三个工人，毛姆这个宅子，除了管家，一共有十二个仆人，六个负责室内，六个负责室外的园林。由此可见，园林工作是很复杂的。

　　住一个公寓是一回事，住一个别墅是另一回事，住一个大宅子更是另一回事。我们迷恋现实中或者书本上的房子，看到英国乡村大宅，算是看到头儿了。住在大宅子里，要雇多少个用人呢？有一本书叫《漫长的周末》，讲的就是英国乡村大宅是怎么过日子的。其中记载，有一个叫露西的厨娘，一九二四年在贝尔沃城堡管理厨房，手下有四个用人负责做饭和洗碗，另外有两个女仆负责茶点，茶点房跟厨房是分开的，茶点房负责做面包、蛋糕，厨房负责做菜。一九二六年，露西结婚了，跑到阿加莎"阿婆"那里去当用人，当时阿婆还是跟第一任丈夫住，在露西看来，阿婆一家没落了，雇的人太少，她是厨娘，她丈夫是管家，除此之外，只有一个打杂的女佣、一个保姆，还有一个园丁，园丁的妻子还要时不时来做小时工。露西说："那时候我真可怜，要做饭，还要自己洗碗，我丈夫不仅要伺候他们吃饭，还得帮我收拾餐具。我们只干了四个月就辞职不干了。"你看看，用人是很有脾气的，你只雇了四个用人和一个园丁，那你家没落了。以这个标准回头看毛姆在里维埃拉的宅子，厨房里只有两个人，实在是很节省了。

石黑一雄的长篇小说《长日将尽》，故事一开始，管家史蒂文斯在达林顿大宅子里跟新主人对话，新主人是个美国人。这是一九五六年，英帝国的余晖已然暗淡，大宅子换了主人，新主人觉得大宅子雇不了太多人，有三四个用人就够了，可管家史蒂文斯说，"我指挥过十七个用人，最多的时候我们雇二十八个人"。史蒂文斯毕生服务于这栋宅子，他管理这个大宅，大宅的老主人参与管理这个世界。

英帝国的统治力下降了,乡村大宅的生活方式也就终结了。他在这个大宅子里干了大半辈子,很怕走出这个宅子。我们看他开车离开达林顿府的时候,有这样一段话:"周围的景物终于变得无法辨识了,我知道我已经跨出了之前所有的边界。我曾听人描述过这一时刻,当扬帆起航,当终于看不见陆地的轮廓时的心情。我想,人们经常描绘的有关这一刻内心当中不安与兴奋混杂在一起的情感经验,应该跟我开着福特车渐渐驶入陌生区域的心情非常相近吧。……那种我确实已经将达林顿府远远抛在后面的感觉陡然间涌上心头,我得承认我还当真感到了一阵轻微的恐慌——这种感觉又因为担心自己也许完全走错了路而变本加厉,唯恐自己正南辕北辙地朝荒郊野外飞驰而去。"史蒂文斯服务的达林顿宅子位于牛津郡附近,他要去的地方在康沃尔,也不是很远。英国的面积跟广西差不多,不是很大的地方。但老管家只有在老宅子里才会有安全感。

法国人巴什拉写过一本书叫《空间的诗学》,他花了很大篇幅写"家",我们待在家里,就跟原始人待在洞穴里似的,家给我们抚慰感。书中说,家里最宝贵的是梦想,家宅庇护着梦想,让我们安详做梦。家有一种巨大的融合力量,把人的思想、回忆和梦融合在一起。在人的一生中,家宅总是排除偶然性,增加连续性,家在自然的风暴和人生的风暴中保卫着人。有了家，我们的很多回忆就安顿下来了。书中说，如果家宅稍微精致一些，如果它有地窖和阁楼、角落和走廊，我们的回忆所具有的藏身处就会被更好地刻画出来。我们终身都在梦想中回到那些地方。卧室是否宽敞？阁楼是否拥挤？角落是否温暖？光线从何处射入？在这样的空间里，你如何体会寂静，你如何体会孤独？巴什拉强调房子的垂直性，上面有阁楼，能激发我们的想象力，下面有地下室，让我们去挖掘自己的深层意识。阳光照耀的地方是理性的，地下室是激情所在。

有一个意大利画家的绘本叫《房子》，画面中始终有一栋老房子，它在一九〇〇年的时候已经很破旧，重新翻盖后，一家人住进去。一九〇五年，这个世纪才刚刚五岁，院子里的葡萄藤冒出新芽，家里人照顾着新种下的树木。到一九一八年，也就是"一战"结束那一年，妻子变成了寡妇，我们看画面上全是白雪，房子前有一位女士，几个小孩子排着队去上学，那位女士在跟自己的孩子挥手告别，房子里应该还有炉火，因为烟囱冒着烟，门前堆着劈柴，哪怕刚经历战争，孩子还是要上学，家里还是温暖的。到一九三六年，画的是农忙时节，农夫收割麦子，房子四周是麦垛。到一九四二年，画面上是逃难者，惊恐的大人带着惊恐的孩子,有些人就睡在大树下面。到一九四四年,画面上是装甲车和士兵。到一九七三年,这栋房子被遗弃了,房子说,"我只是栋房子,而不是任何人的家"。到一九九三年,房子就剩下框架,树倒了,四周是荒野。然后到一九九九年,老房子的原址上盖起了一座新房子。这个绘本讲的是一栋房子所经历的历史,目睹一代又一代人的生活与逝去。

还有一本绘本叫《房子,再见》,画的是一家人要搬家了,他们已经坐上车要走了,小熊忽然感觉有一个仪式没有完成,他回到空空的房子,向一个个空房间告别,那里面记载着什么呢?恐怕需要我们这些读者调动自己的童年记忆:我们对生命中最初的那个房子有什么样的记忆?我们会嫌它太小了吗?谁曾跟我们住在一起,爷爷奶奶?他们死了吗?他们是死在那个房子里的吗?那个房子的味道是什么样子,灯光是什么样子?是否潮湿?你在屋子里看见过壁虎吗?我们后来又搬去哪里?那个老的住处消失了吗?

有一个美国女作家写过一本书叫《记住骨房》(*Remembering the Bone House*),副标题有一些性意味,我看了标题,以为作者会记录下她发生性爱的那些空间呢,结果从孔夫子旧书网买回来一本看,就是一本平常的回忆录，但时时会写到房子。比如她写自己年少时，喜欢上了一个男同学，两个人没有上床，偶尔会在小树林搂搂抱抱，亲热一下。等她当了妈妈，有一天女儿在起居室里直接跟她说："我跟男朋友上床了。"妈妈问，在哪儿。女儿说："就在我的房间里，那天你跟爸爸不在家，我跟男朋友就回房间睡了，不过，我们弄得太不成功了，后来几个月我们都没再试过。"母女两个随即哈哈大笑。作者还写到自己上大学时，跟着姨妈姨父买了一处房子，房子原本阴暗破旧，但收拾之后，成了她最喜欢的房子。什么叫最喜欢的房子？就是不管你到了哪里，不管经过多少年，你还是想回到那里去的地方，还是想回到那里，站在窗前，看看外面的树，感到自己的身体和心灵与那个空间最为和谐。

我们小时候看《红楼梦》，总会琢磨怡红院在哪儿，潇湘馆在哪儿，薛宝钗住在哪里，贾宝玉去看林妹妹要有多远的路，她们在哪里赏花，在哪里吃螃蟹。等最后白茫茫一片大地真干净的时候，大观园这个空间也就不复存在了。我们长大了看电影，《超完美谋杀案》中的纽约豪宅，大公寓里有衣帽间，有浴室，有大厨房，有门厅，有后门，这几个地方都跟作案的过程紧密相关，你要画一个户型图，才能搞明白人物在其中是怎么活动的。我们看到的房子越来越大，我们对生活在其中的人有越来越丰富的想象。英国乡村大宅，至少要有十个卧室，我们要操心，哪儿去找那么多客人来住啊？继承这样一所大宅子，要付40%的遗产税，我们又操心，哪儿找那么多钱去？然后，我们收回自己的想象，回想自己住过的房子；一旦不从资产的角度去考虑房子，我们就会对自己住的房子泛起一些柔情蜜意——妈妈做过的菜，情人在卫生间洗澡时传来的水流声，一件老家具的光泽——这些跟钱就没关系了。

法国建筑师保罗·安德鲁，就是设计国家大剧院的那位，写过一本书叫《房子》，回忆他小时候住过的房子，那是他一生中唯一住过的房子，后来他住的都是公寓。他这本书，你可以当成小说读，也可以当成散文诗或者自传读，我觉得他这本书简直是给上面提到的《空间的诗学》做了一个注解。巴什拉那本书比较抽象，安德鲁这本书就是在写一个孩子，在自己所居住的房子里，如何感受空间的诗学。他写，壁炉是房子的中心，母亲背对着火做针线活儿，外祖父坐在大椅子上读书，猫蜷卧在他的膝盖上。外祖父起身用火钳子拨弄火炭，他是火的看护人。在壁炉里，金属会被烧得很红，油漆烧焦时会发出吱吱的声音。爸爸负责照看锅炉，锅炉里的火不如壁炉里的火好玩，壁炉你只要往里面扔煤球煤块，确保里面的火还在烧着就好。安德鲁写他怎么认识墙的作用，认识房间的结构——地下室、食物储藏室、楼梯、花园、爸爸的工作间——房子是如何布局的。地下室里存着很多土豆，他年少时正是战争期间，所以供暖总有问题，一家人总是聚在起居室里。他在大桌子上写作业，外祖父给他讲解最基础的算术，等数学课变得难一点儿，爸爸给他讲解。他说，对爸爸来说，数学是从负数开始的。安德鲁会在阁楼里做物理试验和化学试验，也会在阁楼里做一点儿见不得人的事，这就是巴什拉所说的垂直性。安德鲁的家里有两台钢琴，妈妈想让孩子学点儿钢琴，可孩子们从没有超过初级练习曲的阶段。安德鲁自己没学过钢琴，他说："我开始喜欢音乐的时候已经十六岁了，已经太晚了。"这个房子给他带来了什么呢？他说："我在任何方面都不够早熟，除了在无所忧虑和无所事事方面。也许是因为房子提供了太多的逃避的可能性，太多的孤独角落，我太享受这些逃避和孤独本身的乐趣了，而没有去挖掘它们可能给我带来的东西。总之，房子加强了我获得自由、尽可能不受约束的欲望。"

有一位丹麦画家叫哈默修伊，他有很多画，画的就是他在哥本哈根的公寓，白色的、高高的窗户，阳光洒进来，把窗户格子投射到地上，或者空空的房子，每个房间的门都打开，画面上偶尔也有人，他的妻子或母亲会出现在画里，也许是在织毛衣，但绝对不会发出声音，也绝不会相互交流。你看他的画，就能感觉出那份安静、严肃、疏离和压抑的气息。他画的家是一个避难所，主人在此间保护其孤独，外部世界也没有他的位置。哈默修伊活到五十出头就死了，他生前还接受过一个家居杂志的采访，谈室内装修和家具选择。诗人里尔克说过，我们不能简单地介绍哈默修伊，他的画中有一种冗长而舒缓的调子。我也不要再多说哈默修伊了，但我真希望你们能去看看他的画，你能体会到什么叫空间的诗学，也能从中找到装修的灵感。

我想，不管是在小红书上看家居美图，还是在小说中留意各种房子的描写，我们都是在捕捉一种空间的诗意。我在《文学体验三十讲》第一季中就讲过房子，这里又讲了一遍，但我还没讲完，下一讲我还想继续说说房子。

第二十二讲 被摧毁的阿卡迪亚

好多年前一个冬天的夜晚，盖着厚厚的被子也挡不了寒气，我睡不着觉，躺在床上看电视，看到了《故园风雨后》的第一集。青年查尔斯上了牛津大学，宿舍在一楼，他的表哥劝他，大意是，你要搬到楼上去住，住在一楼，你的宿舍很快就会聚集一帮狐朋狗友，你就不能好好念书了。很快，表哥的话就得到了验证，有一个叫塞巴斯蒂安的同学，晚上喝多了，在查尔斯的宿舍窗前站住，吐了。吐在宿舍的地板上。查尔斯和塞巴斯蒂安很快就成了好朋友，他们到乡间去玩，在榆树下野餐。那天晚上看完一集，我立刻就迷上了这部电视剧。可后来没能再看到这部戏。

过了几年，我看到董桥先生的文章，说《故园风雨后》是香港电视台给译的，名字太滥情了。他说伊夫林·沃，也就是小说的原作者，是一位非常克制的作家。我这才知道，《故园风雨后》是根据伊夫林·沃的小说《旧地重游》改编，一九八一年英国格拉纳达电视公司出品，共十一集，奥利佛·劳伦斯扮演塞巴斯蒂安的父亲。又过了几年,我终于在三联书店地下一层找到了这本小说。等后来去英国玩,我发现每一个书店里都有这本小说卖。

二〇二二年有一本小书翻译成中文,叫《文学之家》,写了二十个经典作品中的传奇建筑。其中最小的一个建筑是"汤姆叔叔的小屋",比汤姆叔叔的小屋再大一点儿的房子是贝克街221号B,侦探福尔摩斯的公寓。书中更多的是写大房子。英国乡村大宅更是重头戏,呼啸山庄、荒凉山庄、霍华德庄园,这几个小说的名字就是房子的名字。还有高尔斯华绥写的罗宾山庄,亨利·詹姆斯写的波因顿庄园,当然也少不了《旧地重游》中的布赖兹赫德庄园。这个小说的英文题目是"重访布赖兹赫德",也是把大宅子的名字当成书名。布赖兹赫德(Brideshead),有一个更通俗的翻译叫白庄。

这个故事是查尔斯以第一人称叙述的。他在牛津大学读历史,认识了塞巴斯蒂安,塞巴斯蒂安有一种中性的美,"那种美在青春时高调,可第一阵寒风吹来,它就凋落了"。他的爸爸离开了妈妈,带着情妇住在威尼斯,他的妈妈有控制欲。塞巴斯蒂安没事儿总抱着一个玩具熊,像长不大的孩子。他带查尔斯去了白庄,他不说"这是我的家",他说,"这是我家人住的地方"。白庄有一两百年的历史,园子里有一个大喷泉,是祖辈从那不勒斯搬来的,有一个小礼拜堂,是当初爸爸妈妈热恋时,爸爸送给妈妈的礼物,这一家人是天主教徒。假期的时候,查尔斯住在白庄,和塞巴斯蒂安饮酒作乐,酒窖里存的酒足够他们喝十几年的。这个世外桃源一样的地方,对查尔斯来说是仙境,对读者来说也是仙境,年轻、友谊,无穷无尽的法国葡萄酒。当然,"友谊"这个词不太确切——两个小伙子在这样的地方,没点儿欲望好像说不过去。不过,在伊夫林·沃的叙述中,也没有什么段落写明这两个小伙子有啥同性恋关系。小说第一部分的标题叫"我也曾有过田园牧歌的生活",原文是拉丁文,直译过来是"我也在阿卡迪亚生活过",阿卡迪亚是希腊的一个地名,后来泛指有田园风光的好地方,有些房地产项目就叫"阿卡迪亚庄园"啥的。

如果查尔斯到了白庄,只顾和富家子喝酒,那他也太无趣了。他身上要有什么东西被激发出来,才配得上仙境。他开始画画,画白庄的建筑和风景。很快,他离开了牛津,去巴黎学画画。多年后,他成了一个画家,专门画建筑物,画英国乡村的宅邸。他说:"这类建筑物在英格兰比比皆是,英国人在他们鼎盛的最近十年中,似乎第一次对于以前熟视无睹的东西有了认识,并且在那些建筑物即将败落的时期第一次颂扬起它们的成就来了。"他被请去全国各地给那些马上就要荒废衰败的宅子画像，他说，他常常比拍卖商早几步赶到那里，成为厄运的先兆。维系大宅子的成本太高了，继承大宅子的遗产税也太高了，两次世界大战之间的经济衰退让那些大宅子更换了主人。查尔斯出版了三大本画册，都是以乡村大宅为主题的，销量非常好。

英国乡村大宅并不是某一个建筑师的作品，最初肯定是某一个建筑师设计了一所宅子，但宅子的主人特别是女主人，会根据自己的品位和时代的风尚对大宅进行改造，社会制度发生了什么变化，乡村生活发生了变化，建筑技术有了什么变化，都会反映在宅子的改造上。二〇〇九年，有一个叫夏洛特的女生在莱斯特大学攻读"乡村住宅研究：艺术、文学和历史"专业的硕士学位，同时在北安普敦郡的兰波特大宅当导游，向游客介绍这栋乡村别墅的历史。后来她写了本书叫《房子的女主人：十九世纪的精英女性和她们在乡村大宅中的角色》。《文学之家》这本书后面列了参考书目，其中有不少以乡村大宅和小说的关系为主题，比如有一本书叫《英国乡村宅子和文学想象》，讲的是老小说。还有一本书叫《梦，噩梦及空的能指》，分析当代小说中出现的英国乡村住宅，比如《长日将尽》《赎罪》《陌生人的孩子》。

《陌生人的孩子》二〇一一年出版，有宏大的构思。第一章设定在一九一三年，标题叫"两英亩"，这是中产阶级孩子乔治家的乡村宅子，占地两英亩。乔治邀请他剑桥大学的同学塞西尔到这里度周末，塞西尔是贵族子弟，家里的庄园三千英亩，这样一个富家子来，弄得乔治一家很紧张，上流社会派了一个使者来到"两英亩"，似乎带着一股嘲讽和优越感。乔治家精心准备、安排晚餐，都是在"两英亩"，但塞西尔家的柯利大宅好像总在他们的脑子中浮动。乔治的妹妹喜欢上了塞西尔，结果她发现，哥哥乔治和这个塞西尔的关系不一般。"两英亩"这一段很像是反着写《旧地重游》：你写牛津大学，我就写剑桥大学；你写中产阶级家的孩子去了白庄，我就写一个贵族子弟来到两英亩。然而，更有意思的是，作者在对抗乡村大宅，把未出场的柯利大宅写得如同一个鬼影子。

我们还是回到《旧地重游》。查尔斯到白庄后开始画画，走上艺术家之路，这是小说中很不重要的一条叙事线索。重要的还是人物之间的纠葛。塞巴斯蒂安有个妹妹叫朱莉亚，嫁给了一个有钱人，婚姻不幸福。十年后，在横渡大西洋的轮船上，查尔斯和朱莉亚重逢了，大海上刮起了暴风雨，所有人都晕船了，查尔斯和朱莉亚睡到了一起。作者写到两人上床时，用词非常古怪："而这时在波涛汹涌的海上，就要遵守礼仪，仅此而已。仿佛占有她的纤细腰身的转让契约已经拟定并且盖了章。我作为一笔财产的完全保有者正在把它记入我的第一笔账目中，这笔财产我要从容地享用和开发。"

这部小说是以查尔斯的回忆笔调写的，他在运用比喻的时候很诗意。我们来看一段诗意的："这些回忆就像是圣马可教堂外面的鸽子一样，到处都是，在脚边，或是单个，或是成双，悦耳地咕咕叫着聚在一起，点着头，神气地走着，眯着眼睛，梳理脖颈间柔软的羽毛，如果我站着不动，它们有时会栖息在我的肩膀上；直到突然传来一阵中午的炮声，马上，它们全都扑棱棱地乱飞起来，人行道空荡荡的了，整个天空被喧嚣的鸽子遮得黑压压的。"

你看，叙述者用的比喻多么诗意，但为什么大西洋暴风雨中的一条船，船上的一场相会，十年前的姑娘变成少妇，他会用转让契约、盖章、财产、保有者、账目、开发这些古怪的词呢？作者在这一章节对暴风雨和晕船的描写像一场漫长的前戏，到关键时刻却用了这么一个奇怪的比喻一笔带过。大西洋上的星星也曾掠过牛津大学的塔楼，年轻时错过的爱情能得到补救吗？查尔斯离婚了，朱莉亚也离婚了,他们能结婚吗?他们能继承白庄大宅吗?难道查尔斯和朱莉亚上床的时候,心里想的是占有他们家的那栋大宅子吗?还真有这个可能。

后来,白庄的爵爷说要把房子遗赠给朱莉亚和查尔斯时,有一段心理描写,写查尔斯是怎么想的。他说:"这给我展现了一个前景,这个前景一个人在大路转弯的地方就可以看到,像我当初和塞巴斯蒂安在一起第一次看到过的那样,一片与世隔绝的幽谷,一片比一片低的湖泊,前景是一片旧宅,世上的其余东西都被丢弃和遗忘了。这是一个拥有自己独特安宁、爱情和美的天地;这是一个在异国露营地的士兵的梦;这种前景也许正如在经历了许多天沙漠中的饥饿的白天和豺狼出没的黑夜之后,一种神殿的高高的尖顶所提供的前景。如果我有时被这种幻象迷住,难道我就该责备我自己吗?"当然不应该责备,但这一段的确写得太含蓄了,太扭扭捏捏了,有那种绅士的得体,没有任何得意忘形。

查尔斯有可能得到这所大宅,有可能作为主人住进这所大宅。他早年间看见这所大宅,惊叹于这所宅子里里外外的美,早年间他离开白庄时,感觉就像被牛津大学开除了一样,感觉自己把青春和幻影都留在了那里,此后去哪里都会缺失一部分。十年后他有可能获得这所大宅时,他当然不该责备自己被幻象迷住,那个幻象太诱人了。当然,朱莉亚最后还是没能和他结婚,他没能得到这宅子。战争来临,他参军了。他三十九岁,感到自己衰老了,再次来到这所宅子时,白庄变成了军营,温泉也干涸了,扔满了烟头。

我年轻时喜欢这个故事,完全是被其中的英国符号给迷住了——牛津,白庄大宅,彻底狂饮葡萄酒,男欢女爱之外可能还有男欢男爱,老贵族,阶级意识,打猎,索恩式书房。我本以为这样的故事就发生在老英格兰呢,后来才意识到我们这里也有类似的故事。

苏州博物馆落成那年,我去苏州采访,当时有一种说法,说苏州博物馆占了拙政园的一个角,对旧有的园林形成了破坏。我无从判断这说法是真是假,到当地采访也谈不出个所以然。苏州有一位采访对象跟我说,"你该去找拙政园主聊聊"。我一下糊涂了,这园子不是国家的吗?哪儿还有主人啊?当地人说,有,拙政园主的后人就住在上海。他给了一个电话、一个地址,我跑去上海,找上了门。一位老太太给我迎进去,是个两居室,客厅大概十来平方米,一间卧室的门紧闭,卧室里是拙政园的一位后代,应该是八九十岁,不太方便见客了。那老太太是他女儿,给我倒了一杯水，讲自己小时候在拙政园怎么玩，怎么听戏，我坐在那儿听，半信半疑。那就是她在讲述她的阿卡迪亚。

采访回来，有同事跟我闲聊，说贝家在苏州也有园子，民国时的颜料大王贝润生发财后，买下了狮子林，贝润生就是贝聿铭的叔叔，贝聿铭小时候就在狮子林里玩过。狮子林比拙政园小，等贝聿铭设计苏州博物馆，一定要占拙政园一角，这说明贝氏家族后来居上，在苏州拔得头筹。这样的故事听着不错，应该有人写成小说。乡村大宅是英国人的顶级居住水准，苏式园林就是中国士大夫阶层的顶级居住水准。英国人围绕着乡村大宅写了那么多小说，我们也应该围绕着园子写。我可以提供一个素材。有一个作家叫周瘦鹃，在上海办杂志，最早发表了张爱玲的小说。他在苏州有一个小花园，叫"周家花园"，解放后，他回到苏州，躲进自己的园子里，养花、弄盆景，写了很多篇文章都是关于花花草草的，有好多领导人去过他家的花园。但"文革"开始，周瘦鹃挨批斗了，一九六八年他在自家花园里投井自杀。当时他七十多，最小的女儿才八岁。多年之后，我在一本时尚杂志上看到了周家花园的报道，主人正是周瘦鹃的女儿，小花园不大，收拾得非常漂亮。不管大小，能把祖辈留下的花园保住，能传下去，这就是很不错的故事。

周作人有一篇很短的文章叫《娱园》——周作人所有

的文章都很短，这一篇还算曲折一点儿。娱园是一个文人的园子，后来归了周作人舅父的丈人。鲁迅和周作人小时候去那里玩过，园子已经颓败了，不过在小孩子看来还是很好玩。园子主人的儿子整天抽大烟，就跟白庄主人的儿子塞巴斯蒂安终日酗酒一样，都有点儿自我毁灭的气质。整天抽大烟的人，会画梅花，小孩子到黄昏时就去跟他学画梅花。邻居一家姓沈，据说是明朝一个文人的后代，也算是有传承的家族，当然也衰败了。沈家有个年轻人，瘸了一条腿，没事儿在家里给小孩子讲《千字文》。娱园曾有丰盛之时，文人在此聚会，写一些诗文，留下一本《娱园诗存》，周作人就在古诗中体会当年园子里的风光。他也在这里有隐秘的爱的冲动，亲戚中有一个女孩子，跟周作人同年同月同日生，周作人说，"我知道她自小许给人家了，不容再有非分之想，但总感着固执的牵引"。有一次小孩子聚会，周作人拿起那个小姑娘的衣服来跳舞，隐隐有点儿闷骚气息流动。文章最后说，后来他们大了，各自结婚了，那女孩得病了，去世了。"自从舅父全家亡故之后，二十年没有再到娱园的机会，想比以前必更荒废了。但是它的影象[1]总是隐约的留在我脑底，为我心中的火焰的余光

---

[1] 此处引文中"影象"等"别字"，与后文张爱玲引文中"别字"均不改，遵照原文用字。

所映照着。"

园子颓败,故人逝去,这是注定的结局。我们看纳博科夫的故事。他出生于富贵人家,原来住在圣彼得堡大海街47号,年幼时遇到俄国革命,房子充公,里面的艺术收藏都收归国有,乡下的庄园也没收了。纳博科夫流亡海外,用俄语写过一个长篇小说叫《天赋》,有点儿自传体的意思,开头就写流亡在柏林,搬家的场景,搬家公司的卡车到了,主人公要熟悉新搬到的街区。没住些日子,房东给他轰走了。再搬到一个新地方,房子也不隔音,屋子里又小,牙膏掉到暖气管后面,主人公去捡牙膏,脑袋撞到暖气管上。主人公的回忆和想象中,会出现俄罗斯的庄园和中亚地区的风光,到结尾处,写柏林郊外的格伦瓦尔德公园,主人公说:"请把你的手给我,亲爱的读者,让我们一起走进森林。"他感觉自己像是亚当或者人猿泰山,跟大自然融为一体,这就有很强的田园牧歌的意味。阿卡迪亚式的庄园总会出现在纳博科夫的小说中。我们在《文学体验三十讲》第二季中谈过他的小说《爱达或爱欲》,故事就发生在庄园中。有一位评论者说:"对成年的纳博科夫来说,一个记忆中的阿卡迪亚是所有意象中最强有力、最值得珍惜的。它是平和的、富有想象的人的最初世界,这种人叫诗性的人,他高于并且先于他的智人亲属。"

你看,在一个美丽的地方长大,就会成为一个"诗性的人"。不过,在这里我再庸俗一下。纳博科夫原来住大豪宅,家里庄园有好几个,舅舅去世,给他留下的遗产相当于两百万美元,流亡海外,这些东西就没了。那他心疼不心疼呢?有一个商人做股票投资,亏了一大笔钱,跑去跟纳博科夫说:"我算是理解你的痛苦了。"结果纳博科夫在《说吧,记忆》中专门给他写了一段,大意是,你理解个屁啊。我向来鄙视那些心疼钱而仇视革命的流亡者,我对过去的思念是对失去的童年的非常复杂的一种感情。我们看纳博科夫怎么写舅舅的维拉庄园——

> 我再度看见了我在维拉上课的房间,墙纸上的蓝色玫瑰,开着的窗子。皮沙发上方的椭圆形镜子里满是窗子反射出来的映像,舅舅正坐在沙发上贪婪地读着一本破旧的书。渗透在我的记忆中的一种安全、安乐和夏季的温暖的感觉。那个鲜活的现实变成了今天的幽灵。镜子里满溢着光明;一只大黄蜂飞进了房间,撞在天花板上。一切都应该如此,什么都不会改变,永远也不会有人死去。

纳博科夫到五十六岁写出《洛丽塔》，经济上宽裕了，从美国移居瑞士蒙特勒，住在蒙特勒宫酒店。我去过那家酒店，在日内瓦湖边上，能看到雪山，非常漂亮。他在酒店里住了十来年，没再买房子。房子和家总是不一样的。他说他的家就是大海街47号。

张爱玲有一篇散文叫《私语》，是一九四四年给杂志写的一篇稿子，开头就说，今天房东派人来测量暖气管子，大概要拆下来卖掉，如果人们"只顾一时，这就是乱世。乱世的人，得过且过，没有真的家"。她说："现在的家于它的本身是细密完全的，而我只是在里面撞来撞去打碎东西，而真的家应当是合身的，随着我生长的，我想起我从前的家了。"她说她父亲留下来一本书，是萧伯纳的剧本，扉页上父亲写下题记："天津，华北。一九二六。"然后写着自己的英文名字，"提摩太·张"。原本她以为，在书本上写几行题记很啰唆很无聊，但看见爸爸这几个字，让她很喜欢，因为有一种春日迟迟的气息，很像在天津的家。张爱玲一九二〇年九月出生在上海，在公共租界里的张家公馆，两岁的时候搬家到天津。

《私语》这篇文章中，张爱玲回忆家中的秋千架和天井，说小时候常常被带到起士林去看跳舞，面前的桌子上有蛋糕，白奶油正好跟她的眉毛对齐，吃完蛋糕，她被用人抱回家。她生活在一个物质丰富的环境中，所以她的感官会对细节很在意，她的趣味也会变得纤巧精致。她写家里："松子糖装在金耳的小花瓷罐里。旁边有黄红的蟠桃式磁缸，里面是痱子粉。下午的阳光照到那磨白了的旧梳妆台上。"她写姑姑和妈妈出洋留学时分别的场景。说妈妈上船那天，伏在竹床上痛哭，"绿衣绿裙上面钉有抽搐发光的小片子"，"她睡在那里像船舱的玻璃上反映的海，绿色的小薄片，然后有海洋的无穷尽的颠波悲恸"。妈妈绿色衣裙上闪亮的小薄片是装饰物，张爱玲从薄片的反光，写到海洋的颠波悲恸。这是张爱玲写作的一个特点：文字中充满意象。

等她从天津搬到上海，住进了一所花园洋房里，"有狗，有花，有童话书，家里陡然添了许多蕴藉华美的亲戚朋友……我写信给天津的一个玩伴，描写我们的新屋，写了三张信纸，还画了图样。没得到回信——那样的粗俗的夸耀，任是谁也要讨厌罢？家里的一切我都认为是美的顶巅。蓝椅套配着旧的玫瑰红地毯，其实是不甚谐和的，然而我喜欢它，连带的也喜欢英国了，因为英格兰三个字使我想起蓝天下的小红房子，而法兰西是微雨的青色，像浴室的磁砖，沾着生发油的香，母亲告诉我英国是常常下雨的，法国是晴朗的，可是我没法矫正我最初的印象"。

我们可以说，家庭环境也让张爱玲成为一个"诗性的人"，但她的家庭生活实在是不幸福。爸爸妈妈离婚后，爸爸再婚，爸爸和后妈都抽鸦片烟。他们搬到了一个老洋房，张爱玲写："我就是在那房子里生的。房屋里有我们家的太多的回忆，像重重叠叠复印的照片，整个的空气有点模糊。有太阳的地方使人瞌睡，阴暗的地方有古墓的清凉。房屋的青黑的心子里是清醒的，有它自己的一个怪异的世界。"等她爸爸动手打她，说要开枪打死她，她说："我生在里面的这座房屋忽然变成生疏的了，像月光底下的，黑影中现出青白的粉墙，片面的，癫狂的。"她被关在家里，用人跟她说，你可不要逃走啊，你要是离开这里，就再也回不来了。她病了，爸爸也不给她请医生，张爱玲写："躺在床上看着秋冬的淡青的天，对面的门楼上挑起灰石的鹿角，底下累累两排小石菩萨——也不知道现在是哪一朝，哪一代……朦胧地生在这所房子里，也朦胧地死在这里么？死了就在园子里埋了。"等她从爸爸家里逃到妈妈家里，用人还把张爱玲小时候的一些玩具给她拿过来，"内中有一把白象牙骨子淡绿鸵鸟毛摺扇，因为年代久了，一扇便掉毛，漫天飞着，使人咳呛下泪"。

张爱玲后来去香港上学,再回到上海,二十出头就成了知名作家。很多杂志都争着发她的作品,这篇《私语》就是编辑约的稿子,写于一九四四年。我们知道,张爱玲的祖父、外曾祖父、外祖父都是近代史上很重要的人物,跟纳博科夫的祖辈差不多。时代变化,这点儿祖荫是享受不到了。但生在乱世的人,没有多少人能享受到安稳和平安。

一九四五年四月的某一天,张爱玲和她的朋友苏青在上海公寓的阳台上聊天,说"我们享受不到一个太平的理想的世界了,也许下一代人才能享受到"。我读一下《我看苏青》结尾这一段——

> 她走了之后,我一个人在黄昏的阳台上,骤然看到远处的一个高楼,边缘上附着一大块胭脂红,还当是玻璃窗上落日的反光,再一看,却是元宵的月亮,红红地升起来了。我想道:"这是乱世。"晚烟里,上海的边疆微微起伏,虽没有山也像层峦叠嶂。我想到许多人的命运,连我在内的;有一种郁郁苍苍的身世之感。"身世之感",普通总是自伤、自怜的意思罢,但我想是可以有更广大的解释的。将来的平安,来到

的时候已经不是我们的了,我们只能各人就近求得自己的平安。

这一讲有点儿长,其中转折太多,我们从《旧地重游》说起,最后说到张爱玲这里来了。假设我们都有一双上帝之眼,能在一九四四年从上帝视角打量这个世界,我们会发现,伊夫林·沃那时正在写《旧地重游》,他在"二战"期间是伞兵,跳伞受伤了,养伤期间写完了《旧地重游》,等欧战胜利的时候,这本小说就要出版了。但亚洲的战事还在继续,上海沦陷区,张爱玲写了一篇《私语》,回忆自己小时候的家。她还有强烈的乱世之感,乱世还远没有结束。

乱世会摧毁所有人的阿卡迪亚,我们还是用电影《旧地重游》中的一句台词来结尾吧:"我想在我幸福生活过的每一个地方埋一件宝贵的东西,等我变得又老又丑又不幸的时候,我就可以回去把它挖出来,回忆往事。"但愿我们在幸福生活过的地方,还有宝贵的东西。

第二十三讲 和家人相处时间的长短最能体现一个人的忍耐力

有一个法国作家叫迪迪埃·埃里蓬,他出生在一个工人阶级家庭,爸爸是工人,妈妈当过一段时间保洁员。年少之时,爸爸总会拍着桌子对他喊,去剪头发。迪迪埃留长头发,穿着打扮略奇怪,他是个同性恋少年。哥哥们说他是"娘娘腔",妈妈会说"像你们这种人"。随着他的年龄增长,他和兄弟及父母的关系变得疏远。迪迪埃说:"家庭不是一个固定不变的环境,它充满了变数:如果我的兄弟们成为律师、艺术家、作家……我就会经常与他们来往,就算关系并不亲密,我还是会努力维系兄弟之情,并打心眼里把他们看作自己的兄弟。对于我的叔叔、婶婶、堂兄妹、表兄妹、侄子侄女,道理也是相同的。如果说,人们拥有的社会财富首先应该由人们所维系的、可调动的家庭关系构成的话,可以说我的人生轨迹(以及其间我与家人关系的断裂)让我变得身无分文,甚至负债累累:我所经历的不是对家庭关系的维护,而是抹杀它们。在很多资产阶级家庭，人们会与远房的兄弟姐妹保持联系，而我，曾经试图远离我一母同胞的亲兄弟。所以，当我在人生旅途中遭遇困难、需要帮扶时，我无人可以求救。"

这段话说得很老实——如果家庭是一种资源，能给我带来钱和地位，那我愿意维系家庭，甚至维系大家族，但如果父母兄弟姐妹都地位不高，都穷，那"亲情"这个词也显得苍白了。迪迪埃说，他对父母的身份满怀怨恨，但也深知社会的不平等，妈妈午夜入睡，凌晨四点起床去工作，挣来的钱，供他在高中课堂上读蒙田和巴尔扎克，供他在大学里读亚里士多德和康德。他写高中时的音乐课，老师拿来唱片，让他们听，那些来自资产阶级家庭的孩子，听一段就会识别出来，"穆索尔斯基的《荒山之夜》"，而那些来自工人阶级家庭的孩子，根本就没听过这些音乐。

对少年迪迪埃来说，有两条路。一条路是赶紧挣钱，当工人，缓解家里的经济困难，他的兄弟们走的就是这条路，而后成为和父母一样的工人阶级，辛苦工作，挣了钱就买大电视。另一条路，是保持自己的爱好，他喜欢文学和哲学，想成为一个知识分子。两条路，一条路是为家庭考虑，一条路是为自己考虑。迪迪埃为自己考虑，上大学选了哲学专业，妈妈认为他应该学西班牙语，更好找工作，但十八岁的迪迪埃知道，他离父母已经越来越远了。

迪迪埃不愿意像父母那样生活,干体力活儿,没有精神世界。他长大后,要填写社会表格,如果表格中有父母职业一栏,他就感到羞耻,他想完成"阶级跃升"。他说:"这种自我再教育几乎就是完全改变自己,只有完成它,我才能进入另外一个世界、另外一个社会阶级,才能远离我过去的一切。对于艺术作品的喜好或者对一切文学艺术的喜好总是会让一个人显得更高级……那些热衷于'高雅'文化活动的人们从这些行为中获得了如此多的自我满足感和优越感,这种满足感和优越感展现于他们永远不会放下的神秘微笑……这样的场景总是让我觉得惊恐,然而我依旧努力让自己变得和他们更加相像。"

迪迪埃是家里第一个接受了完整中学教育的人,他十一岁的时候,哥哥十三岁。有一天放学,妈妈带着哥哥路过一家肉铺,肉铺在招学徒。妈妈问哥哥:"你有兴趣吗?"哥哥说,好。妈妈带哥哥进了肉铺,兄弟两个的人生轨迹就此岔开。哥哥二十出头就结婚了,很快就有了两个孩子。迪迪埃大学毕业后,有长达三十五年的时间跟哥哥没有来往。三十五年过后,哥哥靠社会救助生活,常年搬运动物骨架让他的肩膀受了伤,当不了屠夫了。迪迪埃说:"我通过我们之间的差距来衡量自己获得的成就……我的哥哥默默地成为我人生的参照系。"

他也有很多年不曾去看望父母,爸爸患老年痴呆,住进养老院,迪迪埃想的是,这病会不会遗传。在父亲死后,迪迪埃对他的一位资产阶级朋友说:"我不会参加葬礼,但我还是应该回到兰斯看望母亲。"那位朋友说:"是的,公证人打开遗嘱的时候你无论如何应该在场。"资产阶级朋友永远无法知晓无产阶级,迪迪埃说,对于平民阶层,各代人之间不会有什么东西要传承,没有资产,没有别墅,没有老家具,没有什么值钱的玩意,父母辛苦一生攒下的钱,爸爸死了,就是妈妈的,儿子不可能从这个账户里分到钱。

迪迪埃回家看望妈妈,闲聊时,妈妈会打开相册,给他指认照片中的亲戚,这是谁的儿子,这是哪一个表兄,这个是工人,那个是泥瓦匠,这个姐姐是税务员,等等,妈妈会说,他们过得不错,他们挣得不少,但迪迪埃说,他们的社会地位没有改变,他们与这个世界的关系没有改变。

迪迪埃的这本书叫《回归故里》,他很真实地写下了自己的家庭故事。你对家庭故事感兴趣吗?今天我来说一个写家庭的作家。

多年前,我在《时代》周刊的封面上看到乔纳森·弗兰岑，杂志上说，他想写出"伟大的美国小说"，要写得广阔，以至于每个读者都觉得自己被写了两笔似的。我找出他的《纠正》，小说写的是美国中西部一对老夫妻，盼着三个儿女回家过圣诞节，但三个孩子都在应付自己狼狈的生活，大儿子被老婆孩子弄得焦头烂额，二儿子失业，没钱付房租，吃饭都成问题，小闺女本来有稳定的工作，却跟自己的老板和老板的老婆分别上床。那时候我对"家庭题材"不是很感兴趣，没看下去。

阅读兜兜转转，等我对家庭生活有了更多的经验，我倒喜欢上了弗兰岑。我们看《纠正》中的妈妈都在念叨什么——邻居家那个小伙子发财了，盖了大房子，开派对吃的是鲜虾金字塔，你在纽约租的房子还不如人家的厕所大。你找到好工作了吗？你什么时候结婚啊？你为什么要离婚？你老婆孩子跟你一起回家过节吗？我买了《胡桃夹子》的票，咱们一家人可以去看芭蕾舞。——妈妈期盼的圣诞节，是圣诞树上的装饰，有一串串彩灯闪烁光芒，可孩子眼中的圣诞树是一棵死树。

家庭故事中有许多意蕴丰富的潜台词，一个人说出一句话，另一个人接了一句茬儿，字面意义背后还有好多没说出来的话，比如《纠正》中有这样一个场景——妈妈喝干杯子里的酒，对女儿说："我还有一件事真的需要你帮忙。"女儿丹妮丝略顿片刻，才礼貌而热情地接过话茬："什么事？"这种踌躇不决的神情证实了妈妈久已有之的看法：她和艾尔抚育丹妮丝不知什么地方走了弯路，没能向他们最小的孩子恰当地灌输豁达大度和乐于助人的意识。

这是家庭故事中暗流涌动的一面，妈妈说，"我有一件事真的需要你帮忙"。女儿心中想，噢，拜托，千万别提什么太出格的要求。她回答稍微迟缓了一些，这个迟缓大概是一秒或两秒，但已经把心中的抗拒表达出来了，妈妈读出了女儿的抗拒，她的反射弧更长，想到自己是怎么教育女儿的，女儿不够豁达，不乐于帮助父母，是她早年的养育出了问题。当然，女儿也明白妈妈心里的念头，可她并不在意，女儿知道自己延迟一秒作答会让妈妈心中不快，可她也说不清楚她到底是不是有意让妈妈不快，她抽出时间来陪妈妈吃一顿饭，是想让妈妈快乐的，但不知为啥，她还是会用延迟一秒作答来给妈妈心头添堵。家庭戏的麻烦就在于你要把这些潜台词全表达出来。

弗兰岑的散文集《不适区》(*The Discomfort Zone*)中的一段回忆，讲他爸爸妈妈带他到奥兰多的迪士尼乐园玩，他那时已经上中学，对迪士尼没那么大兴趣了，可爸爸是一个公平大度的爸爸，爸爸曾经带着乔纳森的两个哥哥在迪士尼玩过，所以也要带着乔纳森玩一趟。出发之前，乔纳森提出要穿T恤和破洞牛仔裤，妈妈不同意，让他穿上规整的衬衫。一家三口到了迪士尼，每一个游乐项目都有一大堆人排队，所以儿子意兴阑珊，哪个项目也不玩。吃完午餐，爸爸下命令，一定得玩一个。儿子指着旋转木马，那就玩这个吧，这个没人排队。旋转木马是给学步儿童玩的，父子两人坐上去，一圈圈旋转，妈妈在一边拍照，可以想见，儿子是不高兴的，他心中肯定有一股怨气，这怨气可能源自不能穿自己喜欢的衣服，也可能因为他年纪不小了还要受制于父母，妈妈也知道儿子并不开心，爸爸也未必不知道儿子不开心，可一家三口出来玩，为什么就不能高高兴兴的。爸爸在旋转木马上假装开心，儿子忍着自己的恶心，妈妈在一边拍游客照，他们三个都无从解释心中为什么不痛快。

我想，对家庭生活稍稍有点儿经验的人，都经历过与上面两个场景相类似的情境：一家人去环球影城玩，本来该高高兴兴的，可心里忽然有一股怨气——别人都买了速通卡，为什么我不舍得花几百块钱省去排队的麻烦，明明是我来陪你玩的，可为什么你没有耐心；春节一家团聚，妈妈期待她说的每一句话都得到及时而热烈的反应，可你就是有点儿迟钝，就是要慢半拍。为什么你的焦虑不能讲给父母听呢？因为他们只会让你更加焦虑。再说他们可能只想听到好消息，他们的生活经验已经无法应对这个快速变化的时代，可他们对自己的无知还半信半疑。

美国作家安·泰勒二〇一八年接受《纽约时报》采访时说过一句话——"和家人相处时间的长短最能体现一个人的忍耐力"。弗兰岑的《不适区》，有一段正好回应了这句话。那是一九七〇年五月，他的哥哥汤姆和爸爸吵了一架。汤姆要上大学了，爸爸想让汤姆选建筑专业，而汤姆想去学电影，爸爸托人帮忙，在家乡给汤姆安排了一个跟工程相关的暑期工，汤姆不愿意去，两个人晚上吵架，十岁的乔纳森已经上床睡觉，他听见哥哥和爸爸在起居室吵架，然后哥哥摔门而去。第二天早上，妈妈问，昨天听到了什么？乔纳森回答，没有。妈妈再问，没听到汤姆和爸爸吵架？乔纳森回答，没有。妈妈拥抱乔纳森："汤姆和爸爸吵架了，吵得很凶，不过这是他们两人的事，跟你无关。"乔纳森在妈妈的拥抱中，身体非常僵硬，他有点儿歉意，在妈妈的拥抱中，不该这么僵硬。妈妈说，不要把他们吵架的事情告诉别人。妈妈有一个信条，家丑不可外扬，哥哥很快就会回来的。没过几天，离家出走的哥哥汤姆回来了。但乔纳森说："我本希望家里平安无事，但汤姆这一跑一回，让家里人不由得自问：为什么我们要在一起？"

是啊，为什么我们要在一起？因为我们是一家人，我们有血缘关系？但爸爸妈妈本来是陌路人，结婚多年，养育了一个或者三个孩子，孩子大了就不再听父母的安排了，他们要独立了。父母老了，孩子成家了，孩子忍耐父母，父母也忍耐孩子，告诫自己不要唠叨，到分别的时候，父母会想起把孩子拉扯大是多么不容易，可到底是什么东西让一家人变得生分了？时间是黏合剂吗，能让一家人经受住风雨？时间是腐蚀剂吗，慢慢败坏一家人骨肉相连的纹理？在弗兰岑的小说中，时间大多是以腐蚀剂的样子存在。

我上面说的场景，有的来自弗兰岑的散文集《不适区》，有的来自他的小说《纠正》，你肯定看出来了，弗兰岑的小说有一定的自传色彩，他自己的家庭和《纠正》中描述的家庭很相似。现实中，爸爸是工程师，后来得了老年痴呆；小说中，爸爸是工程师，患有帕金森病和老年痴呆。妈妈总是妈妈，妈妈总想让家里一切正常，至少外表上看，一切正常。小说《纠正》中，有这样一段情节，大概意思如下：爸爸外出工作十一天之后，回到家里，问妈妈晚上吃什么。妈妈怀着他们的第三个孩子，准备做鹅肝、咸肉和芜菁甘蓝。厨房是她的领地，她想做什么就做什么。餐桌上，二儿子奇普不好好吃，爸爸下命令，你不吃完饭不许下桌子。其实，爸爸也不喜欢吃，也觉得哪儿不对劲，他默念着叔本华——我们在世间遭受的折磨，相当程度上在于时间不断给我们制造压力，从不让我们喘息片刻，总是跟在我们身后，犹如一个手持皮鞭的监工。爸爸吃完饭，就躲到地下室去搞自己的研究，妈妈吃完，和大儿子到地下室打乒乓球。几个小时过后，妈妈带大儿子睡觉了，爸爸走出实验室，发现二儿子坐在餐桌前睡着了，褐色鹅肝的边缘部分被切下来吃掉了，芜菁甘蓝只剩下一点儿，上面全是叉子的齿痕，几棵甜菜也切开了，嫩的叶子吃掉了，发红的老根儿撇在一边。二儿子努力吃了，如果不吃完，是没有甜点的，甜点不过是煎菠萝，颜色像屎一样。

工程师爸爸默念叔本华？这样的安排是不是有点儿刻意？弗兰岑的爸爸还真念过哲学，父母两人最初就是在明尼苏达大学晚间哲学课上遇到的。当时他爸爸在铁路公司工作，听哲学就是图个乐子，他妈妈在一家诊所做前台接待，想业余时间修个学位。妈妈的第一份作业叫"我的哲学"，她形容自己是一个"普通姑娘"，说自己信奉家庭生活，家庭是幸福的基石，其作用胜过学校及教会。妈妈后来教育孩子，说她最看重一个人的品质是"能干"，而不是"聪明"，因为聪明人多半是自私且傲慢的。

弗兰岑回忆妈妈，语调中颇为嘲弄。他写妈妈病重，安排要跟所有的朋友好好告别，说她最后两年非常关心自己所在社区的房价，盘算自己的房子能卖多少钱，这栋房子在一九九九年估值三十五万美元，比一九六五年买下时上涨了十倍。"这是她一生中最成功的投资，儿子并不是一个比爸爸快乐十倍的人，孙子也不可能接受比她好十倍的教育，一生中除了这处房产，还有什么更好的投资呢？"妈妈去世，儿子们商量尽快卖掉这所房子，弗兰岑回家收拾屋子，拿着一个垃圾袋，把墙上的一百来张家庭照片摘下来，拆掉相框，把照片装到信封里。妈妈有个习惯，给冰箱里储存的肉贴上日期标签，他收拾冰箱，结果发现冰箱里有三年前和九年前的冻肉。有三个房产经纪人来看房，这是一所学区房，最初报价三十八万，想着八月份就能卖出去，但到了十一月，房子降价降到了三十一万，好像妈妈留给他们的爱也在打折。他写妈妈曾有一次跟爸爸到欧洲度假，受公司款待，住进巴黎的丽兹酒店，妈妈要在日记中记下她对每一家高级餐厅的观感。

这种嘲弄口吻也时常在小说中出现。在《纠正》中，爸爸妈妈坐豪华邮轮度假，妈妈在邮轮上去听投资讲座，想着该如何安排退休金及医疗保险，患帕金森病的爸爸却从船上掉到了大海里。在最后章节，三个孩子回到了家，满足妈妈一起过圣诞的愿望，爸爸腿脚不便，屎尿失禁，很难从浴缸里迈步跨出来,大儿子去商店里买一个轻便的凳子,这样爸爸可以坐着淋浴。跟商店服务员闲聊时,大儿子说,知道这凳子干什么用最好吗?上吊最好,它非常轻,一下子就能踢开。二儿子历尽艰难,从立陶宛赶回来,他发现美国中西部地区这座城市的街道是一片充满财富的乐土,白雪、橡树和冬青花环、结着冰凌的屋檐,宛如幻境,是波兰人和立陶宛人无法获得的国度。

弗兰岑的爸爸一九九五年去世,妈妈一九九九年去世。到二〇〇一年,《纠正》出版。二〇一〇年,《自由》出版,还是一连串家庭故事:主角帕蒂,年少时在一次聚会中被男同学强奸,那位男同学家里有钱有势,帕蒂父母都劝她不要报警,接受现实。家庭像是一个外表斑驳的容器,里面藏着很多屈辱。弗兰岑的嘲弄口吻在《自由》这本书中很轻微。二〇二一年十月,弗兰岑的新小说《十字路口》(*Crossroads*)出版,还是写一个家庭故事。他说:"我对书里的任何人都不刻薄,我爱所有的人物,没有取笑任何人。我接纳他们原原本本的样子。我想我妈妈会欣赏这一点的。"

一般来说,我们还是喜欢看与家庭和解的故事,就像罗大佑唱的,"我的家庭,我诞生的地方,有我童年时期最美的时光,那是后来我逃出的地方,也是我现在眼泪归去的方向"。现实生活中也不乏这样的和解故事,但人类故事也离不开家庭疏远这个主题。上帝把亚当和夏娃逐出花园,这不就是一个家庭疏远的故事吗?

康奈尔大学一位社会学家写过一本书叫《断层:破碎的家庭及如何修复》(*Fault Lines: Fractured Families and How to Mend Them*),书中有一份调查说,在1340个成年人样本中,27%的人与亲属疏远——包括10%与父母或孩子疏远,8%与兄弟姐妹疏远,其余9%与表亲、阿姨、叔叔、祖父母和其他亲属疏远。这些疏远中有一半持续了至少四年。书中估计,目前近20%的美国成年人处于疏远状态。这些数据中可能包含着许多悲剧性的故事,被家庭拒绝或决定跟家人不再来往,可能是一个人一生中最痛苦的经历之一。

疏远会被时间冻结。村上春树有一篇三万字的长文,叫《弃猫》,讲的是他和他爸爸之间的纠葛。村上跟他爸爸有长达二十年的时间没有来往,几乎没有说过什么话。等爸爸快九十,村上快六十的时候,两个人才又有了一些交流。然而,这迟来的交流也不带什么追悔的意味,不是说,父子两个又认识到血肉之情,抱头痛哭,不是这样的。而是九十岁的爸爸将要死去,六十岁的儿子也没那么固执了。六十岁，九十岁，二十年，这些数字，都显得有点儿大，可父子关系、家庭关系就是这样，要延续很多很多年。甚至你出生之前那些岁月，就以某种奇特的方式笼罩着你。父子之间的矛盾由何而来？村上没写。家中的矛盾，家中的不痛快，本来就很难说出口，都是日常琐碎的感受，日积月累，也就不知从何说起了。如果我们稍稍有些生活的经验，就会明白这一点。

第二十四讲 最平常的恐怖故事

托卡尔丘克有一个很短的小说叫《旅客》，说的是一个小男孩，三四岁的时候，每到夜晚来临，就感到特别恐慌，他爸爸妈妈安慰他说，没事儿，别害怕。他姐姐总给他讲吸血鬼的故事，吓唬他。小男孩总觉得有人盯着他，那个人站在阴影中，有胡子，有皱纹，抽着烟，烟头一亮，就泛起红色的光。小男孩不怕吸血鬼的故事，但这个人影太可怕了，人影一出现，小男孩就把头埋进枕头里，尖叫，把父母叫来，可父母来了，什么也没发现。小男孩长大了，人影不再出现，他觉得小时候的事不值一提，肯定是一种幻觉。慢慢地，他六十岁了，有一天下班回家，站在窗前，要抽烟，窗外黑乎乎的，他点上烟，在玻璃窗中看见了自己的样子，有胡子，有皱纹，烟头一亮，泛起红色的光。他想尖叫，可他能叫谁呢，父母已经死了，他终于明白父母说的对——外部世界没啥可怕的，小时候看到的人影不过是自己六十岁的样子。

法国有个塞维涅夫人，文学沙龙中的贵妇人，社交达人，留下了一本《书信集》。她一六二六年出生，一六八七年六十岁的时候给一位男性友人写了一封信，那位男性友人当爷爷了，塞维涅夫人问他："当爷爷感觉如何？你好像比较怕爷爷的神圣地位。"她接下来宽慰这位朋友，她是这样写的："上帝以无比的善意在我们几乎感受不到变化的人生各个阶段引领着我们。人生这个斜坡缓缓而降，几乎完全感受不到其倾斜。我们看不到钟面的指针移动。如果在二十岁，有人让我们在镜子中看到我们六十岁时的面貌，我们想必会一头栽下，会害怕六十岁的面貌。但我们是一天一天地往前迈进，今天犹似昨日，明天犹似今日。我们就这样毫无感觉地往前迈进。这是我所爱的上帝所行的奇迹之一。"

二〇二二年夏天，我带着儿子去郊外玩，在一处溪流中玩水，溪流中有石头，我站在一块石头上，旁边有一个孩子拿着网兜捞鱼，他忽然叫了我一声"爷爷"，爷爷你要如何如何，我记不得他说了什么，就记着"爷爷"这个称呼了。有人管我叫过"叔叔"，有人管我叫过"大爷"，这是第一次有孩子管我叫"爷爷"。难道我那么老了吗？难道我身体姿态不好，看上去已经是个老年人了吗？人会抗拒自己的衰老，不愿意去想象自己老了之后的样子，也不太愿意承认自己老了。我们都有年龄歧视，我们把老年人看作异类，其实是抗拒自己衰老，这是人性使然。

俄国作家屠格涅夫说过，五十五岁就是衰老。革命导师列宁经常引用这句话，说人到五十五岁是一个坎儿，革命者不要怕死，活到五十五岁就够本。他老这样念叨，他的战友托洛茨基就老担心自己活不到五十五岁，五十五岁前后非常焦虑，觉得这儿也不舒服那儿也不舒服。等他到五十八岁，感觉自己又焕发了革命热情，有了充沛的性欲，就有了革命的激情。五十五岁的波伏瓦，回忆录已经写到了第三卷，有人分析，说她从中年就开始写回忆录，是为了刷存在感，不能忍受自己在年轻人中被忘记，这是很刻薄的说法。

波伏瓦在第三卷回忆录的结尾说："末日即将来临以及身心俱疲的必然性导致我没有勇气去抗争，再者，我的种种幸福快乐也已淡然无趣了……那将我与尘世连接在一起的一条条纽带，一条条地被蚕食，它们在绷断，很快就会悉数断裂。"[1]

五十五岁的波伏瓦，在一九六三年的十月二十四日接到一个电话，说她妈妈在浴室里摔了一跤，送进医院了。

---

[1] 此处翻译引用自《安详辞世》译者赵璞所写的译后记。

波伏瓦的妈妈当时七十七岁,有髋关节炎,走路很慢,每天吃六片阿司匹林,还是觉得哪儿哪儿都疼。妈妈摔倒之后住进医院,本来以为是骨折,住院检查发现妈妈患有癌症,波伏瓦和妹妹就在医院轮流照顾妈妈。这段经历,波伏瓦写了一本书叫《安详辞世》,我们看其中的一段——

我看着她。她就在那里,在场,清醒,却对自己所经历的一切一无所知。不知道身体里发生的什么是正常的,然而对她来说,身体的外部也无法知晓——受伤的腹部,瘘管,从中流出的污物。她皮肤发青,液体从伤口渗出,她无法用自己几近麻木的双手摸索自己的身体。他们给她治疗和包扎伤口时,她的头只得后仰。她没有再要过镜子,她垂死的面庞不再为她而存在。她休息,做梦,远离她腐败的肉身,耳朵里充满了我们的谎言。她整个人充满激情地专注于一个希望:康复。

她强迫自己下午吞一些酸奶,还经常要求喝果汁。她一点一点慢慢地移动胳膊,小心翼翼地把手抬起来,握成杯子状,摸索着抓住我拿着的玻璃杯子,通过小吸管,她吸取其中有益的维生素,如同一个食尸鬼用嘴巴贪婪地吮吸生命。

波伏瓦生于一九〇八年,她写的《第二性》出版于一九四九年,那是波伏瓦四十岁的时候。她年轻的时候,认为老年妇女不应该有性生活,她甚至认为自己到了四十岁就应该放弃性生活。但她在一九五二年结识了导演朗兹曼,就是后来九小时纪录片《浩劫》的导演,比波伏瓦小十七岁,两人在一起生活了七八年。波伏瓦说,没想到自己四五十岁的时候,还能有一个年轻的情人,这让她焕发了生命力。一九六三年,波伏瓦的妈妈病倒、去世,在照顾妈妈的时候,波伏瓦又结识了一位年轻女性叫西尔维亚,两人关系很微妙,既是情人和朋友,又是妈妈和养女。伍迪·艾伦说过,你要是双性恋,约会的机会就增加了一倍——真是这么回事,波伏瓦的中年危机和五十五岁危机都是通过一个新情人来度过的。

我们对老年人的恶意,有一部分就是认定老年人不能有性欲,老年人稍微风骚一点儿,就会有人骂他老不正经、为老不尊,我们还会嘲笑中年人油腻,对稍微上了点儿年纪的女性非常刻薄。你可能看过一个小品叫《最后一个 Fuckable Day[1]》,几个女性喜剧演员庆祝最后的 Fuckable

---

[1] Fuckable Day,意为"可以做爱的日子"。

Day，到了一定的岁数，她们就被认定不再有性吸引力了。日本作家谷崎润一郎写过两本小说，一本叫《钥匙》，一本叫《疯癫老人日记》，写的都是性。《钥匙》的主人公五十六岁，还不算老。《疯癫老人日记》的主人公七十七岁。这两本小说中，性跟死紧密相连。前一个故事里，男主角死在床上。后一个故事里，老爷子在安排自己的墓地，他想在坟上立一座佛像，再刻上一个脚印，佛像按照儿媳妇的样子来，脚印也是把儿媳妇的脚丫子拓下来，老爷子在儿媳妇的脚上抹上墨水，血压飙升。一般来说，我们读谷崎润一郎的小说，总喜欢《细雪》，京都赏樱花多么美，《钥匙》和《疯癫老人日记》都是日记体，那种文体和主题好像只适合偷偷看，不适合讨论。

那我们就聊一些认真的东西。波伏瓦一九六四年写完《安详辞世》，开始认真思考老年问题。一九七〇年，波伏瓦出版了《论老年》。这本书体例上和《第二性》很相似，也分成上下两部，第一部从民族学和历史的角度来考量老年，第二部从个人体验的视角来考量老年。书中有大量文学作品的分析，读起来比《第二性》要容易，但这本书的知名度远远比不上《第二性》。直到二〇二〇年八月，这本书出版五十年后，我们才有了中文译本。

在《论老年》的第二部中，波伏瓦讨论了老年人的性欲问题。从文艺的角度看，性欲和创造力之间有奇妙的关系，雨果、毕加索到了晚年还有旺盛的创造力，也有强大的性欲，为了创造，他们必须有某种攻击性，这种攻击性就根植在性欲中。对普通人而言，到了老年，也需要情感上的温暖来感觉自己和世界是连接在一起的，这份情感上的温暖在肉体欲望消失之后，会不会熄灭呢？缺乏肉体接触之后，某个层面的人生会不会也随之消失？作家纪德思考过这个问题，他说："有一段时间我痛苦焦虑，被欲望所缠，我祷告，当肉体收束之时，我可以整个献身。但是献身给谁呢？献给艺术？献给纯粹的思想？献给上帝？真是无知极了！真是疯狂极了！这等于是以为油尽之后，灯火还能燃烧得更旺。今天我身上还带有养活我思想的肉体，但我能不能保有这肉体和欲望直到死亡来临？"

我在《文学体验三十讲》第一季中，讲过菲利普·罗斯的一本小说叫《垂死的肉身》，还用了一个很煽情的题目叫"衰老是一场屠杀"。那个小说写的是一个老男人和一个年轻姑娘上床的故事，老男人痴迷年轻的肉体，其实那个老男人处在"第三年龄"。社会学家把人的年龄分成四个阶段，儿童及青少年期、职业及谋生期、退休期、依赖期。人退休之后是"第三年龄"，这段时间身体还不错，还能享受闲暇，等疾病缠身要依赖别人，才是"第四年龄"。我当初读《垂死的肉身》所领会到的并不是衰老，而是担心失去交配机会——真正可怕的"第四年龄"还没来呢。后来我又读了罗斯写的一本书叫《遗产》，写他照顾八十六岁患癌症的父亲，其中有一幕看得我惊心动魄，那是他爸爸通便不畅，四天没有拉出屎来。一家人吃午饭的时候，爸爸上楼去了，到喝咖啡的时候，爸爸在上面还没有动静，罗斯起身去察看——

  他没死，虽然他可能也希望自己还不如死了。

  在上二楼的楼梯上我就闻到大便的臭味。洗手间的门敞开，门外过道的地板上扔着他的粗棉布长裤和内裤。我父亲，全身赤裸，站在门后面，刚刚冲好淋浴出来，浑身还淌着水。臭味很重。

  看到我，他快要哭出来了。他用一种我所听到过最绝望的声音，把整个不用说就可以猜到的经过告诉我。"我大便失禁了。"他说。

  到处是屎，防滑垫上沾着屎，抽水马桶边上有屎，马桶前的地上一坨屎，他刚用过的淋浴房的玻璃上溅着屎，他扔在过道的衣服上凝着屎。他正拿着擦身子的浴巾角上也沾着屎。在这间平时是我用的小洗手间里，他尽了最大的努力想独自解决问题，可由于他几近失明，加上刚出院不久，在脱衣服和进淋浴房的过程中就把大便弄得到处都是。我看到，连水槽托架上我的牙刷毛上也有。

我还是就引用到这里吧，后面两三页的篇幅，罗斯写他怎么清扫卫生间，怎么把一堆东西塞进垃圾袋里扔掉。我看到这里的时候，是非常不适应的。罗斯的爸爸发病的时候八十六岁，有一天早上醒来，发现自己半边脸瘫了，然后确诊，脑子里长了一个瘤子，此时罗斯五十五岁，此后一年多，罗斯照顾他爸爸直到老人家去世，其间罗斯自己还做了一次心脏手术，要不然他可能会死在他爸爸前面。他说爸爸给他的遗产不是金钱和债券，而是屎。

我快到五十五岁了，所以对那些以衰老为主题的作品更留意一些。我看到了日本女诗人伊藤比吕美写的《闭经记》，她写这本书的时候五十五岁，她说："闭经之后，女人身体的所有部位都开始变得干燥，萎缩，出现褶皱，这种变化是无法阻止的。"我还看了一位英国人写的《当你老了》，老先生从九十岁生日那天开始写日记。我前两年读过一本书叫《中年的意义》，没想到很快又读了《学习做一个会老的人》。我也很认真地读了波伏瓦的《论老年》,从理论上学习一下老年是怎么回事。

我们可能都知道有一个日本电影叫《楢山节考》,讲日本古代信浓国乡村里的弃老传统。乡下人非常穷苦,村子里有一个不成文的规定:老人到了七十岁,就要由家人背着,送到深山野岭等死,避免消耗家中的粮食。六十九岁的阿玲婆,也打算上山去了。她还能工作,还有一口好牙,在这个年纪还很能吃。她的孙子编了一首儿歌笑话她,说她有三十三颗好牙,阿玲婆拿一块石头敲断了自己的两颗门牙。她的儿子要再婚,她的孙子要结婚,家里会有两个年轻女人,老太婆没用了。按照习俗,阿玲婆由儿子背着,送到上山等死。她盼着山上下雪,下雪是好兆头。阿玲婆的儿子很孝顺,孝顺儿子就要遵照习俗来行事。《楢山节考》小说原著中有一个人物叫阿又,年过七十,不想上山等死,他逃出了村子,但被儿子抓回来,从头到脚绑着,扔到了悬崖下面。

波伏瓦分析,像阿又这样的人,不想死,恐怕更符合人之常情;像阿玲婆这样的人,身体健康但要服从习俗,主动上山等死,这是给老人树立榜样。民间故事总有训诫的意味,要树立好典型,批评坏典型,阿玲婆是好典型,阿又是坏典型。她引用了一份材料叫"纳尔特史诗",这是高加索地区的奥塞提亚人的叙事诗，用口述的方式传给后人，诗中描述祖先怎么商议处决老人，老人面对处决时心中的焦虑。族人会劝老年人自尽，说"你活够了"，该从悬崖处自尽，如果说服不了老人，族人就会把老人推下悬崖。史诗中有这样几句："他老了，成了年轻纳尔特人的笑柄，他们吐痰在他身上，在他衣服上擦拭箭上的污垢。他决意寻死，他杀了他的马，请人用马皮做了一个袋子，坐在袋子里，投海自尽。"

波伏瓦引用了好几位人类学家的材料说，在西伯利亚东北部过着游牧生活的雅库特人，其家庭是父权制，父亲对子女有绝对的控制权，但父亲老了，儿子就会夺走他的财产，放任他衰亡。科里亚克人住在西伯利亚北方，每到冬季来临，族人要跟随草原上的驯鹿群迁徙，这时候就会用长矛和刀处死体弱的老人。日本北方的爱奴族，对待老人的态度也如此。在玻利维亚的希里欧诺人中，在非洲加蓬的芳族人中，在南部非洲的聪加人中，任由老人像动物一样活着，被虐待，被处死，都是常见现象。当然了，并不是所有穷困的族群，都这样残酷地对待老人。住在火地岛的雅加人，是非常原始的部落，他们没有工具，不储存食物，没有庆典仪式，也没有宗教信仰，他们生很多孩子，对男孩女孩都很疼爱，取得的食物也会优先分给老年人。

波伏瓦说，富裕社会的老人和贫穷社会的老人比起来，定居民族的老人和游牧民族的老人比起来，前者显然更幸运。在贫困族群中，极少有老年人能拥有足够养活自己的资产，对以狩猎、采集为生的族群来说，更没有私人财产的概念。但不论是农耕社会还是游牧社会，当资源不足时，最常采取的策略就是牺牲老年人。未开化族群对待老年人的解决方案就是三条：一、杀害他或任由他死亡；二、只给他最基本的生活所需；三、给他舒适的晚年生活。现在的文明社会，对待老年人也是这三种方式，谋杀老年人肯定是被法律所禁止的，但它能伪装成另一种形式来进行。

《论老年》这本书，可以看作波伏瓦的读书笔记，她从古希腊古罗马开始，一路读到文艺复兴，读到十九世纪，把西方文学中涉及老年的部分都提炼出来，我借助这本书，知道了很多艺术家和作家是如何经历老年的。比如法国作家夏多布里昂憎恨自己的老态，有一位画家想为夏多布里昂画像，夏多布里昂说："到我这个年纪，脸上再也没剩多少生命，不敢再让人用画笔来表现这废墟。"德国作曲家瓦格纳也不喜欢自己变老的样子，有一次他在镜子里打量自己，说："我不认得这个人，我真的已经六十八岁了吗？"到了八十岁，他不再想看到自己的样子，两个大眼袋，凹陷的双颊，让人害怕，也沮丧得要命。读别人的读书笔记，会让你一下子变得很渊博，我上面说到的列宁、托洛茨基和纪德的八卦，都是从《论老年》这本书上看到的。

以前我看过一个电影，伍迪·艾伦的《情怀九月天》，这是个室内剧，据说是伍迪·艾伦票房最差的电影，只有四十万。我记得其中有个老太太，对着镜子说出一段台词："上了岁数真是可怕，你还觉得自己是二十一岁呢。可支撑你生命的那些东西一个接一个地消失。你盯着镜子中的脸，注意到脸上有什么东西没了，你就知道，你的未来没了。"萨特有一句话，"是未来决定了过去是否活着"，什么意思呢？波伏瓦在《论老年》中解释说，人的存在是处在时间之中的，我们借由存在的愿景活在未来，这种存在的愿景超越了我们的过去。但年纪增大，我们和时间的关系发生了变化，未来所剩的时间在缩短，过去却变得沉重。对孩子来说，时间总显得很慢，"明年"像是一个遥远的未来。我们年轻力壮时，广阔的未来让人激动兴奋。年老后，时间带来的新事物、新刺激极度减少，对老年人来说，未来是封闭的，时间是有限的，他的人生已经完成，不再可能做出改变。

据说，五十岁到六十岁之间是很焦虑的，这个年纪的人感到老年即将来临。只要你活过了六十岁，就会面对老年的生活。我以前只知道人有中年危机，没想到还有五十五岁危机。你问我读了这些有关衰老的书之后有何感受？我想再回到开头托卡尔丘克的那个故事：让一个三四岁的小孩子看到自己六十岁的样子，这肯定是非常可怕的。但像塞维涅夫人说的，二十岁时看到自己六十岁的样子，会不会还觉得可怕？我是有点儿怀疑的。二十岁的人会觉得未来有无穷的可能性，只要把握住一两个机会，就会有脱胎换骨的改变。我觉得最可怕的，是让一个五十五岁的人，看看自己八九十岁的样子，那当然是一段下降的路，未必是缓缓下降，你看不到它倾斜的角度，不知道哪里有一个很陡的坑，你也没有什么改变的可能性了。日常生活中让人安心的帷幕撤去，所有的努力都是徒然。你会老的，你会死的，这就是最平常的恐怖故事。

第二十五讲　阅读是一件很私人的事

我从《邻人之妻》说起，这是美国作家盖伊·特立斯的一本非虚构作品，写的是性革命。邻人之妻，通俗点儿说，就是别人的老婆，在基督教文化背景下，说起别人家的老婆，人们就会想起《圣经》中的十诫，不可杀人、不可奸淫，第十条是不可贪恋别人的房屋，不可贪恋别人的妻子、仆婢、牛驴等。《邻人之妻》这本书中有一些比较刺激的内容，比如自由性爱社区中的群交场面，特立斯先要提枪上阵，然后再提笔写作。我这里就不转述了，我想讲的是这本书头三章的内容。最重要的是第一章的一个场景。

第一章是一九五七年一个寒冷的夜晚，十七岁的少年哈罗德·鲁宾在芝加哥的一个报刊亭买了一本杂志。这是一本摄影杂志，里面有很多裸女照片，每张照片下面注明，是用什么镜头拍的，焦距多少，光圈多少。这些标注都是幌子，杂志卖的就是裸女照片。鲁宾对摄影技术没啥兴趣，他就想看杂志中的裸女。他被杂志中一张照片吸引，那是在加州的沙丘上，一个年轻模特儿双腿舒展地伸开，头向后仰着。鲁宾看见这张照片，情欲就被激发起来。他买下这本杂志，把它塞到教科书中间，回家吃晚饭。他要留神，不能让爸爸看见他买的杂志，他已经买了不少这样的杂志，爸爸看到这些杂志就会跟他说："全部扔掉！"

鲁宾的父母严肃又沉闷。在鲁宾长大的过程中，他从未听过父母说过一句和性有关的话，没见过他们的裸体，他们住的地方也不大，但鲁宾从未听到父母的床发出过什么响动。鲁宾和奶奶的关系比较好。奶奶十四岁的时候，从捷克移民到了美国，当女佣，十六岁的时候嫁人。爷爷是个浑蛋，因为抢劫蹲过监狱，后来搞汽车运输公司，爸爸就在爷爷的运输公司里工作。可少年鲁宾发誓，一定要离爷爷的公司远一点儿，他可不想成为爷爷和爸爸那样的人。有一次，小鲁宾在奶奶的书房里发现了一本色情小说，出版日期是一九〇九年。鲁宾想，这是奶奶的色情材料吗？奶奶要靠一本四十多年前出版的小说寄托幻想吗？鲁宾只想看新杂志和新模特儿。那个在沙丘上拍照的模特儿叫戴安娜·韦伯，鲁宾被她的照片迷住了，精虫上脑。和家人吃过晚饭，到了九点，父母上床睡觉，道过晚安之后，鲁宾待在自己的卧室里，欣赏戴安娜的身体。这就是《邻人之妻》第一章的内容。特立斯写了鲁宾一家的生活状态，祖辈的辛酸与拼搏，父母和孩子之间的隔阂，他的笔就像是一个摄像头，探进了少年鲁宾的卧室，写少年鲁宾对着杂志上的模特儿自慰。这是手淫的不雅画面。但是，这也是一个阅读的场景。很多时候，我们不知道一个十几岁的少年在自己的卧室里读什么。

《邻人之妻》的第二章，特立斯写的是杂志上的模特儿黛安娜的经历。黛安娜高中毕业后，要打工赚钱，支付自己的日常开销和舞蹈课的学费。后来当了模特儿，成为摄影师的宠儿。一九五四年，她的照片开始在全美国的摄影杂志上出现。随后，她的一组彩色照片被送到了《花花公子》杂志社，杂志的创始人休·海夫纳看到这组照片后立刻被迷住了。

《邻人之妻》的第三章，写的是休·海夫纳创办《花花公子》的故事。海夫纳成长于一个清教徒式的家庭，父亲工作兢兢业业，母亲端庄持重。海夫纳上大学的时候，读了《金赛性学报告（男人篇）》，在大学的校刊上评论说，这项研究揭露出有关性爱的道德和法律是多么欠缺实事求是的思想。我们的道德假面、我们对性的伪善态度，造成了不可估量的挫败感、犯罪行为和不快乐。他上研究生的时候写过一篇论文，主题是美国大部分有关性行为的法律都应该废除，性行为不能由政府监管。海夫纳没有读完研究生课程就离开了学校，他创业办杂志的时候，读了许多关于性审查方面的书，研究了艺术史中那些艺术大师们是如何处理裸体的。当时美国法律对艺术和淫秽的判定还处于模糊状态，哪些裸体是艺术的，哪些裸体是淫秽色情的，法律的认定模棱两可。海夫纳琢磨杂志上刊登的照片，如何能吸引读者又不给自己惹麻烦。

《邻人之妻》全书，除后记之外，一共有二十五个章节。我前面介绍了头三个章节的大致内容，这三个章节可以说是《邻人之妻》的开篇。它非常流畅，从少年鲁宾开始，他买了一本杂志，对着里面的模特儿黛安娜自慰。黛安娜曾经想当芭蕾舞演员，但她只能在夜总会跳舞，对自己的身体有了自信之后，她当了裸体模特儿。当时，杂志上的裸体照片越来越多。海夫纳创办了《花花公子》，发行量节节攀升，海夫纳给《花花公子》的定位是做性幻想的提供商，其目标读者是商旅中的推销员、宿舍里火力旺盛的学生、现实中得不到满足的已婚男人。开头这三章，特立斯从一个在卧室里自慰的少年，写到一个模特儿的职业选择，写到一本杂志的生意经，从一个人物推进到另一个人物，所描写的场景也在一步步扩大，像镜头逐渐拉开，视野越来越大。

特立斯的这个开头很有技巧，背后是他扎实的采访。他写这本书用了九年的时间，采访了很多色情按摩院。其中一位按摩院老板叫哈罗德·鲁宾，就是开头那个鲁宾，十七岁时买了一本杂志自慰，十七年后开了一家按摩院，娶了一位按摩师，收藏了大量二十世纪五十年代的色情杂志，其中最多的照片就是黛安娜·韦伯的。鲁宾接受采访，向特立斯讲述往事，这样就有了第一章。特立斯通过一位摄影师要到了黛安娜的电话和地址，黛安娜已经结婚二十多年，特立斯第一次登门拜访时，戴安娜不想多聊，特立斯又接连拜访了两次才完成采访。《邻人之妻》这本书后面还有更难完成的采访，谈论性，不使用化名，并不是一件容易的事。

我还是回到鲁宾在卧室里看杂志那一幕。不管鲁宾读的是什么，他是在阅读，"雪夜闭门读禁书"。我经常听到一种说法，"阅读是一件很私人的事"，有时候，没读过什么书的人也会说，"阅读是一件很私人的事"。我们就来探究一下，阅读是到底为什么是一件很私人的事。我们在青少年时期，肯定都看过一些家长老师不愿意让我们看的书，也肯定看过一些色情材料。教育专家一直发愁：小孩子对性的探求是一种非常主动的学习模式，有强烈的好奇心，有尝试的激情，如果这种学习模式能用在数学和哲学上，那该多好啊。

法国画家皮埃尔-安托万·波杜因在一七六〇年前后画过一张水粉画叫《阅读》，画面是一个端庄小姐的闺房，门和窗户被屏风和窗帘遮挡，看起来是一个安全私密的空间，这位小姐穿蓬松的裙子，右手伸进裙子，左手垂下，有一本书从她手指中滑落，她看的可能是一本色情小说。不过，在她右手边的写字台上，有很多严肃的大部头的书，有地图册和地球仪。我是在《家庭生活秘史》这本书中看到这张画的。《家庭生活秘史》，华东师范大学出版社二〇二二年四月出的中文版。书中说，波杜因这张画，画的是一个手淫的女子，她看了色情小说，在手淫。画面上这个女子只是把手伸进裙子，但波杜因的这张画有两个版本，另一个版本处理得更为大胆，这个姑娘的裙子拉到腰部以上。注释上说，你可以在《孤独的性：手淫文化史》第三四九页上找到那个更大胆的版本。

《孤独的性》这本书，上海人民出版社二〇〇七年八月第一版，二〇一五年八月第三次印刷，但这个中文版把所有的插图都取消了。互联网上可以找到英文版，在第三四九页上有波杜因更为露骨的这张画，画面上的女子把裙子拉到腰部以上，下身赤裸，能看见她的体毛。请记住，这张画的题目叫《阅读》,而不叫《手淫》。波杜因这张画,把对性的探求和对知识的探求画在了同一个场景中,画中女子的左手边是色情读物,右手边的地球仪、地图册,是代表知识的。

英国有个人叫塞缪尔·皮普斯,做过海军部首席秘书,当过皇家学会会长,不过他最出名的是他留下的日记,他从一六六〇年一月一日开始写日记,写了将近十年。他的日记有史料价值,《家庭生活秘史》和《孤独的性》都引用了他写自己阅读和手淫的段落。其中最著名的一段是他买了一本法国书,叫《女子学校》。他先对这本书做出评价,"普通装订","一本极为淫荡之书,但对稳重的男子而言,偶尔翻阅,让自己了解世间的邪恶,也不为过"。在某个上午,他一边办公,一边读《女子学校》,中午从办公室回到寓所,和朋友一起吃午餐,客人离开后,皮普斯回到自己的房间,读完整本书,让自己射精,随后把书烧了,吃完晚饭,上床睡觉。这是一六六八年二月八日发生在伦敦的一件小事,一个英国文官看了一本小说,写了一则短评,然后手淫。

一七一二年,伦敦有一个匿名的作者出版了一个小册子,名字很长,叫《手淫;或可憎的自渎之罪,以及在两性中产生的严重后果，对那些用此种可耻手段伤害自己的人们提出精神以及肉体的忠告，并郑重劝诫全国的年轻人，无论男女》。这本书具有划时代的意义，因为它把手淫当成了一种病，当成了一种罪。这本书还担负着推销药方的使命，想治疗手淫引起的疾病吗？想根治手淫恶习吗？花十二先令买药方。《孤独的性》就从这个小册子开始讨论手淫的文化史，讲到卢梭在《忏悔录》中为自己的手淫问题而忏悔，又在《爱弥儿》中教育青少年该如何避免手淫。

我在《孤独的性》这本书中看到了一个俚语，wanker，意思是"手淫者"，特别指男性，这个词的外延含义不断扩大，任何在没用的事情上花费精力的人，都被称为wanker，大概意思是蠢货。在维多利亚时期的一些学者看来，看太多小说的人就是wanker，是在浪费时间，阅读会上瘾，阅读会带来罪恶。有一位叫阿尔弗雷德·奥斯丁的学者说，阅读可以锻炼想象力，可以使人头脑清醒，但阅读任何东西都与手淫存在潜在的相似性，那就是漫无目的，仅仅是为了乐趣。还有一位美国的精神病医生叫埃萨克·雷，他说，阅读虚构作品会激起想象，哪怕所读的书没有什么性的内容，读者也会像手淫者一样得病，头脑变得衰弱，身体和灵魂上都放荡起来，"猛烈的思想情绪震颤着传遍全身"，很快他就想手淫了。坏的文学作品具有降低人格的效应,这种效应"时不时伴有自我放纵"。

美国的教育工作者发现,很多孩子是在阅读时开始手淫的,他们读的书不一定跟色情有关。男孩子读《汤姆叔叔的小屋》,其中一些野蛮场面会让他们手淫,女孩子读过一些施虐受虐情节后,也会手淫。孩子们不去户外,待在家里,躺在沙发上看书或空想,"这就是手淫或心理手淫的标志"。教育工作者认定,阅读要得到细致的规范,否则阅读就容易导致手淫。你看,阅读是一件很私人的事,但小孩子能不能私密地进行阅读,这事关百年树人的大计。

有一本书叫《以书会友》,讲的是十八世纪的书籍社交。那时候英国风行一家人聚在一起看书,来了客人也会一起朗读,读的书肯定适合社交场合,比如一些高尚的诗集等。《以书会友》中记述了很多严肃的阅读,比如一位叫特纳的商人,最大的兴趣是求知,他的朋友戴维来访,两个人就一起读《地理学原理》或者《几何原本》。另有一位叫威廉·伍尔科姆的父亲,从爱丁堡写信给儿子,让儿子一定要定期给奶奶和姑姑读历史书,他说:"阅读须有敏锐的感觉和不凡的品位,我们的听众能比我们更清楚地察觉到缺陷,留意他们的评价,很多毛病才会得以纠正。"十八世纪晚期,有一股强烈反对读小说的意见,特别是反对女性待在自己房间里读那些浪漫小说。当时一位评论家说，感伤小说让人心智虚弱，连最微小的色欲也无力抵挡，人们通常把书籍当作清白单纯的消遣，然而，小说往往在幽室深处污秽人心，在你孤僻独处时灌输邪恶。这说的可不是《芬尼·希尔》这样的色情小说，而是小说这种文体就不受欢迎。

《傲慢与偏见》第一卷第十四章中有一幕，柯林斯先生来到班内特家做客。柯林斯很爱说奉承话，班内特先生就问表侄："我是否可以请教你一下：你这种讨人喜欢的奉承话，是临时想起来的呢，还是老早想好了的？"言谈举止招人喜欢是社交礼仪，十八世纪很多英国男人，读书的目的是让自己言谈有趣，在社交场合更受欢迎。班内特先生的问话表面上是虚心请教，实则含有嘲讽，柯林斯先生的回答有点儿笨，他说："大半是看临时的情形想起来的；不过有时候我也自己跟自己打趣，预先想好一些很好的小恭维话，平常有机会就拿出来应用，而且临说的时候，总是要装出是自然流露出来的。"班内特听了侄子的回答，很镇静，偷偷看了伊丽莎白一眼，"他并不需要别人来分享他这份愉快"。什么意思呢？班内特先生跟女儿交换眼神，两人达成共识，认为柯林斯先生是个蠢货。聪明人面对这句暗含嘲讽的问话，也许会用一种自我贬抑的方式来反击，比如说:"我这么笨嘴拙舌的人,只能事先准备好一些奉承话,我准备的不够多,但我发现,大多数时候也够用了。"我相信,如果柯林斯先生能这样回答,班内特先生会很愿意把自己的女儿嫁给他。

接下来该喝茶了,班内特先生把客人带到会客室,请柯林斯朗诵点儿什么给他的太太和小姐们听。姑娘们给了柯林斯一本书,柯林斯接过来一看,吃惊地往后一退,表明自己是从来不看小说的,请姑娘们原谅。姑娘们给他拿来另外一些书,柯林斯挑选了一本《讲道集》,读了两三页,姑娘们就不耐烦了,开始打岔。柯林斯说:"我老是看到年轻的小姐们对正经书不感兴趣,不过这些书完全是为了她们的好处写的……对她们最有利益的事情,当然莫过于圣哲的教训。可是我也不愿意勉强我那年轻的表妹。"译者在此处给出注解,说英国小说盛行于十八世纪,跟英国的资产阶级革命分不开,那时候封建贵族都不读小说,柯林斯不读小说就是封建意识,他选的那本《讲道集》就是向青年妇女灌输封建道德的。我们可以说,柯林斯这个人之所以无趣,之所以听不出班内特先生话中的嘲讽,或者听出来了却不知道怎么应对,跟他不读小说有很大关系。柯林斯并不是个坏人,他就是太无趣了。

后世的学者说，小说本质上是"孤僻的文本"，十八世纪的小说用虚构的交往和亲密关系替代了真实的生活，模仿了原本只在共同阅读经历中才有的对话和社交，创造出一个喋喋不休、引人入胜的叙述者，如朋友一般与读者对话。小说讲述的故事也侧重个体，给人独来独往的感受。小说是交际阅读的对立面，小说把人拉回卧室去读，而不是大家坐在客厅里或书房里读。小说把读书变成了一种独处的形式，让你长时间专注于一个文本，让你内省，让你自我审视。

如果你看过波多野结衣的作品，回头再看《芬尼·希尔》，你会觉得有点儿诧异，真有人把这个当成色情材料吗？这本书的作者是一位男性，标准的抠脚大叔，欠了人家几百英镑，被关进监狱，写了这么一本欢场女子回忆录，隔着三百多年的时光，这本书只有点儿文献价值。这就像《邻人之妻》中的少年鲁宾，在奶奶的房间里找到了一本一九〇九年出版的色情小说，他会疑惑，这就是奶奶的色情材料吗？也许，维多利亚时期的小黄书的确起到了小毛片的作用。但正人君子总把小说跟手淫放在一起考量，也有他们的道理——自我和想象力，这是小说要给你的东西，也是手淫所需要的东西。小说和手淫都是枕边伴侣，给年轻人以激情，刺激他们的想象力，我们看埃萨克·雷的评论，说读小说让"猛烈的思想情绪震颤着传遍全身"，这是在读书、思想上获得了提升，也的确像是在手淫。头脑中的变化是一件很刺激的事，很多时候，观念的改变是在阅读的过程中发生的，特别是在私下的阅读中发生。下一次再有人跟你说，阅读是一件很私人的事，你就跟他说，愿闻其详。

第二十六讲　你当向往辽阔之地

美国弗吉尼亚大学的城市规划师蒂姆·贝特里曾提出过一个概念,叫"自然金字塔"。他说人们应该摄入一定剂量的"大自然",金字塔的顶端是一年一度或者两年一度的荒野之旅。按照贝特里的说法,"那些地方会重塑我们的核心,为你注入对自然的深刻的敬畏感,让你重新跟更广阔的人群连接,重新确信自己在宇宙中的位置"。往下一层,是每月去一次森林、海边或者沙漠、群山。再往下一层,是每周去一次公园、河边,暂时逃离城市的喧嚣,至少在自然里待够一小时。然后,最底层的是我们日常交互的自然,包括社区里的鸟、树木、喷泉,以及家里的宠物、绿色植物,还有自然光线、新鲜空气、蓝天白云,这些都类似日常的蔬菜,可以帮你缓解压力、提高专注力、减轻精神上的疲惫感。请记住这个"自然金字塔",它的顶端是辽阔之地。

一九〇二年,俄罗斯西伯利亚第二十九火枪军的上尉阿尔谢尼耶夫开始了他对乌苏里边疆区的考察，他挑选的考察队员，都是来自乡村的士兵，会打猎，会游泳，会捕鱼。考察的目的是给俄国政府制作地形图，他们的足迹遍布滨海省南部、锡霍特–阿林山脉（中国称为老爷岭、内新安岭）、日本海的奥尔加湾等地。一九一〇年，阿尔谢尼耶夫得到俄国地理学会的资助，又到鞑靼湾和乌苏里江下游考察。根据这两次考察的结果，阿尔谢尼耶夫写了两卷本的《乌苏里边疆区军事地理和军事统计简报》。而后就是十月革命，阿尔谢尼耶夫在新政权下担任哈巴罗夫斯克边疆区博物馆馆长的职务——哈巴罗夫斯克就是我们中国人说的"伯力"。

阿尔谢尼耶夫把自己的考察日记整理为两本游记出版，一本叫《沿着乌苏里边疆区》，一本叫《德尔苏·乌扎拉》。一九二六年，海参崴[1]的一家出版社将两本书合为一部出版，叫《在乌苏里的莽林中》。俄语版中有插图，有照片，有地图，中文版大多把图片删去。德尔苏·乌扎拉是阿尔谢尼耶夫在考察过程中遇到的一位赫哲族猎人，阿尔谢尼耶夫邀请他担任考察队的向导。德尔苏是精灵一般的人，他枪法好，能辨别动物的足迹，会烤狍子肉，在宿营地，他会留下一些粮食和盐，如果莽林中有人来到宿营地，就不至

---

1 也称符拉迪沃斯托克。

于挨饿。考察过程中,他多次帮助阿尔谢尼耶夫脱离险境。

一九五一年,黑泽明请日本作家将《德尔苏·乌扎拉》改成剧本,但他发觉,如果把外景地放在日本,无论如何也拍不好,这个电影必须到俄罗斯实地拍摄。一九七一年,黑泽明参加莫斯科电影节,与苏联电影工作者协会第一书记吃饭,表达了他想拍摄《德尔苏·乌扎拉》的愿望。饭局过后,项目启动,苏联人出资四百万美元,黑泽明带着团队在西伯利亚拍摄。一九七五年,《德尔苏·乌扎拉》获得奥斯卡最佳外语片奖。德尔苏生活的乌苏里森林,与日本隔海相望。你可以一边看电影,一边在地图上寻找那些地方,最容易找到的就是兴凯湖。那本来是中国的内湖,现在是中俄的界湖。影片中最壮观的一幕,就是德尔苏和阿尔谢尼耶夫在冰冻的兴凯湖上遇险的场面。

如果电影激发了你的兴趣,那就找阿尔谢尼耶夫的原作看看。人到辽阔之地,会经历非凡的场面。比如他说,野外的空气具有惊人的传音能力,一般的说话声传到远处变成了高声喊叫。老鼠在草丛中走动的沙沙声,听起来会很响亮。野外也会给人异域之感,好似来到另一个世界,挂在天上的也不是月亮,而是一个不知名的昏暗星球。阿尔谢尼耶夫书中描述了一次大海发光的电磁现象——

银河系格外明亮。海水一片平静。哪里也没有一点溅水的声音。整个辽阔的海面上，反射出一片暗淡的光辉。有时，整个大海突然闪烁出一下亮光，就像闪电从海上掠过一样。闪光忽而在这里消失，忽而又在那里出现，然后慢慢消逝在地平线上的什么地方。天空中的星星多极了，密密麻麻地簇拥在一起，好像一片星云。在这一片繁星当中，银河显得格外明亮。这究竟是由于空气的透明度强，还是在这两种现象之间的确存在着某种联系——我不敢说。我们一会儿望望天空，一会儿看看大海，欣赏着这一奇景，久久不肯去睡。第二天早晨，哨兵告诉我，海水的闪光一夜没有断，直到黎明前才停息。

阿尔谢尼耶夫考察之时，只能用笔记下他的所见，所以我们今天只能想象这种"大海发光"的场景。如果他有摄像机呢？

多年之后，有一个在BBC[1]工作的年轻人，经常从英

---

[1] 英国广播公司的首字母缩写。

国各地的博物馆借出一些标本或矿石，拿到摄影棚里做一档谈话类的博物节目。后来他得到一个机会，可以去野外拍摄。一九五四年九月，这个小伙子和三个伙伴一起出发，从伦敦飞往塞拉利昂，拍摄一档叫《动物园探奇》的节目。他们携带的一台十六毫米胶片摄像机，由发条驱动，一次只能工作四十秒，四十秒过后就要上发条。用的是一百英尺长的胶片，每次拍两分四十秒就要换胶片。当时BBC的制作标准是三十五毫米胶片摄像机，但这种摄像机太重了，不适合野外，十六毫米摄像机能带到珠峰山顶，却还没有适用的长焦镜头。他们当时携带的录音机有一个文件盒那么大，用十个电池驱动，每个电池都像手电筒那么大。他们在塞拉利昂拍摄了鸟、蟒和河马，回到伦敦剪辑素材，年轻的制片人站到摄影机前做讲解，这是他的第一次出镜。此后，他的足迹遍布世界，从圭亚那、几内亚、赞比西河，到婆罗洲、马达加斯加、委内瑞拉，他在加拉帕戈斯群岛和海鬣蜥一起度过了自己的八十岁生日。我们在《冰冻星球》里看到他站在南极和北极，他叫大卫·爱登堡。我们也可以在《地球脉动》里看到无数的奇观，用最先进的摄影机拍成，听到他解说的声音。从一九五四年起，大卫·爱登堡拍摄了六十余年的自然历史纪录片。那些二十世纪五十年代的黑白胶片素材，偶尔会在高清画质的新片子里出现。我们肯定看过他拍摄的三十多部纪录片中的某些片段。他说:"我之所以拍摄了一生的纪录片,最根本的原因是,我不知道世上还有比凝视自然世界并尝试去理解它更为深刻的快乐。"

美国的"探索频道"和"国家地理频道"也拍过不少纪录片,但其质量的稳定性,和BBC的片子相比还是差不少,英国各种电视节目中的"知识含量"估计也是全世界最高的——这个话题大概电视从业人员能解释得更专业。我想说的是,英国人那种探究世界的好奇心和强大的学习能力,是他们的一种文化传统。他们不仅有库克船长、达尔文这样的人物,还有一大堆不太知名的作者,写下殖民报告,写下博物志,写下游记,画出各种植物动物,开出一个分支,形成一个系统,然后构成知识体系。这是我在阅读中形成的一种感受,也没能力多说。

我知道有两本书很厉害。一本书叫《走向圣城》,作者是理查德·弗朗西斯·伯顿,他受皇家地理学会的资助去麦加朝圣,是觉得英国对阿拉伯半岛东部和中部所知甚少,不能容忍英国的知识上有这样的空白。一八五五年,《走向圣城》出版,接近一千页。伯顿还去了印度和东非,也写了书,据说他掌握二十五种语言和十五种方言,波斯语、阿拉伯语、达罗毗荼语言、亚美尼亚语、梵语等。另一本书叫《智慧七柱》，一九二六年出版，作者T.E.劳伦斯，也就是我们通过电影所知道的那位"阿拉伯的劳伦斯"。

都是在阿拉伯世界闯荡，劳伦斯和伯顿的"初心"又不太一样。劳伦斯在牛津大学读书时，他妈妈就曾给他写信，说"你应该去登山"。劳伦斯回信说，如果以宁静的心观察，如果追求平和纯净的状态，草原比高山更合适。在一眼望不到头的草原，人才能感受到尘世的渺小和琐碎。一九〇九年，劳伦斯去叙利亚考察十字军东征时期的城堡建筑，学阿拉伯语，再进入西奈沙漠进行地理考察。一般来说，我们要放空自己，去高山，去森林，去草原，都是很自然的选择。但进入沙漠，就有点儿禁欲主义的色彩了。很多宗教人士，会到沙漠中苦修，对他们来说，城镇就像是牢笼，周围太多人了，有太多的生命，也就太庸俗了。沙漠中生命很罕见，沙漠不会被开垦，不会变成耕地或是草原，所以沙漠有一种奇妙的神圣性。劳伦斯说，许多阿拉伯先知生在人口稠密的地方，出于内心的狂热追求，离家走进沙漠。他们在沙漠里放弃物质享受，沉思冥想，度过了一段日子，然后满怀着他们在冥想中得到的神示返回，向他们满腹狐疑的旧日伙伴传播这些神示。肉体过于粗俗，我们弃之如敝屣。你听劳伦斯这些话，会想起谁呢？有没有想到本·拉登?

我们大都是通过大卫·里恩的那部电影认识劳伦斯的,我们能看出来,劳伦斯有点儿受虐倾向,还以救世主自居。有传记作者认为,劳伦斯是个私生子,一直有耻辱感,他小时候他妈妈经常体罚他,所以他长大后是无性恋,是受虐狂。有一位影评人说,《阿拉伯的劳伦斯》这部电影,最初的动机就是想象沙漠中遥远的一个斑点,慢慢清晰,变成了一个人。我们也可以想象,一个人在那种辽阔的孤寂之中,会有什么样的感受。

美国学者段义孚写过一本书叫《浪漫地理学》,他分析《海底两万里》和大海的关系、康拉德的小说和黑暗森林的关系、劳伦斯和沙漠的关系。他还比较了沙漠和冰川,他说,沙漠虽然荒凉,但还是有绿洲和水井,可以支持一种以运动和迁徙为主线的生活方式。这种生活方式比任何受物质和社会约束的家庭生活要自由得多。冰川就没有沙漠那样的包容性。无论极地环境在视觉上具有多么大的诱惑力,都与人类任何形式的长居生活势不两立。沙漠和冰川有两个共同点。其一,二者均呈现出文化与自然之间的鲜明边界。在沙漠中,绿洲与沙漠之间没有缓冲地带。在冰川上,这种边界更加锐利,帐篷之内是温暖的家,帐篷之外则是威胁生命的冰雪世界。其二,二者都满足了人对提升精神修养的需求。僧侣进入沙漠,寻找崇高感;探险家去极地考察,可能也包含对死亡的倾心。

段义孚在大学里教人文地理学,退休后写了好几本书,关注点都是个人在地理环境中的感受。他在《浪漫地理学》中至少提出两个问题,值得我们想一想。其一,人们所向往的生活,是不是在一片丰饶的土地上像牛那样不断反刍咀嚼,这样就心满意足了吗?其二,去辽阔之地,追求崇高景观,是不是包含着一种厌世情绪呢?我们去西藏旅游,去阿里看星空,或者去冈仁波齐转山,可能都是在回答段先生的这两个问题。

我在段义孚的《人文主义地理学》中,看到过一个很生动的比喻。他说,印度人非常擅于创造时间无限的概念。佛教中说到"劫"这个词,每一劫是十二亿八千万年。为了让人们对这个时间跨度有概念,印度人用了一个比喻,假设有一座非常坚硬的石头山,体积比喜马拉雅山还要大,有个人每个世纪都要用一块布擦那座山一次,那么他把整座山都磨掉的时间是一劫。这个比喻之所以生动,是因为它把时间的长度转化为一个空间的巨大,一个人用一块布擦喜马拉雅山,一百年未必能擦完一次,擦多少次也未必能把山给磨掉。这就是让你以自己能做出来的一个动作,来想象无限。

一个人能通过石头、化石或者冰块来感受时间。英国有个作家叫罗伯特·麦克法伦，他写过一本书叫《深时之旅》。书中记述的地方全部位于地下：英国约克郡矿场的暗物质研究中心、法国巴黎的地下墓穴、斯洛文尼亚高地的天然洞穴，等等。麦克法伦在二〇一六年登上格陵兰岛，那一年夏天，北极的气温打破了最高纪录，格陵兰岛首府努克的最高气温达到二十四摄氏度，岛上冰川融水加剧，在冰盖上汇集成蓝色和绿色的湖泊。麦克法伦在这里进入冰窟，他非常诗意地写道，冰是有记忆的，它能记得细节，记住一百万年甚至更久。记得十一万年前，上一个冰河时期开始时空气的化学成分；记得五万年前的夏天有多少阳光洒在它身上；记得全新世早期降雪时云层的温度；记得几百年间的历次火山爆发；记得"二战"后几十年里，汽油中含有太多的铅。在描述格陵兰岛的幻日、极光和流星之后，麦克法伦再拜访剑桥附近的极地研究所，研究人员拿出一块冰，说这块冰有十四万年的历史，再拿出一块冰，说这是个冰宝宝，只有一万年的历史。

麦克法伦带领我们在空间上移动，还带领我们在时间之轴上移动，《深时之旅》记录了人类的愚蠢行径，也记述了人类如何小心翼翼地处理自己蠢行的后果。麦克法伦想让我们改变短视的眼光，意识到人类处在危机中，意识到时间一直包围在我们身边。过去如鬼魅一样萦绕着我们，它并不是一层一层的沉淀物，而更像是某种漂浮物。

"深时"是地下世界的纪年。我们知道，人类所生活的地球，它的生命不是以年、月来计算的，而是以宙、纪这样的单位来计算的，这些属于地质纪年方式，时间跨度是十万年、百万年甚至上亿年。地表上一切生生不息的现象，都无法成为地球生命的记录载体，能记载它的只有岩石、冰川、海床沉积物和漂移的地壳板块。国际通行的地质年代表，有宙、代、世、纪几个不同级别的单位，比如太古宙要从四十亿年前算起，而我们生活在显生宙，是大约五亿七千万年前开始的。再往细说，我们生活在新生代第四纪的全新世，但这个概念正在改变。一九九九年，在墨西哥城一次关于全新世的研讨会上，大气化学家保罗·克鲁岑提出，"全新世"的说法已经不再准确。根据传统的地质学观点，全新世是从一万一千七百年前开始的，一直持续到今天。但克鲁岑认为，现在整个世界已经发生了剧变，人类将在接下来的几千年甚至上百万年中，成为对地球的地质产生最主要影响的因素。我们需要一个新的词，叫"人类世"。人类世的遗迹将包括原子时代的放射性沉降物、城市被摧毁的地基、数百万集中养殖的有蹄类动物脊骨，还有年产量可达数十亿的塑料瓶。书里有句话让人印象深刻——"比我们存在更长久的会是塑料、猪骨和铅-207。"铅207就是铀-235衰变链最末端的稳定同位素。

麦克法伦二十七岁时出版了第一部作品《心事如山》，他借此书想回答的问题是，为什么人类会有征服高山的冲动。他对自然的兴趣从高山开始，慢慢发展成一个宏大的计划：他要用五本书、大约两千页的篇幅，来描绘他走过的世界。这五本书是写登山的《心事如山》，写英国荒野的《荒野之境》，写古代道路的《古道》，写地标性景色及其文化史的《地标》(*Landmarks*)，以及这本《深时之旅》。

我看麦克法伦这些书，一方面很赞叹他带给我们的奇观，一方面又特别沮丧。从书本到书本，一天到晚一年到头不停地看书，其实是一种很乏味的生活。生活中全是书，跟别人聊天，也总是说我最近看了一本什么书。写一本书，也是从一本书上抄点儿，从另一本书上抄点儿，书好像是"乱伦"而来，几本书凑在一起，生出来另一本书。这样的读书和写作，是非常让人沮丧的。相比之下，真正徒步走出来的书，从真正的探险归来写成的书，显示出了更强的生命力。

第二十七讲 德累斯顿二三人

你可能看过德累斯顿大轰炸的照片，最有名的一张是从市政厅塔楼上拍摄的，下面一片废墟，画面右侧近景是一个雕塑，德国雕塑家奥古斯特·施赖特穆勒的作品，雕的是一位善良使徒。塔楼上原有十六座雕塑，代表十六种美德，智慧、勇气、忠诚、信仰和善良，这五个是施赖特穆勒的作品。剩下的是牺牲、力量、毅力、虔诚、怜悯、希望、爱、智慧、警惕、真理和正义，由其他三位艺术家完成。市政厅塔楼原本是一个正八边形结构，八边形每个连接点处有两座雕塑，善良使徒位于东南角，面向东南，略向前倾，左臂下垂，左手微微扬起，似乎想挽救脚下的废墟。施赖特穆勒是德累斯顿艺术学院的教授。市政厅上的雕塑在一九〇八年到一九一〇年间完成。在大轰炸中，施赖特穆勒的住处和工作室都被炸毁。

为了配合苏联红军的进攻，盟军把德累斯顿等几个德国东部城市列入轰炸目标。一九四五年二月十三日晚到二月十四日早上,英国皇家空军的七百多架战机进行了第一轮轰炸。二月十四日中午,美国第八航空队再进行第二轮轰炸。轰炸造成的损坏是一连串数字,死亡人数估计在两万到三万之间。德累斯顿是一座有艺术气息的城市,没什么军工企业,当时有二十万德国难民聚集在这座较为安全的城市里。城里有一个很知名的企业,是蔡司光学,也被炸得够呛。战后,有一种声音说,针对德累斯顿平民的轰炸是盟军的战争罪行。这是不是战争罪行呢?看你怎么想了。丘吉尔说过,打完一场战争还不算,你要赶紧动笔写,写完了,战争才结束。战争是用枪打的,战争的正义性是用笔塑造的。

英国的兰开斯特式重型轰炸机和美国的B17轰炸机掠过德累斯顿上空时,飞行员不会知道下面有一个屠宰场,屠宰场里有若干美国战俘,其中有一个小伙子叫冯内古特。冯内古特在屠宰场的地窖里躲过了轰炸。屠宰场的地窖本来是用来存肉的,可战争打到一九四五年二月,德国人也没多少肉吃了。幸存者冯内古特十来年后开始写小说,他一直琢磨着,该怎么把德累斯顿大轰炸写到自己的小说里。

一九六九年,"越战"正酣时,《五号屠场》出版。冯内古特在第一章讲述这个小说写起来多不容易。他在这个小说里玩了很多花招，但你把时间穿越这些花招都抛开，你会发现，《五号屠场》是一个非常老实的故事。故事主角叫比利·皮尔格林，二十一岁入伍，给随军牧师当助理。他本来在一个验光配镜的学校上课，毕业后应该在一个眼镜店工作的。结果他上了前线。很快，他成了德国人的俘虏，被送到德累斯顿的屠宰场做劳工。没过多久，盟军轰炸德累斯顿。很多人被炸死了，美军战俘被拉到街上，从废墟中挖尸体，再挖坑掩埋尸体。战俘中有一位老实巴交的美国教师，劳动过程中偷拿了一把水壶，被德国人处决。比利活了下来，回到美国，继续学验光配镜，找了份工作，娶了老婆。如果冯内古特不搞任何花招，《五号屠场》就是这样一个故事。

我们肯定都看过一些关于"二战"的电影和小说，遇到看不明白的地方，可能还会去补补课。比如我看《辛德勒的名单》，其中有一幕，纳粹在克拉科夫挖坑掩埋犹太人的尸体，然后又把尸体挖出来，焚烧，骨灰纷飞，落在街道上。为什么埋了之后还要再挖出来烧呢？我后来才知道，埋尸体这事，看似简单，但也有技术含量：埋得不够深，埋得不够严实，尸体会肿胀，累积的尸体会拱出地面，所以德国人又把尸体挖出来烧掉。烧尸体这个事情也是很专业的，德国集中营中的焚化炉都是专业的私营企业建造的。

我们用埋尸体来做一个比喻：如果我们经历了一段很难受的时光，几个月几年都活得不完整，不像个人，事后，我们能把这段时光埋起来吗？如果埋不好，它会不会拱出地面呢？德累斯顿的经历，对冯内古特来说，就是一块无法埋掉的时间。它会拼命地溢出。按理说，你有七八十年的寿命，几个月的痛苦经历，在你生命的长度中，占不到1%，然而，这个时段却极有破坏力，它让你此前的生活不真实，让你此后的生活不安宁。《五号屠场》那些时间穿越的写作手法，都跟冯内古特对时间的感受有关，主角从时间链条上脱离开了。人有时是困在琥珀中的虫子，时过境迁，人又把琥珀拿在手里，看着那条困在琥珀中的虫子。

冯内古特是作为强迫劳工在屠宰场工作的。德累斯顿有一个很重要的企业，强迫劳工的人数最多，就是当时的蔡司光学。有一个犹太人就在蔡司工作，他叫维克多·克伦佩勒，他参加过"一战"，在德累斯顿工业大学里当过老师，他的妻子叫爱娃，是雅利安人，因为有这样一个雅利安人老婆，克伦佩勒没有被送去集中营。一九四五年一月，大轰炸之前，克伦佩勒夫妇就听到小道消息，说苏联红军在波兰解放了奥斯维辛集中营，那是杀犹太人的地方。克伦佩勒目睹了德累斯顿城中的犹太人由几千人减少到几十人,他们留下的房产被侵占,他一直疑心,离开德累斯顿的犹太人都死了,一九四五年初传来的小道消息证实了他的猜测。二月十三日晚上,克伦佩勒得知,最后的一批犹太人收到了驱逐通知,他担心自己很快也要被遣送。这天夜里,轰炸机来了。克伦佩勒趁着城市陷入混乱,摘去了他的黄色六芒星标志。要是被纳粹发现,摘掉黄星就是死罪。他上了一列火车,逃到美军占领区。你说,对克伦佩勒来说,德累斯顿轰炸是战争罪行呢,还是正义之举?

维克多·克伦佩勒是一位学者,他留下来的日记,是研究第三帝国很重要的一份材料。克伦佩勒日记的英文版一九九五年出版,分为三卷,分别是一九三三年到一九四一年,一九四一年到一九四五年,一九四九年到一九五九年。英国历史学家埃文斯的《第三帝国的到来》里,还引用了二十世纪二十年代的几则克伦佩勒日记。

一九二〇年七月二十四日,维克多·克伦佩勒去咖啡馆,喝了一杯咖啡,吃了一块蛋糕,花了1.2万马克;八月三日,又去喝咖啡、吃蛋糕,花了10.4万马克。魏玛共和国的通货膨胀太厉害了。十月九日,他在日记中说:"我们去看了一场电影,花了一亿四百万马克,包括车费。"他说:"德国正在以一种骇人的方式一步一步走向崩溃。今天一美元的汇价是八亿马克。我们有东西可吃的日子还能维持多久？下一回我们要把裤腰带勒紧到什么程度？"他记下一张电影票的价钱从十万马克涨到三十万马克，记下德累斯顿发生食品骚乱，担心有人到家里抢吃的，记下自己领不出工资来。

一九二六年，克伦佩勒记录，反犹主义在魏玛共和国升温，犹太人很难在大学里谋职。一九三二年，他记录下魏玛共和国最后的动荡。他说："我没必要书写我这个时代的历史。我提供的信息是枯燥的，我对这个时代半是厌恶，半是恐惧，我不想任人摆布，对任何政党都全无热情。一切都毫无意义、不成体统、令人不快。希特勒即将上位，还能有谁呢？我这个犹太教授的出路在哪里？"一九三三年三月，他在日记中写道，德国不会被希特勒拯救，德国将迅速驶向一场灾难。德国将永远无法摆脱和纳粹同流合污的耻辱。他记录下一个又一个犹太朋友被解雇。让他内疚的是，他因为参加过"一战"，所以能保住自己的工作。他的妻子患病，他的心脏也不好，但他们在德累斯顿郊外买了一块地，准备盖一所新房子。一九三三年六月，他开始编写一部纳粹术语词典，六月三十日，收录了第一个词条，是"保护性羁押"。战后，他出版了一本书叫《第三帝国的语言》。

《第三帝国的语言》描绘的是纳粹意识形态是如何影响德语的。克伦佩勒在书中说:"我的日记在这些年里一直是我的平衡杆,没有它我早已摔下去上百次了。在感到恶心和渺无希望的时候,在机械的工厂劳动无尽的荒凉中,在病人和死去者的床边,在一个个墓碑旁,在自己内心的困窘中,在极端耻辱的时刻,当心脏在物理意义上停止工作时——总有这个自我要求来帮助我观察、研究、记住正在发生着什么——明天它就会是另一副样子,明天你对它的感觉就会不同;记下它现在的样子和表现。"可以说,是日记,以及对第三帝国特殊语言的研究兴趣,让他扛过了"二战"的艰难岁月。

据说,我们这里有一个抗日神剧,一个角色说过一句台词——同志们,八年抗战就要开始了。观众吐槽说,这角色是穿越过来的吗?他怎么知道抗日战争要打八年。这句台词大概是编剧不严谨造成的失误。可话说回来,我们面对一段战争或者一段艰难岁月,要是能事先知道它的时间跨度,那会让我们心里有数。一九三九年,"二战"爆发,如果克伦佩勒知道,六年之后就会和平,那他或许会有点儿控制感。六年,熬过去就得了。但是,如果从一九二六年算起,他感受到犹太人的日子不好过了,以后会越来越不好过,一直要持续二十年。二十年,会不会让他崩溃？这就不好说了。克伦佩勒两口子身体都不好，但他们熬过来了，留在东德。妻子爱娃一九五一年去世，克伦佩勒一九六〇年去世。

埃文斯的"第三帝国三部曲"分别是《第三帝国的到来》《当权的第三帝国》和《战时的第三帝国》，书中引用了克伦佩勒的日记，但没有讲克伦佩勒完整的故事。宏大的历史叙述中，个人的故事一般只会被截取一个片段。《第三帝国的到来》一书中还有一个小故事，只占了半页纸的篇幅。我简述一下。德国曾经有一种娱乐形式非常流行，叫卡巴莱，有点儿像小型音乐剧，演员要唱要跳，还能说上几段脱口秀。一九三三年，冲锋队强行驱逐犹太裔的演员，纳粹要求，卡巴莱演出可以讽刺，但只能讽刺纳粹党的敌人，演员只好把政治内容从表演中剔除。有一个卡巴莱演员叫保罗·尼古拉斯，善于讲政治笑话，他发现自己没有表演空间了，逃到了瑞士的卢塞恩。一九三三年三月三十日，保罗在卢塞恩自杀。他留下一封遗书："仅此一回，不开玩笑。我要自杀了。为什么？如果回德国，我准会在那里自杀。现在我不能在那里工作，也不想在那里工作，但不幸的是我爱我的祖国。我不愿活在这种时代。"在《第三帝国的到来》这本历史书中，尼古拉斯的故事就这么几行字,用他的遗书来表现纳粹上台的恐怖气氛就够了。我看到这里的时候,会有点儿惋惜,尼古拉斯都逃到了瑞士,还选择了自杀,太可惜了。不过,人总有活不下去的时候,不可能永远忍耐。

有一位犹太哲学家阿维夏伊·玛格利特,写过一本书叫《记忆的伦理》,讲"道德见证者"这一现象。什么叫"道德见证者"呢?一、他/她必须亲历人道主义灾难,是受难者。他/她要见证灾难的过程,他/她的见证行为要有合乎正义的道德目的。二、道德见证者的希望,不是有救世主,或者建一个大同社会,他/她的希望很微小,那就是在极度黑暗的时代仍然有道德共同体存在的可能性,也就是说,在何种行为符合道德这个问题上,他/她希望还有人能和他/她想得一样。三、道德见证的真实性不同于历史纪录的真实性,道德见证者表达的是直面自我的"本真经验"。

马格利特说,维克多·克伦佩勒就是个"道德见证者",在没有希望得到外部道德注视的情况下,与自己遭遇的邪恶一决高低。他写日记是有道德目的的,记录第三帝国的语言更是有道德目的。克伦佩勒做见证是一种道德选择。有一句希伯来格言叫"在没有人类存在的地方做一个人",克伦佩勒干的就是这样的事。这本日记能不能被别人看到呢？他写了日记要藏起来，那这个道德共同体在哪儿呢？马格利特说，最小的道德共同体就存在于一个人的现在自我和他的未来自我之间，现在的我要为未来的我保持一个道德前景。道德见证者最小的希望就是对于未来之我的信念。这个信念太微弱了，但战后的克伦佩勒和那个一九三三年至一九四五年间还坚持写日记的克伦佩勒之间有一个道德纽带。两个克伦佩勒建构了我们可以设想的最小的人类共同体。

马格利特做的是哲学论述，语句非常严谨，用米沃什的诗来说，就是"想到故我今我同为一人，并不使我难为情"。其实我们有更通俗的表达，我们说，我干这件事是要对得起自己的良心，是让我以后不会羞愧，这就是对未来之我的信念，就是现在这个我和将来的那个我之间有一条道德纽带。

我们每个人都有可能经历一场灾难，都有可能做一个见证者，像冯内古特那样。或者按照哲学家的严格标准，做一个道德见证者，像维克多·克伦佩勒。我们这里的道德见证者并不多，但做道德见证者的机会并不少。

第二十八讲 集中营简史

英国有个学者叫罗伯特·拜伦，是诗人拜伦的远房亲戚，他一九三三年去波斯和阿富汗考察古建筑，写了本日记叫《前往阿姆河之乡》。一九三三年八月二十六日早上，拜伦从威尼斯起航，搭乘"意大利"号邮轮，船上有一大群来自德国的难民要前往巴勒斯坦。拜伦说，《旧约》中的场景重演了，老拉比正宗的卷毛和小圆礼帽，大概从八岁起就一直如此标准地打扮着。身穿海滩服的孩子唱着庄严的圣歌，反复吟诵着耶路撒冷，岸上送别的民众也跟着唱和，借歌声压抑他们的情绪。拜伦参观了犹太人住的三等舱，他说，如果那里关着动物，英国人都会向动物保护协会去投诉。

拜伦生于一九〇五年，十八岁第一次出国，到过印度、中国西藏和俄罗斯。"二战"期间进入一家伦敦报社，一九四一年二月搭船去中东，是去当间谍，向英国情报部门汇报苏联在中东的活动。航行到苏格兰北部，船遭鱼雷炸沉。拜伦死时不过三十六岁。

我看《前往阿姆河之乡》开头那段日记,很庆幸那帮犹太人在一九三三年就跑到巴勒斯坦去了。头一年大概有一万七千人进入巴勒斯坦,很多人没签证,但到那里就把护照扔掉,也就无法被遣返。拜伦在他的日记中,还无法预判欧洲的未来,也不知道自己的命运会被战争改写。请注意我们上一讲提到的克伦佩勒日记,一九三三年六月,他在日记中开始编写一部纳粹术语词典,他收录的第一个词条是"保护性羁押",或者翻译成"保护性拘禁"。"保护性羁押"是没有时间限制的,关多久都是合法的,其法律依据是《保护人民和国家法令》,希特勒内阁一九三三年二月通过的法令。

我们在电影中经常会看到纳粹集中营的画面,我们印象中的集中营,有毒气室,有焚烧炉,就是纳粹进行大屠杀的地方。但纳粹集中营也有一个发展过程,集中营最早在一九三三年出现。一九三三年年初,冲锋队和党卫队开始抓捕社民党和共产党,当时冲锋队和党卫队的角色是"辅警",协助警察工作,德国原有的警察系统和司法系统还在运作。按照当时的法令,抓起来的人要进行"保护性羁押",羁押在哪儿?纳粹开始建立各种集中营,各种闲置的地方都被他们利用起来，柏林周围就建立了大大小小一百七十个集中营。一九三三年六月，有一个叫艾克的家伙，成为达豪集中营的指挥官。他原本得罪了领导，被关在精神病院里，但希姆莱看中了他，把他从精神病院放了出来。艾克成为达豪集中营的主管，他立刻认识到，集中营是他的事业，他要好好干。

达豪集中营在艾克的管理下进行了一系列整顿，比如说，不能随意惩罚犯人，听着不错吧？看守随意打犯人，不行。艾克制定了一套惩罚措施目录，看守发现犯人违反纪律，要写一份书面报告，就连指挥官也不能随便打犯人。如果执行鞭刑，书面报告要一式三份，交给集中营督察组一份。这样做有什么好处呢？一方面管理上更规范，另一方面，犯人更害怕。以往受处罚，挨一顿打就完了，现在要等着看守写报告填表，然后再挨打，等着挨打那段时间也很难熬。看到"填表"的魔力了吗？以往你挨一顿打，你可能会想，看守无权对犯人进行体罚，这样做违反法律。现在，他填表了，写报告了，法律上还是说不通，但管理上变得严谨了，好像就获得了一点儿正当性。

填表、发证，这个事特别能体现官僚系统的运作。我们填过很多表格，也领过很多奇怪的证件，填表的时候，我们就是在和官僚制打交道。这里的"官僚制"是个中性词，官僚制组织中能实现精确、快速、细节分明、档案清晰、连续统一的管理，是一种最有效率的组织形式，既适合于公共部门，也适合于私营部门。提出官僚制统治的是德国思想家马克思·韦伯，他说，现代官僚体系是从理性和法律的概念出发的，它有这么几个特点：一是固定化、法定化，有各种规则；二是等级化，有上下级制度，内部分工明确；三是组织内部排除私人感情，成员之间都是工作关系，公职管理建立在保留书面文件的基础上，书面文件就是档案。

官僚制是一种理性的管理方式，英国社会学家齐格蒙·鲍曼写过一本书叫《现代性与大屠杀》，他提出，正是机器般理性的官僚制，实现了大屠杀这个暴行。官僚制是一套系统，每个人只是一个零件，人在其中，就会丧失责任感和道德感。对铁路经营者来说，大屠杀对他们的工作来说是吨、公里等计量单位，而不是处置人。集中营里人人都照章办事，谁也不觉得自己要为全局负责。每一个步骤组合起来造成了屠杀，而其中的操作者感受到的只是"我今天填了十张表"。《纳粹集中营史》这本书中记载，有一位德国医生在奥斯维辛工作，鉴别哪些犹太人要立刻杀掉，哪些人可以当劳工，暂时留住一条命。这位医生有道德感，觉得自己的工作太残忍，毫无人性，就申请调离奥斯维辛。但等待调令的时候，这位医生坚守岗位，照样参与大屠杀，他想的是：工作总得有人干啊，等接班的医生来了，我就不干了。这就是理性的官僚制。

齐格蒙·鲍曼说："一旦官僚体系执行的任务的人类对象被有效地非人化，并因此被废止了作为道德需求的潜在对象，他们就会被带着道德冷漠的眼光来看待；一旦他们的抵抗或不予合作阻缓了官僚程序的顺畅之流，这种道德冷漠就会很快转变为非难和指责。"被非人化的对象没有"利益"值得考虑，没有要求主体性的权利。他们变成了一个"令人讨厌的因素"。他们的难以管束进一步增强了公务员的自尊和友谊的纽带。公务员把彼此看作一场艰苦斗争中的伙伴，他们认定自己要干的事业需要勇气、自我牺牲和无私奉献。这一段话很有意思，我在这里没办法来举例，但你可以从自己的生活中找出被冷漠看待的事例。

《第三帝国的语言》这本书中，克伦佩勒有一篇文章叫《黄星》。他说，一九三三年到一九四五年这十二个地狱般的年头里，哪一天是犹太人最艰难的一天？他说："我问过自己很多次，也问过别人很多次，得到的答案都是一九四一年九月十九日。"从这一天开始，犹太人必须佩戴六角的大卫之星。黄色的布块上印着黑色的字，"犹太人"。

佩戴上黄星之后,犹太人等于背负着自己的隔离区。克伦佩勒记述,有人会当众羞辱他,也有人会悄悄对他说,"我谴责这样的做法"。犹太人住所门口的姓氏铭牌也要贴上黄星,克伦佩勒的妻子是雅利安人,那就要把妻子的名字放在偏离黄星的地方,注明是雅利安人。有些门廊上会贴一张字条,写着"这里曾经住过犹太人某某",邮递员不会问这位犹太人搬到哪儿去了,新地址是哪儿,邮递员把信退回,信封上注明,"收信人已经移居"。"移居"这个词是很暧昧的说法,还有一个词叫"带走",就是不引人注目地送到集中营去,犹太人留下的产业被雅利安人占有,这叫"雅利安化"。克伦佩勒记下第三帝国使用的词汇及特有的表达方式,他说,犹太人被"带走"之后,过一阵子,犹太社区会收到寄回来的骨灰盒,还会收到死亡证明,每礼拜天都要安排两三个葬礼,但后来,就没有骨灰盒再寄回来了。

我们回头接着说艾克。艾克是个有理想的人,他管理的是集中营的看守队伍,但他是按照军人的标准来选拔和训练看守的。他喜欢招募年轻人,特别是二十岁以下的年轻人,先用严格的训练考验他们,留下的都是坚强的人,然后让他们一点点习惯暴力。集中营看守队伍有"企业文化"，那就是残暴，你越残暴，你越有晋升的可能。在他的管理下，达豪集中营成为典范。小而乱的集中营逐渐关闭，大型集中营开始建立。艾克成为德国所有集中营的总指挥，他的集中营督察组一九三五年只有五个人，到一九三七年就有了四十九个人，有政治办公室，有人事办公室、行政办公室、医疗办公室，办公地点越来越好，还出版一份工作简报，记载艾克对集中营工作的一系列部署。原来的集中营是州政府拨款，后来从中央财政拨款，算是有了正式编制。

不知道你是否还记得电影《辛德勒的名单》开头有一幕，是波兰城市克拉科夫，犹太人登记、入住隔离区。登记人员在路边支起办公桌，打开墨水瓶，一个个登记造册。这个电影里，有很多登记造册的场面。辛德勒开工厂，生产锅碗瓢盆，需要一个会计来做管理。他找到了斯特恩，斯特恩把他的工厂打理得很好，但有一天，他出门忘了带证件，被押到火车上，要送去集中营。辛德勒赶到火车站，要纳粹士兵把斯特恩找出来，纳粹士兵手里拿着押送人员的名单。到后来，辛德勒在捷克开了一家兵工厂，要大量犹太人来当工人，还是要开列一份名单。这是他在救人——犹太人当工人，就可以离开集中营。电影中有这样一幕：男人坐上火车，被送到了捷克，但女人坐上火车，被送到了奥斯维辛。辛德勒赶去奥斯维辛,用钻石贿赂集中营的主管,那位军官说,"我再给你三百人就完了,你不一定要你名单上的人"。辛德勒坚持要自己名单上的人,那个军官说,好吧,这样会增加很多文书工作。你看,集中营里有很多官僚制运作,有很多文书工作。

《辛德勒的名单》这个电影,主人公辛德勒原来只想发财,用集中营里的犹太人做劳动力,便宜,几乎是零成本。集中营的管理者也知道这一点,他们也想用集中营来挣钱。党卫队负责经济工作的人叫波尔,原来也是个会计,被希姆莱找来管理集中营的产业。他管理的第一个大企业叫德国土地与采石公司,第三帝国要光鲜体面,各个城市都在大兴土木,采石场的工作又累又危险,正好让集中营的犯人来干。有了采石场,顺手再建一个砖厂。一九三八年,在萨克森豪森集中营附近,党卫队开始修建世界上最大的砖厂,预计每年生产一亿五千万块砖头,是普通砖厂产量的十倍。建造初期的几个月,有四百多个囚犯死在工地上,但生产出来的砖头一敲就碎,当地的黏土并不适合纳粹选用的干式冲床,纳粹再换另一种冲床。任何工作都有专业性,烧尸体这个事情也是很专业的,最开始集中营的尸体都是运到附近的火葬场去烧,这样做就把集中营残酷的一面暴露给附近居民了,于是集中营开始建自己的焚化炉。

到一九三九年，有两家私人承包商给每一座集中营都建好了焚化炉。有了自己的火化场，集中营就有了自己的死亡登记办公室。每个死亡的人，都会在表格上填写一个死亡原因，集中营主管会给填表的人一本医疗手册，在这上面随便找个疾病的名字填上就行。有个三岁的小孩子在某个集中营被杀掉，留下的表格上写的死因是"年老"。

我们看《辛德勒的名单》这部电影，德国占领克拉科夫，先是把犹太人送进隔离区居住，这时候的犹太人还能保留一点儿自己的财产，后来清理隔离区，把犹太人送入集中营。那个叫阿蒙·歌德的德国军官，被派来做集中营的指挥，歌德也要在集中营弄自己的企业，把斯特恩留下给他当会计。由此可见，会计是一种很有用的技能。阿蒙·歌德历史上确有其人，他的姓氏和德国大诗人歌德就差了一个字母。我在《纳粹集中营史》这本书中看到一则花絮，说希姆莱和艾克一九三七年去图林根考察，要在那里的埃斯特山上建一个集中营，新集中营就叫"埃斯特山"。当地居民反对，说我们这里住过大诗人歌德，歌德给埃斯特山写过一首诗，你怎么能把集中营和歌德的诗联系在一起呢？这座集中营后来叫布痕瓦尔德集中营，集中营中有一个文物保护对象，是一棵大橡树，歌德在这棵橡树下遇见了自己的缪斯女神，集中营的营地建设要绕开这棵树。

我们反思大屠杀的时候，总会有一个疑问，那就是犹太人为啥不反抗呢？纳粹要杀我们了，反抗被枪打死，不反抗就被送进毒气室，左右是个死，为什么不反抗？按照齐格蒙·鲍曼的说法，这也是一个理性算计的过程。你看电影里，那些犹太人都想获得一张蓝卡——你是一个技术工人，就有用，我是个教历史和文学的老师，就没用，没用就会被杀死，每个人就想让自己有用。纳粹还在犹太人中挑选警察，让犹太人来管理犹太人，也是给了你一条生路。即便是送进奥斯维辛，也可能挑选你做处理尸体的工作，你还能活下来。人们但凡有一条活路，就不想死，就忍着。关进集中营，被疾病折磨，也没口饱饭吃，到最后你也没有反抗的力气。如果说，大屠杀中有什么深刻的教训，那就是你从一开始就要反抗，只要人不被当成人来看待，你就要反抗，你就抗议这种不公。

齐格蒙·鲍曼是波兰犹太人，"二战"时逃到苏联，后来在华沙学习、教书。如果"二战"时留在波兰，他肯定死了。一九五〇年波兰反犹浪潮中，鲍曼被解职，去了英国。波兰人也反犹。有一个笑话，说的是波兰犹太人的隔离区里，一个男人睡觉，哈哈大笑醒来，妻子问他，你笑什么？他回答，我梦见那些波兰人在墙上写"打倒犹太猪"。妻子说，这有啥好笑的！丈夫说，这说明是波兰人管我们了，而不是纳粹啊。你看，有人侮辱你，但这是好日子啊，因为他们只是侮辱你，没有杀你。

德国负责犹太人灭绝事务的官员叫艾希曼，他"二战"后逃到了阿根廷。一九六〇年五月十一日，在布宜诺斯艾利斯郊外，艾希曼走下公共汽车的时候，被以色列特工给绑架了。他被运到以色列，犹太人要审判他。汉娜·阿伦特跑到以色列采访这次审判，给《纽约客》写报道，后来这些报道成为一本书，题目叫《艾希曼在耶路撒冷》。汉娜·阿伦特提出了一个概念叫"平庸之恶"，或者翻译成"恶之平庸性"。汉娜·阿伦特是一个思想家，她写的书，作为新闻报道来说并不是很好看，但她提出的这个思想概念非常重要。有一个电影叫《汉娜·阿伦特》，讲的就是这段故事。还有一个电影叫《万湖会议》，讲纳粹商讨犹太人最终解决方案，艾希曼就出现在电影里。

我们看关于纳粹的电影，看第三帝国的历史，最重要的一个好奇就是，人怎么能如此作恶？艾希曼一点点制订计划，把上百万犹太人送进毒气室，但这个人看起来不像恶魔，他就是官僚体系中的一个官员，他也是这样为自己辩护的："我只不过是国家机器中运转的一个齿轮，我是在执行命令，只是在工作。"阿伦特说，国家机器上有许多行政官员，都把自己看成一个齿轮，罪恶归结于国家机器，自己不去想这个事。道德的根源是人的良心，内在的心声。如果你听不到自己的良心的声音，道德也就没了。阿伦特说，艾希曼是一个"无思之恶"的代表，一个没有感情、没有思想，从未意识到自己做了些什么的官员。

阿伦特写过一本书叫《极权主义的起源》，她说纳粹干的事是一种"极端恶"，平庸之恶和极端恶这两个概念要对照着看，才有更深的体会。如果你感兴趣，可以去看看阿伦特的书。我来读其中的一段吧，这是《艾希曼在耶路撒冷》的结尾处——

> 当我说到平庸的恶，仅仅是站在严格的事实层面，我指的是直接反映在法庭上某个人脸上的一种现象。艾希曼不是伊阿古，也不是麦克白；在他的内心深处，也从来不曾像理查三世那样"一心想做个恶人"。他为获得个人提升而特别勤奋地工作，除此以外，他根本就没有任何动机。这种勤奋本身算不上是犯罪，他当然绝不可能谋杀上司以谋其位。他只不过，直白地说

吧，从未意识到自己在做什么。……他并不愚蠢，他只不过不思考罢了——但这绝不等于愚蠢。是不思考，注定让他变成那个时代罪大恶极的人之一。如果这很"平庸"，甚至滑稽，如果你费尽全力也无法从艾希曼身上找到任何残忍的、恶魔般的深度；纵然如此，也远远不能把他的情形叫作常态。……这种远离现实的做法、这种不思考所导致的灾难，比人类与生俱来的所有罪恶本能加在一起所做的还要可怕——事实上，这才是我们真正应该从耶路撒冷习得的教训。

齐格蒙·鲍曼和汉娜·阿伦特都对集中营和大屠杀做出了解释，知识分子总要解释解释。人干出这样大的恶，不解释清楚说不过去。可我又觉得，什么现代性与大屠杀，什么平庸之恶，这些解释没啥说服力。恶行太大，大到无从解释。纳粹曾经有一个T4行动，是医生主导的安乐死计划，清除残疾人。一九三五年到一九四五年间，有大约二十万德国人死于T4行动，他们是痴呆儿、精神病患者和老人。负责处理老人的官员说："年轻人在前线战死，你们为什么还要在养老院中活着？"一九三九年夏天，希特勒忙于备战。有一位父亲给元首办公厅写请愿书，他有一个儿子先天缺少一条腿和部分手臂，他请莱比锡医院杀掉这个婴儿，但医院拒绝了。于是，父亲写信请愿。希特勒派人去了莱比锡，会诊之后杀掉了那个孩子。很多患病的孩子被送进养育院，如果家长不定期去探望，那么医院就会把这些孩子转运到一个杀戮中心。有一位母亲给元首办公厅写信，救回了自己被转运的孩子。

我看过一本书叫《累赘：第三帝国的国民净化》，专门讲T4行动的。作者叫海达·阿利，他有一个女儿出生于一九七九年，出生时患脑炎，而后大脑受损。阿利说，他在女儿患病之后，开始研究T4行动。其中隐含的意思很明显，如果这个女孩出生在第三帝国，很可能就被杀掉了。历史研究与切身的痛苦相关。有时候我们看历史，也跟切身的痛苦有关。

第二十九讲 诗性正义

狄更斯有一部小说叫《艰难时世》（全增嘏/胡文淑译本），中文人名翻译很有意思，葛擂硬，原文 Mr. Gradgrind，名字听起来就很硬。他是个很理性的人，学校校董，国会议员。庞得贝，原文 Mr. Bounderby，广泛地得到了很多钱，是个财主。还有个人叫麦却孔掐孩，原文 M'choakumchild，为啥叫"掐孩"？因为他是个老师。这部小说在狄更斯的作品里不算是好的，没啥太大意思。多年前，英国推出过一个写小说的软件，请了狄更斯的重重孙女做广告，我觉得，这个小说就像是用软件写出来的。

简单说一下里面的人物。葛擂硬先生是个讲究事实、懂得计算的人，请看他的独白："我这个人为人处世都从这条原则出发，二加二等于四，不等于更多，而且任凭你怎么说服我，我也不相信等于更多。我口袋里经常装着尺子、天平和乘法表，随时准备称一称、量一量人性的任何部分，而且可以告诉你准确的分量和数量。"葛擂硬先生有五个孩子，最大的两个叫露意莎和汤姆，这两个孩子有一次去偷看马戏，被葛擂硬先生抓回家训了一顿——科学的大门为你们敞开着，你们是受过数学训练的人，你们怎么能去看马戏呢？等孩子长大了，葛擂硬让露意莎嫁给庞得贝，露意莎二十，庞得贝五十，岁数差得有点儿大，但葛擂硬认为从财产和地位上来看，也算是门当户对。

庞得贝在焦煤镇上开工厂，开银行。他把工人看成工具，像处理加法中的数字一般处理他们，认为他们没有爱情和喜悦，没有记忆和偏好，没有灵魂，也不懂什么叫厌倦，什么叫希望。庞得贝对待工人没有慈悲心和耐心。他娶了露意莎，把她的弟弟汤姆安排在银行工作。汤姆喜欢赌钱，欠了一屁股债，姐姐露意莎没事儿就给弟弟两个钱，但汤姆还是偷了银行的钱。最后汤姆在爸爸和姐姐的安排下，被一个马戏班给送到国外去了。小说中的工人和马戏班，更有人味儿，生活困难，但彼此关怀。焦煤镇上有一个图书馆，工人们会去看书，他们喜欢笛福而不是欧几里得，他们对于人性，对于人类的欢乐、忧虑和悲伤，对于一般男女的生和死都表示惊奇。而葛擂硬先生认为，人应该少胡思乱想，少用自己的想象力，更不要对什么都感到惊奇。

葛擂硬先生从马戏班里收养过一个小女孩叫西丝，西丝在这部小说中是最有同情心的一个人。上学的时候，老师问她，政治经济学最基本的原则是什么？西丝回答说，己所不欲，勿施于人。这当然是错误的答案。老师给学生讲什么叫"繁荣的国家"，说这个国家里有五千万金镑，是不是繁荣呢，老师问西丝"你是不是生活在这样一个繁荣的国家呢"？西丝回答："我不知道这个国家是不是繁荣，除非我知道是谁在掌握那些钱，是不是我也有一份。"这个答案跟数目计算无关。老师又问西丝，假设一个大都市里面有一百万居民，在一年当中，只有二十五个居民饿死在街上，"你对这个比例怎么看"？西丝回答说，不管余下的人有百万还是万万，反正挨饿的人总一样难堪。老师说，这是统计学，"你得明白什么叫统计"，比如十万人做海上航行，只有五百人淹死了，这个比例是多少？西丝说，那就什么都没有了，对于这些死者的亲属和朋友来说，什么都没有了。

这本小说的故事情节并不重要，重要的是葛擂硬和庞得贝是功利主义者，讲究政治经济学，狄更斯编织的故事是要批判功利主义者。我之所以看《艰难时世》这本书，是因为玛莎·努斯鲍姆写了一本书叫《诗性正义：文学想象与公共生活》，分析的就是《艰难时世》这本小说。也就是说，是因为《艰难时世》这本书的书评太有意思了，我才反过去读《艰难时世》这本小说。

《诗性正义》一开头就说，美国诗人惠特曼曾言，文学家、艺术家应该参与到美国的政治争论中，诗人是复杂事物的仲裁者，诗人不会把具体的个人看得卑微或虚幻。我们前面讲过《飞越疯人院》，原作者肯·克西跟金斯堡说过，这个国家的问题不在政客身上，政客是没有愿景的，诗人要提出愿景，要让这个愿景发光。我们从小会背的一句诗就是个政治愿景，"安得广厦千万间，大庇天下寒士俱欢颜"。不过，玛莎在这本书里要分析的并不是杜甫或者雨果这样有人道主义精神的诗人，她要说的问题是，今天的政治生活中，我们缺乏能力去把彼此看成完整的人，缺乏同情心，我们依赖技术化的方式，尤其是信赖用经济学的功利主义那一套来为人类行为建立模型。所以我们大家都应该读点儿小说，有点儿想象力，这有助于公共事务的决策。

玛莎先总结了葛擂硬先生那段独白中所包含的功利主义思想：把人都量化，抽象而概括；专注于计算，把个人生活都变成效用的计算；总以为能以计算的方法找到问题的解决之道，忽视个人内心生活的复杂性，忽视个人情感的复杂性；把利己当成人类动机，不考虑爱和利他主义。我们看小说中对工人阶层的描述："这些家伙，叫他们做多少工就给他们多少钱，到此为止；这些家伙必然要受供求律的支配，这些家伙若违反了供求律，就陷入困难，这些家伙当麦价昂贵时就会勒紧肚皮，遇到麦价便宜时又会吃得过饱；这些家伙按照百分比在繁殖着，造成犯罪的百分比相应地增加，同时又使必须受救济的贫民的百分比增加；这些家伙是可以批发的，可以从他们身上大捞一笔钱；这些家伙有时会像海洋似的汹涌澎湃，造成一些损失和浪费，然后又平静下去……"

在父亲的教育下，露意莎眼中焦煤镇的工人就是这样的，她从来没想到把他们看成一个一个的人，直到她接触到工人斯蒂芬。玛莎所说的"诗性正义"，是说我们要站在"明智的旁观者"的立场，审视眼前的情景，要运用理性，也要有想象和移情，这比只顾计算成本和收益的功利主义，能更好地实现正义。换句俗话，要有人味儿，我们的许多政策和许多管理者都没有人味儿。卢梭在《爱弥儿》中说过一段话："为何国王对他们的臣民一点也不怜惜呢？那是由于他们肯定自己永远也不会成为一个普通人。为什么富人对穷人那样冷酷呢？那是因为他们不用害怕成为穷人。为何贵族对老百姓如此瞧不起呢？那是由于一个贵族永远无法成为一个平民……"

如果大家都没有人味儿，那社会就变得冷漠和迟钝。为什么没有人味儿呢？玛莎说，功利主义者没有"畅想"（fancy）的能力，而畅想是很重要的：它赋予感知到事物的丰富和复杂意义的能力；它对所见事物的宽容理解，它对想象完美方案的偏好；它有趣和令人惊奇的活动，因其自身而感到喜悦；它的温柔，它的情欲，它对人必将死亡这一事实的敬畏。这种想象是对一个国家中平等和自由的公民进行良好管理的必要基础。玛莎说，她在大学讲课，问起学生们是否唱过"一闪一闪亮晶晶"那个童谣，唱的时候在想什么？课堂上一位学生回答说，他唱那首童谣的时候，觉得家里的狗跟他心意相通。这就是一种畅想能力。怎么提高畅想能力呢？玛莎说，应该坚持读小说，小说阅读是对人类价值观的生动提醒。小说能提供想象和情感，想象能让我们设身处地为他人考虑，情感是形成正义感的重要前提。

读小说有助于实现社会正义？听着是不是太浪漫了？玛莎在写作中也总要往回找补，要让她的论述更严谨，她说"这不是轻视建模和计算的浪漫主义"，也不是要用文学想象来替代"道德和政治理论"，"情感也并不总是导向正义"。她说:"之所以捍卫文学想象,是因为我觉得它是一种伦理立场的必需要素,一种要求我们关注自身的同时也要关注那些过着完全不同生活的人们的善的伦理立场。这样一种伦理立场可以包容规则与正式审判程序,包括包容经济学所提倡的途径。另一方面,除非人们有能力通过想象进入遥远的他者的世界,并且激起这种参与的情感,否则一种公正的、尊重人类尊严的伦理将不会融入真实的人群中。"

除了《艰难时世》,玛莎·努斯鲍姆在《诗性正义》中还讨论了《土生子》《莫瑞斯》这两本小说,讨论了大卫·休谟和亚当·斯密。书中第四章很有意思,是玛莎当了一回语文老师,分析了三位法官的法律文书,讲解其中的文学性。我们来看其中两个例子。

第一个例子是一位囚犯控告一位警官,囚犯因盗窃罪和抢劫银行罪而服刑,警官搜查了他的囚牢,说是要找违禁品,但囚犯认为这个搜查是在骚扰和羞辱他,并且故意毁坏了他的一些合法私人财产——照片和信件。法院认定,对犯人恶意搜查和故意骚扰,不能为一个文明社会所容忍,但也不构成对隐私权和财产权的侵犯。史蒂文斯法官写了一份论辩书,来讨论这个问题——

以一个自由社会中的普遍情形来衡量，一个囚犯在囚房里拥有的物品和仅仅剩余的一点隐私不值一文。然而，以一个犯人的立场来看，这种剩余的隐私可能标志了奴隶制度和人性之间的区别……私人信件、家庭成员的照片、一个纪念章、一副纸牌……又或许是日记或训练手稿，或者甚至是一部《圣经》——这些便宜的物品都可能会让一个犯人想起他过去的某些部分，并且看到了更美好未来的可能。

法律问题太复杂，我们只看这个段落，就能明白史蒂文斯法官在运用自己的想象力，考虑到了犯人的尊严，他认为宪法应该保护一张孩子的照片或者一封妻子的来信，这样更符合伦理。玛莎说，这段文字并不是情绪化的，也没有什么修辞手法，但包含了明智旁观者的特征。

第二个例子是一个叫玛丽的女工控告通用汽车公司。玛丽曾经在通用汽车的一个燃气轮机厂工作，是工厂里的第一个女工。在五年的时间里，她一直受到男同事的性骚扰，她向上司投诉，但无济于事。玛丽辞职了，要求通用汽车赔偿。地区法官判通用汽车胜诉。上诉法庭判玛丽胜诉。波斯纳法官写了法庭意见书，先讨论关于事实认定的法律术语，然后描述玛丽遭到性骚扰的种种场景，然后写到玛丽向她的上司投诉，上司没什么反应。法官在这里用文字给这位上司画了一张速写："他做证说，因为他自己不是一个女人，所以即使在他眼前出现这些冒犯性的行为，他也不能肯定这些行为会被一个女人认为具有冒犯性。他是如此困惑，以至于当他听到这些行为的时候，他只会轻笑和强忍住他的喉咙。"

玛莎说，这份法律文书中的场景描写有相当高的文学技巧，这位观察者对那些男性工人的行为是持严厉批评态度的，对那位无动于衷的上司进行了生动的挖苦。"他是如此困惑"，这一句话的确是在挖苦。在很多起性骚扰案件中，我们都能看到无动于衷又如此困惑的男人。法律文书中的遣词造句是专业性的，但我们还是能看到这里闪现出的一点儿文学性，看到法官的伦理立场。说到这儿的时候，我真想布置一个作业：找一找我们的法律文书或者一些政府公告中运用文学想象的字句，如果我们能找到，那一定是稀有和珍贵的。

在《诗性正义》这本书的结尾，玛莎非常煽情地引用了惠特曼的诗："借助我的渠道发出的是许多长期以来喑哑的声音，/历代囚犯和奴隶的声音，/患病的、绝望的、盗贼和侏儒的声音，/……被别人践踏的人们要求权利的声音，/畸形的、渺小的、平板的、愚蠢的、受人鄙视的人们的声音。"玛莎说，如果不进行畅想和同情，长期以来喑哑的声音还将保持沉默，历代囚犯和奴隶的声音还将徘徊在我们周围。

惠特曼的诗非常有煽动性，我读到这个结尾的时候，有些想法溢出了这本书的讨论范围。我也说说我的困惑。我年轻时看《悲惨世界》这个电影，一直不明白沙威警长为什么要自杀，他放走冉阿让我能够理解，他做了一件好事，做了好事之后为什么要自杀呢？雨果是这样说的："在他狭隘的公职之外的不论何种论题以及在任何场合下的思考，对他来说都是无益和疲劳的。"沙威不思考，也就不会畅想和想象，但冉阿让的行为促使他思考。"他刚才做的事使他战栗，他，违反了一切警章，违反一切社会和司法制度，违反所有的法规，认为释放一个人是对的，这样做使他自己满意。""自从他成年当了警察，他几乎把公安警务当作他的宗教，他做密探就像别人做神甫一样，我们用这些字眼都是从最严肃的含义而言，丝毫不带讽刺。他有一个上级，吉斯凯先生，迄今为止他从没想到过另外那个上级：上帝。"接下来雨果谈论上帝和良心，沙威警长良心发现了,这一下不得了——"刑罚、被审判过的事、法律所赋予的权力、最高法院的判决、司法界、政府、羁押和镇压、官方的才智、法律的正确性、权力的原则、一切政治和公民安全所依据的信条、主权、司法权、出自法典的逻辑、社会的绝对存在、大众的真理,所有这一切都成了残砖破瓦、垃圾堆和混乱了;沙威他自己——秩序的监视者、廉洁的警务员、社会的看门犬——现在已经被战败,被打翻在地了……"

沙威自杀前,到了一个警察哨所,写下一份工作备忘录,一共十条,其中有几条是对犯人非常友好的,比如第七条。他说,在纺织车间,一个断线要扣犯人十个苏,这是工头滥用职权,断线对纺织品无损。写完这份备忘录,沙威就自杀了。如果法律都变成了废墟,警察沙威也被打翻在地了,如书中所描绘的那样,冉阿让头戴光环站在废墟之上,这算是实现正义了吗?在这里,能使用玛莎所阐述的"诗性正义"这个词吗?好像不太准确。雨果的意思是说,在人间的律法之上,还有一层是上帝的律法。黑格尔在分析古希腊悲剧《安提戈涅》时说过一个词叫"永恒正义",不过,我的思考水平还不足以讨论这样严肃的话题。也许文学能讨论一下什么叫诗性正义,但"何为正义"这个问题要复杂得多。

第三十讲 让本雅明这样的人活下去

很多年前,我一位朋友去欧洲玩,回来后给我看她拍摄的一段视频。那是以色列雕塑家丹尼·卡拉万的作品,在西班牙的布尔特沃海边,像一个滑梯,沿山坡而下,金属封闭起来的走廊,里面是一级级的台阶,走下去到尽头,是一道玻璃幕墙,透过玻璃,你可以看到大海。她对我说,一九四〇年九月,本雅明逃到布港,在这个小镇上自杀了。她那段视频,停留在玻璃墙外的海面,所以在我看起来有点儿走投无路的感觉。卡拉万在世界各地设计了很多跟犹太人相关的纪念作品。这件本雅明纪念雕塑名叫"通道"或者"走廊",是在一九九四年完成的,作品上有一句铭文,写的是"记住那些无名之人比记住那些名人还要困难"。

本雅明这个人,我还是略知一二。你知道北京有一个单向街书店,最早开在圆明园边上,书店有一个很漂亮的院子,院子里有核桃树,有躺椅。有一个非常漂亮的厕所,天花板是玻璃做的,抬头看,是一个鱼缸,有水有鱼,鱼缸上面是天空。我记得书店里面很窄,墙上有本雅明的肖像——记忆不一定准确,是不是挂着本雅明的肖像,我其实也不太肯定,但"单向街"是本雅明一本书的名字,用这个名字来命名书店,肯定会让人想到本雅明。我看过他的一些书,看不太懂,但有些句子,看过之后印象极深,比如:"人类遗产被我们一件件交了出去,常常只以百分之一的价值押在当铺,只为换取'现实'这一小铜板。"再比如:"将历史表现为一场诉讼……法庭决定为未来讯问证人。出场的有诗人,他感觉;有画家,他观看;有音乐家,他聆听;有哲学家,他知道。他们的证词互不一致,尽管大家都为弥赛亚的到来做证。"这些句子有上下文的,我读不懂,也记不住。

生活·读书·新知三联书店二〇〇八年出过一本本雅明文集,叫《启迪》,原书的编者是汉娜·阿伦特。汉娜·阿伦特写了很长的一篇序言,其中有这样一句:"似乎历史是一条跑道,有些竞赛者跑得太快,结果消失在观众的视野之外。"卡夫卡和本雅明都是这样的人,他们活着的时候,只有少数人认识到他们的价值,他们死了之后,变得名声大振。阿伦特说本雅明是个天生的倒霉蛋,不懂人情世故和学术圈的规矩,为谋生计,他想在耶路撒冷找一个教书的工作,也会在莫斯科的杂志上发表文章,但他既不想投身于犹太复国主义,也不是真心信奉共产主义,犹太复国主义和共产主义也不会提供"文人"这样一个职位。阿伦特说,一个时代总会在受其影响最小、离它最远、因而也受难最深的人身上打下烙印,普鲁斯特、卡夫卡、本雅明都是这样的人。简单来说,总有人能适应时代,如鱼得水,人们也会关注这些时代弄潮儿;但有些倒霉蛋,知道自己不能适应时代,这一类人没有能力改变自己的困境,哪怕这困境要把他碾碎,他们也没什么办法。

我虽然看不太懂本雅明的文章,但我喜欢这样的倒霉蛋。本雅明自己说:"做一个有用的人于我永远是一件丑恶不堪之事。"那他想干吗呢?进行诗性的思考,想事儿。用海德格尔的话说,这叫"面对思的事情"。很多文艺青年,都不想做一个对社会有用的人,都想没事儿瞎琢磨。但是,"思"这个事情可不容易,过一种德国式的精神生活,那就更不容易了。有一本书叫《康德与德意志精神生活》,我只知道书名,这书名就显示出来了,沿着康德、黑格尔那条道路来打磨自己的心智,太严肃了。叔本华说过,一个没有精神需求的人,智力平平、思想狭隘,就是庸人,这样的人没有灵性,没有智力的乐趣,只有感官的乐趣。这话说得太绝对了。海德格尔说，大多数人没有什么精神生活，不是因为缺乏智力，而是想追求生活舒适，回避太严肃的精神生活，能让自己舒服一些，他们不认真思考上帝，不认真琢磨自己使用的语言。

当年给我看卡拉万作品视频那位朋友，是一个哲学老师，她从没说过本雅明是哲学家。她有一个偶像是维特根斯坦，她说，康德、维特根斯坦、海德格尔，这样的人是一流的哲学家，"你老挂在嘴边的萨特，那是二流的哲学家"。后来我还听到一种刻薄的说法，忘了是哪一个大人物说的了。他说："你们所说的哲学，在我看是文学，你们所说的文学，在我看是新闻，你们所说的新闻，在我看是八卦。"你看，阅读也是有鄙视链的。不过，鄙视链这东西在私下聊天、朋友之间开开玩笑挺好，公开谈论就可能陷入争吵。叔本华说过一段话："如果在任何的讨论和谈话中，有一个人比我们表现出了更多的知识，对真理更诚挚的热爱、更明智的判断力、更优秀的理解力，或者总体上显现出让我们相形见绌的智力品质，我们就可以通过侮辱和冒犯立刻消除他的优势和我们自己的浅薄，转而使我们凌驾于他之上。粗野胜于一切争论，它让智力彻底失色。如果我们的对手不在乎我们的攻击方式，不以更粗鲁的方式回应，那我们就是胜利者，名誉与我们同在。真理、知识、理解力、智力和机敏则必须鸣金收兵,把战场留给极度的蛮横。"

叔本华的这段话,很适合描述网上的许多吵架。我们内心其实有粗野的一面,从粗野的一面来看,本雅明绝对是个 loser(失败者)。他拿了一个博士学位,想当教授而不成。他出生在富贵之家,娶妻生子,到三十多岁还在啃老,不能养活自己,要靠老婆的工资生活。二十岁赶上了"一战",三十岁赶上了魏玛共和国的通货膨胀,四十岁赶上了纳粹上台,到"二战"爆发终于扛不住了。他一直靠写文章挣点儿小钱,居无定所,生前发表的作品不多,有一个宏大的研究计划,但也没能完成。他要过一种纯粹的精神生活,家里总贴着圣徒画像。他的大脑很厉害,可也管不住自己的下身,勾三搭四。这样来总结本雅明的失意者形象,就比较粗鲁,粗鲁是一种品质,我们在日常生活中可能偶尔要粗鲁点儿。

但是呢,还好,我们还有温柔的一面。先说说本雅明是怎么死的。一九四〇年六月,德国入侵法国,本雅明从巴黎逃往法国南部。九月二十五日,他穿越比利牛斯山,越过了法国和西班牙的边境线,来到西班牙小镇布尔特沃,又称布港。本雅明已经获得了美国签证,但他听说,西班牙对来自法国的难民关闭了边境，难民要被遣返回法国。还有消息说，法国投降后的维希政府和纳粹德国达成协议，像本雅明这样的犹太流亡者会被送回德国。九月二十六日夜里，本雅明留下一张字条，上面写着："在这样一个没有出路的境遇中，我没有其他选择，只能了断。这是比利牛斯地区的一个小镇，没人认识我。我的生命将完结。"那天夜里，本雅明服用了随身携带的大量吗啡，自杀了。第二天边境重新开放。他要是活到第二天，兴许就逃到美国去了。在本雅明死后，他的前妻朵拉在给朋友的信中说："我早已再不是他生活的一部分，但他仍然是我生活的一部分。……我认为，也感受到，如果这个世界能够让一个有他这样的价值和敏感的人活下来，那么这个世界就毕竟不是一个那么坏的世界。看来我是错了。"

本雅明出生在富贵之家，如果处在平安时代，他天天琢磨事儿，也是一种很好的生活方式，顶多也就是和他爸爸闹闹矛盾。偏偏他生在一个动荡年月，那种与时代格格不入之感就更强烈。德国童谣里有一个"驼背侏儒"的说法，是说小孩子摔了一个跟头，或弄碎了一个杯子，妈妈就会说，这是驼背侏儒干的，驼背侏儒总跟小孩子做恶作剧，出点儿什么状况就是驼背侏儒在捣鬼。本雅明成年之后的生活略显笨拙，好像总有个"驼背侏儒"给他捣乱，他本有机会过上稳定的知识分子生活，本有机会早点儿逃到以色列或者美国，但他就是笨笨地拖到了最后一刻。这种失意者和局外人的形象，其实很让文艺青年喜欢。所谓浪漫主义者，就是喜欢那些看起来要失败的事，比如开个书店。

我说了，本雅明的文章，我大都看不太懂。比如他分析德国悲悼剧，德国悲悼剧是什么我不知道，也就无从理解他的批评文章。可他写卡夫卡的文章，我也看不太懂，但我能看懂几句，比如他说："没有谁在这个世界上有自己固定的居所，以及固定的、不变的外观。没有谁不处于盛衰沉浮之中，没有谁不与敌人和邻居交易品性，没有谁不是韶华已逝却仍未成熟，没有谁不是在漫长的生存之旅的起点便已精疲力竭。"我能体会出来，本雅明写卡夫卡，很多时候写的是自己的阅读感受。按照本雅明的说法，感知就是语言的一种模态，是一种解读，经验是被表述出来的，语言就是感知的典范。这几句我好像能明白，但也不确信自己的理解对不对。虽然我读过一点儿本雅明的文章，但更多的时候，我还是觉得本雅明这个人物形象更有意思。

我看过一本书叫《魔术师时代》，写的是一九一九年到一九二九年之间，维特根斯坦、本雅明、海德格尔这几个人的生活经历，写得通俗好看。二〇二二年夏天，我拿到《本雅明传》，算是把他的故事完整地看了一遍。我不再关心他的那些文章，我把他当成一个故事中的主角，这个故事讲的是生存和逃跑，讲一个文人能不能活下去，一个文人能不能跑掉。

本雅明年轻时还是有点儿逃跑能力的。他一九〇五年到一九〇六年，在德国的一所乡村学校学习，德语老师叫维内肯，是个教育改革家，注重培养学生的心智和感受力，其教育计划致力于把各学科综合到一个统一的世界图景中。学生要成为更高贵的人，更高贵的人沉浸在艺术和哲学中，对生命本质有更深的感知。这些话听着都非常漂亮，可我查了一下，维内肯后来吃了一起官司，被关进了监狱。他组织了一次学生徒步活动，跟两个男学生有太亲密的接触。他有一个术语叫"教学之厄洛斯"，厄洛斯是希腊神话中的性爱之神，维内肯先生认为，青年男子之间的爱非常纯洁高贵。本雅明年轻时深受维内肯的影响，参加了很多青年运动，不过到"一战"爆发，维内肯号召青年人参战，本雅明跟这位老师决裂了。本雅明想办法逃脱了兵役，逃到了瑞士。

本雅明是在瑞士的伯尔尼大学拿到博士学位的，博士论文题目叫《德国浪漫派的艺术批评概念》。他拿到博士之后，还不告诉他爸爸，想从爸爸那里继续骗学费。可他爸爸来瑞士看他，顺便也要问问儿子：拿到博士了，也娶妻生子了，那打算从事什么职业呢？本雅明就给爸爸讲什么叫批评，什么叫评论，这是两个不同的概念。爸爸经历第一次世界大战，财富大大缩水，有点儿慢性抑郁，听不明白儿子要干的批评家到底是什么，就问："谁给你发工资呢？"本雅明说："我可以在大学里申请一个教职，当教授。"德国有规定，想进大学当教授，要写一篇教授资格论文，也称"第二博士论文"，证明自己的学术能力。

一九二〇年春天，本雅明夫妇带着孩子搬回到德国柏林爸爸的大宅子里。没多久，他们又搬了出来。本雅明跟爸爸达成协议，预支爸爸的遗产三万马克，再拿一万马克的安家费。这四万马克相当于战前的一万马克，按汇率算是七百美元。一九二一年七月，77马克能兑换一美元，然而到一九二二年一月，191马克换一美元，到夏天，是493马克换一美元。一九二三年一月，近1.8万马克换一美元。再看一条面包的价格，一九一九年十二月是2.8马克，一九二二年十二月是163马克，一九二三年八月是6.9万马克。德国经历严重通货膨胀的那几年，本雅明一直在写他的第二博士论文。有出版社提议要本雅明办一本杂志，本雅明雄心勃勃地筹划了一番，结果出版社又说没钱办杂志了。经济环境不好，职业上也看不到前途，这让本雅明在一九二三年最初几个月陷入了严重的抑郁。到这年夏天，他的妻子朵拉找到了一份工作，在赫斯特报业当秘书，这是美国企业，用美元支付工资，不受通货膨胀的影响。本雅明终于缓过劲儿来，继续他的学术道路。

一九二三年最后几个月，通货膨胀失控，食品价格飞涨。本雅明翻译的波德莱尔诗集出版了，但这本书在知识界也没有什么反响。这一年的十一月五日，柏林发生骚乱，犹太商户遭洗劫。十一月八日，希特勒率领六百名冲锋队员在慕尼黑发动啤酒馆暴动，这是纳粹党夺取政权的第一次尝试，失败了，希特勒被关进了监狱。但好多人已经感受到德国的危险气息，跑了，本雅明的好友肖勒姆跑到了巴勒斯坦。肖勒姆曾经多次劝本雅明：你要离开，作为犹太人，你要学希伯来语，学了希伯来语，你就可以在耶路撒冷大学找到一份工作。他后来帮本雅明申请到一份奖学金，资助本雅明学希伯来语，但本雅明学了没几天就放弃了。他是犹太人，但他的呼吸是从德国文化和法国文化中来的。他对去美国和学英语也不是很上心。语言是一个祖庙，违反祖宗的决定很难。

一九二四年四月，本雅明在报纸上看到，德国要禁止出境旅行，要出国，必须交巨额保证金。这一禁令要在三天后生效。这一次本雅明跑得快，他回家收拾行李，很快跑到了意大利卡普里岛。他在岛上认识了一个苏联妇女，叫阿西亚·拉西斯，她是个话剧导演，有妇之夫，本雅明坠入爱河。人在时代大风浪中，像一个飘荡的小树叶，论文没写完，钱也没着落，但碰到爱情还是忍不住。拉西斯让本雅明对共产主义发生了兴趣。一九二五年，本雅明曾经跑到拉脱维亚首都去找拉西斯。一九二六年十一月，拉西斯在莫斯科生病，住进了疗养院，本雅明又前往莫斯科去看她，甚至还想过去苏联找工作。但移居到莫斯科的人告诉本雅明，千万别来，到苏联就意味着失去私人生活，失去个人自由。后来，拉西斯被送到哈萨克斯坦，囚禁十年。

本雅明的《单向街》，题记上写着献给阿西亚·拉西斯。在爱情中，有些人寻找的是家园之感，有些人寻找的是漂泊之感。除了拉西斯之外，本雅明还有过一些情人。他其貌不扬，但他的头脑有魅力。《单向街》一书，全是几百字的小散文，比较好懂，我们看这一段——

> 醒来的人还处于灵魂出窍的状态，实际上，依然

处于梦境的控制之下。也就是说，他的沐浴只是唤醒了肉体的表面和它外在的运动能力。而在更深一层面，即便是在晨起的沐浴中，夜晚晦暗的梦境并没有褪去。实际上，它紧紧地依附在人们刚刚睡醒的那种孤寂之中。不想走入白天的人，不管是对人的惧怕，还是为了保持内心的宁静，都不会去吃早餐，甚至非常厌恶早餐。所以，他们以这种方式避免自己在昨夜和今天这两个世界之间的更替。

这一段很好理解。本雅明说，不喜欢吃早餐的人就是不想把昨夜和今天进行区分，想保留那种半梦半醒的蒙眬状态，一吃早餐就彻底醒过来了。不吃早餐的人很多，但本雅明把这种不吃早餐的感受写得很诗意。不过，他的大多数文章，很难看懂。

一九二五年年初，本雅明写完了一篇关于德国悲悼剧的论文，提交给法兰克福大学，这篇论文得到的评价是，"这位作者以难以索解的表达方式，证明自己缺乏学术上的明晰性，是不能在艺术史领域为学生们做向导的"。法兰克福大学劝他：您还是收回申请吧，如果我们直接拒绝，这样两边都不太体面。德国大学里的哲学教授、美学教授，也看不懂本雅明的论文。好在这时候，本雅明的一些小散文在德国的报纸上有了更多的发表机会。到今天，本雅明的作品中，还是像《柏林童年》《单向街》这样的小散文，有更多的读者。

一九二六年春天，本雅明是在巴黎度过的，和朋友在巴黎闲逛，催生了他的研究项目《拱廊街计划》。一九二九年，本雅明和妻子朵拉离婚。现在很流行用"渣男"这个词来形容那些私德不好的男人，每遇到这样的情况，我都很想为男人辩护一下，可"渣男"这个词，本雅明当之无愧。倒不是因为他出轨——他和妻子有口头协议，两人是开放关系。但闹到离婚，本雅明却先指责妻子不忠，他长期靠朵拉的收入维持生活，还拿走了朵拉从她姑姑那里继承的一半遗产，还用妻子的钱支付情人的食宿，没给儿子留下过一分钱，这些做法实在是太渣了。

一九三〇年秋天，本雅明搬进摄政王街的一套公寓，这是他在柏林的最后居所。他说过，卡夫卡小说的唯一主题就是对新秩序的震惊，在新秩序中没有家园感。很快，他就在自己的生活中重温了卡夫卡的主题。一九三三年年初，希特勒成为德国总理，德国变成一个警察国家。他在德国待不下去了，任何不符合纳粹立场的表达都会被恐怖对待。一九三三年三月十七日晚上，本雅明离开柏林，来到巴黎。

本雅明给他的朋友肖勒姆写过一封信,其中说:"在有些地方我可以挣到最低收入,在有些地方我可以靠最低收入生活,但世界上没有一个地方这两个条件都满足。"真是这样。在巴黎,本雅明的主要收入是从法兰克福社会研究所拿到的津贴。布莱希特曾讲过一个段子,说有一个大富翁死了,捐出一笔钱,成立社会研究所,研究贫困问题。社会上为什么有贫困呢?当然是因为大富翁本人了。执掌社会研究所的学者叫阿多诺,也是一个富商之子,爸爸做葡萄酒生意,但支持儿子搞学术。阿多诺的学问也非常难懂,但他有一句名言尽人皆知:奥斯维辛之后,写诗是残忍的。或者说,奥斯维辛之后,诗人何为。他在"二战"时逃到了美国,后来回德国继续教书,一九六九年四月在大学里讲课,结果碰到了学生运动,有几个女学生裸露上身抗议,老教授受了刺激,过了几个月就死了。这样的八卦故事总比阿多诺的学问更好懂。

在希特勒上台之初,很多知识分子还想着,这是一个跳梁小丑,蹦跶不了几年。但到一九三八年三月,德国吞并了奥地利,99%的奥地利人投票赞同德奥合并,反对新政权的数万人都被送进监狱。欧洲的战争看起来不可避免,本雅明依然在写《波德莱尔笔下第二帝国的巴黎》。完稿之后，他给阿多诺写信说："我在和战争赛跑，焦虑令人窒息，我在世界末日之前把稿子写完，体会到胜利的感觉。"精神生活有自己的使命和节奏感，本雅明就沉浸在自己的研究中。他一生最重要的工作就是在巴黎拱廊街寻找十九世纪的历史，他说："于我，世界上任何东西都取代不了法国图书馆。"

一九三九年九月一日，德国军队入侵波兰，第二次世界大战开始。九月三日，法国政府发布公告，要求德国和奥地利公民携带被褥，到巴黎东北部一座体育场报到，暂时拘禁。你想当一个世界公民，或者说，想当一个欧洲人，这是心灵上的身份认同，打起仗来，你的国家身份就是划分敌我的标尺。这些德奥公民被送到法国各地的志愿者劳动营，其实就是集中营，本雅明等人被押送到巴黎以南两百公里的韦尔努什城堡，只能睡在地上，铺点儿干草。集中营里居然有文艺活动，本雅明做了几场哲学讲座；甚至还有"知识付费"，本雅明向一些高阶学生提供收费的哲学课，费用是拘留营里的硬通货——烟。关押到十一月中，本雅明被释放。

本雅明回到巴黎。一九四〇年二月十二日，本雅明向美国使馆提交了签证申请。一九四〇年五月，德军入侵荷兰和比利时。六月，本雅明和妹妹一起乘火车离开巴黎，当时法国境内有两百万人开始逃亡。本雅明逃到了法国南部的卢尔德，此时本雅明害怕被拘押——法国投降，维希政府成立，废除了外国人在法国的避难权，本雅明这样的人有可能被交给德国。一九四〇年八月，本雅明到了马赛，得知自己终于获得了美国签证，但他的生命也快走到尽头了。

有人评价普鲁斯特，说他死于无经验，但无经验让他写出作品。他死于无知，因为他不会生火，也不知怎么打开窗户。本雅明引用过这句话，这句话也很像他的自画像。他中学时写过一篇作文，论"天才遇现实而触礁"，他死后，人们写文章纪念他说，过精神生活的人死于不谙世事。我喜欢他身上那种忧郁、犹疑的气质，喜欢他那些敏感的小散文，希望世上所有敏感的人都能有一条活路。但是，只有他的前妻才有资格说，如果这个世界能让他这样敏感的人活下来，就终究不是一个坏的世界。在一九四〇年的欧洲战场，死的人太多了。

再看本雅明的一个金句。年轻时，本雅明买过一张保罗·克利的画叫《新天使》，那时候保罗·克利的画还很便宜。等到一九四〇年，本雅明快走到生命尽头了，他在巴黎完成了《论历史概念》一文,其中一节他是这么写的——

> 保罗·克利的《新天使》画的是一个天使看上去正要从他入神地注视的事物旁离去。他凝视着前方,他的嘴微张,他的翅膀张开了。人们就是这样描绘历史天使的。他的脸朝着过去。在我们认为是一连串事件的地方,他看到的是一场单一的灾难。这场灾难堆积着尸骸,将它们抛弃在他的面前。天使想停下来唤醒死者,把破碎的世界修补完整。可是从天堂吹来了一阵风暴,它猛烈地吹击着天使的翅膀,以致他再也无法把它们收拢。这风暴无可抗拒地把天使刮向他背对着的未来,而他面前的残垣断壁却越堆越高直逼天际。这场风暴就是我们所称的进步。

这段话是被引用最多的一段本雅明,也是很好懂的一段话。不过,我们还是看看中国学者张旭东老师的解释——

> 本雅明沉痛地批判了这种进步神话,指出它所依据的只是对工具理性的无穷威力和人类自身的无限

完美性的自以为是的信赖。这种神话总把自己说成不可抗拒的历史必然规律，仿佛它能自动开辟一条直线的或螺旋的进程。本雅明认识到，真正的批评必须穿透这些信条的论断而击中其共同的基础，这就是现代性的时间观念。线性的、进化论的历史观只有在"雷同、空洞的时间中"才有可能。形形式式的历史目的论总是试图把丰富、复杂、不可穷尽的个人和集体经验从时间中剔除出去；它们总想把人类充满矛盾、压迫、不满和梦想的历史经验描绘成一个量化的机械的时间流程，好像时间后面不过是更多的时间，好像历史不过是一串可实证的孤立事件的念珠。这种"雷同、空洞的时间"概念无视人类个体和集体经验的完整性，却在追逐工具理性目标的同时制造越来越多的残垣和尸骨。

好了，就说到这里吧。我所讲的这几十期文学故事，不过是为了记下自己的经验。也希望能帮助你丰富自己的经验。

附　录
本书各讲提及图书和电影版本

序言　尘世之爱不能永存

老舍《二马》，译林出版社，2012-5

老舍《骆驼祥子》，人民文学出版社，2021-11

老舍《四世同堂》，人民文学出版社，2021-11

老舍《茶馆》，人民文学出版社，2021-11

［美］弗拉基米尔·纳博科夫《洛丽塔》，主万译，上海译文出版社，2019-6

［美］弗拉基米尔·纳博科夫《说吧，记忆》王家湘译，上海译文出版社，2019-5

［德］贝托尔特·布莱希特《致后代》，黄灿然译，译林出版社，2018-2

［奥地利］斯蒂芬·茨威格《昨日的世界》，舒昌善译，生活·读书·新知三联书店，2018-6

［奥地利］斯蒂芬·茨威格《良知对抗暴力》舒昌善

译，生活·读书·新知三联书店，2017-8

［英］阿兰·德波顿《哲学的慰藉》，资中筠译，上海译文出版社，2020-8

［美］E.L.多克托罗《纽约兄弟》，徐振锋译，人民文学出版社，2011-11

苗炜《文学体验三十讲》，湖南文艺出版社，2021-1

［俄］陀思妥耶夫斯基《卡拉马佐夫兄弟》，荣如德译，上海译文出版，2015-2

［爱尔兰］James Joyce, *Ulysses*, Penguin Books, 2008-7

［德］赫尔曼·黑塞《彼得·卡门青》，柯丽芬译，中国法制出版社，2016-6

［德］君特·格拉斯《铁皮鼓》，胡其鼎译，人民文学出版社，2021-9

电影《铁皮鼓》(1979)；导演：沃尔克·施隆多夫

第一讲 同理心的文学测试

［美］莱斯莉·贾米森《十一种心碎》，屈啸宇译，广西师范大学出版社，2021-6

［英］毛姆《作家笔记》，陈德志、陈星译，上海译文出版社，2015-8

［美］西尔维娅·普拉斯诗作《三个女人》《死产》，摘自《未来是一只灰色海鸥》，冯冬译，上海译文出版社，2013-12

［美］西尔维娅·普拉斯《钟形罩》，杨靖译，译林出版社，2013-6

第二讲　一张脸的自传

［美］Lucy Grealy, *Autobiography of a Face*, Perennial, 2003-3

［美］Ann Patchett, *Truth & Beauty: A Friendship*, HarperCollins, 2004-5

第三讲　女性痛苦的共通性

［美］S. M.吉尔伯特、［美］苏珊·古芭《阁楼上的疯女人》，杨莉馨译，上海人民出版社，2015-2

［爱尔兰］希内德·格利森《我身体里的人造星星》，卢一欣译，广西师范大学出版社，2021-11

［英］Virginia Woolf, *On Being ILL*, Paris Press, 2002-10

［波］奥尔加·托卡尔丘克《糜骨之壤》，何娟、孙伟峰译，浙江文艺出版社，2021-1

电影《弗里达》(2002)；导演：朱丽·泰莫

第四讲 你不加点儿个人体悟吗?

[美]伊迪丝·威德《深海有光》,郑昕远译,中信出版集团,2022-5

[美]大卫·施耐德《外科的诞生》,张宁译,马向涛审校,中信出版集团,2021-9

[美]悉达多·穆克吉《癌症传:众病之王》,马向涛译,中信出版社,2022-1

[英] Lynn Barber, *An Education*, Penguin, 2009-6

电影《成长教育》(2009);导演:罗勒·莎菲

第五讲 乱七八糟的二手情绪

[英]林德尔·戈登《T. S. 艾略特传》,许小凡译,上海文艺出版社,2019-1

[美]埃利奥特·尤里斯特《情绪心智化》,张红燕译,机械工业出版社,2021-8

[英]弗朗西斯·奥戈尔曼《忧虑》,张雪莹译,广西师范大学出版社,2021-4

[瑞典]英格玛·伯格曼《魔灯》,张红军译,广西师范大学出版社,2017-8

[美] Freeman Dyson, *Maker of Patterns*, Liveright, 2018-4

［美］奥利弗·萨克斯《钨舅舅》，廖月娟译，中信出版社，2016-8

［美］奥利弗·萨克斯《说故事的人》，朱邦芹译，中信出版社，2017-10

［美］露易丝·格丽克《返乡》诗歌节选，不同于世纪文景柳向阳译本，转引自凯斯·唐纳胡《失窃的孩子》，柏栎译，上海文艺出版社，2016-9

第六讲　情绪与书写

［德］乌特·弗雷弗特等《情感学习》，黄怀庆译，上海人民出版社，2021-6

［古罗马］马可·奥勒留《沉思录》，何怀宏译，中央编译出版社，2008-2

［美］詹姆斯·彭尼贝克《书写的疗愈力量》，何丽译，机械工业出版社，2018-7

［法］米歇尔·德·蒙田《蒙田随笔全集》，潘丽珍、王论跃、丁步洲、徐和瑾、陆秉慧、刘方译，译林出版社，2022-1

［法］马塞尔·普鲁斯特《追忆似水年华（第一卷）》，徐和瑾译，译林出版社，2010-5

［美］Sarah Silverman, *The Bedwetter*, Harper, 2010-4

［美］Tracy K. Smith, *Ordinary Light*, Knopf, 2015-3

［美］娜塔莉·戈德堡《写出我心》，韩良忆、袁小茶译，广西科学技术出版社，2016-8

第七讲 歇斯底里的姐姐

［美］亨利·詹姆斯《螺丝在拧紧》，黄昱宁译，上海译文出版社，2018-1

［英］约瑟夫·康拉德《黑暗的心》，黄雨石译，人民文学出版社，2018-10

［奥］弗洛伊德《少女杜拉的故事》，文荣光译，中国民间文艺出版社，1986-12

［英］威廉·莎士比亚《哈姆雷特》，朱生豪译，译林出版社，2013-12

［英］亚当·菲利普斯《成为弗洛伊德》，杨鲁静译，中国友谊出版公司，2018-4

［美］彼得·盖伊《弗洛伊德传》，龚卓军、高志仁、梁永安译，商务印书馆，2015-8

［法］伊丽莎白·卢迪内斯库《拉康传》，王晨阳译，北京联合出版公司，2020-9

［英］伊恩·麦克尤恩《爱无可忍》，郭国良译，上海译文出版社，2018-6

电影《早春二月》(1963);导演:谢铁骊

第八讲 都是俗世的牧师

[美]贾德·鲁本菲尔德《谋杀的解析》,李继宏译,上海译文出版社,2006-9

[法] Eva Illouz, *Saving the Modern Soul: Therapy, Emotions, and the Culture of Self-Help*, University of California Press, 2008-2

[奥]阿尔弗雷德·阿德勒《自卑与超越》,周小进译,上海译文出版社,2022-11

[日]岸见一郎、古贺史健《被讨厌的勇气》,渠海霞译,机械工业出版社,2021-1

[美]亿森·沃特斯《像我们一样疯狂》,黄晓楠译,北京师范大学出版社,2016-8

[日]芥川龙之介短篇小说《齿轮》,摘自《芥川龙之介全集》,魏大海等译,山东文艺出版社,2012-10

[日]太宰治《人间失格》,烨伊译,武汉出版社,2011-12

[日]三岛由纪夫《假面的告白》,陈德文译,辽宁人民出版社,2021-2

［美］欧文·亚隆《存在主义心理治疗》，黄峥、张怡玲、沈东郁译，商务印书馆，2015-5

［美］洛莉·戈特利布《也许你该找个人聊聊》，张含笑译，上海文化出版社，2021-7

［美］艾里希·弗洛姆《爱的艺术》，刘福堂译，上海译文出版社，2018-12

［英］阿兰·德波顿《哲学的慰藉》，资中筠译，上海译文出版社，2020-8

电视剧集《冰血暴　第一季》(2014)；导演：亚当·伯恩斯坦等

第九讲　天空一无所有，为何给我安慰

［英］萨拉·贝克韦尔《阅读蒙田，是为了生活》，黄煜文译，湖南人民出版社，2018-7

［加拿大］Michael Ignatieff, *On Consolation*, Metropolitan Books, 2021-11

［古罗马］波爱修斯《神学论文集　哲学的慰藉》，荣震华译，商务印书馆，2012-11

［俄］安娜·阿赫玛托娃《安魂曲》，高莽译，北方文艺出版社，2016-5

[意大利]但丁《神曲》，田德望译，人民文学出版社，2018-1

[波]切斯瓦夫·米沃什《米沃什诗集》，林洪亮、杨德友、赵刚译，上海译文出版，2018-11

张新颖《沈从文的前半生》，上海三联书店，2018-2

张新颖《沈从文的后半生（增订版）》，上海三联书店，2018-2

[英]C. S. 路易斯《切今之事》，邓军海译，叶达校，华东师范大学出版社，2015-3

第十讲 什么叫诗性的

[意]维柯《新科学》，朱光潜译，商务印书馆，1989-2

[意]维柯的散文片段，引自朱光潜《西方美学史》，译林出版社，2021-11

[英]J. G. 巴拉德短篇小说《溺亡的巨人》，摘自《爱，死亡和机器人2&3》，耿辉、刘壮、阿古、傅临春译，译林出版社，2022-6

[哥伦比亚]加西亚·马尔克斯短篇小说《世上最美的溺水者》，摘自《世上最美的溺水者》，陶玉平译，南海出版公司，2015-11

第十一讲　飞越疯人院

［美］肯·克西《飞越疯人院》，胡红译，重庆出版社，2020-5

［美］爱德华·肖特《精神病学史》，韩健平、胡颖翀、李亚平译，上海科技教育出版社，2008-10

电影《飞越疯人院》（1975）；导演：米洛斯·福尔曼
电影《莫扎特传》（1984）；导演：米洛斯·福尔曼
电影《戈雅之魂》（2006）；导演：米洛斯·福尔曼

第十二讲　精神病电影列表

［法］米歇尔·福柯《不正常的人》，钱翰译，上海人民出版社，2018-11

［法］米歇尔·福柯《规训与惩罚》，刘北成、杨远婴译，生活·读书·新知三联书店，2019-10

［法］米歇尔·福柯《疯癫与文明》，刘北成、杨远婴译，生活·读书·新知三联书店，2019-7

［美］John Modrow, *How to Become a Schizophrenic*, iUniverse, 2003-2

［美］苏珊娜·卡哈兰《燃烧的大脑》，刘丽洁译，中信出版社，2018-8

［美］苏珊娜·卡哈兰《精神病院里的正常人》，赵晓瑞译，中信出版集团，2021-7

［美］Jeffrey A. Lieberman, *Shrinks: The Untold Story of Psychiatry*, Little, Brown and Company, 2015-3

电影《上帝的笔误》(1983)；导演：图里奥·德米切利

电视剧集《寻找回来的世界》(1985)；导演：许雷

电影《蛇穴》(1948)；导演：安纳托尔·李维克

电影《沉默的羔羊》(1991)；导演：乔纳森·戴米

电影《禁闭岛》(2010)；导演：马丁·斯科塞斯

电影《副作用》(2013)；导演：史蒂文·索德伯格

电影《终结者2：审判日》(1991)；导演：詹姆斯·卡梅隆

电影《美丽心灵》(2001)；导演：朗·霍华德

电视剧集《国土安全 第一季》(2011)；导演：迈克尔·科斯塔等

电影《乌云背后的幸福线》(2012)；导演：大卫·拉塞尔

电影《致命诱惑》(1987)；导演：阿德里安·莱恩

第十三讲 《肖申克的救赎》和《善的脆弱性》

［美］Stephen King, *Different Seasons*, Berkley, 1983-8

［美］斯蒂芬·金《闪灵》，黄意然译，人民文学出版社，2017-9

［美］斯蒂芬·金《宠物公墓》，韩满铃、李晞译，上海译文出版社，2009-12

［美］玛莎·努斯鲍姆《善的脆弱性（修订版）》，徐向东、陆萌译，陈玮修订，译林出版社，2018-9

电影《阿甘正传》(1994)；导演：罗伯特·泽米吉斯
电影《真实的谎言》(1994)；导演：詹姆斯·卡梅隆
电影《勇敢的心》(1995)；导演：梅尔·吉布森
电影《伴我同行》(1986)；导演：罗伯·莱纳

第十四讲 《肖申克的救赎》与野蛮

［美］斯蒂芬·金《肖申克的救赎》，马爱农译，人民文学出版社，2016-1

［英］Mark Kermode, *The Shawshank Redemption* (*BFI Film Classics*), British Film Institute, 2003-7

［英］Richard Dyer, *Heavenly Bodies*, Routledge, 2003-12

［法］维克多·雨果《悲惨世界》，李丹、方于译，人民文学出版社，2021-8

［美］Maura Grady、［美］Tony Magistrale, *The Shawshank*

Experience, Palgrave Macmillan, 2016-12

[法]弗兰克·达拉邦特《肖申克的救赎》,王凌译,湖南人民出版社,2015-3

[美]Mark Dawidziak, *The Shawshank Redemption Revealed*, Lyons Press, 2019-8

电视节目《英国达人 第三季》(2009);主演:苏珊大妈等

电影《七年之痒》(1955);导演:比利·怀尔德

电影《圣母》(2021);导演:保罗·范霍文

第十五讲 我的人性只够怜悯我自己

[美]杜鲁门·卡波特《冷血》,夏杪译,南海出版公司,2023-1

[美]杜鲁门·卡波蒂《肖像与观察》,吕奇、宋佥译,上海译文出版社,2014-7

[美]诺曼·梅勒《夜幕下的大军》,任绍曾译,译林出版社,1998-11

[美]Gerald Clarke, *Capote: A Biography*, Carroll & Graf, 2005-10

[美]杜鲁门·卡波蒂《草竖琴》,张坤译,上海译文

出版社，2020-11

第十六讲　被烧得那么彻底

［美］哈珀·李《杀死一只知更鸟》，李育超译，译林出版社，2017-2

［美］杜鲁门·卡波蒂《应许的祈祷》，向洪全译，上海译文出版社，2020-11

［美］杜鲁门·卡波蒂《盛宴易散》，李祥坤、陈栩译，上海译文出版社，2020-11

［美］杜鲁门·卡波蒂《蒂凡尼的早餐》，董乐山、朱子仪译，南海出版公司，2015-5

《反对后现代主义及其他——苏珊·桑塔格访谈录》，陈耀成采访，黄灿然译，见：https://ptext.nju.edu.cn/c5/07/c13335a247047/page.htm。

电影《卡波特》(2005)；导演：贝尼特·米勒
电影《声名狼藉》(2006)；导演：道格拉斯·麦克格兰斯
电影《冷血》(1967)；导演：理查德·布鲁克斯

第十七讲　我终于读完了《卡拉马佐夫兄弟》

［美］约瑟夫·弗兰克《陀思妥耶夫斯基（第1卷）》，

戴大洪译，广西师范大学出版社，2014-6

［美］约瑟夫·弗兰克《陀思妥耶夫斯基（第2卷）》，刘佳林译，广西师范大学出版社，2016-8

［美］约瑟夫·弗兰克《陀思妥耶夫斯基（第3卷）》，戴大洪译，广西师范大学出版社，2019-4

［美］约瑟夫·弗兰克《陀思妥耶夫斯基（第4卷）》，戴大洪译，广西师范大学出版社，2020-7

［美］约瑟夫·弗兰克《陀思妥耶夫斯基（第5卷）》，戴大洪译，广西师范大学出版社，2022-3

［俄］陀思妥耶夫斯基《白痴》，荣如德译，上海译文出版社，2015-1

［俄］陀思妥耶夫斯基《鬼》，娄自良译，上海译文出版社，2015-1

［俄］陀思妥耶夫斯基《卡拉马佐夫兄弟》，臧仲伦译，译林出版社，2021-5

彭克巽《陀思妥耶夫斯基小说艺术研究》，北京大学出版社，2006-8

［英］奥兰多·费吉斯《娜塔莎之舞》，曾小楚、郭丹杰译，四川人民出版社，2018-3

［俄］尼古拉·别尔嘉耶夫《陀思妥耶夫斯基的世界观》，耿海英译，广西师范大学出版社，2020-3

［俄］梅列日科夫斯基《托尔斯泰与陀思妥耶夫斯基》，杨德友译，华夏出版社，2022-7

［俄］陀思妥耶夫斯基短篇小说《一个荒唐人的梦》，摘自《陀思妥耶夫斯基中短篇小说选》，文颖等译，人民文学出版社，2021-11

景凯旋《被贬低的思想》，广西师范大学出版社，2012-10

［捷克］米兰·昆德拉《庆祝无意义》，马振骋译，上海译文出版社，2014-7

［英］彼得·沃森《虚无时代》，高礼杰译，上海译文出版社，2021-4

［美］艾莉芙·巴图曼《谁杀了托尔斯泰：我被俄国文学附魔的日子》，李季纹译，联经出版事业股份有限公司，2012-5

［美］George Saunders, *A Swim in a Pond in the Rain*, Bloomsbury Publishing, 2021-1

第十八讲　伟大作家不是让你亲近的

［俄］列夫·托尔斯泰《战争与和平》，草婴译，人民文学出版社，2020-9

［俄］列夫·托尔斯泰《安娜·卡列尼娜》，草婴译，人民文学出版社，2020-9

［英］多米尼克·利芬《俄国与拿破仑的决战》，吴畋、

王宸译，社会科学文献出版社，2014-12

［俄］赫尔岑《往事与随想》，项星耀译，四川人民出版社，2018-9

［俄］列夫·托尔斯泰政论文章《那么我们该怎么办》，摘自《列夫·托尔斯泰文集》，人民文学出版社，2013-8

［俄］恰达耶夫《哲学书简》，刘文飞译，译林出版社，2011-8

［英］Orlando Figes, *A People's Tragedy*, Penguin Books, 1998-3

第十九讲　你真的要读《尤利西斯》吗

［爱尔兰］詹姆斯·乔伊斯《尤利西斯》，刘象愚译，上海译文出版社，2021-7

刘象愚《译"不可译"之天书》，上海译文出版社，2021-6

［爱尔兰］詹姆斯·乔伊斯《尤利西斯》，萧乾、文洁若译，译林出版社，2021-7

［爱尔兰］James Joyce, *Ulysses*, Penguin Books, 2008-7

陈恕《尤利西斯导读》，北方文艺出版社，2015-7

［美］理查德·艾尔曼《乔伊斯传》，金隄、王振平、李汉林译，北京十月文艺出版社，2016-1

［爱尔兰］詹姆斯·乔伊斯《一个青年艺术家的肖像》，徐晓雯译，译林出版社，2014-4

《乔伊斯评论集》，王逢振编，周汶等译，上海译文出版社，2015-1

［美］弗拉基米尔·纳博科夫《文学讲稿》，申慧辉等译，上海译文出版社，2018-6

［法］居斯塔夫·福楼拜《圣安东的诱惑》，李健吾译，上海译文出版社，2017-11

［美］加布瑞埃拉·泽文《岛上书店》，孙仲旭、李玉瑶译，江苏凤凰文艺出版社，2015-5

第二十讲　我们还需要鸡蛋

［法］让·保罗·萨特《存在与虚无》，陈宣良等译，杜小真校，生活·读书·新知三联书店，2014-9

［美］Jacques Choron, *Death and Western Thought*, Macmillan Pub Co., 1973-6

［美］厄内斯特·贝克尔《死亡否认》，林和生译，人民出版社，2015-9

电影《安妮·霍尔》（1977）；导演：伍迪·艾伦

电影《面对面》（1976）；导演：英格玛·伯格曼

电影《悲哀和怜悯》(1969);导演:马塞尔·奥菲尔斯

第二十一讲 空间的诗学

[英]安吉拉·卡特《马戏团之夜》,杨雅婷译,四川文艺出版社,2021-6

[英]埃德蒙·戈登《卡特制造》,晓风译,南京大学出版社,2020-5

[法]阿尔贝·加缪《第一个人》,刘华译,上海译文出版社,2013-8

[法]阿尔贝·加缪《鼠疫》,刘方译,上海译文出版社,2013-8

[英]罗尔德·达尔《查理和巧克力工厂》,任溶溶译,明天出版社,2004-4

[英]艾德里安·泰尼斯伍德《漫长的周末》,杨盛翔译,中国工人出版社,2021-4

[法]加斯东·巴什拉《空间的诗学》,张逸婧译,上海译文出版社,2013-7

[美]J·帕特里克·路易斯/文、[意]罗伯特·英诺森提/图,《房子》,屠岸、章燕译,明天出版社,2012-10

[美]法兰克·艾许/文、图,《房子,再见》,高明美译,明天出版社,2010-10

［美］Nancy Mairs, *Remembering the Bone House*, Beacon Press, 1995-5

［清］曹雪芹、［清］无名氏续，《红楼梦》，［清］程伟元、高鹗整理，人民文学出版社，1996-12

［法］保罗·安德鲁《房子》，董强，上海文艺出版社，2010-3

电影《超完美谋杀案》(1998)；导演：安德鲁·戴维斯

第二十二讲　被摧毁的阿卡迪亚

［英］伊夫林·沃《旧地重游》，赵隆勷译，译林出版社，2009-6

［英］克里斯蒂娜·哈迪曼特《文学之家》，齐彦婧译，海峡文艺出版社，2022-6

［英］艾伦·霍林赫斯特《陌生人的孩子》，黄英利译，译林出版社，2016-8

周作人《雨天的书》，止庵校订，北京十月文艺出版社，2011-1

［美］弗拉基米尔·纳博科夫《天赋》，朱建迅、王骏译，上海译文出版社，2018-12

［美］弗拉基米尔·纳博科夫《说吧，记忆》，王家湘

译，上海译文出版社，2019-5

张爱玲散文《私语》《我看苏青》，摘自《流言》，北京十月文艺出版社，2019-6

电视剧集《故园风雨后》（1981）；导演：查尔斯·斯特里奇、迈克尔·林赛-霍格

电影《故园风雨后》（2008）；导演：朱里安·杰拉德

第二十三讲　和家人相处时间的长短最能体现一个人的忍耐力

［法］迪迪埃·埃里蓬《回归故里》，王献译，上海文化出版社，2020-7

［美］乔纳森·弗兰岑《纠正》，朱建迅、李晓芳译，译林出版社，2013-6

［美］Jonathan Franzen, *The Discomfort Zone*, Farrar Straus Giroux, 2006-9

［美］乔纳森·弗兰岑《自由》，缪梅译，南海出版公司，2012-5

［美］Jonathan Franzen, *Crossroads*, Farrar, Straus and Giroux, 2021-10

［美］Karl Pillemer, *Fault Lines*, Yellow Kite, 2020-5

[日]村上春树《弃猫》,烨伊译,花城出版社,2021-1

第二十四讲 最平常的恐怖故事

[波]奥尔加·托卡尔丘克短篇小说《旅客》,摘自《怪诞故事集》,李怡楠译,浙江文艺出版社,2020-7

[法]塞维涅夫人《爱从不平静:塞维涅夫人书信集》,王斯秧译,商务印书馆,2022-8

[法]西蒙娜·德·波伏瓦《波伏瓦回忆录 第三卷:事物的力量1&2》,陈筱卿译,作家出版社,2013-1

[法]西蒙娜·德·波伏瓦《安详辞世》,赵璞译,海天出版社,2019-6

[法]西蒙娜·德·波伏瓦《第二性:合卷本》,郑克鲁译,上海译文出版社,2014-1

[日]谷崎润一郎《钥匙》,竺家荣译,上海译文出版社,2010-11

[日]谷崎润一郎《疯癫老人日记》,竺家荣译,上海译文出版社,2010-6

[法]西蒙娜·德·波伏瓦《论老年》,邱瑞銮译,漫游者文化,2020-8

[美]菲利普·罗斯《垂死的肉身》,吴其尧译,上海译文出版社,2019-1

［美］菲利普·罗斯《遗产》，彭伦译，上海译文出版社，2020-6

［英］大卫·班布里基《中年的意义》，周沛郁译，北京联合出版公司，2018-7

［美］拉姆·达斯《学习做一个会老的人》，王国平译，吉林出版集团，2017-4

［日］深泽七郎《楢山节考》，徐建雄译，北京联合出版公司，2022-1

电影《楢山节考》(1983)；导演：今村昌平

电影《情怀九月天》(1987)；导演：伍迪·艾伦

第二十五讲　阅读是一件很私人的事

［美］盖伊·特立斯《邻人之妻》，木风、许诺译，上海人民出版社，2018-7

［美］阿尔弗雷德·C.金赛《金赛性学报告》，潘绥铭译，中国青年出版社，2013-7

［美］迈克尔·麦基恩《家庭生活秘史》，胡振明译，华东师范大学出版社，2022-4

［美］托马斯·拉科尔《孤独的性》，杨俊峰、黄洁芳、王丹译，上海人民出版社，2007-8

［俄］列夫·托尔斯泰《忏悔录》，邓蜀平译，上海译文出版社，2022-12

［法］卢梭《爱弥儿》，李平沤译，商务印书馆，2016-12

［美］比彻·斯托夫人《汤姆叔叔的小屋》，王家湘译，人民文学出版社，2021-9

［英］阿比盖尔·威廉姆斯《以书会友》，何芊译，北京大学出版社，2021-11

［英］简·奥斯丁《傲慢与偏见》，王科一译，上海译文出版社，2010-8

［英］约翰·克利兰《芬妮·希尔》，陈萱、夏奇译，译言·古登堡计划

第二十六讲　你当向往辽阔之地

［苏联］弗·克·阿尔谢尼耶夫《在乌苏里的莽林中（上、下）》，西蒙译，广西师范大学出版社，2021-8

［苏联］弗·克·阿尔谢尼耶夫《在乌苏里的莽林中》，王士燮、沈曼丽、黄树南等译，人民文学出版社，2005-2

［英］理查德·弗朗西斯·伯顿《走向圣城》，石云龙译，国际文化出版公司，2008-1

［英］T. E. 劳伦斯《智慧七柱》，蔡悯生译，人民文学出版社，2020-10

［美］段义孚《浪漫地理学》，陆小璇译，译林出版社，2021-8

［美］段义孚《人文主义地理学》，宋秀葵、陈金凤、张盼盼译，上海译文出版社，2020-5

［英］罗伯特·麦克法伦《深时之旅》，王如菲译，文汇出版社，2021-7

［英］罗伯特·麦克法伦《古道》，王青松译，上海译文出版社，2014-12

［英］罗伯特·麦克法伦《心事如山》，陆文艳译，上海译文出版社，2014-12

［英］罗伯特·麦克法伦《荒野之境》，姜向明、郭汪韬略译，上海译文出版社，2015-9

［英］Robert MacFarlane, *Landmarks*, Penguin UK, 2015-6

电影《德尔苏·乌扎拉》(1975)；导演：黑泽明

纪录片《动物园探奇》(1954)；主演：大卫·爱登堡

纪录片《冰冻星球 第一季》(2011)；主演：大卫·爱登堡/李易

纪录片《地球脉动 第一季》(2006)；主演：大卫·爱登堡/西格妮·韦弗

电影《阿拉伯的劳伦斯》(1962)；导演：大卫·里恩

第二十七讲　德累斯顿二三人

［美］库尔特·冯内古特《五号屠场》，虞建华译，河南文艺出版社，2022-7

［英］理查德·J. 埃文斯《第三帝国的到来》，赖丽薇译，九州出版社，2020-2

［英］理查德·J. 埃文斯《当权的第三帝国》，哲理庐译，九州出版社，2020-2

［英］理查德·J. 埃文斯《战时的第三帝国》，陈壮、赵丁译，九州出版社，2020-8

［德］维克多·克莱普勒《第三帝国的语言》，印芝虹译，商务印书馆，2013-9

［以色列］阿维夏伊·玛格利特《记忆的伦理》，贺海仁译，清华大学出版社，2015-1

电影《辛德勒的名单》(1993)；导演：史蒂文·斯皮尔伯格

第二十八讲　集中营简史

［英］罗伯特·拜伦《前往阿姆河之乡》，顾淑馨译，人民文学出版社，2016-12

［英］齐格蒙·鲍曼《现代性与大屠杀》，杨渝东、史

建华译，译林出版社，2011-1

［德］尼古拉斯·瓦克斯曼《纳粹集中营史》，柴茁译，社会科学文献出版社，2021-1

［美］汉娜·阿伦特《艾希曼在耶路撒冷》，安尼译，译林出版社，2017-1

［美］汉娜·阿伦特《极权主义的起源》，林骧华译，生活·读书·新知三联书店，2008-6

［德］阿利《累赘：第三帝国的国民净化》，励洁丹译，光明日报出版社，2017-4

电影《万湖会议》（2022）；导演：马蒂·格肖内克

电影《汉娜·阿伦特》（2012）；导演：玛加蕾特·冯·特罗塔

第二十九讲　诗性正义

［美］玛莎·努斯鲍姆《诗性正义》，丁晓东译，北京大学出版社，2010-1

［英］狄更斯《艰难时世》，全增嘏、胡文淑译，上海译文出版社，2022-4

［美］理查德·赖特《土生子》，施咸荣译，译林出版社，2008-6

［英］E. M. 福斯特《莫瑞斯》，文洁若译，上海译文出

版社，2016-7

［法］雨果《悲惨世界》，李丹、方于译，人民文学出版社，2015-6

第三十讲 让本雅明这样的人活下去

［德］瓦尔特·本雅明《启迪：本雅明文选》，［美］汉娜·阿伦特编，张旭东、王斑译，生活·读书·新知三联书店，2014-9

［德］瓦尔特·本雅明《单向街》，陶林译，江苏凤凰文艺出版社，2015-2

［德］瓦尔特·本雅明《经验与贫乏》，王炳钧、杨劲译，百花文艺出版社，1999-9

［美］霍华德·艾兰、［美］迈克尔·詹宁斯《本雅明传》，王璞译，上海文艺出版社，2022-7

［德］瓦尔特·本雅明《写作与救赎》，李茂增、苏仲乐译，东方出版中心，2017-8

［德］沃尔夫拉姆·艾伦伯格《魔术师时代》，林灵娜译，上海文艺出版社，2019-8

［德］瓦尔特·本雅明《德国浪漫派的艺术批评概念》，王炳钧、杨劲译，北京师范大学出版社，2014-6

［德］瓦尔特·本雅明《柏林童年》，王涌译，南京大学出版社，2016-6

图书在版编目（CIP）数据

我终于读完了卡拉马佐夫兄弟 / 苗炜著. -- 长沙：湖南文艺出版社, 2024. 8. -- ISBN 978-7-5726-1949-6

Ⅰ.I106

中国国家版本馆CIP数据核字第20246BX568号

我 终 于 读 完 了 卡 拉 马 佐 夫 兄 弟
WO ZHONGYU DUWANLE KALAMAZUOFUXIONGDI
苗　炜　著

出 版 人	陈新文
出 品 人	陈　垦
出 品 方	中南出版传媒集团股份有限公司
	上海浦睿文化传播有限公司
	上海市黄浦区万航渡路888号开开大厦15层A座（200042）
责任编辑	吕苗莉
责任印制	王　磊
装帧设计	一千遍
出版发行	湖南文艺出版社
	长沙市雨花区东二环一段508号（410014）
网　　址	www.hnwy.net
经　　销	湖南省新华书店
印　　刷	河北鹏润印刷有限公司

开本：787mm×1092mm　1/32　　　印张：17.25　　　字数：290千字
版次：2024年8月第1版　　　　　　印次：2024年8月第1次印刷
书号：ISBN 978-7-5726-1949-6　　　定价：69.00元

版权专有，未经许可，不得翻印。
如发现印装质量问题，请联系出品方：021-60455819

浦睿文化
INSIGHT MEDIA

出 品 人：陈　垦
监　　制：余　西
出版统筹：胡　萍
编　　辑：普　照
装帧设计：一千遍
美术编辑：祝小慧
营销编辑：哈　哈
鸣　　谢：三联中读

欢迎出版合作，请邮件联系：insight@prshanghai.com
微信公众号：浦睿文化